ローズ・ガーデンをきみに

TO ROMANCE A CHARMING ROGUE

Nicole Jordan

ニコール・ジョーダン
森野そら［訳］

ラベンダーブックス

TO ROMANCE A CHARMING ROGUE
by Nicole Jordan

Japanese translation published by arrangement with
Spencerhill Associates Ltd. c/o Books Crossing Borders, Inc.
through The English Agency (Japan) Ltd.

読者のみなさんに心からの感謝をこめて。
読者こそ最高のインスピレーションの源です。
本書をあなたに捧げます。

ローズ・ガーデンをきみに

主な登場人物

エレノア・ピアース	レディ・エレノア。マーカスの妹
デイモン・スタッフォード	レクサム子爵
プリンス・ラザーラ	イタリアの公国の元首。大公
ベアトリクス・アトリー	レディ・ベルドン。エレノアの叔母
ウンベルト・ヴェッキ	イタリアの外交官。ラザーラの親戚
ファニー・アーウィン	エレノアの友人。高級娼婦
オットー・ギアリー	デイモンの友人。医者
コーンビー	デイモンの近侍
リディア・ニューリング	デイモンの元愛人
テス・ブランチャード	デイモンの遠い従姉妹
レイン・ケニヨン	ハヴィランド伯爵。デイモンの友人
マーカス・ピアース	ダンヴァーズ伯爵。エレノアの兄
アラベラ	マーカスの妻

1

男性にすっかり心を奪われている様子を見せないこと――本当なら特に。弱みを見せれば男性を優位に立たせてしまいます。女性が勝利を手にするには、持てる力を総動員しなければなりません。

――匿名のレディ著『若いレディに贈る、夫を捕まえるためのアドバイス』より

一八一七年九月、ロンドン

「エレノア、最悪の事態ですよ！　レクサムが来たわ」

混み合う広間の壁ぎわにいたレディ・エレノア・ピアースは叔母の言葉に耳を疑った。心臓がドキドキする。「今夜、このカールトン・ハウスに来たってこと？」

「まさにそう。今、到着したとか」エレノアの叔母であり付添人《シャペロン》であるレディ・ベルドンが顔を

しかめた。「なんて男かしら！　少しはあなたのことを思いやってもいいはずでしょうに」

たしかにレクサム子爵デイモン・スタッフォードは大胆な男だ。実際、エレノアの知り合いの中でいちばん大胆と言えるだろう。再会のショックに耐える心の準備はできている。少なくともエレノアはそう信じていた。

エレノアは冷静さを装って微笑《ほほえ》み、心を落ちつけようとした。「レクサム子爵にも摂政皇太子《プリンス》のパーティに出席する権利はあるでしょうね、ベアトリクス叔母様。わたしたち同様、招待されているんでしょうから」

現在英国の摂政を務めている皇太子ジョージは、ロンドンに所有する絢爛豪華《けんらんごうか》なカールトン・ハウスでしばしば祝宴を催すのだが、レディ・ベルドンは亡夫が皇太子と親しかったため、時おり招待客として招かれていた。

今夜、館《やかた》は押しよせた人びとの熱気であふれかえっている。エレノアはあたりを見まわした。だが、かつて彼女の心を奪ったあと無惨に踏みにじった放蕩《ほうとう》者の姿はどこにもなかった。

「たいしたことじゃないわ」ホッとした気持ちを隠しながらエレノアがつぶやいた。「レクサムには好きな場所に行く権利があるのよ」

ベアトリクス叔母が鋭い視線を返した。「まさかあの男の肩を持つつもりじゃないでしょうね？　あんなひどい目にあわされたというのに」

「肩を持つつもりはないわ。でも、どうせまた会うことになるって覚悟してるだけよ。仕方がないわ。彼がロンドンに戻ってきてからもう一週間よ。お互い同じようなところに出入りしているでしょうし」

レディ・ベルドンは不愉快そうに首をふると、ふいに姪《めい》の顔をじっと見つめた。「もう帰りましょうか、エレノア。殿下に暇乞《いとまご》いをして――」

「逃げるつもりはないわ、叔母様」

「ならば、覚悟を決めることね。もうすぐ現れますよ」

ぼんやりしたままうなずくと、エレノアは深く息をついた。かつて婚約していた恐ろしく魅力的な男と再会する覚悟はできている。

デイモンが二年間の海外暮らしを終えてロンドンに戻ってきたことは、数日前から警告されていた。社交界のゴシップに耳ざとい、レディ・ベルドンの友人たちが教えてくれたのだ。彼に出会ったら何と言ってどんな態度を示すか、エレノアは念入りに考えていた。礼儀正しいけれど冷たく無関心な態度で接するつもりだった。

「落ちついた応対ができるはずよ」言葉とは裏腹にエレノアの胸はざわめいた。

けれど、ベアトリクス叔母は納得する様子もなければ子爵の過去の罪を許すつもりもないようだ。「あんな悪党と顔を合わせるなんて。まともな紳士なら社交界から離れているはずよ」

「ずっと離れていたでしょう」エレノアが冷静に言葉を返した。「二年もね」

「それでも短すぎます！　永遠に追放されてもいいぐらいよ」

残念ながらそこまで厳しい罰に値するほどの罪ではないだろう。エレノアは思った。「それは言いすぎよ、叔母様」

「そんなことないわ。ああ、あんな放蕩者をあなたに紹介した自分を一生許せないわ」

「叔母様のせいじゃないわ。実際、紹介していないじゃない」

レディ・ベルドンは優雅に手をふって否定した。「うちで開いた毎年恒例のハウス・パーティで引き合わせてしまったんですもの。紹介も同然です。あの男をうちに入れなければ、あなたを悲しませずにすんだわ。でも、彼はマーカスの友人だったでしょう。あんなひどい男だなんてわからなかったのよ」

たしかにそうだわ。エレノアは静かに考えた。

最愛の兄マーカスはディモンを高く評価していた――あの劇的な婚約解消までは。エレノアも同じだった。すばらしくハンサムで奔放な魅力にあふれたディモンは、若い娘たちのひそかなあこがれの的であり、母親たちの悩みの種だった。

ベルドン子爵夫人ベアトリクス・アトリーは、あまり母親的資質を持ち合わせていない女性だったが、それでも十歳のときに両親を亡くしたエレノアを引き取り、シャペロン役を引き受けていた。そして、彼女なりにエレノアを愛してくれた。

また、骨の髄まで貴族である叔母は、貴族らしい生き方を重んじる女性だった。そんな彼女が、自由奔放だとうわさされるレクサム子爵を大目に見ていたのは、数百年前までさかのぼれるほど古い子爵家という彼の家柄と、エレノアを上回るほど豊かな財産のせいだった。

もっともエレノア自身は、デイモンの爵位も財産もどうでもよかった。彼という人間そのものに惹《ひ》きつけられたのだ。デイモンに出会った瞬間、エレノアは稲妻に打たれたように心を奪われ、どんな男にも感じたことのない絆《きずな》の存在を直感した。

恋に落ちるのはあきれるほど簡単だった。

もちろん、若さのせいでそんな愚かなことをしたのだろう。あのとき、エレノアはまだ十九歳。乙女らしいあこがれからロマンティックな恋そのものに恋していたころだった。夢にまで見た熱く心を燃え上がらせてくれる求婚者——それがデイモンだった。

婚約までの数週間の求愛期間はめくるめく日々だった。エレノアは彼の妻として生きる幸せな人生を信じていた——あの運命的な日まで。あれは二年前。あの日の朝、エレノアはハイド・パークで見てしまったのだ。デイモンが美しい愛人とともに馬車に乗っている姿を。隠そうともせず、堂々と見せつけるような姿だった。

彼の裏切りに傷ついたエレノアはすぐさま婚約を解消し、二度とデイモンに近づかないと誓った。心を傷つけられただけではない。恥辱を受け、誇りをズタズタにされたのだ。今も消しきれない心のざわめきが残っている。それでもエレノアはおじけづくつもりはなかった。

「そうね」レディ・ベルドンの言葉がエレノアの物思いを破った。「ここに残るというのなら、大公殿下《プリンス》のおそばにいたほうがいいわ。レクサムを近づけないために」

「そうするわ、叔母様。ラザーラ殿下は今、飲み物をとりに席を外されているだけよ」

イタリアにある小さな公国の元首アントニオ・ラザーラ・ディ・テラシーニ大公は英国を訪問中だった。今夜は、遠い従兄弟《いとこ》であり在英の外交官である年配のシニョール・ウンベルト・ヴェッキを伴っている。うわさによれば大公は花嫁を探している最中で、エレノアは花嫁候補と世間から見られていた。

エレノアは、自分が世間の注目を集めるのは人間性や知性のためではないことをよく承知していた。母から莫大《ばくだい》な遺産を受けついだ相続人としてエレノアは有名だった。また、男爵の娘であることに加えて、さらに今は兄が遠い親戚からダンヴァーズ伯爵位を相続したため、伯爵の妹という立場でもある。

けれど、エレノアは自分がどれほど真剣にプリンス・ラザーラの未来の妃《きさき》になりたいのか、よくわからなかった。たしかに惹かれるものはある。彼の官能的な声と心とろかすような黒い瞳はロマンスそのものと言ってよかった。おまけに、ハンサムで魅力にあふれウィットに富んでいる。あちこちで耳にするうわさ話によれば、デイモンに負けず劣らず放蕩者であるらしい。

そしてデイモンとの破局後、別の男性とのごく短い婚約をへてエレノアは決心した。今度婚約するときはちゃんと結婚までいくのだ、と。愛し合える相手としか結婚しないつもりだった。

ちょうどそのとき、広間が静まりかえった。摂政皇太子の登場だ。けれど「うわさをすれば」とつぶやく叔母の声を耳にした瞬間、エレノアは注目を集めているのが皇太子だけではないことに気づいた。

レクサム子爵デイモン・スタッフォードが皇太子の隣りに立ち、客の目を惹きつけている。客たちはいっせいにお辞儀をすると皇太子に向かって殺到した。一方、レクサムは周囲に視線を向け、あいさつに応じている。

レクサムの登場に女性たちの興奮したささやき声があがる。エレノアの目は彼だけをとらえていた。長身で筋肉質の体は男らしくカリスマ性を漂わせ、圧倒的な存在感を放っている。

高い額とほお骨。意志の強さを思わせるあごの線。荒々しいほど男らしいその容貌《ようぼう》は、記憶に残る姿どおりだ。けれど、大陸での旅のせいか以前より日に焼けている。つややかな黒い髪はエレノアの黒髪ほど黒くはなく茶色がかっている。くっきりとした眉と長いまつげが夜の闇のように黒い彼の瞳を際立たせている。

その目が群衆の中にいる彼女をとらえたとき、エレノアの心は乱れた。

あれほど用心していたのに、目が合った瞬間エレノアは凍りついてしまった。どうして体は熱いのに背すじが冷たくなるのだろう。急に息がつけなくなる。

まるで雷に打たれたような衝撃だった。二年前に初めて出会ったときと同じだ。

エレノアは思わず胸に手を当てて動悸を抑えようとした。手のひらが汗で湿り、脚から力が抜けていく。

冷静でいられると思った自分が浅はかだった。デイモンのようにエレノアの血をたぎらせ、心を動かした男はいなかったのだから……。

エレノアは自分を叱りつけ、背すじをすっとのばした。社交界の人びとが見ている前で醜態をさらすわけにはいかない。

群衆の視線がエレノアに移り、広間がざわめいた。ふたりの婚約破棄のいきさつは社交界中に知られているから、明らかに客たちはエレノアがどう反応するか興味津々だ。

「シャンパンをお持ちしました、ドンナ・エレノア」

イタリア語なまりの低くなめらかな声がしてエレノアはハッと我に返った。

デイモンから視線を引きはがして背を向けると、エレノアはプリンス・ラザーラにまばゆい微笑みを見せた。元婚約者なんかに今夜の楽しみをメチャクチャにされてたまるもんですか。

せめて今夜だけは、過去の苦い思い出を心から追い払おう。エレノアは強く決意した。


その後二時間、エレノアは決意どおりに楽しいひとときを過ごした。やがて、プリンス・ラザーラが「庭園を散歩しませんか」と提案した。カールトン・ハウスの熱気と喧噪《けんそう》に疲れていたエレノアはすぐにうなずいた。こうして、シニョール・ヴェッキと語り合う叔母を残して、エレノアはプリンス・ラザーラの手をとって庭園の小道を散策することにした。

皇太子の装飾の趣味は社交界の目利きたちからあまり芳しい評判を得ていなかったが、庭園のあちこちに下げられた中国風のランタンはおとぎ話のような雰囲気をかもし出していた。ちらちらとゆらめく黄金色の光が噴水や池に映っている。エレノアは、ある夜のことを思い出していた。やはり噴水がきらめいていたあの夜、初めてデイモンにキスされたのだった。

そのとき突然、プリンスの声がしてエレノアは現実に引き戻された。「なぜ噴水を見つめていらっしゃるのですか、ミア・シニョリーナ？」

だめじゃない。エレノアは自分を叱りつけ、気持ちを引き締めた。デイモンの突然のキスと、その直後に彼を噴水に突き落としたことを思い出している場合ではなかった。

「きれいじゃありませんこと？」エレノアは話をそらした。

プリンス・ラザーラがうなずいた。「私の宮殿にもたくさん美しい噴水があります。いつかお見せできると思いますが」

思わせぶりな微笑みは、いつか花嫁としてエレノアを連れて行く可能性を匂《にお》わせている。けれど、そんな言葉を彼女はあまり信用していなかった。プリンスは女性を魅了する才能に長《た》けているともっぱらの評判だからだ。

「お国のことをお聞かせいただけますかしら、殿下？　わたし、イタリアには行ったことがありませんの。でも、すばらしい場所がいっぱいあるとうかがってますわ」

ドン・アントニオがにこやかに話を始めた。彼が統治する公国はイタリア南部――近年、両シチリア王国として合併された――と接する地中海沿岸にある。

エレノアは静かに耳を傾けていた。もっとも半分上の空だったが。困ったことに、デイモンを思い出さずにはいられなかった。

デイモンにキスされ、彼を全身ずぶ濡《ぬ》れにしたのは、叔母のハウス・パーティでふたりが出会った日からほんの数日後のことだった。紳士からそんなふるまいをされるとは思いもよらなかった。けれどなぜか、エレノアが見せた予想外の反応はデイモンの心をさらに魅了したのだ。

二週間後、ふたりは婚約した。

エレノアがデイモンに心を奪われたのは、彼の財産や爵位や恐ろしくハンサムな容貌のせいではなかった。彼の魅力や頭のよさのせいでもなかった。それは、真正面からぶつかってくるデイモンといると、生きているという気持ちになったからだ。彼といると、子どものころから抱えてきた孤独感がやわらいだ。

肉体を超えた魂と魂の結びつきだとエレノアは思った。デイモンになら、夢や希望を語ることができた。心の奥に潜む秘密やさまざまな思いを伝えられた。

けれど、デイモンは自分のことを語ろうとせず、誰に対しても――とりわけエレノアに対して――心の奥を隠しているように見えた。

いつか垣根を越えることができる。エレノアはそう信じていた。心も知性もぴったり合ったふたりだからこそ、いつかはデイモンに愛されると信じていた――たとえ彼が女を泣かせると評判の男だとしても。

やがて、事実が発覚した。デイモンは長年囲っていた愛人と別れていなかったのだ。手を切ったと言っていたのに。まぎれもない裏切りだった。彼はエレノアの誇りを踏みにじり、傷つきやすい娘心をズタズタに切り裂いた。

時がたつにつれて心の痛みはやわらいだ。今ではほろ苦い思い出でしかない。少なくとも、今夜デイモンと顔を合わせることになると気づくまではそうだった。

デイモンがロンドンに戻ろうが戻るまいが無関心でいなければ。今も恨みと怒りの感情は消えていないが、復讐《ふくしゅう》する気などなかった。ただ落ちついた態度で接したいだけだ。

それでも、庭園を散策しながらエレノアはデイモンの姿を探さずにはいられなかった。だからだろう。別の小道からふいに現れた人影に驚いたのは。

幸いなことに、人影の正体はカールトン・ハウスの従僕《じゅうぼく》だった。プリンス・ラザーラを呼びに来たのだ。シニョール・ヴェッキから重要人物に紹介したいと言いつかってきたと言う。

広間まで送りましょう、とドン・アントニオが腕をさしのべたとき、エレノアは微笑みを浮かべて断った。館の中でデイモンに会いたくなかった。「しばらく庭園にいますわ、殿下。向こうに友人たちがいますので、声をかけてみます」

心地よい夕べを楽しむ人びとの姿もちらほら見えたので、ひとりになる心配はなかった。顔見知りの女性たちの姿も見える。叔母も居場所を知っているから大丈夫。エレノアは思った。

ありがたいことにプリンスは無理強いせず、シャペロンなしで庭園に残ることを責めもせず、ただ礼儀正しく会釈して「すぐに戻ります」とだけ言い残した。その後ろ姿を見送ると、エレノアは友人たちのほうへと足を向けた。

けれど、またもや心臓がドキンと音を立てた。薄闇の中から長身の人影が現れたからだ。その広い肩には見覚えがあった。危険な雰囲気の漂う男らしい姿はまちがえようもない。

忘れられない大胆な黒い瞳。ベルベットのようになめらかな低い声には背すじがゾクゾクしたものだ――まさに今そう感じているように。

「エル……」デイモンが呼びかけた。

なにげないひと言にエレノアは心を貫かれたような気がした。フランス語で〝彼女〟という意味のこの言葉は、彼がいつもエレノアを呼ぶときに使った愛称だった。

エレノアは息を整えることも口を開くこともできなかった。喉がからからに渇き、かすかに気が遠くなってくる。デイモンのせいで体が凍りついてしまった。こんなことは初めてだ。

自分の弱さを嘆きながらも、エレノアはすっと背をのばして声をしぼり出した。「レクサム子爵様」

悠然とうなずいてみせる。

デイモンは首をかしげ、じっと見つめている。「礼儀正しい態度で接してもらえるようだね。安心した」

「安心したですって？　いったいわたしが何をすると思ってらしたの？　あなたの顔を張り飛ばすとでも？」

子爵の唇にかすかに楽しげな微笑みが浮かんだ。「たしか最後に会ったときはそうだった」

エレノアはまっ赤になった。あのときは侮辱されたという思いから、怒りにまかせてディモンの顔を引っぱたいて婚約を解消したのだった。

「実際――」ディモンは思い出したかのように左の頬をさすりながら言った。「あのときはきみに軽蔑されても仕方がなかった」

「そうね」エレノアはうなずいた。ほんの少しだけ気が楽になった。「でも、見苦しいことをするつもりはないからご心配なく。では、もう用がすんだのなら……」

通りすぎようとするエレノアの腕にディモンが触れた。「もう少しここにいてくれないだろうか。きみをひとりにするのに少々手間をかけたのでね。人前で顔を合わせる前にふたりだけで話したかったものだから」

ふいに納得がいった。エレノアはまじまじとディモンを見つめた。「この庭でわたしをひとりにしようとしたのね。あの従僕にラザーラ殿下を連れ出させて」思わずうわずった声を抑えて小声で言う。「あつかましい策略だわ！」

ディモンの唇に浮かんだかすかな微笑みはどこか残念そうだ。「たしかに策略は使った。だが、お互いに険悪な雰囲気を残したくなかったのでね。それに、人前で近づいたらどんな態度を返されるかわからなかった。もう噴水に突き落とされるようなことはないと思うが」

エレノアは不愉快そうに眉を上げた。「あら、そうかしら。まわりに噴水はたくさんあるわ」

ディモンの黒い目が楽しげにきらりと光ったような気がした。「少なくとも、話を聞き終えるまで気持ちを抑えてくれると助かるよ」

エレノアにとって気持ちを抑えるのは大変だったが、話を聞くことにした。デイモンがゆっくりと口を開いた。「二年前のことを簡単に許してくれるとは思っていないが――」

「どうしてそう思うのかしら？」エレノアは静かに言った。「あなたに世間の笑いものにされて、みんなから哀れまれる目にあわされたからって、わたしが寛大になれないとでも？」

「誰もきみを哀れんだりしないさ、エル」

ふたたび愛称で呼ばれてエレノアの体がこわばった。「そんなばかばかしい名前で呼ばないでいただきたいわ。今は正式には〝レディ・エレノア〟です」

「ああ、そうだ。マーカスがきみの立場を男爵の妹から伯爵の妹に引き上げるよう政府に申請したそうだね。いいだろう。では、レディ・エレノア。少々お時間をいただけないだろうか？」

デイモンの礼儀正しい態度がだんだん嫌になってきた。「何をお話しになりたいのかしら、レクサム子爵様？　昔のあなたの卑劣な行いについては謝らなくてもけっこうです。終わったことですし、もうめったに思い出しもしませんから」

エレノアの嘘を耳にしてデイモンは謎めいた表情を浮かべたが、視線はそらさなかった。「きみを傷つけたことは申し訳なく思っている、エレノア。だが、今夜こうしてきみに会おうと思ったのは、謝るためではない」

「では、なぜこんな策略を使ったのかしら？」

「休戦できればと思ったのだ。私のためというよりきみのために」

「わたしのためですって？　どうして？」

「私の過去の罪のせいできみの評判に傷がつくようなことを避けたいのでね。私に斬《き》りつけたいと思っているとしても、ひどいうわさの種になるだけだから」

「そうね。正式にお会いするときは、お互い礼儀正しく応対できるでしょう」

「今夜、もう一歩先まで行けないかと思ったのだが。ダンスのお相手をお願いできないだろうか。一回でいい」ディモンがそう言うと、エレノアの目がけわしくなった。

「いったいなぜあなたと踊らなくてはいけないの？」

「ゴシップにならないようにするためだ」

「それどころかゴシップの火種になるわ。よりを戻したと思われるじゃない。だめです。そんな親しげなことをする必要はないわ、ディモン。人前で会っても斬りつけたりしませんから。では、これで話が終わりなら……」

「まだ行かないでくれ」

押しつけがましい声ではなかった。それでも、エレノアの足を止める何かがあった。なぜかディモンのそばにいたくなる。こんな暗闇のなか、ふたりきりでいてはまずいのに。「いっしょにいるところを見られたくないの」

「こうすればいい」

デイモンは驚くエレノアの腕をとり、小道から数ヤード離れた生け垣の陰に引き入れた。

エレノアは抵抗しなかった。抵抗すべきだとわかっていたのに。だが、最初はふたりきりで会うほうがいいかもしれないと、しぶしぶ考えなおした。

「どういうつもりなの？」エレノアは不機嫌そうにたずねた。「何も話すことはないと思うけど」

「この二年間の空白を取り戻せるだろう」

けれど、エレノアは空白を取り戻したくはなかった。この二年間デイモンが何をしていたのか――どんな女といっしょにいたのか――考えるのも嫌だったし、自分がどれほどさみしい思いをしたか思い出したくもなかった。それでも彼女は礼儀正しく応対した。

「大陸を旅していたとか」

「だいたいはそうだ。主にイタリアにいた」

「こちらにはずっといるつもり？」

「少なくともしばらくはいる。旅は楽しかったが故郷が恋しくなってね」

いつも旅行をしたいと思っていたから、エレノアは嫉妬《しっと》を覚えた。だが、若い女性がひとりで世界を飛び回るようなことは問題外だと世間では思われていたし、とりわけ叔母の意見ではそうだった。それにヨーロッパ大陸は、つい三年前のナポレオン軍の敗北までひどく危険だと言われていた。それでも、エレノアはいつか国外へ行きたいと思っていた。

そのときふいにデイモンがエレノアの額にかかる巻き毛に手をのばし、彼女を驚かせた。頭に巻いた細い絹のリボンをなおそうとしているのだろうか。リボンには、青いダチョウの羽根が差してある。つややかな淡い青色をしたハイウェストのエンパイア風ドレスと合わせた色だ。スカート部分には銀色のネットが重ね合わせてある。

「あの美しい髪を……なぜ切ってしまったんだ?」

突然の問いかけにエレノアは唖然《あぜん》とした。今、髪は短くしていた。流行の髪型だが、実のところ二年前、衝動的に切ってしまったのだ。あの長い髪を愛したデイモンへの反発だった。

「あなたに何の関係があるというの?」エレノアはいたずらっぽい口調で言い返した。「わたしの髪型に口を出す権利なんてないのに」

「たしかに」

なにげない様子で肩をすくめると、彼は急に話題を変えた。「マーカスはどうしている?」

エレノアはホッと息をついた。こういう日常的な話題なら少しは気が楽だ。「元気よ」

「夏に結婚したと聞いたが」

「ええ……ミス・アラベラ・ローリングと結婚したの。今はふたりともフランスにいるわ。アラベラのお母様がいるブルターニュを訪問中よ。ふたりの妹さんといっしょに。妹さんたちも結婚したばかりなの。ご主人たちはご存じでしょう?　アーデン公爵とクレイボーン侯爵よ」

「ふたりともよく知っている」デイモンがためらった。「三人ともこんなに突然結婚するとは驚きだね。みな筋金入りの独身主義者だと思っていた」

「べつに結婚の病がはやっているわけではないわ。ご心配なく」

エレノアの皮肉にデイモンが微笑んだ。「私は結婚願望の病から回復したので大丈夫だ」

エレノアは唇をかみしめた。デイモンの結婚願望を消したのはわたしだわ。

黙り込んだエレノアを見てデイモンが顔をしかめた。軽率な言葉を口にしたことを後悔しているようだ。しばらくして彼は真剣な口ぶりでこう言った。「私が英国を離れてすぐ、きみは婚約したそうだね。だが、すぐに解消したと聞いたが」

エレノアは内心身がまえながらも毅然《きぜん》とあごを上げた。「ええ、そうよ」二度目の婚約も直後に自分から破棄していた。デイモンとの破局に傷ついたまま、彼を見返したい気持ちから承諾した婚約だったが、すぐに後悔した。「便宜結婚はわたしには無理だって気づいたの。相手の方を愛していなかったし、向こうもわたしを愛していなかったわ」

今もあなたを愛してるの、デイモン。エレノアの心は切ない思いでうずいた。

デイモンの声がさらに低くなった。「私たちの婚約を破棄したのも賢明なことだった。私はきみに心を捧《ささ》げられなかったから」

「できなかったの、それとも、するつもりがなかったの?」

デイモンの表情は読みとりがたかった。「どちらでも変わりはない。それに、きみにはもっとふさわしい相手が見つかるはずだ」

「そうね」

「そして今はプリンス・ラザーラから求愛されているのだね」デイモンが話を向けた。

エレノアはためらった。「正確には求愛されているとは言えないわ。殿下は観光のために英国を訪問されているのですから」

「花嫁を見つける目的もあるのでは？」

「うわさではそうだけど」

「殿下が美しい遺産相続人にとりわけ興味を示したとしても驚かないね」

デイモンの言葉がエレノアの心に突き刺さった。「殿下がわたしの財産にしか興味がないと思っているの？」

「もちろんそんなことはない」デイモンの唇の端が上がった。「だが、今さらきみの魅力をあれこれ並べ上げる必要もないだろう。プリンス・ラザーラにも必要ないことだ。財産だけでなくきみ自身に惹かれなかったとしたら愚か者だ」

でも、あなたはもうわたしに惹かれないのでしょう？　心の痛みが強くなった。エレノアはさり気ない口調で言った。「殿下がわたしに求愛するとしても、あなたには関係ないわ」

「それでも心配でね。きみを妻にできれば彼にとっては幸いなことだ、エレノア。だが、きみにはもっといい相手がふさわしい。あの男はだめだ」

エレノアはデイモンをにらみつけた。「どうしてそんなことがわかるの？」

「私はきみを知っているからだ」

どう答えていいのかわからないままエレノアは肩をすくめた。「わたしの求婚者に文句をつけるなんて差し出がましいのではないかしら、レクサム子爵様」

「私が差し出がましい人間なのは昔からわかっていることだろう」

たしかにそうだった。ふいにデイモンが体を近づけた。

ほとんど目の前に立ったまま、じっと彼女を見つめている。エレノアは黒い瞳に囚《とら》われた。突然、鼓動が激しく乱れた。ああ、キスをするつもりかしら？　身ぶるいするような彼のキスは今も忘れていない。あの官能的な唇の味わい。彼の唇が近づいてくる……。

デイモンの指先にほお骨をなでられ、エレノアは息をのんだ。こんなに間近にいるなんて。彼のぬくもりと匂いに圧倒されている。やがて、抑えきれなくなったかのように、デイモンがエレノアのうなじに手をそえて顔を近づけ、あたたかな唇で彼女の唇を包み込んだ。

心地よい衝撃にエレノアは身じろぎもできない。キスのやわらかさに、抵抗しようという気持ちも消えた。去りかねるようにたたずむ彼の唇とエレノアの唇が溶け合ってひとつになり、エレノアの体がふるえた。

思いがけないエレノアの反応を感じてデイモンはさらに頭を傾け、キスを深めた。まるでエレノアの味わいを思い出し、舌ざわりを確かめるかのように、口の中を奥深く探っていく。

突然、エレノアは何もかもわからなくなった。ありとあらゆる感覚があふれ出し、体の奥深いところから何かが激しく突き上げるような気がした。逃げようという気持ちは忘れていた。完全にデイモンに囚われている。心地よくやさしい熱いものが体の中でうずきはじめる。

エレノアがくぐもったすすり泣きをもらすと、デイモンはさらに体を引きよせた。やわらかな胸に胸板が当たり、太ももにたくましい太ももが押しあてられている。エレノアの体はどうしようもなく反応していた。背中がのけぞり、手足から力が抜けている。魔法のようなリズムで彼の舌がエレノアの舌にからみついている——まるで交わっているかのように。

デイモンの手が片方の乳房を包み込んだ瞬間、エレノアは激しい快感に襲われた。ああ、思い出した。この人は簡単にわたしの欲望をかき立ててしまう。

さらに思い出したのは、二年前にあたえられた心の痛みだった。

突然、我に返ったエレノアは燃え上がるような欲望を抑えつけた。かつて彼の官能的な愛撫《あいぶ》に身をまかせた結果、心をズタズタに引き裂かれたのだ。

意志の力をかき集めて、エレノアは両手で彼の胸を突いて体を引き離そうとした。

離そうとしないデイモンの胸をさらに生け垣のほうへ押しやる。けれど、予想していた反応だったらしく、デイモンはびくともせずにエレノアの両腕を軽くつかんで引き離した。

彼はキスをやめようとしない。そこで、エレノアは靴の先で彼のすねを強くけった。

幸いなことに今度は功を奏し、デイモンが低いうめき声をあげて体を離した。

つま先の痛みをこらえながら、エレノアは完全に体を引きはがして後ずさった。

息は荒く、脈拍は乱れている。エレノアは心を落ちつけようとした。

デイモンはふたたび謎めいた表情を浮かべていた。驚いたことに、勝ち誇った顔をしていない。一瞬、その目の中に後悔を思わせる表情がよぎった。

「許してくれ。我を忘れてしまった」デイモンの声はかすれていた。

残念ながら、エレノア自身も我を忘れていた。デイモンの誘惑は許せなかったが、キスに反応してしまった自分が情けなかった。それでもなぜか喪失感が心にあふれた。

「ドンナ・エレノア?」男らしい深い声がした。

エレノアの体がこわばった。プリンス・ラザーラが探しに来たのだ。

唇が濡れてはれぼったくなっていないことを願いながら、エレノアは生け垣の陰から抜け出した。「はい、殿下」

彼女を見たドン・アントニオが魅力的な微笑みを浮かべている。だが、デイモンが姿を現した瞬間、プリンスの微笑みが消えた。

頬を赤く染めながらエレノアはあわてて説明した。「昔の知り合いのレクサム子爵に兄の結婚についてお話ししてましたの」

「レクサム子爵?」プリンス・ラザーラはゆっくりとその名を口にした。視線が鋭くなる。

だが、デイモンは気軽な口調で言葉を返した。「紹介してもらえるかな、レディ・エレノア?」

エレノアがいやいや紹介するかたわらで、プリンスはデイモンを頭のてっぺんからつま先までじろじろとながめていた。いかにも気にくわないといった表情だ。そして、こわばった会釈をするとデイモンから離れ、あてつけがましくエレノアに腕を差し出した。「では、散策を続けましょうか？」

エレノアはありがたくプリンスの腕をとると、デイモンに「ごきげんよう、子爵様」とつぶやいてその場を離れた。

ホッと一息ついてプリンスに導かれていく。動悸はいくぶん収まってきたが、まだキスの余韻が残っている。デイモンに対して今も怒りと心の痛み以上のものを感じているせいだろう。すねをけとばしてやったのはいい気分だった。

少なくとも初めての再会は無事に終わった——情けないふるまいをしたとはいえ。

ちょうどそのとき、プリンスの言葉がエレノアの物思いを破った。「レクサム子爵は以前婚約なさっていたお相手ではありませんか？」

プリンスの声には好奇心以上のものがこもっていた。嫉妬だろうか。

「とても短いあいだでした」エレノアはにこやかに微笑んだ。「レクサムに対する気持ちはすぐに醒《さ》めてしまいましたわ。今では何でもない相手ですの。兄の友人というだけ」

我ながら説得力がない言い方だわ。エレノアはそう感じずにいられなかった。まだデイモンのことを忘れていない。ついさっき見せた反応がいい証拠だ。

もちろん彼から官能的な攻撃を受けたらどんな女性でも平気ではいられないだろう。デイモンのキスは魔法のように情熱的で、気が遠くなる……。ふたりのあいだに飛び散った火花はまだ消えていなかった。

なんてことかしら。

もっと強くけとばしてやるべきだったわ。エレノアは心の中でつぶやいた。つま先の痛みが強ければ強いほど、デイモンがどんなに危険な男か思い出せるはずだ。

彼とは二度と親密なことになりませんように。エレノアは祈った。またキスされたら、ふしだらな反応を返さずにいられる自信はない。

デイモンの魅力に負けてしまうのが恐ろしかった。そんなことは絶対に起こしてはならない。

2

時には悩める乙女のようにふるまってみましょう。なすすべもない様子を見せられると男性は優越感にひたるものです。そして、それは男性の大好きな状況なのです。

——匿名のレディ著『若いレディに贈る、夫を捕まえるためのアドバイス』より

カールトン・ハウスを出て馬車に乗り込みながら、デイモンは虚《うつ》ろな心を抱えたまま顔をしかめていた。今夜、エレノアに出会うとは思っていた。ふたりきりで話をするつもりだったし、そのためにかなりの手間をかけた。だが、キスするつもりはまったくなかった。

自分に対するエレノアの気持ちをやわらげ、これまでのわだかまりを過去のものにしたい。心にあったのはそれだけだった。加えて、プリンス・ラザーラに対してエレノアがどれほど真剣な気持ちを抱いているのか確かめたいという気持ちもあったが。

それなのに、なぜ彼女の唇をふたたび味わいたいという欲求に負けてしまったのか？　デイモ

ンは皮肉な気持ちで思い返した。炎の中に手を突っ込むようなまねをすべきではなかったのに。それでも、キスをしたことを後悔する気にはなれなかった。あの唇の感触は記憶どおりだった。いや、それ以上だ。いきいきとして、みずみずしく、ぬくもりにあふれていた。あの唇の魅力は今もデイモンをとらえて離さない。

これまで出会ったどんな女よりエレノア・ピアースは彼の血をたぎらせた。これから先も一生あんな女に出会うことはないだろう。今夜エレノアは彼を酔わせた——二年前と同じように。

デイモンは馬車のゆれに身をまかせていた。隣りの席には、かっぷくのいい友人ミスター・オットー・ギアリーが座り、革のクッションによりかかっている。

「仰々《ぎょうぎょう》しい社交界からやっと解放されて、うれしいことこのうえないね」オットーがいかにもホッとした様子で息をついた。「もう二度とこういう面倒くさいつき合いに引きずり込まないでほしいものだよ」

デイモンはむりやりエレノアから心を引き離し、皮肉っぽい微笑みを浮かべた。「なぜ今夜きみをあそこに引きずり込んだか理由はよくわかっているだろう。少しは病院のことを忘れなければだめさ。放《ほう》っておくときみは患者べったりになってしまうからな。ぼくが留守をしていた二年間ずっとそうだったのだろう？　目に見えるようだ」

オットーが堅苦しいクラヴァットを引っぱると、まっ赤な髪が目にかかった。「患者べったりでいるほうが幸せというものだよ。それにひきかえ社交界ってやつは……よく耐えられるな、きみは。摂政皇太子のことなどあまり好きじゃないんだろう、デイモン？」

「まあ、そうだな。だが皇太子殿下はきみに便宜を図ってくれるだろう。いろいろな娯楽でぼくの支援を期待していらっしゃるから、代わりにきみの仕事の支援をしてくださるだろうさ」

オットーはため息をついた。「病院経営にはとんでもなく金がかかるからな」

デイモンもよく承知している。なぜなら、資金援助してオットーに医学を学ばせた後、五年ほど前にはかなりの額を出資してロンドン北部にマールボーン病院を設立させたからだ。

才能に恵まれたオットー・ギアリーは厳しい修行と献身的な努力の末、今では英国で最も尊敬される医師のひとりと目されている。だが、摂政皇太子の支援があれば、さらに尊敬を集められるだけでなく、社交界からさらなる支援と寄付をつのることができるだろう。

「ところで――」オットーが話の矛先を変えた。「今夜きみがあそこへ行ったのは、何も皇太子の支援目当てだけじゃないだろう」

馬車のランプがぼんやりとした光を漂わすなか、デイモンは友の顔を見つめた。「ほかに何の理由があると言うんだ？」話をそらそうとする。

「きみはある若いご婦人に心を奪われているだろう。ちがうか？」

「いつからそんな相手がいたと？」

「まあ、正確には二年前からか」突き刺すようなデイモンの視線を楽しむかのごとくオットーが続けた。「この四日間というもの、きみはいつになくそわそわして怒りっぽくなっていた。隠してもだめさ。診断させてもらえれば、その症状はレディ・エレノアに再会する期待感から生まれたものだな」

デイモンの唇に皮肉っぽい微笑みが浮かんだ。「どうしてそんな推測をする?」

オットーが笑った。「ぼくはきみのことをよく知っているんだ。忘れたか?」

デイモンは否定することができなかった。ふたりは長いつき合いだった。デイモンの双子の兄ジョシュアが十六歳で死の床についたとき、オットーが付きそっていたのだ。

「レディ・エレノアは際立って美しい女性だな」オットーが探りを入れた。「今夜、話ができたのかい?」

「ああ」

「それで? 言うことはそれだけか?」

「それ以上言うことはないさ」デイモンはエレノアへの気持ちを説明するつもりはなかった。そもそも自分でもわからないのだ。

「プリンス・ラザーラが彼女に求愛しているのはうれしくないだろう?」オットーがたずねた。

実際うれしくはなかった。エレノアがプリンスから言いよられていると耳にした瞬間、デイモンは帰国を一週間早めたのだから。放蕩者のラザーラに傷つけられないよう彼女を守ってやりたかった。今夜、エレノアがハンサムなプリンスとふたりでいるところを目撃したとき燃え上がった嫉妬の炎を、デイモンはむりやり抑えつけた。嫉妬する権利などないというのに。

「ああ、うれしくはないね」デイモンは認めた。

オットーが顔をしかめた。「注意しろよ、デイモン。レディ・エレノアから距離を置いておくべきだぞ。さもないと誤解されてしまう」

「賢明なるご意見を尊重しなければならないな」デイモンはふざけて言い返した。それでも、友の忠告は胸にしみた。

エレノアは危険なほど魅力的で忘れがたい女だ。この二年間、心に深く刻まれた彼女の存在をデイモンはどうしても忘れられなかった。あの短くも幸せな求婚期間が終わってから、人生は多少の旅の楽しみと長年の野望を達成した満足感以外はつまらないものと化してしまった。

デイモンは眉間《みけん》にしわをよせたまま、窓の外に広がるロンドンの夜景を見つめた。エルへの熱い思いは克服したと思っていた――今夜までは。だからこそキスしたいと思ったのかもしれない。キスをしても何も感じないと確かめたかったのかもしれない。けれど、実験は失敗に終わった。以前と同じように熱い火花がふたりのあいだに飛び交った。エレノアは彼にとって恐ろしく危険な女だった。

エレノアが今も彼に怒りを感じているのは幸いかもしれない。どうやら許す気はないようだ。デイモンは彼女を傷つけたことを深く後悔していた。すべて自分が悪いことも承知していた。そもそも求婚すべきでなかったのだ。エレノアの望むものをあたえてやれなかったのだから。

思い出してみれば、心地よい笑い声をたてる才気煥発なエレノアに出会った瞬間、彼は心を奪われてしまった。あのとき、家族を失ってから初めて、彼は生きているという気持ちになった。さらに不可解なことに、エレノアと自分のあいだには不思議な絆があった。双子の兄と同じぐらい強い絆を彼はエレノアに感じていた。

だからこそ衝動的に結婚を申し込んだのだ。それに加えて、どうしようもなくエレノアへの欲望がつのり、結婚で自分を縛りつけなければ彼女の体を奪う衝動に負けそうで恐ろしかった。

だが翌週エレノアがおずおずと愛を告白したとき、彼は呆然《ぼうぜん》とした。エレノアの気持ちの強さを知り、自分自身の気持ちも危険なほど激しくなっていると気づいた瞬間、デイモンはふたりの関係を終える手を打った。これ以上彼女を深入りさせて致命的な傷を負わせたくなかった。別れは早ければ早いほどいいはずだ。デイモンは自分に言いきかせた。そのほうがエレノアは早く立ちなおれるだろう、と――。

そうだ。あの二年前の経験を教訓にしなければ。頭の奥でささやく声がした。オットーの言うとおりだ。デイモンにはわかっていた。エレノアから距離を置くべきだ。再会はすんだのだから、もう別のことに心を向けなければ。

ただ、プリンス・ラザーラのことは気がかりだった。あの魅力的な放蕩者は財産目当てかもしれないし、素行が悪いのはたしかだ。イタリアでラザーラは数多くの女を泣かせ、良家の娘の純潔を奪って捨て去った。

彼女の家柄と社会的立場が強いことを考えれば、ラザーラがエレノアの純潔を汚すことはないかもしれない。それでもデイモンはラザーラがエレノアの心を傷つけるのではないかと危ぶんでいた――ちょうど自分が傷つけたのと同じように。ラザーラと恋に落ちて結婚すれば、エレノアは夫の不貞につらい思いをするだろう。

デイモンは皮肉な微笑みを浮かべた。心の中でエレノアを守りたいだけではなく、過去の罪を償って良心の呵責《かしやく》をやわらげたい気持ちがあるのだろう。

これ以上エレノアのことを考えたくなかったので、オットーが話題を変えて病院の話をはじめたとき、デイモンはありがたかった。そして、馬車がマールボーンの病院近くにあるオットーの家の前で彼を降ろしたとき、デイモンはひとり残されてホッとしていた。やがて馬車は、メイフエア――多くの貴族が住む、ロンドンで最も高級な住宅地――のカヴェンディッシュ・スクエアにあるレクサム邸に到着した。

デイモンの一族は、過去数世代にわたってこの屋敷に住んできた。だが、彼を出迎えた空虚な静けさは、幼いころの記憶とは似ても似つかなかった。あのころ、廊下には子どもだった彼とジョシュアの笑い声が満ちていた。

今、廊下は嫌になるほどがらんとしていた。十六歳のときの悲しみがここに残っているような気がする。あのとき、愛する兄を結核で失った。つらい不治の病だった。

双子の兄を失ったことはデイモンにとって痛切な打撃だった。ふたりは、分かちがたいほど親密な兄弟だったからだ。追い打ちをかけるように、その後まもなく両親の乗った船がひどい嵐にあって遭難した。デイモンは天涯孤独の境遇になり、感情というものを失った。それ以来、あらゆる思いを心の奥に追いやり、誰とも深い関係になるのを避けるようになった。

同時に、無謀な人生を歩むようにもなった。もう失うものはなかった。不幸に襲われて十年というもの、運命に挑戦状をたたきつけるような人生を送り、世間に悪名を轟《とどろ》かせた。

評判などどうでもよかった――いきいきと美しいエレノア・ピアースに出会うまでは。あれは、彼女が叔母のレディ・ベルドンに守られて社交界にデビューした最初の年のことだった。

従僕からランプを受け取ったデイモンは広々とした階段を登り、廊下の右手奥にある自分の部屋に向かった。寝室に足を踏み入れるとすぐ窓を大きく開けた。

二年間この屋敷は閉ざされ、家具には白い布がかぶせられていた。屋敷中の空気をすっかり入れ替えたというのに、今も部屋の中にはムッとするにおいが残っていた。病院や病室に漂うような死と病のにおいではない。ただ、閉ざされていた家のにおいだ。それでも、デイモンには耐えがたかった。

くるりとふり返ると、彼はあや織り《ブロケード》の改まった上着を脱いでクラヴァットをゆるめ、強いブランデーを一杯そそいだ。ぼんやりとしたまま、暖炉の前にある安楽椅子に深々と腰を下ろす。あたたかな炎がチロチロと燃えている。

そのとき、つつましやかに扉をたたく音がして、デイモンは我に返った。

「入れ」と呼ぶ声に応じて、年配の近侍《きんじ》が姿を現した。「何かご用はございませんか、だんな様？」

長年仕えてきた召使いの姿を見てデイモンは顔をしかめた。「もう遅いぞ、コーンビー。帰りを待つなと言っておいたはずだ」

「はい、そううかがいました」

「おまえはめったに私の言うことを聞かないな」

「今夜はそうですが。ここぞと言うときにさぼっては、まともな召使いとは言えませんので」

白髪頭のコーンビーがさぼっているところを想像してデイモンは微笑まずにいられなかった。まずありえないことだ。この老人はもう長年スタッフォード一族に仕えてきた。ジョシュアが病の床に伏したとき、老人は死んでいく少年をかいがいしく看病してくれた。その忠実な態度に感謝してデイモンは老人を雇い続けていた――もう引退してもいい年齢であるにもかかわらず。

それでも、コーンビーは施しに類したことを断固として拒否し、デイモンの近侍兼雑役係としてけなげに働いた。高齢だというのに、海外までデイモンの旅に付きそった。たしかに、コーンビーがそばにいてくれてよかったと思うことが何度もあった。ふたりのあいだには長年の仲間意識のようなものが芽生えていたせいで、ふつうの主人と召使いよりざっくばらんな関係にあった。

「今夜の装いにご満足いただけましたでしょうか、だんな様？」コーンビーがたずねた。

「ああ、とても満足している」

ちょうどそのときコーンビーは椅子に掛かったデイモンの上着に気づき、とまどいの声をあげた。「だんな様、こんなことをなさってはいけません！　とても高価な上着ですのに」

そっと上着を手にとると——ウェストンで仕立てたばかりの見事な一品だ——召使いは丁寧に服地をなでつけた。「まったく困ったお方だ。でも、今夜の目的には役立ったようですね。摂政皇太子の祝宴は特別なことでございますからね。だんな様もいつもより念入りに鏡の前でおめかしなさっていましたし」

デイモンは老人に鋭い視線を投げつけた。たしかに今夜、エレノアに会うと思ったから服装には注意を払った。そんなにあからさまだったのか。「いや、おめかしなどしていないぞ」

「そうおっしゃるなら、そうでございましょうね」

笑い出したくなる気持ちを抑えて、デイモンは召使いに厳しい目を向けた。「わかっているだろうな、コーンビー。おまえに給料を払っているのは、私の観察をさせるためじゃないぞ」

「はい、承知しております」

「あと十年か二十年すれば、おまえも主人に対する礼儀を覚えるのかもしれないな」

「お言葉ですが、まあ無理でございましょう、だんな様。ことわざでも〝年老いた犬に新しい芸を仕込むのは難しい〟と言いますから」

デイモンは悲しげな顔を取りつくろって首をふった。「おまえを雇っておくのも考えものだな。明日の朝にはくびだぞ、コーンビー」

「すでに二週間前にくびになっております。イタリアを発《た》つ前に。お忘れですか？」

「じゃあ、何でまだここにいる？」

「だんな様には私が必要だからでございます。だんな様の面倒を見られる召使いはほとんどおりませんので」

「そんなことはないだろう」ディモンが言い返した。「ロンドンに戻ってきてからかなり召使いを雇い入れたはずだ」

「でも、誰もだんな様のお好みを理解しておりません」

たしかにそうだ。ディモンは心の中でつぶやいた。

「だんな様、少々失礼いたします」コーンビーが言った。「上着を片づけてまいりますので」

「ああ、わかった」

コーンビーが上着を手に衣装室へ姿を消すと、ディモンはブランデーをぐいっとあおった。

寝室に戻るやいなや、コーンビーはディモンの手にあるブランデーグラスに鋭い視線を送った。

「今年は早めに始めますか、だんな様？」

「いいや、そんなことはない。寝酒をやっているだけだ」

「ご指示どおり、最高級のブランデーを一樽、注文しておきました」

「ああ」

ディモンはめったに酒にふけることはなかったが、年に一度だけ兄の命日に正体がなくなるまで酔いつぶれるのが習慣だった。心に残る悲しみを消し去ろうとする空《むな》しい努力だった。もうすぐ命日だ。あと二週間もない。だが、まだ恒例の儀式を始めるつもりはなかったし、思い出したくもなかった。

「コーンビー？」デイモンはグラスの縁から老人に視線を向けた。

「はい、だんな様？」

「私を放っておいてくれれば給料を上げてやるぞ」

「もうじゅうぶんお給金はいただいております。よろしければ、お給金を上げていただくより、だんな様をときどきからかわせていただく楽しみがあるほうがありがたいのですが」

「ときどきなら私も耐えられるのだが」デイモンは怒った顔をしてつぶやいた。もっとも、ふたりとも冗談だと承知していた。デイモンはたいていの召使いが見せる主人に媚《こ》びへつらうような態度が嫌だった。

礼儀正しい姿勢を崩さずコーンビーは子爵の命令を待っていたが、やがて穏やかにたずねた。

「もうご用はございませんか、だんな様？」

「ああ、ひとつある。明日の朝七時までに乗馬服を用意してくれ」

明日の朝、エレノアはきっとハイド・パークに来るだろう。デイモンは予測していた。すばらしい乗り手であるエルは、朝のひとときに馬を走らせるのが大好きだ。彼女がイタリアのプリンスと馬に乗るなら……深みにはまらせるわけにはいかない。

「承知いたしました、だんな様。また特別な催しなら――」

「頼むから寝てくれ、コーンビー」デイモンがさえぎった。これ以上問いつめる機会をあたえないためだ。「疲れた顔をしているじゃないか。おまえに死なれては困るからな」

「はい、だんな様。仰せのとおりに」老人は扉の前まで行って足を止めた。「国に戻って英国式のベッドで眠れるようになったのはよろしゅうございました。外国のマットレスと称するものはひどい代物でしたので。お休みなさいませ、だんな様」

デイモンは軽くうなずいた。長い外国暮らしの末に自分のベッドで眠る安堵《あんど》感は格別だった。それでも、今夜エルにキスしたあとでは眠りにつくのは難しいだろう。あらゆる思い出が頭の中に渦巻いていた――いいものもあれば悪いものもある。

エレノアに出会うまで、どんな女とも感情的に深入りしたことはなかった。家族を失う激しい悲しみを経験してからというもの、デイモンは誰も心に踏み込ませなかった。愛する者を失うつらさを二度と経験したくなかったのだ。

けれど、生命そのもののようなエレノアに心から魅了されたデイモンは、親しくなるにつれて頭の中で鳴り響く警告を無視した。やがてエレノアが愛を告白した。運命のわかれ道だった。

エレノアが示した危険信号を裏書きするように、またひとり死者が出た。遠い従姉妹《いとこ》であるテス・ブランチャードがワーテルローの戦いで婚約者を失ったのだ。悲嘆に暮れるテスの姿を見たデイモンは考えずにいられなかった――結婚後エレノアを失うという悲劇に襲われたら自分に耐えられるのだろうか。

だから、彼はエレノアを追いやった。さらに絆が深まってから彼女を失うことでもあれば、兄や両親を失ったときより激しい苦痛と空虚感を感じてしまうだろう。

けれど、デイモンはエレノアのほうから婚約を解消させることにした。男のほうから解消するのは礼儀に反するからだ。そこで彼は以前の愛人を同伴している姿をエレノアに見せつけた。

だが、彼はエレノアを裏切ってはいなかった。そう見せかけて最低の男だと思わせただけだ。それ以上苦痛と屈辱を味わわせたくなかったから、翌週デイモンは英国を発った。

幸いなことに、大陸を旅するあいだ、彼には屈折した思いをぶつける仕事があった。もしかしたら、家族の相次ぐ唐突な死のせいだろうか。デイモンは運命を自らの手で動かしたいという強烈な欲求を抱いていた。オットーの手助けで、デイモンはここ数年、兄の命を奪った結核という病に苦しむ者たちを救おうと努力していた。

仕事が成功を収めたことに、デイモンは誇りとまでは言えないもののたしかな手応《てごた》えを感じた。実際、期待していたよりもはるかにすばらしい成果を手にしていた。

けれど、当然と言えば当然のことだったが、デイモンはいつしか帰国を望むようになっていた。数週間前、もう元の生活に戻ってもいいころだと心を決めた。ラザーラがエレノアに求愛しているといううわさも後押しした。

こうして今夜、デイモンはエルのことをどうすべきか頭を悩ましているのだった。

また近づきすぎて傷つけたくなかった。だが放っておくわけにもいかない。ひどい夫になるとわかりきっている放蕩者がエレノアを追いかけているのだ。彼女にはもっといい結婚ができる。デイモンはエレノアの幸せを願っていた。愛のある結婚という夢をかなえてやりたかった。デイモン自身は裏切りで否定した未来ではあったが。いつか爵位をつなぐために自分が結婚するときは、ただの便宜結婚になるだろう。

プリンス・ラザーラは、エレノアの夢をかなえる男ではない。それはたしかだ。最後のブランデーを飲みほしながら、デイモンは暗い気持ちで考えた。明日の朝、ハイド・パークへ行けばふたりに会えるかもしれない。

エレノアを守るのだ。かつて妻にしようと思ったいきいきと美しいあの女を、放蕩者から守ってやらなければ。

ポートマン・プレイスの屋敷に戻るやいなやエレノアは叔母に従って二階へ上がり、叔母の寝室の前で立ち止まった。

「叔母様、楽しんでいらしたようね。わたしもうれしいわ」エレノアは本心から言った。「シニョール・ヴェッキはとても感じのいい方ね」

「本当にそう」ベアトリクスがかすかに頬を染めた。「魅力そのものだわ。きっとイタリアの殿方は生まれつき魅力的なのでしょうね」

「そうかもしれないわ」

いつもは堅苦しい叔母と著名なイタリア外交官のあいだにロマンスの気配が芽生えたのを目撃して、エレノアの心はなごんだ。未亡人になって五年になるベアトリクスは、これまでどんな男性にも興味を示したことがなかった。けれど明らかに今、やはり連れ合いを亡くしたシニョール・ヴェッキに心を惹かれているようだ。しかも、シニョール・ヴェッキも叔母に惹かれているらしい。

ふいに叔母が真剣な表情になり、エレノアの顔を心配そうにのぞき込んだ。「あなたは今夜、楽しく過ごせたの？　レクサムが戻ってきたからといって、あまりつらい思いをしていなければいいのだけれど」

「つらい思いなんかしていないわ」エレノアはごまかした。「あんな人、地獄に堕《お》ちてしまえばいいのよ」

「きっともう地獄に堕ちているわ」ベアトリクスが痛烈な言葉を口にした。「でも、レディは〝地獄〟なんて下品な言葉を口にしてはいけませんよ」

「はい、叔母様」エレノアは微笑みを押し殺しながらつぶやいた。いつも上品な叔母は礼儀にうるさい人だったが、エレノアはできるかぎり叔母を喜ばせたかった。自分を引き取ってくれた叔母のやさしさに報いたかったからだ。

「レクサムがいても、ラザーラ殿下の求愛の邪魔にはならないでしょうね」叔母が言った。

「大丈夫よ。レクサムはもうわたしに興味はないでしょうし、わたしもありませんから」ほんの四時間前、デイモンにキスされて我を忘れたことも、恥ずかしげもなくキスを返したことも絶対に白状してはならなかった。

「明日の朝、ドン・アントニオと馬車に乗るの、エレノア？」

「十時にお約束してます」

ベアトリクスが軽く眉をつり上げた。「ずいぶん遅いのね」

「ええ、でも殿下は起きるのが遅いそうなの」

「いずれにせよ、うちの馬丁をひとり連れて行きなさい。人目がありますからね」

「ええ、そうします」エレノアはおとなしく叔母に従った。

「では、お休みなさい」

「お休みなさい、叔母様」エレノアは答えた。けれど、今夜はすぐに眠れそうもない。デイモンとの再会をすませて肩の荷が下りた気分だったが、心の中に後悔と欲望が鋭く渦巻いていた。

エレノアは叔母の頬にキスもしなければ体に手も触れなかった。そうした愛情表現をレディ・ベルドンが下品だと考えていることを知っていたからだ。

だからかもしれない。隣の棟にある寝室へ向かいながらエレノアは思った。ぬくもりに飢えていたからこそ、初めてデイモンに求愛されたときすぐに反応を返してしまったのだ。

子ども時代の生活はさびしいものだった。物心ついたときには、厳格で礼儀にうるさい家庭教師の手で育てられていた。便宜結婚で結ばれた両親のピアース男爵夫妻は冷えきった関係にあり、子どもに対しても冷淡だった。エレノアの愛する兄マーカスは十歳以上年上で、ほとんど寄宿学校と大学で過ごしていた。

馬車の事故で両親を亡くすとすぐにマーカスが法定後見人になったが、エレノアは母の妹であるベルドン子爵夫人と暮らすことを選んだ。十歳の少女にとってシャペロンに見守ってもらうほうがよかったからだ。

生まれと家柄にうるさいベアトリクス叔母は、エレノアが寄宿学校へ行くのを許さなかった。学校へ行っていれば親しい友人ができたかもしれない。今では社交界でかなり人気を得ているエレノアだったが、本当に親しい友人といえば、兄の親友であるアーデン公爵ドリュー・モンクリーフとクレイボーン侯爵ヒース・グリフィンしかいなかった。ふたりとも兄同然の存在だ。

ああ、十八歳で社交界にデビューしてから数えきれないほど求婚者が現れたわ。エレノアは皮肉な気持ちで思い起こした。財産と家柄のせいでいつも注目の的だった。

財産目当ての男の餌食《えじき》になるのではないかとマーカスは気をもみ、叔母はりっぱな縁組みを望んだ。叔母にとって愛情は二の次で、すぐれた血筋と豊かな財力が何より大事だった。けれどエレノアにとって未来ははっきりしていた。恋愛結婚。それしか考えていなかった。

そしてデビューから半年後、エレノアは恐ろしく魅力的な放蕩者レクサム子爵に出会った。

最初は彼の魅力に屈しまいと抵抗した。たとえ、あらゆる女性の心をつかむ男だとしても、わたしは負けないわ。そんなエレノアも結局ディモンの魅力に負けた。彼はこれまで出会ったどんな男ともちがっていた。男らしく生命力にあふれているばかりか、内に激しさを秘め、危険な気配を漂わせていたのだ。

初めてキスされたときのことは一生忘れないだろう。ふたりは、ブライトン近郊にあるベルドン家のカントリー・ハウスの庭園を散歩していた。叔母が毎年開くハウス・パーティが始まったばかりだった。突然、デイモンが口にした戯れの言葉にエレノアは虚を突かれ、警戒心をゆるめてしまった。

「そんな誘惑の言葉を口にするものではないわ」とうとうエレノアは笑いながら答えた。「いずれ困ったことになりますわよ」

デイモンの口もとに浮かんだかすかな微笑みは魅惑的だった。「すでにときどき困った目にあっていますよ。だが、危険を冒す甲斐《かい》はある」

そう言うとデイモンは顔を近づけ、大胆にもエレノアの唇を奪った。エレノアは熱く官能的な衝撃に我を忘れた。

しばらくして正気を取り戻した。簡単に手を出せる相手だと思われたくなかった。すぐさまエレノアはデイモンの胸を押しやった。彼は不意を突かれて後ろに倒れたかと思うと、そのまま噴水の中に落ちた。

バシャッという水音をたてたあとデイモンは水の中に横たわり、エレノアを見上げていた。夜会服はびしょ濡れだった。

「これで熱い気分も醒めるのではないかしら、子爵様」エレノアは心臓が飛び出しそうな思いを隠したまま、にこやかに声をかけた。

デイモンは呆然としていたが、やがて笑い出した。「そう思っているのなら、ミス・ピアース、私のことをよく知らないとしか言いようがないね」

エレノアの突飛な答えを耳にしても、デイモンの熱はいっこうに冷めなかった。むしろ、誘惑はさらにたくみになっていった。

あの夢のようなキスをしてから、何度唇を重ねたことだろう。それでも、デイモンは何回か禁断の愛撫をしただけで、それ以上ふたりの情熱を深めようとはしなかった。思い出に心を動かされながら、エレノアは思わず指で唇をなでた。

デイモンの誘惑を許し、心を捧げてしまったのは大きな過ちだった。デイモンが愛を返して孤独を癒《いや》してくれると信じたのは、さらに大きな過ちだった。ふたりの短いロマンスは花火のように燃え上がり、彼の裏切りとともに燃えつきた。

あれから婚約解消を後悔することがあったとしても、短い時間でしかなかった。それも、さみしさに襲われた夜更けのひとときでしかない。後悔の念を静めるのは簡単だった。デイモンがあたえてくれた幸せな数週間のあと襲いかかった苦しみの数カ月を思い出せばいいのだから。もしも結婚してから夫の不実を知ったとしたら、重ねて大きな苦しみに見舞われていただろう。そう思えば後悔も消えた。

そうだわ。寝室の扉に手をのばしながらエレノアは思った。いつかは結婚するだろう。それでも、相手と愛し合える関係になれないかぎり結婚するつもりはなかった。

待っていた小間使いが着替えを手伝ってくれた。小間使いを下がらせると、エレノアはベッドに入ったが、ランプの炎はすぐには消さなかった。ベッドサイド・テーブルの上に置いた革装の小さな本を手にとる。

出版されたばかりの『若いレディに贈る、夫を捕まえるためのアドバイス』という本だ。著者は〝匿名のレディ〟。著者が誰かは知っていた。ローリング姉妹の幼友達であるファニー・アーウィン。十六の歳に故郷を出て、今ではロンドンで指折りの人気を誇る高級娼婦だ。

本の中でファニーは夫を捕まえる方法だけでなく、結婚後に夫を夢中にさせる方法についても秘訣を明かしていた。

つまり、男性に愛される方法だ。

エレノアは多くの友人に本を宣伝した。兄と結婚して義理の姉となったアラベラへの好意からしたことだ。ところが、いつのまにかうわさがうわさを呼び、今では社交界の半分の女性が興奮しながらこの本の話をするようになっていた。

エレノアと同じシーズンにデビューした女性たちの多くはすでに結婚していたが、みな〝匿名のレディ〟の秘訣を夫相手に実践しようと夢中になっていた。そしてまた、デビューしたての娘たちやその母親たちはもっと熱心な読者となって夫探しに励んでいた。

エレノアには、男性を罠にかけるような策略は不誠実で許しがたいことに思えた。あくまで愛し合える相手と結婚すると強く心に誓っていた。独身のままさみしく一生を過ごす気はなかったし、愛の喜びを知らないまま未亡人になった叔母のような人生も望んでいない。

自分の人生を自ら動かすつもりなら、恋だって同じだわ。エレノアは考えた。まずはプリンス・ラザーラ相手に実践してみなければ。

ハンサムで情熱的なイタリア貴族に惹かれているのは事実だ。それでも、彼がエレノアを愛するようになるのか、貞節を守る夫になれるのか、まだ確信できていない。

だからこそ、彼が求愛を続けているあいだ、ファニーの秘訣を実践して彼の愛を得られるか試すつもりだった。

それなのに、始めようとしたところでデイモンが現れるとは。夢にも思わなかった。

どうして、あと数カ月外国にいてくれなかったのかしら？　エレノアはいらだった。デイモンがいると、どんな男性に求愛されても彼と比べずにはいられなくなる。しかも、デイモンに勝る男はほとんどいなかった。

デイモンはすばらしい美点をたくさんそなえた男だ。頭の回転の速さ。求愛中に見せた、自分の女になれと挑むような態度。それでいて見下した態度をとらず、たいていの男友達のようにエレノアをか弱い女性のように扱いはしなかった。

財産目当てのちやほやしたふるまいを見せないと思いきや、彼はエレノアをじらしたりからかったりして、時には怒らせたものだ。ちょうど兄やヒースやドリューと同じように。

こんなにデイモンのことばかり考えているなんて。エレノアは本を閉じてランプの火を消すと、上掛けを引っぱり上げて目を閉じた。

困ったことに今夜デイモンのせいで心が乱れに乱れていた。こんな思いはもうごめんだわ。あの魅力的な悪魔のことを二度と考えるつもりはない。絶対に！


けれど、デイモンは夢の中に現れた。なまなましいほど誘惑に満ちた幻想に包まれてエレノアは欲望と切ない思いに圧倒された。激しく情熱的なのにやさしいデイモンの抱擁。エレノアの魂はふるえた。そして……いつしか涙を流していた。

エレノアは目覚めた。真夜中だ。頬が涙に濡れ、心臓が激しい鼓動を打っている。

暗闇の中で恋しさがつのった。デイモンを捨てたときに失ったのは、初恋だけではなかった。友情も失っていた。理想的な夫と友人を同時に手放したのだ。

デイモンはわたしを思い出したことがあるのかしら。わたしのように、夢を見たことはないのかしら。魂の伴侶《はんりょ》――わたしにはそう感じられたのに。

けれど、明らかにデイモンの気持ちはちがっていた。エレノアは苦々しい思いをかみしめた。寝返りを打って枕《まくら》をたたく。あんな男、絶対に忘れてやる。エレノアは誓いを新たにした。

心を向ける目標があるのが救いだった。ファニーの本のアドバイスをプリンス・ラザーラに試して愛をかき立てよう。きっといい特効薬になるはずだわ。

翌朝早く目覚めたエレノアは、心の中で計画をおさらいしながら服を着て食事をとった。これから、プリンスと馬車に乗るのだ。

落ちつかない気持ちがしたものの、十時きっかりにプリンスが現れると、エレノアはむりやり明るい微笑みを顔に浮かべて出迎え、さっそく優雅な二頭立て四輪馬車に乗り込んだ。ベルドン家の若い馬丁が、馬車の後ろにある馬丁用の台に乗り込んだ。ハイド・パークへ向かってにぎやかな通りを馬車は走っていく。エレノアはにこやかに会話を続けた。

けれど、プリンスが馬車と神経質な二頭の葦毛《あしげ》のサラブレッドを操る様子から目が離せない。

「とても元気な馬ですのね」エレノアは、馬の口もとをはたくプリンスのしぐさに思わず顔をしかめた。

「ええ。馬に求めるのは第一に元気さですからね。この二頭はタッターソール（ロンドンの馬市場）で買いました」

マーカスが見たらラザーラのことを不器用なやつ呼ばわりするだろう。もっとひどい悪口を言うかも。わたしのほうがうまく操れそうだわ。エレノアはプリンスに代わって手綱をとりたくなった。けれど、ファニーのアドバイスに従って何も言わなかった。〝女性のほうがすぐれていると考えて喜ぶ男性はいません〟今はプリンスのほめ言葉がほしいのであって、彼のプライドを傷つけたいわけではなかった。

やがて、ハイド・パークの入口に到着した。エレノアはホッとした。馬車は、並木に囲まれた乗馬用道路《ロッテン・ロウ》に乗り入れ、馬たちはいくらか落ちつきを取り戻していた。

けれど次の瞬間、エレノアの心臓がドキッと音をたてた。向こうから見覚えのある乗り手が近づいてくる。ああ、デイモンだ。

よりによって！　エレノアはいらだちを覚えた。

デイモンは馬の足をゆるめ、礼儀正しく帽子をとってあいさつした。ラザーラは仕方なく馬車を停《と》め、あいさつを返した。

エレノアはなんとか優雅にうなずいて見せた。赤ワイン色の上着をまとったデイモンの広い肩に見ほれずにはいられない。すばらしい黒馬に乗る姿も美しい。彼はいつも馬に乗るのがうまかった。これもふたりの共通点のひとつだ。エレノアの胸が鋭く痛んだ。婚約したばかりのころ、ふたりで野原に馬を走らせたことがあった。楽しいひとときだった……。

「レディ・エレノア、これは驚きですね」それがデイモンが発した第一声だった。「ここで今あなたにお会いするとは意外です」

エレノアはわずかにけわしい目を向けた。どんな天気でもエレノアが毎朝ハイド・パークで馬を走らせるのをデイモンは承知しているはずだ。「意外とおっしゃるのですか、子爵様？　なぜ、そんなことを？」

「馬車より馬に乗るほうがお好きなはずでしょう。それに、いつもはもう二時間早くいらっしゃるはずだが」

いかにも彼女の日常の習慣は心得ているといったデイモンの口ぶりを無視して、エレノアは無愛想な微笑みを浮かべた。「馬車に乗るのも好きですわ。プリンス・ラザーラのように気持ちのいい方がごいっしょしてくださるときは特に」辛辣《しんらつ》な言葉は、プリンスをほめるというよりデイモンに警告しているようだ。

「そうでしょうね」デイモンが答えた。「あなたのようにすばらしい連れがいて殿下もさぞかしお喜びのことでしょう」

「まさにそのとおりです」ここでやっとプリンスが会話に加わった。

デイモンの視線がプリンスに向かった。「殿下」にこやかにうなずきかける。「私はこの数カ月イタリアで楽しい日々を過ごしておりました」

「そうでしたか」プリンスが礼儀正しく相づちを打った。「すばらしい街をご覧になったわけですね？　ローマやフィレンツェやナポリにはいらっしゃいましたか？」

「ええ、ですが主に南部のほうへ……」

黙って座っているエレノアをよそに、ふたりの男は会話を続けた。デイモンなんかどこかへ行ってしまえばいいのに。エレノアはいらついていた。こちらはもう相手をする気がないのがわからないのかしら？

やがてプリンス・ラザーラは一礼すると、手綱をとってすぐに馬を走らせた。

エレノアはふり返りたいという思いを抑えた。背中に痛いほどデイモンの視線を感じている。

馬の足が速まり、エレノアは脇《わき》の手すりを握りしめた。そのとき突然、馬車がゆれてガタンと傾いた。

プリンスに体が当たってエレノアは息をのんだ。後方にいた馬丁が叫び声をあげて台から投げ出された。次の瞬間、エレノアは気づいた。後ろの車輪がひとつ外れている！

驚いた馬がものすごい勢いで駆け出した。周囲の馬車や乗り手にはおかまいなしで猛然と前へ突き進んでいる。プリンス・ラザーラはもはや馬を制御できず手綱を手から落として、両手で手すりをつかんでいた。

エレノアは必死でバランスを保ち、なんとか左の手綱をつかみ、馬を脇の草地に向かわせた。と、今度はニレの木立にまっしぐらだ。心臓がギュッと縮み上がる。エレノアは力いっぱい手綱を引っぱっているものの、激しく興奮した馬たちが木立にぶつかるのを止められそうにない。

すぐそばで馬の蹄《ひづめ》が聞こえたような気がした。黒馬の姿が見えたと思った瞬間、デイモンが馬車を追い抜き、片方の馬に併走して馬勒《ばろく》をつかもうとした。驚いたことに、彼は二頭の馬を、木立から少し離れた場所へ導くのに成功した。

やがて馬車は速度をゆるめ、ガタゴトゆれながら停まった。デイモンは馬にやさしい声をかけてなだめた。ふいに彼の黒い目がエレノアの青い目をとらえた。

「ああ、エル。大丈夫か？」心配そうな声だ。

エレノアの心はざわめいた。「ええ」うなずきながらそう言うと、背をまっすぐのばした。「助けてくれてありがとう」

デイモンはじっと見つめていた。やがて彼は眉を軽くつり上げ、唇の端に皮肉な微笑みを浮かべた。「感謝する必要はないだろう。きみのすばやい反応のおかげで、ほとんどうまくいきかけていたから」

情けないことだ。ちょっとほめられただけでこんなにうれしくなるなんて。エレノアは頬まで赤くなっていた。

「そうですとも」不安そうな声がした。「非常に勇敢でしたね、ドンナ・エレノア」

すっかり忘れていた。プリンスがいたのだ。デイモンから視線を引きはがし、エレノアは自分を叱りつけた。

ドン・アントニオは体をふるわせながらなんとか立場を取り戻そうとしていた。「借りができました、レクサム子爵」うれしくなさそうな声で言いそえる。

「車輪がひとつ外れています、殿下」

「言うまでもないことだ」プリンスが不愉快そうな声で言った。

やっと馬丁がやって来て、馬の脇に立ちながらすまなそうに謝った。

エレノアはあわてて「大丈夫よ」と若者に声をかけると、今度はファニーのアドバイスに従ってプリンスの傷ついた誇りを修復しはじめた。「手綱さえ落ちなければ、殿下がちゃんと助けてくださったはずですわ」

「たしかにそうでしょう」エレノアの微笑みに励まされたらしく、アントニオがいくぶん気を取りなおした表情で答えた。

馬上から見下ろすデイモンのあごに力がこもった。エルがこんな放蕩者にやさしい微笑みを見せるとは。デイモンはいらだった。もう少しで彼女が死にそうになったところを目にして、まだ動悸が収まらないというのに。

エレノアのそばに馬をよせると、デイモンは手を差し出した。「家まで送らせていただきたい、レディ・エレノア」

エレノアの眉がキッとつり上がった。「あなたといっしょに馬に乗るなんて不作法なふるまいをしろとおっしゃるのかしら？」

以前したことがあるだろう、とデイモンはもう少しで言いそうになったが、親しかった過去をプリンスの前で宣伝するようなまねはつつしむことにした。エレノアは気に入るまい。代わりに彼はこうつぶやいた。「車大工を呼んで馬車を修理させるには、しばらく時間がかかるだろう」

「そうかもしれませんわね」エレノアが答えた。「でも、馬車に乗っている別の方に助けていただけると思いますわ。ああ、あそこにハヴィランド伯爵未亡人の馬車が見えますわ」エレノアはプリンスのほうに顔を向けた。「レディ・ハヴィランドは叔母の親しいお友だちですの、殿下。

きっとあとで馬車を貸してくださいますわ」

「それはすばらしい、ミア・シニョリーナ」プリンスは、手袋をしたエレノアの手を自分の口もとに運びながら魅力的な声で答えた。「こんなご迷惑をかけて本当に申し訳ない」

「迷惑でも何でもありませんわ」エレノアはそう言って、必要以上に手をプリンスに握らせた。少なくともデイモンの目にはそう映った。

「だが、もう少しであなたの命が危なかった。召使いたちにはよく言って聞かせておきます」

「召使いのせいではありませんわ、殿下。もちろん、あなたのせいでもありません。馬車の車輪が外れるのはよくあることですもの。それに、ちょっとした変化があれば一日が楽しくなるというものですわ」

プリンスは納得いかない表情を浮かべたが、それでも微笑んでみせた。「とても寛大なお方だ、ドンナ・エレノア」

「そんなことありません。よろしければ――」エレノアが言いそえた。「うちの馬丁に馬をお宅の厩舎《きゅうしゃ》まで連れて行かせましょうか。そんなに遠くありませんし。そうすれば、馬を心配せずに馬車の修理が手配できます」

プリンスが馬の心配をするとはデイモンには思えなかった。だが、プリンスはエレノアの言葉にうなずき、馬丁をうながすように手をふった。うまい方法だ。デイモンは思った。エレノアのおかげで、馬丁も馬も困った状況にならずにすむ。

エレノアが周囲を見まわした。どうやって不安定な馬車から降りようかと迷っているらしい。すかさずデイモンは馬から降り、手助けしようとした。

けれど、エレノアは彼の助けを拒んだ。「ありがとうございます、レクサム子爵様。そこまで無力ではありませんので」そう言って自力で馬車を降りた。

「もちろん、そうでしょう」エレノアの気の強さに思わず楽しい気分になって、デイモンは言わずにいられなかった。「あなたは無力とは縁遠い女性だ」

エレノアの危機を目の当たりにして寿命が一年縮んだ、とデイモンは思った。それでも、彼女は自分と腰抜けのプリンスの面倒ぐらい見られる女性だ。誇りと賞賛の気持ちがデイモンの心にこみ上げた。荒れ狂う馬を冷静に止めようとする女など、千人にひとりもいないだろう。

しかし、彼のほめ言葉にもエレノアは喜ぶ様子を見せなかった。不快そうな視線をデイモンに投げつけると、彼女はプリンスが馬車から降りるのをじっと待っていた。連れより勇敢に見えることを避けたいのだろう。

プリンスもまたよけいなお節介を快く思っていないようだ。エレノアに腕を取られたとき、プリンスはいかにも満足そうな顔でデイモンをちらりと見た。まさに勝ち誇った男の顔だ。レディの前で面目をつぶすところだったのに、終わってみればプリンスは栄誉を手にしていた。エレノアの微笑みという栄誉を。

デイモンは、レディ・ハヴィランドの馬車に近づいていくふたりをながめていた。たしかにエレノアの言うとおりだ。馬車の車輪が外れるのは珍しいことではない。単に運が悪かったというべきか。これでエレノアをゆっくり送れるようになったプリンスは幸運と言うべきだろう。

デイモンは自分の馬に近づきながら悪態をついた。プリンスに対するエレノアの気持ちを確かめるはずが、確かめようもなかった。

もっとも、勘は当たっていた。あの調子ではラザーラはどうしようもない夫になる。

プリンスの女癖の悪さについて率直に伝えてもうまくはいかないだろう。デイモンは考えた。自分がそんなことを口にしてもエレノアは信じまい。せいぜい負け惜しみか男の嫉妬と思われるのが関の山だ。

それでも、ラザーラの求愛はなんとしても阻止しなければ。エレノアからは煙たがられるだろう。だとしても、彼女を怒らすことがなんだ。ちゃんと守ってやればたいしたことではない。

3

うまくしむけてあげないと、男性は恋に落ちにくいものです。女性は自分の運命を――そして男性の運命も――自らの手で切り開かなければなりません。

――匿名のレディ著『若いレディに贈る、夫を捕まえるためのアドバイス』より

軽快な女性用馬車で、クローフォード・プレイスにあるファニー・アーウィンの優雅な屋敷前に乗りつけると、エレノアは手綱を馬丁に渡してひとりで降り立った。

「一時間で戻るわ、ビリー。適当に馬を歩かせて、時間になったら戻ってきてちょうだい」

「はい、お嬢様」馬丁が答えた。今朝、馬車の事故があったせいで一段とエレノアを喜ばせたくて仕方ないようだ。

ここはハイド・パークからほど近い瀟洒《しょうしゃ》な界隈《かいわい》。贅沢《ぜいたく》で趣味のいいテラスハウスが十軒ほど並んでいる。十一番地にあるファニーの屋敷は、客をもてなすために使う屋敷とは別の私邸だ。そ

れでもエレノアは、ロンドンで指折りの高級娼婦のもとを訪れていると宣伝したくはなかったので、屋敷の前に馬車を停めなかった。

悪名高い高級娼婦と友人づきあいしていることをおおっぴらにはできなかった。叔母に守られて暮らす身としては叔母の命令を尊重しないわけにはいかない。それでも、ファニーとのあいだに芽生えた友情は大切なものに思えた。先月リリー・ローリングの結婚式で知り合いになったばかりだ。

世間体が悪いにもかかわらず、ローリング姉妹は幼友達のファニーとの縁を切りはしなかった。エレノアにはそのわけがよくわかった。美しいファニーは明るく魅力的でいきいきとした女性であるばかりか、よく切れる頭の持ち主でもあった。エレノアは女同士の友情をうらやましく思い、いつか自分も仲間入りできればと願っていた。

ビリーは信頼できる人間だったので、エレノアは若い馬丁に馬の世話を任せ、玄関先の階段を登っていった。年配の従僕に迎えられて優雅な客間に通されると、そこには書き物机で仕事中のファニーの姿があった。

「ああ、いらっしゃい、レディ・エレノア」ファニーは肩ごしにあたたかな微笑みを向けた。「少しだけ待っていただけるかしら。くつろいでちょうだい。あとでトーマスがお茶を用意するから、いっしょにいただきましょう」

従僕が会釈して部屋を出ると、エレノアはバラ色のベルベット地の長椅子に腰を下ろした。

やがて、ファニーが羽根ペンを置いた。そっと紙のインクに息を吹きかけてから立ち上がり、エレノアのほうに歩いてくる。

「ごめんなさいね」そう言うと、ファニーは向かいの安楽椅子に腰かけた。「今、十七章の場面をひとつ書き上げたの。やっとプロットがうまく流れるようになったところよ。まだイメージが新鮮なうちに書いてしまいたかったものだから」

「プロットですって？」エレノアは好奇心を刺激された。「また本を書いてらっしゃるの？」

ファニーが秘密めかした微笑みを浮かべた。「ええ、人に言うのは気が引ける段階だけど。うまくいくかまだ自信がないの。実はゴシック小説を書いているのよ」

「まあ、おもしろそう」エレノアは本心から驚いた。「小説を書くのは、最初の本の場合とだいぶちがうのでしょうね」

「そうなの。でも、出版社の人が言うのよ。今は女流作家のゴシック小説がとても人気なんですって。ここ数年、アン・ラドクリフがたくさんの読者を惹きつけているし、エリザベス・ヘルムとレジーナ・ロッシュのような作家も現れているそうよ」

「知っているわ」エレノアが答えた。「三人とも読んだことがあるから」

ファニーは鋭い表情で身を乗り出した。「それで、どうでした？」

「そうね……」エレノアは唇を尖《とが》らせた。「ストーリーはとてもおもしろいわ。でも、展開に無理なところがあって。あんなメロドラマは現実にはありそうもない気がするの」エレノアは微笑んだ。「でも、だからこそ小説なのでしょうね」

ちょうどそのとき侍従がお茶の盆を手に戻り、女主人の前に用意した。侍従が姿を消すと、ファニーはお茶をそそいで話を続けた。「あなたの好みはテスと似ているようね」

「ミス・ブランチャード？」

「そう。アラベラとロズリンとリリーが今フランスに行っているから、テスが原稿を読んで批評してくれているの」

ミス・テス・ブランチャードもまたローリング姉妹の親友であり、彼女たちのアカデミーの教師仲間だった。そしてたしかデイモンの母方の遠い従姉妹だったと、エレノアは思い出した。

ファニーはお茶をすすってからこう言った。「実は、第三者の意見を聞いてみたいのよ、レディ・エレノア。書き終わったら原稿を読んでもらえるとありがたいのだけど、どうかしら？」

「もちろん、喜んで読ませていただくわ」

「でも、正直な意見を聞かせてちょうだいね。遠慮は無用よ」

エレノアは微笑んだ。「わたしが本音を言う人間だともうわかっているでしょう、ファニー」

「そうね。でもあなたって根が親切な人だから、採点を甘くしたくなるかもしれないわ。でも、物書きの世界で生きていくためには売れなくちゃ。正直に言うと……結婚できるほどしっかり筆で身を立てたいの」

ファニーが裏社交界を離れようとしていることを知って、エレノアは驚いた。将来を見すえているのだ。高級娼婦の人生は不安定で、美貌も若さもはかないものだ。それに、意外にもファニーはある男性との恋をあたためているところだった。お相手は、ハンプシャー時代の隣人で幼なじみのバジル・エドウズ。法律事務所の事務員として働いていた、学者タイプのまじめな男性だ。

「ミスター・エドウズはあなたのことをとても好きだとか」エレノアが言った。「でも、まさか結婚まで考えるような関係だとは知らなかったわ」

ファニーの色白の肌がまっ赤に染まった。「実はね……まだプロポーズはされていないの。あの人、絶対にプロポーズしないかも。でも、いつかはその気にさせたいのよ。結婚するにはいろいろ現実的な問題があるの。当然だけど、バジルはわたしに今の仕事を続けさせたくないし、わたしだってそう。それに、経済的なことも考えなければ。クレイボーン侯爵のおかげでバジルは貴族の秘書として雇われることになったから、かなり収入が増えるでしょうね。でも、わたしも役に立ちたいの。ご親切にわたしの『アドバイス』の本を宣伝してくださってとても感謝しています、レディ・エレノア」

「わたしのほうこそ感謝しているのよ。本当に。それに、ほかにも感謝している読者はたくさんいるはずよ。すばらしい成功を収めた人たちがいっぱいいるんですもの。友人の中にも、ご主人の気持ちをこれまでにないほど惹きつけられたって人が何人もいるわ」

「お役に立ててうれしいわ」ファニーが言った。「女性の側からできることはとても少ないでしょう。結婚となると特に。奥様方の助けになったとしたら、これほどうれしいことはないわ」

「まだ結婚していない知り合いもそうよ」エレノアがひと言いそえた。「みんな、美貌や財産にだけ頼らなくても男性の心をつかめると知って安心したと言っていたわ」

ファニーがいかにもという表情でうなずいた。「美貌と財産は最初のうちこそ男性の心を惹きつけるけれど、性格や態度のほうが長続きするものなのよ。それで——」そこでファニーは話を変えた。「プリンス・ラザーラとのロマンスはどう？　お聞きしてもいいかしら？」

その言葉にエレノアは驚かなかった。なぜなら前回ここに来たとき、ファニーに相談していたからだ。だが、思ったような成果は上がっていない。エレノアは鼻にしわをよせた。「実は、今朝まではうまくいくと思っていたのだけれど……」

エレノアは今朝の事件についてざっと説明し、レクサム子爵に助けられたことや、プリンスの傷ついたプライドをどうなぐさめたかについても話した。

ファニーは問題の大きさにすぐさま気づいた。その目に楽しげな表情が浮かんだ。「けが人が出なくてよかったわ。でも、殿下が不利な立場に立たされたのはよくなかったわね。あなたの元婚約者がそんなに活躍したとあっては。あなたはうまくふるまったと思うわ。でも、レクサム子爵とはこれ以上顔を合わさないといいわね。お相手は別の男性ですもの」

「わたしももう会いたくないの」エレノアが言った。

ファニーがためらった。「レクサムの帰国であなたがつらい思いをしていなければいいけど」

エレノアは気楽な様子を装って、手をひらりとふった。「全然。いいタイミングとは言えないけれど、それ以上のことはないわ」

まちがいなくファニーは婚約破棄の顚末《てんまつ》を耳にしたことがあるだろう。エレノアはティーカップを口もとに運んでしかめっつらを隠した。もしかしたらファニーはデイモンの元愛人である美しい未亡人ミセス・リディア・ニューリングと知り合いかもしれない。ミセス・ニューリングは新聞の社交欄でもよく話題になる人物だ。ファニーなら職業柄会っているかもしれない。

エレノアは聞いてみたい気持ちをこらえた。あまりに不適切な話題だわ。それに、何人デイモンが愛人を囲っていようとわたしには関係ないもの。もうどうでもいい相手よ。

それでもデイモンに惹かれる気持ちや愛情がまだあるとしたら……絶対克服しなくては！


問題は、デイモンを忘れると口にするのはやさしいが、実行するのはまったく別の話だということだ。ファニーの屋敷を出たエレノアは元気にあふれていた。プリンス・ラザーラ攻略法についてさらに突っ込んだ話し合いをしたのだ。けれどその晩、叔母と出席した音楽会にプリンスの姿はなかった。

しかも、またもや夢の中にデイモンの姿が現れて、エレノアの心をひどく乱した。これで二夜連続だ。さらに困ったことに、今夜の夢では婚約直後の記憶がよみがえっていた。あのときエレノアはデイモンを特別な場所に連れて行った。兄が贈ってくれたローズ・ガーデンだ。そして、そこで愚かにも愛を告白したのだった……。

夢の中でエレノアは屈辱に身をよじり、そのせいで朝早くに目覚めた。頭も心も抑えられない自分に腹が立った。もうデイモンは、わたしの望む男ではないというのに。どうして自由にしてくれないの？

けれど、さらに驚くべき現実がエレノアを待ち受けていた。彼女をいらだたせている当の本人が来たと執事が告げたのだ。ちょうどエレノアはひとりで朝食をすませ、昼用の居間でファニーの〝アドバイス〟の本を読んでいた。

デイモンは、婚約していたころと同じように気軽な様子で部屋に入ってきた。

その姿を目にした瞬間、エレノアは本を落としそうになった。彼は今朝も乗馬服に身を包み、恐ろしくハンサムな姿だ。今日の装いは青い上着に淡い黄褐色の鹿革のズボンで、筋肉質の体格を完璧《かんぺき》に引き立てている。

突然のことで心臓が激しい鼓動を打っている。エレノアは情けない思いを抱きながら、ソファから立ち上がろうとした。けれど、デイモンが片手を上げて制した。

「どうぞおかまいなく、レディ・エレノア。長居はしませんので」

「子爵様……」エレノアはまごついた。「いったい何のご用でこちらに？」

「朝の乗馬に出かけられる前にお会いしたかった」

今朝は乗馬に出かけないと、わざわざデイモンに告げるつもりはなかった。ふたりきりでないことに気づいたからだ。

「もういいわ。ありがとう、ピーターズ」エレノアが声をかけると、威厳ある執事は去りかねる様子で戸口に向かった。

ピーターズはわずかに不満そうな表情を見せたが、会釈して部屋を出て行った。本をかたわらに置いてエレノアは顔をしかめた。「ここにいらしてはだめですわ、子爵様」

デイモンは眉をつり上げた。「きみに朝のあいさつをしに来るのは犯罪かな？」

「犯罪ではありませんけど、社交上の問題はあるでしょうね。ここに用はないはずよ」

「昨日の事故のあと、きみが無事だと確認したかった」

エレノアは信用しきれない表情を浮かべて眉をよせた。「ご覧のとおり元気です。あの事故でわたしが正気を失いかねないとでもおっしゃりたいのかしら？」

「そうではない。きみのことはよく知っているから」

デイモンの楽しげな微笑みを見て、エレノアは肉体的な反応をとっさに隠した。けれど、めまいがするような喜びは抑えられなかった。そして、デイモンの視線が淡黄色の薄い朝用のドレスをなめるようにとらえたとき、エレノアは体を熱いもので貫かれたような衝撃を感じずにはいられなかった。

「たしかに健康そのもののようだ」デイモンが言った。

どう答えていいのかわからないまま、エレノアは身じろぎした。

「どうやらドラゴンはまだお目覚めではないらしい」レディ・ベルドンが休んでいる二階のほう

に目を向けて、デイモンが言った。

よからぬあだ名を耳にしてエレノアは体をこわばらせた。ベアトリクス叔母は実の母親より母親的存在だったから、弁護せずにはいられなかった。「叔母のことを〝ドラゴン〟呼ばわりするのは、二年前の婚約破棄のときに叔母がわたしの味方をしたからでしょう」

デイモンが顔をしかめるふりをした。「あのときの厳しいお言葉は今も耳に残っているよ」

「言われて当然のことをしたんですから。おわかりでしょう」

「たしかに。だが、レディ・ベルドンは最初から私が気にくわなかったようだ」

「あなたの悪名は世間に轟《とどろ》いていましたから。叔母は放蕩者や反逆者が好きではないの」

デイモンは静かに笑い、エレノアの隣りに腰をかけた。「あるいは、彼女なりの礼儀に従わない者や、社交界の大物にこびへつらわない者がお気に召さないのではないかな。そもそも私たちの婚約を受け入れたこと自体驚きだったが」

「あなたの爵位と財産が役立ったのよ」エレノアが皮肉っぽい口調で言った。

「だが、今では欠点のほうが大きいようだ」

「そうよ。もうわたしとあなたをかかわらせたくないようだわ。叔母は、レディにとって評判は何より重要だと考える人だから」

「そして、きみは叔母様の言うことをよく聞くいい姪になろうというわけだね」

「まさにそうよ」

　デイモンは悲しげに首をふった。「きみには革命的精神があると思っていたのだが、エル。だが礼儀の話をするなら……レディ・ベルドンにごあいさつするべきなのだろうね」

「叔母は歓迎しないと思います。過去が過去ですから」エレノアが鋭く指摘した。

「レディ・ベルドンは決して私を許すつもりはないと？」

「絶対にありえないでしょうね」

「きみはどうなんだい、エル？」デイモンの声が低くなり、その目はエレノアを探るように見つめている。「私を許してくれるのかな？」

　エレノアは突然こみ上げた心の痛みをぐっとこらえた。「すでにお伝えしたと思いますけど、レクサム子爵様。あんな不愉快な経験はもう忘れました。もうあなたと婚約していたことなんか、めったに思い出しませんの。あなたのこともそうだわ」

「私は外国にいたあいだ、きみのことをよく思い出していた」デイモンが低い声でつぶやいた。

　彼の目が、かたわらに置かれたファニーの本の上にとまった瞬間、エレノアは声をあげそうになった。止める間もなくデイモンが本に手をのばした。

　題名を読み上げ、眉をつり上げる。「『若いレディに贈る、夫を捕まえるためのアドバイス』か。本当にきみはこれを読んでいるのかい？」

「そうよ」エレノアは答えた。頬がまっ赤になるのが自分でわかる。

　エレノアは本を取り上げようとしたが、デイモンは放そうとしなかった。

ページをめくりながら驚いた表情を顔に張りつけている。あるページにたどり着いたところで、ハンサムな口もとに小さな笑いが浮かんだ。「〝さり気なく男性をほめましょう〟」デイモンが読み上げた。「〝ほめる場合は本当のことだけをほめます。よい点を大げさに伝え、よくない点は無視すること〟ふうむ」デイモンは視線をエレノアに向けた。「なかなか賢明なアドバイスだな。だが、ここまで低姿勢になるきみは想像がつかない」

からかわれてエレノアはさらに顔を赤くした。「著者のアドバイスに従ったからといって低姿勢になるわけではないわ」

「きみは正直でまっすぐな人だ。純情ぶったり他人を欺《あざむ》いたりしない性格だろう。こんなことをするのは、きみらしくない。夫を捕まえるために指導書を使うなどということは」

「べつに他人を欺こうというわけじゃないわ！　男性の気持ちを理解したいだけよ」

「きみは自力で夫を捕まえられないのか？」デイモンがたずねた。目が楽しげに躍っている。

「もちろんできるわ」エレノアが言い返した。「でも、ただ夫がほしいだけじゃないの。愛してくれる夫がほしいのよ。この本を読めば、未来の夫の愛情を手に入れる方法がわかるかもしれないわ」

デイモンの楽しげな様子がふいに消えた。「それで、ラザーラに目をつけたのか？」

「そうだとしたら、どうだと言うの？　わたしたちが結婚しても変じゃないでしょう」

「きみはすばらしい大公妃になれるだろう。それは認める。素質があるから」

疑わしげなディモンの口調にエレノアの目がけわしくなった。「でも、殿下をその気にさせられないとでも言うの？」

「もちろんラザーラはきみに惹かれるだろう。きみはいきいきとして情熱的な女性だから。どんな男もきみに惹かれるさ。ラザーラはきみの美貌と才気も気に入るだろう」

「お世辞はいりません」エレノアはいらだたしげに答えた。「あなたの魅力はもうわたしには効かないの」

「残念なことだ」ディモンがつぶやいた。「だが、殿下がきみの財産に惹かれると言ったら、お世辞でも何でもないだろう」

「あの方は財産目当てではないわ。三つも宮殿をお持ちだし、そもそも公国の持ち主なのよ」

「あの浪費ぶりでは、花嫁の金は大歓迎だろう」反論しようとしたエレノアを、ディモンは手を上げて制した。「彼がきみに求愛している理由はともかく、私としてはきみの選択について異議を唱えたい。なよなよした男といっしょになれば、きみは嫌になるほど退屈するぞ。きみには、お互い刺激し合える相手が必要だ」

エレノアは言い返したい気持ちを抑えた。ディモンとのやりとりはなんて楽しいのだろう。知り合いの男たちの中で、いつもディモンがいちばん活気と刺激に満ち、挑発的だった。けんかをしているときですら、エレノアは彼の才気に心躍る喜びを味わったものだ。

「殿下はなよなよした男性ではないわ」とうとうエレノアが反論した。

「そうかもしれない。だが、あの手の男はよく知っている。楽しいことばかり追いかける男だ。魅力的だが中身に欠ける。自分の国ではあいつは女を泣かせる男として有名だ。私はきみが傷つくところが見たくないんだ、エル」

「自分のことを棚に上げて、よくもそんなせりふが言えるものだわ」エレノアはわざとらしくやさしい口調で言った。

デイモンが顔をしかめた。今度は嘘ではないようだ。それでも、彼は毅然と言葉を続けた。

「あの男は王族として育てられただけじゃない。やつの国は女性を尊重しない。女を男と同等に扱わない国なのだよ。ラザーラは国民に卑屈な服従を求めている。求愛期間が終われば、あいつはきみにあれこれ命令し出すだろう。きみはそんな関係に耐えられないよ、エル」

エレノアはためらった。デイモンの言うことに一理あるのはたしかだ。今でこそプリンス・ラザーラは全身魅力のかたまりとしてふるまっているけれど、召使いや年上の従兄弟であるシニョール・ヴェッキへの態度を見れば、人の言葉に耳を貸さずに自分のやり方を押し通すようなところがあるのはわかっていた。

「結婚してからあいつを、ほかの男と同じように思いどおり扱えると思っているなら、痛い目を見ることになる」

「わたしはそんなことはしないわ」エレノアは言い返した。「あなたのことを思いどおりに扱ったりしなかったでしょう」

「だからこそきみは私たちの求愛期間を楽しんだのではないか。私を支配できなかったから」

それはたしかに真実だった。けれど、そんなことをデイモンに伝える気はなかった。

「きみは人から支配されるのが嫌だろう、エル」デイモンが言った。「ラザーラと結婚すれば、とんでもないことになる」

エレノアは顔をしかめた。デイモンはわざと怒らせるつもりで〝エル〟と呼んでいるのだ。

「あなたのご意見には全然興味がないわ、レクサム子爵様」

デイモンはため息をついた。「どうしてそう言う呼び方をするんだ。まるで他人のように」

「今は他人よ」

「いいや、それはちがう、きみ。私たちは今でもお互いのことをよく知っているだろう」

デイモンの微笑みを無視するのは難しかった。気だるい微笑みは彼のいちばんの武器だ。「ちがいます、子爵様。あなたのことは全然知らないわ。わかったことなど一度もないでしょうね」

「ラザーラのことも知らないだろう」

「でも、知っている範囲ではとても好きです。非常に思いやりがあって、そうね、魅力的だわ。それに、イタリア人らしいロマンスの雰囲気にあふれた方よ。大変な強みじゃないこと？」

「情熱的な恋人を夫にしたいから」

たしかに、熱く燃え上がらせてくれる男性がほしかった。かつてデイモンがそうであったように。「そうかもしれません。でも、情熱よりほしいものがあるわ。愛のある結婚をまだあきらめていませんから」

デイモンのまなざしがかげった。「きみのロミオが情熱的だと本当に信じているんだな。もうあいつにキスされたのか？」

エレノアは毅然と胸を張った。「なんとおっしゃったのかしら？　あなたには全然関係のないことだと思いますけど」

「まだのようだ」デイモンが満足そうに答えた。「そんなにつんけんして、やつを擁護するところを見ると」

「つんけんなんかしてないわ！」

「やつがきみに手を出したら噴水に突き落とすつもりか？」

エレノアは会話の主導権を取り戻そうとして深く息をついた。「そんなことはしませんわ。あの方はプリンスですもの。それに、むやみに手を出したりしない方よ。紳士ですから」

「私は紳士でないと？」

エレノアはいたずらっぽい微笑みを浮かべた。「どうぞお好きなように解釈して、子爵様」

「いいだろう」デイモンが顔をよせた。ほんの数インチのところまで唇と唇が近づいている。

エレノアは凍りついた。こんなに近くにいると、どうしようもなく胸が高鳴ってクラクラしてくる。「何をなさるおつもり？」なんとか声を出す。

「キスというものをしようと思ってね、エレノア。以前にもしたことがあるだろう――私と。何回も……」

エレノアが抗議の声をあげられないうちにデイモンの唇が触れた。軽やかな感触。あたたかな彼の唇がほんのちょっとだけ触れただけなのに、期待で胸がふくらんでしまう。だからだろう、エレノアの体を欲望の衝撃が貫いたのは。

突然、心臓が激しく鼓動を刻みはじめた。エレノアは体を引きはがした。けれど、あらゆる感覚が鋭くなり、警戒心と興奮が同時にわき上がってくる。

「デイモン！」エレノアは声をあげた。「いつでもキスできると思ったら大まちがいよ」

「わかっている。だが、証明したかった」

彼は、立ち上がろうとしたエレノアの肩をつかんで押さえた。「もう一度やらせてくれ……」

エレノアの全身がこわばった。軽くつかまれているだけなのに身じろぎもできない。

この悪魔のような放蕩者を相手にすると、どうして正気を保てなくなるのだろう？　エレノアは途方にくれた。自分の弱さを呪うしかない。両手で突っぱねればいいのに、彼の魅力を間近に感じて動けない。男らしいぬくもりが、体の奥に潜む女らしい本能を刺激するだけではなかった。美しい唇がエレノアに魔法をかけている……。

エレノアは体の自由を失ったかのように、ただ見つめていた。やがて、彼の唇がさらに近づいた。彼の吐息を唇に感じてエレノアはハッと息をのんだ。こうして、ふたたびデイモンの唇に唇をとらえられた。ささやきのようにやさしいキスだった。

彼の唇は記憶にあるとおり心地よくエレノアの心を酔わせた。彼のぬくもりが全身に伝わってくる。押しあてられる唇の感触に心を奪われるうちに、体が溶けていくような気がした。

彼の手が肩から腕へとすべり下りていく。エレノアの肌に快感が走り、ジンジンとしびれるような感触がした。やがてデイモンはキスを深め、手応えを確かめるように唇を動かしていく。エレノアの体がいつとはなしに彼の硬い体に引きよせられていた。

彼の舌がエレノアの唇を割り、官能的に忍び込んできたかと思うと、エレノアは燃え上がるような感覚に襲われた。信じられないほど強いものがこみ上げてくる。荒々しいけれど絹のようになめらかな彼の舌に口の中を探られている。エレノアの体が小刻みにふるえた。

いつのまにか両手がデイモンの肩をつかんでいた。指先に筋肉質の肉体の手応えがある。と、同時に、彼の指先が身ごろ《ボディス》の上を漂い、やがて乳房の下をかすめた。薄いモスリン地の下にあるふくらみを彼のたくましい手でつかまれたとき、エレノアは、突き上げるような快感に身ぶるいした。

喉の奥からやるせないため息がもれた。デイモンに胸をなでられている。長い指がドレスごしに乳房をわしづかみにし、重さを確かめている。やがて、親指が乳首をとらえ、なだめすかすようにさすりはじめた。軽やかなタッチのせいで乳首が痛いほど硬く尖った。

エレノアはすすり泣くような声をあげた。デイモンの耳にも届いたのだろう。なぜなら、愛撫する手をゆるめ、やがて抱擁を終えたからだ。

デイモンが体を離したとき、エレノアはぼんやりしたまま体をふるわせていた。熱い炎をくすぶらせた目で彼はエレノアをじっと見つめた。「感じただろう?」つぶやくその声は低くかすれていた。

「か、感じるって何を?」

「私たちのあいだに飛び散った火花を」

ああ、感じたわ。どうしましょう! 今も飛び散る火花がエレノアの肌を刺激し、体の中に火をつけている。信じられないほど強烈な火花……。

デイモンの強い視線に囚われたまま、エレノアはごくりとつばを飲み込んだ。

「同じ火花をあいつと感じられるのか?」デイモンが問いつめた。

答えはひとつしかなかった——ノー。デイモンは、ほかの男とは——プリンス・ラザーラとは——感じられない火花をかき立ててしまう。なんて人なの!

エレノアはひそかに衝撃を受けていた。デイモンは二年前とまさに同じ魅力で彼女をとらえた。そして、自分は愚かにもそれを許してしまった。あとでつらい思いをするというのに。

エレノアは気力をふりしぼって立ち上がった。足もとがふらついている。昔と同じように元婚約者に惹かれてしまうなんて。どうしていいのかわからなかったし、がく然とするしかなかった。デイモンを拒めなかった自分が腹立たしかった。彼はキスで証明してしまった。今もエレノアがデイモンを求め、プリンスが情熱の点でデイモンに劣っているということを。

エレノアは当惑と怒りを抑えつけた。冷静でいなくては。

「レクサム子爵様、お帰りいただけますかしら」思いのほか落ちついた声が出たのでエレノアは気力を取り戻した。「これ以上ここにいらしても歓迎できませんわ」

デイモンは答えようともせず、ただじっとエレノアを見つめていた。まるで彼自身、キスに心を奪われてしまったかのように。エレノアはベルのひもを引っぱって執事を呼んだ。どういうわけかピーターズはすばやく戸口に姿を現した。まるで呼ばれると知っていたかのように。

「レクサム子爵様がお帰りになります、ピーターズ」エレノアは息をついた。「玄関の方向がおわかりにならないみたいなので、お送りしてちょうだい」

「承知いたしました、お嬢様。ですが、別のお客様がお見えです。プリンス・ラザーラがいらしています」

4

男性にはいつも勇敢さや男らしさを見せるチャンスをあげましょう。ほめられると男性はうれしくなるものです。

——匿名のレディ著『若いレディに贈る、夫を捕まえるためのアドバイス』より

エレノアは心の中で悪態をついた。最悪の事態だ。たった今、デイモンと夢中でキスをしたばかりだというのに、約束の三十分前にプリンスが到着してしまったのだ。到着がもう二分早くなくて幸いだった。

「こちらにお通ししてよろしいでしょうか、お嬢様？」執事がたずねた。

「ええ、ピーターズ。ごいっしょしていただくわ」

執事が戸口を離れると、エレノアは両手で髪の乱れがないか確かめた。きっとみだらな女のような姿にちがいない。頬は赤く、キスのせいで唇がぬれてふっくらしているのだから。

それなのに、こんなことをした当の本人は後悔している様子も見せていない。デイモンはソファにゆったりと腰を下ろしている。まちがいなく居座るつもりだ。

「楽しみだな」いかにも楽しげにつぶやく。「きみが身につけたばかりの手管《てくだ》をラザーラに使うのをながめるのは」

エレノアには言い返す暇はなかった。今朝ふたり目のハンサムな訪問者が姿を現したからだ。

「お約束した時間より早く来て申し訳ありません、ドンナ・エレノア」プリンスはエレノアの手をとって優雅に会釈すると、彼女の指にキスをした。「どうかお許し願いたい。あなたに早くお会いしたかったのと、今日の外出が楽しみだったせいです」

エレノアはなんとか微笑んでみせた。「かまいませんのよ、殿下。わたしも早く出かけたいと思っておりましたの」

ソファから立ち上がるデイモンの姿を目にしてラザーラが眉をひそめた。「ああ、お客様がいらしているとは気づきませんでした」

「子爵様はお帰りになるところでしたの」あわててエレノアは説明した。

けれど、デイモンはさり気ない微笑みを浮かべた。「実は、それほど急いではおりません。その外出というのは何なのですか、殿下？」

プリンス・ラザーラは鷹揚《おうよう》な口調で答えた。「ドンナ・エレノアとごいっしょにオックスフォード・ストリートのパンテオン・バザールまで買い物に出かけるつもりです。叔母様の誕生日祝いをお探しとか。わが国にも市場や商店はありますが、こういう場所はありませんね」

「すばらしいお心づかいですな、殿下」ディモンが落ちついた口調で言った。「レディ・エレノアもさぞかしいい印象を持たれたことでしょう」

プリンスの目がけわしくなった。からかわれているのかどうか判断しかねているらしい。

エレノアはあわてて言葉をはさんだ。「とてもいい印象を受けていますのよ。わざわざお時間をさいてくださるんですもの」

「私もごいっしょすると申し上げたらお邪魔でしょうか、殿下?」ディモンがたずねた。「このところ近侍からもっと外見に気をつかって最近の流行に興味を持てと言われているのですよ。海外に行っているあいだにすっかり疎くなってしまったもので」

プリンスはためらった。英国の貴族の申し出を断るのは無礼なことだろうと悩んでいるらしい。そこでエレノアが代わりに反論した。「子爵様、もっと有益な活動にお時間を使われたほうがよろしいですわ」

「ほかに思いつかないのでね。美しいレディのお望みをかなえることより楽しいことはない」

彼の目に浮かぶいたずらっぽい光を見てエレノアは唇をキッと結んだ。今の望みはディモンがいなくなることだけだ。忘れていたが、彼は礼儀作法など平気で無視する男だった。

とはいえ、あからさまにけんかするわけにもいかない。必要となればディモンは持ち前の説得力で自分の意思を押し通してしまう男だ。それでも、プリンスの目の前で彼と言い争えば自分の印象が悪くなってしまう。そういうわけで、エレノアはプリンスに判断を任せた。

「私の馬車にお乗りください」いかにも気が乗らない様子でプリンスが口を開いた。

「ご親切に感謝します、殿下」デイモンがエレノアに顔を向けた。「すぐに出かけますか？」

「上着《ペリース》と手提げ袋《レティキュール》をとってきますわ。小間使いにも出発が早まったと伝えなければ」礼儀作法の点から小間使いが付きそうことになっていた。

「では、どうぞ。きみがいないあいだ、殿下のお相手は私が務めよう」デイモンが言った。

お相手を務めるですって？　エレノアはひどく心配になった。デイモンは彼女の困った状況を明らかに楽しんでいるらしい。

デイモンの行動にうんざりしながらもエレノアはドン・アントニオに微笑みかけた。「少々お待ちいただけますか、殿下……？」

「もちろん、ミア・シニョリーナ」

不安を抱えたままエレノアは部屋を出て、小間使いのジェニーを探しに二階へ上がった。デイモンをプリンスとふたりきりにしておくのは心配だった。さっきもファニーの本のことで皮肉を言われたばかりではないか。

思い出すだけで落ちつかない気分になる。ロマンスを求めたからといって、どうして非難されなければならないの？　いったい何様のつもりかしら。エレノアは心の中でつぶやいた。

なぜかデイモンは知っているのだ。今の求愛者では火花が散らないことを。たしかにプリンス・ラザーラに肉体的な魅力は感じているけれど、デイモンとは比べものにならない。少なくとも今の段階ではそうだ。そうよ。まだ始まったばかりですもの。ファニーのアドバイスを実践する機会も、まだあまりなかった。

エレノアはすぐにでもなんとかするつもりだった。ラザーラの情熱をかき立てよう。そして、彼に対する自分の情熱も。

元婚約者がそばをうろちょろしている状態で実行するのは難しいけれど、やってみせるわ。エレノアは心に誓った。別の男性を追い求めれば、あのいまいましい放蕩者に惹かれる愚かな気持ちだって消え失せるにちがいない。

膝の上で両手を握りしめたまま、デイモンはソファの上で足を組んでいた。さりげなくズボンをなおし、興奮して硬くなった股間を隠している。エルにキスしたおかげで、情けないほど体が熱くなり、痛いほど硬くなっていた。

彼女に求愛する男と対面している状況を考えれば、かなり困った状態だと言えた。

それでも、歓迎すべきチャンスだった。ありとあらゆる本能が、この男はエレノアにふさわしくないと警告していた。エレノアは愚かではないが、他人に悪意を持たない人のよさを持ち合わせている。だからラザーラの欠点を見逃しかねないし、本質を見誤る危険があるだろう。

あの本のアドバイスを実践するつもりならば、なおさら危険と言える。

デイモンのあごがピクッとひきつった。プリンスを結婚に引き込もうとするエレノアの決意をさっきはおもしろがっているようなふりをしたが、本当はおもしろくなかった。

もちろん、守ってやりたいという気持ちに加えて嫉妬もあるのだろう。デイモンはいやいやながらも認めざるを得なかった。

そして、目の前に座っているラザーラの表情を見れば、そこにはやはり強い嫉妬が見て取れた。

だが、プリンスの口から出た言葉はデイモンを驚かせた。「レクサム子爵、あなたはもうドナ・エレノアに求愛するつもりはないと理解しているが。ちがいますか？　あなたをライバルとさながら、同じ雌ジカをめぐって争う直前の二頭の雄ジカといったところか。

考えるべきなのでしょうか？」

問題の核心にずばっと切り込まれたことを幸いだと思いながらも、デイモンは直接的な答えを避けた。「ずいぶん前に求愛はあきらめましたが、だからといって無関心というわけではありません」彼は視線を強めた。「あなたはレディ・エレノアをどうするおつもりですか、殿下？」

ラザーラはいかにも国を治める者らしく傲然《ごうぜん》とあごを上げた。まるで自分にこんな質問をする者がこの世にいるとは信じられないとでも言いたげな表情だ。

デイモンは笑いをかみ殺した。エレノアの求愛者に自分がこんな質問をしているとは皮肉もいいところだ。二年前にマーカスから問いつめられたときとそっくりではないか。

「ずいぶん踏み込んだ質問だと思うが」プリンスがとうとう口を開いた。

「彼女の兄であるダンヴァーズ伯爵は私の友人です」ディモンは少々真実を曲げて答えた。「彼は今留守なので、代わりに私がレディ・エレノアを見守らなくてはと思っています」

完全な真実とは言いがたかった。エレノアを手ひどい目にあわせたために、ディモンとマーカスの長年の友情は終わりを告げていた。実際あのとき、うわさを静めるためにすぐさまロンドンから離れなければ、剣で腹を切り裂いてやるとマーカスから脅された。たまたま仕事でイタリアに行く必要があったのは幸いだった。

目にかすかな怒りの表情を浮かべながらも、ラザーラはディモンの質問をはぐらかした。「ドンナ・エレノアに対する私の求愛はあなたには関係ないことです。説明する気はありません」

不満足な答えを耳にしたディモンは別の手をくり出すことにした。「万一レディ・エレノアを傷つけるようなことがあれば、家族や友人からの報復は逃れられないことをお忘れなく」

ラザーラはためらった。ディモンとやり合うのは得策ではないと考えたようだ。不愉快そうな表情が消え、代わりに魅力的な微笑みが浮かんだ。「お約束しましょう。彼女の身は安全だ」

もっとも、ディモンはそんな誓いの言葉など信用しなかったし、ひるむこともなかった。

ラザーラの求愛をそばで監視してやろう。ロマンスが生まれそうになったらすぐに終わらせてやるのだ。そんなことをすればエレノアに軽蔑されるだろう。それでも、ディモンはとんでもない過ちからエレノアを守ってやるつもりだった。たとえエレノアの望みに反するとしても。

パンテオン・バザールはオックスフォード・ストリートとマールボロ・ストリートが交差するあたりにあり、その中には高級服地店、帽子、タバコ、香水などさまざまな商品を扱う店が並んでいた。

ロンドンを離れる一年前にできたばかりだったから、デイモンにとっては初めて訪れる場所だった。一行は中に足を踏み入れた。大きな建物を中から見ると、一階は小さな区画に仕切られており、上の階は回廊になっている。

ほとんどの時間、デイモンは少し後ろを歩いていた。前を歩くエレノアとプリンスが店先をながめている。衣類。装飾品。宝石。毛皮。手袋。扇子。そして装飾時計のような高価な品々も並んでいる。エレノアの小間使いであるジェニーが女主人のすぐ後ろに付き従い、周囲の光景に目を丸くしていた。プリンスのふたりの従僕が先頭に立ち、主人のために道を空けている。

一時間ほどたったころ、エレノアは金箔張りの置き時計を叔母の誕生祝いに選び、包んでポートマン・プレイスの自邸まで送り届けるよう申しつけた。プリンス・ラザーラもいくつか買い物をして、通りに待たせてある馬車まで従僕に運ばせた。

エレノアがさざめくような笑い声と機知に富んだ会話でいともたやすくプリンスを魅了する様子をながめながら、デイモンはこみ上げる嫉妬を抑えつけようとした。頭の中でささやく声がする。エレノアに付きそって買い物をし、楽しい会話を交わしているのは、プリンスではなくこの自分だったかもしれない、と。エレノアと自分のあいだにはこんなとげとげしい緊張感ではなく、楽しくなごやかな感情が行き交っていたはずだ、と。

　建物の奥まで行きついたとき、一行は蠟人形の展示をながめてから温室を通り抜けた。温室にはさまざまな変わった植物や木だけでなく、オウムや猿などの動物を集めた動物園もあった。

　概してエレノアはデイモンを無視していた。一回だけ例外があった。金魚を放した噴水の脇を通りかかったときだ。

　デイモンの唇に皮肉めいた微笑みが浮かんだ。プリンスがキスしようとしてエレノアに噴水へ突き落とされる。そんな姿を思い浮かべたのだ。その瞬間、デイモンの目がエルの目をとらえた。彼女も同じことを考えていたらしい。

　ほんの一瞬だけふたりの視線がからみ合い、共犯者めいた愉快な気分が漂った。けれどエレノアはすぐに楽しげな表情を消し、デイモンに背を向けてプリンスの腕をとった。

　しばらくして一行は、ある時計屋の店先に戻った。プリンスの気に入った、懐中時計の鎖を売っていた店だ。プリンスが店主と交渉しているあいだ、デイモンとエレノアは待っていた。

　少々驚いたことに、エレノアが彼に小言を言いはじめた。もっとも周囲の喧噪でほかの人には聞こえないような小さな声だったが。

「あなたって本当にあつかましい人ね、子爵様。勝手について来るなんて」

　デイモンは軽く眉をつり上げ、驚いたふりをした。「ついて来てほしくなかったのかい？」

「もちろんよ。何かたくらんでいるんでしょう？」

「どうしてそんな邪推をする？」デイモンは無邪気にたずねた。

エレノアはあきれた顔をした。「目を見ればわかるわ」

デイモンは無表情を装った。だが、わざとエレノアを挑発してプリンスの欠点に目を向けさせようとしていたのだ。「傷つくな、きみ。私がわざときみときみのロミオのあいだを裂こうとしていると思っているのかい？」

「その呼び方、やめてくれないかしら？」エレノアは語気を荒らげた。

「いいだろう。だが、イタリアではあいつは情け知らずのロミオと呼ばれているんだぞ。正直言って、あいつのどこがいいのか理解しかねる」

エレノアは必死に落ちつこうとした。「第一に殿下はあなたと全然ちがうわ」

「そうだろうな」デイモンが皮肉っぽい口ぶりで言った。「あいつはおしゃれな服やら装飾品やらに目がなくて、湯水のように金を使う」

エレノアはデイモンに鋭い視線を投げつけた。それでも何も言わなかった。もっともだと思える部分があるのだろう。

「驚くばかりだ」デイモンが続けた。「きみが何も考えずに、ああいうハンサムな顔に惹かれるとはね。まあ、責められないことだ」

「わたしが世間知らずだと言いたいのかしら」

「そうかもしれない。どこかの本に書いてあることを鵜呑《うの》みにして男の愛情を引き出せるなどと考えるのは、世間知らずと言っていいのではないか？」

エレノアが毅然と胸を張った。「そんなお言葉にわざわざお答えする義理はありません」

いかにも嫌そうな彼女の表情にディモンは思わず笑い出した。「こう考えるのはどうだろう。実は私はきみの手助けをしている、と」

エレノアの青い目が、いかにも驚いたというふうに大きく見ひらかれた。「あら、教えていただきたいわ。どうやって手助けをしているの？」

「私が競争相手だとラザーラが思えば、彼はいっそう励むだろう。実際、もうそうなっている」

説明を聞いてエレノアはしばらく押しだまった。「ということは、わたしのためにわざわざ嫌がらせをしてくれてるってこと？」

「まあ、そう言ってもいいさ。言っただろう？　あいつがきみを傷つけるようなまねをさせたくないって。だからこそ、進んできみの保護者を買って出た」

なけなしの忍耐力をしぼり出すかのように天井を見上げると、エレノアはディモンに怒りの視線を向けた。「いいかげんにして」

「きみの秘密なら、あいつにばらさないから安心してくれ」

「秘密って何よ？」エレノアが不安そうに問いつめた。「秘密なんてないわ」

「手引書を使ってラザーラをたらし込み、夫にしようと計画しているだろう」

「そんなこと殿下に言わないで！」エレノアはいかにも嫌そうに言った。

「それに、彼が部屋に入ってくる二分前まで私とキスをしていた件はどうだ?」

エレノアの頬がみるみる赤く染まった。「あれはとんでもないまちがいだったわ。二度とくり返すつもりはありませんから。告げ口はやめてください」

「誓って秘密は守る」

エレノアは疑わしそうな表情でデイモンを見た。「さっさと大陸に戻ってもう二年帰ってこなくていいわよ」

「でも、こちらの暮らしを楽しんでいるんだよ」

「わたしを犠牲にしてね。そうでしょう?」エレノアは辛辣な口調で切り返した。「どうしてわたしのことを放っておけないの?」

「申し訳ないが、放っておくわけにはいかないのでね」なだめるような口ぶりだ。

エレノアはいたずらっぽい微笑みを顔に張りつけた。「でも、あと一週間の我慢だわ」

デイモンにとって気にくわない言い方だった。エレノアの声は満足げでどこか勝ち誇った響きがある。「どういうことだ?」

「叔母様が毎年開くハウス・パーティが来週の金曜から始まるの。殿下も出席される予定よ」

デイモンは鋭く眉をよせた。まったく気にくわない話だった。ラザーラがレディ・ベルドンの内輪のパーティに出席するなら、エルはさらに大きな危険にさらされることになる。

痛いところを突いてやったと気づいたエレノアは、にっこりと笑顔を浮かべ、気軽な調子で言葉を続けた。「殿下と親しくなるいい機会だと思うの。楽しみよ。まるまる二週間、本のアドバイスを実践できるもの」

デイモンははらわたが煮えくり返る思いを味わった。二週間もあれば何が起きるかわからない。恋が生まれる可能性もある。

「そこまできみは真剣だと言うことか？」彼はたずねた。「きみの叔母上もラザーラの求愛を認めているのだな？」

「そうよ。叔母様はあの人のことを高く買っているの。ご親戚のシニョール・ヴェッキのこともよ。そうそう、シニョール・ヴェッキもいらっしゃるの」

なんとか正気に返ってほしくて、デイモンはエレノアをじっと見つめ首をふった。「きみはとんでもないまちがいをしでかそうとしているんだよ、エル。ラザーラのような男と結婚しようとするなんて。きみは気骨も生命力もある人だ。きみのよさを認めない男と結婚して息のつまるような人生を送ってはいけない」

エレノアは何かを言おうとしたが、すぐに口を閉じた。しばらくしてやっと口を開いた。「どうしてわたしに自分の人生を決めさせてくれないの、デイモン？」

「きみがまちがった相手と結婚して、人生を放り投げるところを見たくないからだ」

エレノアの目が光った。「どうしてまちがった相手だってわかるの？」

「私の意見ではそうだ」

エレノアは深く息をついた。「がっかりさせて申し訳ないのだけど、子爵様、あなたの意見なんてどうでもいいの。どうぞ、ご自分の将来に専念してわたしのことは放っておいて」

もうすぐプリンスが買い物を終えると気づくとエレノアはくるりとふり返り、カウンターに近づいた。ディモンをひとり残して。

自分の将来に専念しろという忠告は悪くない。エレノアの後ろ姿を見つめながらディモンは思った。そろそろ人生の見直しをして、残りの人生をどう過ごすか決めてもいい時期だ。

もっとも、先のことを考えてもあまり楽しくはなかった。殺伐として単調な日々が続くだけだ。感情を封じ込めた孤独な人生。誰も心の中に入り込ませず、喜びも苦痛もない暮らし……。

だが、計画どおりだ。ディモンは自分に言いきかせた。なじみ深い空虚感が心に響いた。

それでも、双子の兄が死んでから感じてきた空しさは、エレノアと言い争ったばかりの今感じている気持ちとは対照的だった。彼女の青い目にきらめく火花を見ると、ちがいを痛感せずにはいられない。

こんなにいきいきとした気分になったのは二年ぶりだ。

残念なことに、彼はエルをあわてさせたり怒らせたりするのが好きだった。さらに好きなのは彼女の笑い声だ。求愛していたころ、どれほどエレノアを笑わせて楽しんだことか。

レディ・ベルドンのハウス・パーティで過ごした、めくるめく二週間の記憶が突然よみがえった。衝動的にふたりで馬を競走させたときにエレノアがたてた笑い声。そのあと、勝利の証《あかし》として彼が熱いキスをしたときエレノアが見せた情熱的な反応。

思い出したくなかったのに。ふいにデイモンの心にやさしい思いがあふれた。危険な感情だ。デイモンにはよくわかっていた。欲望もそうだ。今朝、腕の中でエレノアが見せたとろけるような反応を彼は思い出していた。エレノアに対する強い欲望も、彼女の屈服に対する勝利感も否定できなかった。

エレノアは無関心を装っているが、たしかにキスを楽しんでいた。今もふたりのあいだに燃え上がる炎は否定できない――。

それもまた非常に危険なことだった。

エレノアに惹かれる気持ちを完全に消し、彼女とプリンスのロマンスを妨害することに専念するのが賢明というものだ。デイモンは厳しく己を戒めた。


それからすぐデイモンは気づいた。エレノアは今日はもう彼と話さないと心に決めたらしい。その代わり、彼女はプリンス・ラザーラと会話を弾ませていた。バークレー・スクエアにある、ロンドンでいちばんと評判のお菓子屋〈ガンターズ〉の喫茶室にお連れしますとプリンスが言うと、エレノアはその提案をほめたたえた。アイスクリームとシャーベットで有名な店だ。

ところが、馬車に戻ろうとバザールを出た一行は問題にぶち当たった。通りの奥のほうで馬車が混雑につかまって身動きがとれない状態に陥っていたのだ。荷車が積み込んだカブをまき散らしたために交通が遮断され、馬や馬車や通行人が入り乱れての大騒ぎになっている。

プリンスはじれったそうな表情で顔をしかめ、自ら様子を確かめに行くと申し出た。

「ありがとうございます、殿下」エレノアは微笑みながら言った。

けれど、歩道でデイモンとふたりきりになるのを明らかに喜んでいる顔ではない。小間使いがいても同じことだ。エレノアは何でもない顔を取りつくろって黙り込んでいたが、デイモンは街の騒ぎをながめていた。

そのとき、通りを渡ろうとするラザーラに降りかかった災難をデイモンが目撃したのは、ただの偶然だった。小柄な黒髪の男がプリンスに駆けより、明らかにわざとぶつかって倒したのだ。それから、男はあざやかな手つきでプリンスのふところに手を差し入れ、何かを引き抜いた……。見たところ革の財布のようだ。

一瞬の出来事だった。歩道の上で無様に横たわるラザーラがショックと怒りで顔をゆがめているうちにスリの男は逃げていった。

デイモンは反射的に男のあとを追って駆け出した。驚いたエレノアが小さな叫び声をあげ、プリンスに駆けよった。

結局スリを雑踏の中で見失ったデイモンが戻ってくると、エレノアはラザーラのかたわらで心配そうにひざまずいていた。

「おけがはありませんでしたか、殿下？」デイモンも心配して声をかけた。

「大丈夫だ！」プリンスが怒鳴った。「財布を……あいつに盗まれた」そう言うと、突然イタリア語で罵倒《ばとう》の言葉をまくし立てた。〝悪魔〟とか〝ごろつき〟といった類の言葉をディモンは聞き取った。

やがて、プリンスは周囲に人が集まっていることに気づいて口をつぐんだ。「ああ、誠に申し訳ない、ミア・シニョリーナ。不作法な言葉であなたの上品な耳を汚してしまいました」

〝上品な耳〟と言われてエレノアは思わず微笑みをかみ殺した。ふと目があった瞬間、ディモンは彼女の目に楽しげな光が躍っているのに気づいた。けれど、光はたちまち消え失せた。

「何でもありませんわ、殿下。わたしにはイタリア語の意味がわかりませんもの。それに、兄や兄の友人たちの口からもっとひどい言葉をしょっちゅう聞いてますのよ。お国の女性ほど守られた暮らしはしておりませんの」

落ちついた口調とは裏腹にラザーラは顔を赤らめたままほこりをはたき、立ち上がろうとするエレノアに手を貸した。またもやエレノアに格好の悪いところを見られて恥ずかしいようだ。

プリンスはさらに恥ずかしそうにこうつぶやいた。「残念ながら、ドンナ・エレノア、〈ガンターズ〉へは行けなくなりました。財布がなくては支払えませんから」

エレノアは少しためらってから笑顔を浮かべた。「でも、わたしが支払えますから、殿下。喜んでお茶とアイスクリームのお代を払いますわ」

ラザーラがこわばった表情を見せた瞬間、エレノアは自分のまちがいを自覚したようだった。

プリンスの誇りを傷つけてしまったのだ。デイモンの目には明らかだった。

「私に支払わせていただきたいのですが、殿下」デイモンはなごやかに口をはさんだ。「今日、買い物に同行するのを許していただいたのですから、是非お返しをさせてください」

見るからにラザーラは悩んでいるようだった。傷ついた誇りを守るべきか、それともさらに一時間エレノアのそばにいる機会をとるべきか。

結局プリンスはエレノアのそばにいることを選び、憮然《ぶぜん》としたまま彼女に腕を差し出した。

ふたりのあとを追ってデイモンは馬車へ向かった。従僕たちがうまく道を空けていた。けれど、馬車に乗り込んでふたりの向かいに席をとったとき、デイモンはあることに気づいて顔をしかめた。あのスリはオリーブ色の肌をしていた。地中海沿岸の民族に特有の肌の色だ。

ラザーラの同国人がスリを働いたと考えるのは飛躍がありすぎるかもしれない。だが、プリンスの習慣をよく知る者なら財布のありかもわかるから、簡単に盗めるだろう。

もっとも、買い物をする外国人に目をつけた通りすがりのスリかもしれない。

それでも、ただの偶然とは思えなかった。たった二日で二回の事件に遭遇するとはラザーラの不運も相当なものだ。

エレノアとプリンスがよりそいながら笑い合っている姿を見て、デイモンはさらに顔をしかめた。どうやらプリンスは気を取りなおし、魅力を全開にしたらしい。

デイモンは鋭く反応した。ついさっきあおむけに倒れたプリンスのそばにやさしく付きそうエレノアの姿を見たときと同じ反応だ。こういう姿を見せつけられるのは、デイモンの精神衛生上よろしくなかった。エレノアはイタリア人の誘惑になびきすぎだ。

デイモンは心の中で悪態をつき、こみ上げる強い感情を自覚した。所有欲。否定しようもない。エルをラザーラと結婚させたりするものか。デイモンは決意した。彼女が傷つくところを見たくないからだけではない。

ちがう。デイモンは気づいた。今、彼はエレノアをどんな男とも結婚させたくなかった。

日常的な話題であっても、男性に知識をひけらかすチャンスをあげましょう。たとえ、あなたのほうがはるかに知識があるとしても。

――匿名のレディ著『若いレディに贈る、夫を捕まえるためのアドバイス』より

5

翌日の夜、デイモンはコベント・ガーデンの王立劇場《シアター・ロイヤル》の桟敷席に座ってエレノアの到着を待っていた。彼女をプリンスとふたりきりにしておくつもりはなかった。

それに、エレノアに言われたように大陸へ戻る気もなかった。将来どうするつもりかまだ心は決まっていないが、やるべきことはここ英国にあるのはたしかだったし、目前の目標といえばエレノアとプリンス・ラザーラのロマンスを阻止することでしかなかった。

だから、昨日〈ガンターーズ〉でプリンスがエレノアと彼女の叔母をつれて今日この慈善コンサ

ートに来るという話をしたとき、デイモンは思いどおりの席を手配するよう手を打った。王立劇場には個室がなかったが、一行の席は舞台にほど近い最もいい桟敷席の一角に指定されていた。遠い従姉妹であるテス・ブランチャードのおかげだ。

主催者のひとりとしてテスは劇場を借りるだけでなくプログラムを決める仕事も担当していた。今夜の出し物は、英語とイタリア語で歌われるオペラ・アリアやコーラス、寸劇、朗読、そして役者として名高いジョセフ・グリマルディ（1778年―1837年）のパントマイムなど多岐にわたっていた。

限られた者しか出席できないとあって、社交界の人びとはチケットを手に入れようと先を争って金を支払った。テスにとって幸いなことに、摂政皇太子自身も出席する予定だった。テスは戦没者家族会やさまざまな孤児院や病院の慈善事業にかなりの時間をさいて努力している。最近ではローリング三姉妹の末娘であるリリー――今はクレイボーン侯爵夫人――が始めた、不幸な女性のための避難場所であり教育機関であるホームの仕事も手伝っているという。

今夜はデイモンの友人である高名な医師オットー・ギアリーが特別ゲストとして招かれていた。今夜の収益が彼の運営するマールボーン病院に寄付されるからだ。そういうわけで、デイモンにとって今夜オットーを連れ出すのは比較的たやすいことだった。オペラを嫌っているオットーだったが、数時間ほど患者たちから離れざるを得なかった。

今デイモンはオットーの隣の席につき、エレノアとプリンス・ラザーラの到着を待っていた。

「さっさと終わらせてもらいたいものだな」オットーがクラヴァットを引っぱりながらつぶやい

た。「こんな格好でぶらぶらしている暇なんかないっていうのに」

「そんなに時間はかからないさ」ディモンがなだめた。「それに、ミス・ブランチャードに感謝の気持ちを表さなければならないだろう。だから落ちつけよ」

オットーは一瞬顔をしかめたが、すぐさまディモンにいたずらっぽい目を向けた。「きみだって少々落ちつきを失っているようじゃないか。十分前から扉をちらちらながめているな。どうやら、ぼくに出席させたのはミス・ブランチャードに感謝の意を示す目的とは関係ないようだな。ぼくを盾にしようとしていないか？」

ディモンは苦笑いをこらえた。「それだけが理由じゃない」

「ひとつの理由にはちがいないな」オットーがにっこり笑顔を見せた。「レディ・エレノアがきみのたくらみに気づいたらと思うと、ぼくはきみのそばにいたくないよ。それに、ミス・ブランチャードのほうがぼくよりうまくきみをかばってくれるさ」

「そうかもしれないな。だが、盾が多いに越したことはない」

テスはもうすぐここに来ることになっていた。ありがたい。ディモンは思った。親愛なる従姉妹なら、ぎこちない雰囲気をやわらげてくれるだろう。エレノアは自分とプリンスと叔母がディモンの近くに座ることになって喜びはしないはずだ。

予想は当たっていた。エルが姿を現したとき、ディモンは彼女の顔に浮かんだけわしい表情を見逃しはしなかった。たくらみはすっかりばれていた。

同様にラザーラも疑わしげな表情を浮かべ、エレノアの叔母も不愉快そうな態度を見せた。レディ・ベルドンは二年前のことでデイモンを決して許そうとしなかった。だから、彼が礼儀正しく立ち上がって同席者の紹介を始めたときも、尊大な態度を崩さなかった。それでも、あからさまに無視はしなかったが。

結局、プリンス・ラザーラも親戚のシニョール・ウンベルト・ヴェッキを紹介する羽目になった。白髪で長身のシニョール・ヴェッキは英国宮廷に派遣された外交官で、主に、利益の大きいマルサラ・ワイン貿易を中心とした商業取引にかかわる仕事を任されていた。そして、一同が交わした礼儀正しいがぎこちない会話に流れる冷え冷えとした雰囲気に気づかないのは、シニョール・ヴェッキだけのようだった。

幸いなことに、年配のハヴィランド伯爵未亡人が孫のハヴィランド伯爵レイン・ケニヨンを伴って席に着いたおかげで、その場にみなぎっていた緊張感がやわらいだ。

デイモンは伯爵のことを大学時代からよく知っていた。当時、ハヴィランドは疑いようのない反逆児で、伯爵家の厄介者と見なされていた。だから、その後ハヴィランドがナポレオンの世界征服を阻止する仕事に何年も就いていたと聞いても何の驚きもなかった。うわさでは、英国諜報機関に属するきわめて有能なスパイだったとささやかれている。

明らかに彼の祖母とレディ・ベルドンは親しい友人のようだった。だが、ふたたび紹介が始まったとき、デイモンはあることに気づいて驚いた。レディ・ベルドンは、ハンサムなイタリアの外交官に好意を抱いているらしく、彼に話しかけるときは貴族的な態度が消えて、ほとんど恋愛の戯れめいた言葉すら口にしているのだ。

だが、その隙《すき》にエレノアが小声でデイモンを非難したのは驚きでも何でもなかった。「あなたの策略にはもううんざりしてきたのよ、子爵様。いいかげんこんなばかげたやり方でつきまとうのはやめていただきたいわ」

デイモンは〝何のことです〟とでも言いたげな無邪気な顔を向けた。「つきまとったりなどしていないが」

「していないですって？　じゃあ、これは何よ？」エレノアはひらりと手をふって周囲の座席を指し示した。「昨日の外出を邪魔しただけじゃなくて、今夜もこれじゃない」

「こんなに舞台が見やすい席につけて喜んでくれてもいいと思うが。ミス・ブランチャードが私の要望にうまく対処してくれたのだよ。だがきみが望むなら、席を変えてもらおうか」

怒りに息をのんでエレノアはデイモンをにらみつけた。「もう遅すぎるわ。騒ぎを起こしたくはないもの。でも警告しておくわよ。殿下とわたしの将来の邪魔をするのは許しませんから」

エレノアの挑戦的な言葉と鋭い視線にデイモンは賢明にも応じず、それ以上彼女を挑発することも控えた。やがて、テスが独身の友人ミス・ジェーン・カルーサーズとともに姿を現した。テスはデイモンにあたたかいあいさつの言葉をかけてから一同を歓迎した。

やがて全員が着席した。テスはデイモンの隣りに座り、デイモンはエレノアとプリンスの後ろに座った。

　テスがそばにいてくれてよかった、とデイモンは感謝した。静かでやさしい雰囲気に満ちた黒髪の美女であるテスは、彼にとって遠い従姉妹に当たるが、数少ない親戚のひとりであり、親しみを感じられる相手だった。けれど、さまざまな慈善事業で忙しいテスとは帰国してからこれまで会う機会がなかった。

「また会えてうれしいわ、デイモン」テスが喧噪を避けるように顔を近づけてささやいた。

「私もだ。今夜はすばらしい仕事をしたね」

　テスの微笑みには安堵と誇りが浮かんでいた。「うまくいくといいと思っているわ。摂政皇太子が早く到着してくだされば、お客様たちが騒ぎ出さないうちに始められるのだけど」

　劇場は上流階級の人びとでいっぱいだった。誰もが豪華な衣装に身を包み、絹やサテンや宝石がガス灯の炎に照らし出されて輝いている。

　デイモンの席からは、エレノアのむき出しのうなじと優雅な肩をたっぷりながめられた。エレノアは、隣りに座る連れに顔をよせてプログラムの話をしている。

　ひとつ目の出し物はモーツァルトの『ドン・ジョヴァンニ』のコーラスで、英語で歌われる予定だ。次は、イタリアの作曲家ロッシーニのオペラから選んだアリアで、イタリア語で歌われる。そして、その次はヘンデルとアイルランドの作曲家トーマス・クックの歌が数曲。

　エレノアがプリンス・ラザーラにオペラの音楽について質問している。絶対に、あの手引き書のアドバイスに従っているのだろう。デイモンは思った。エレノアの態度に気をよくしたのか、プリンスはイタリア文化の優位性について得意げに語りはじめた。

「正直なところ驚いています」いかにも嘆かわしそうな口調でプリンスが言った。「こちらのオペラの中には英語で歌われるものがありますね。あれは、まったくひどい」

デイモンは身を乗り出してふたりの会話にくちばしをはさんだ。「それどころか、殿下――」穏やかな口調だ。「セリフの内容がわかれば、ふつうの英国人にとってはオペラの魅力がさらに増すのですよ」

ラザーラがうんざりした顔で肩ごしに視線を向けた。「何がおわかりになると言うのです？　あなたにはいいオペラがおわかりになるとは思えないが」

「そんなことはありませんよ。私はかなりオペラが好きですので。そういえば、去年はローマでロッシーニの『セヴィリアの理髪師』の初演を見ました」

驚いたのか、ラザーラの眉がぐいっとつり上がった。「ご覧になったのですか」

デイモンが微笑んだ。「ええ、あれはわれわれ英国人が好きな類の喜劇ですから、ロンドンで近いうちに英語で上演されても不思議はありませんね」

ラザーラがぷるぷると身ぶるいした。見るからに、自分の領分に侵入されて不愉快に思っているらしい。エレノアがデイモンをにらみつけた。

デイモンはエレノアのとがめるような視線を真正面から受けとめたが、満足げにゆったりと椅子に背をあずけた。少なくとも、エレノアにあちらとこちらの文化の大きなちがいに気づかせることはできただろう。

隣りに座るテスが好奇心に満ちた表情でデイモンを見つめている。だが、テスの関心はすぐにそれた。反対側の桟敷席でどよめきが起きたのだ。観客たちが摂政皇太子の到着に気づいて立ち上がっている。いちばん大切な客が席について舞台の幕が上がったとき、テスがやっと安堵の息をついたのにデイモンは気づいた。

一方、エレノアは最初の演目のあいだずっとやきもきしていた。後ろに座るデイモンの強烈な存在感を意識せずにいられない。今日の彼は黒の夜会服を身にまとい、恐ろしくハンサムだ。キリッとした白のクラヴァットが日に焼けた肌を完璧に引き立てている。デイモンに目を向けずにいるのは、かなり意志の力が必要だった。

少なくとも彼を無視していられたのは、腹を立てていたからだろう。あのいまいましい放蕩者は、エレノアがプリンスと出かける先々に現れては邪魔をして彼女の怒りをかき立てるのだ。

それでもエレノアは、デイモンがいるからこそ自分のあらゆる感覚が鋭くなることを否定できなかった。たしかにデイモンは、知り合いの男たちのなかでいちばん刺激的な男だ。大陸での旅の経験についてデイモンの話を聞いてみたい……。けれど、そんな親密なひとときをこの男と過ごすわけにはいかなかった。

とはいえ、デイモンの友人である高名な医師ミスター・ギアリーと会えたことは心からうれしかった。数多くの患者を死の床から救ったギアリーの成果についてはよく耳にしていたからだ。聞いた話では、彼の病院は完璧な清潔さを求める点で独特な存在だった。そうしたこだわりを多くの医者はせせら笑っていたが、今ではそうした習慣が医学界で信頼を高めている。エレノアは科学分野で才能ある人びとを尊敬していた。特に社会の慣例と真っ向から対立するような成果を上げた人はすばらしいと考えていた。

エレノアはまた、デイモンの従姉妹の慈善活動にも感心していた。この数カ月で何度かテスに会ったことがある。テスがローリング三姉妹の親しい友人であり、三人と同じくテスとジェーン・カルーサーズも若い女性向けのアカデミーで教える教師だったからだ。

最近、エレノアは貧困にあえぐ不幸な人びとを助ける活動の支援方法についてミス・ブランチャードに相談していた。

ありがたいことに、マダム・ジュディッタ・パスタ（1797年―1865年）が舞台に登場してロッシーニの『セヴィリアの理髪師』のアリア〝今の歌声は〟を歌いはじめると、エレノアはデイモンのことが気にならなくなった。

イタリア人のソプラノ歌手は最近ロンドンでデビューを飾ったばかりだった。これまでの批評はあまり芳しくなかったが、最初の一節を耳にした瞬間、エレノアは魅了された。マダム・パスタの声が絶妙であざやかな高音を響かせている。最後の美しい一音が消えたとき、エレノアの目に涙が浮かんだ。そっと涙をぬぐっていると、デイモンが肩ごしにハンカチを手渡した。

エレノアは思わずふり返ってつぶやいた。「ありがとう」その瞬間、デイモンの目を見つめてしまうという過ちを犯した。彼の黒い瞳の中にやさしさの気配があった。エレノアの鼓動が乱れた。婚約期間中、ふたりだけのひとときに彼が見せたやさしさがそこにあった。

わたしが楽しんでいる姿をずっと見ていたのね。エレノアはうろたえた。

すぐに視線を引きはがして前を向く。それ以降エレノアは音楽に集中できなくなってしまった。それでも朗読を聞き終えたころには盛大に拍手し、喜劇の寸劇に微笑みを浮かべ、パントマイムの妙技に笑い声をあげた。

コンサートが終わったときには、エレノアはある程度落ちつきを取り戻し、デイモンの顔を冷静に見られるような気がした。

だがそれは、大勢の観客とともに桟敷を出るまでのことだった。馬車の順番を気にしたレディ・ベルドンがすぐに帰ろうと言い張った。

一行は廊下に出て広い階段を下りていった。プリンス・ラザーラがエレノアを混雑から守り、シニョール・ヴェッキが彼女の叔母に付きそった。

もう少しで階段を下りきろうというあたりで突然、プリンスが前につんのめり、驚きの叫び声をあげながら最後の三段を転げ落ちた。もう少しでエレノアを引きずり込みかけて。

エレノアが巻き込まれなかったのは、デイモンが腕をつかんで助けたからだ。

「なんてこと！」レディ・ベルドンが叫び、エレノアは息をのんだ。

一瞬ののち、エレノアはデイモンの腕をふりほどき、プリンスのそばに駆けよった。プリンスはカーペットの上にうつ伏せに倒れ、息を荒らげていた。

「殿下、おけがはありませんでしたか？」

返ってきたのはうめき声だった。プリンスは体を横に向け、左の膝を痛そうにつかんでいる。けれど、イタリア語で明らかに罵倒と思われる言葉を口にすると、シニョール・ヴェッキがやはりイタリア語で鋭い言葉をかけた。その瞬間プリンスは口を閉じた。

「申し訳ない」プリンスが顔をしかめながら女性たちを見上げた。

周囲から群衆が遠ざかっていた。美しく装った外国の貴人が床の上にのびている姿に、誰もが声を失っている。そのせいで、エレノアの耳にデイモンの言葉がはっきりと聞こえた。

「オットー、手を貸してくれないか？」

「わかった」

プリンス・ラザーラの傷ついた脚をギアリーが診察しているあいだ、シニョール・ヴェッキが悲しげに首をふってこう言った。「ドン・アントニオはひどく運が悪いようだ」

「運が悪いんじゃない、ドン・ウンベルト！」ラザーラが不機嫌そうな声をあげた。「押した者がいる。たしかだ」

その言葉にエレノアは驚き、すばやくデイモンを見た。まさか彼が？　デイモンはすぐ後ろを歩いていた。その隣りにはシニョール・ヴェッキがいたはずだ。ほんのちょっと押せば……。

エレノアはデイモンのかたわらに立ち、彼をにらみつけた。「あなたが押したの？」けわしい声でささやく。

デイモンは一瞬見つめ返した。「何だって？」

「ひどいけがをしたかもしれないのよ。階段で後ろから押されれば」

デイモンのあごがひきつった。「たしかに。だが、きみもけがをしたかもしれないじゃないか。殿下の腕にしがみついていたのだから。私は後ろから押すようなことはしないさ」彼は厳しい目でエレノアを見つめながら答えた。

エレノアはさらに顔をしかめた。「あなたがそばにいるとプリンスはいつも妙な目にあうわ」

デイモンは信じられないとでも言いたげに笑った。「まさか私を疑っているのか？」

「ちがうって言うの？　あなたがロンドンに戻ってくるまで殿下は災難に見舞われなかったわ。三回の事故全部にあなたは居合わせたじゃない」

「きみだって同じだ」デイモンが冷静に指摘した。「きみが自分で工作した可能性もある。殿下を助けていいところを見せようとしてね。例の本にはそうしろと書いてなかったか？」

「いいえ」エレノアが言い返した。「実際には反対のことが書いてあるわ。いつでも頼りなげでいなさいって」

唇を皮肉っぽくひきつらせてデイモンが傷ついた男を見下ろした。「今のところ頼りなげなのはラザーラのほうだな」

「あなた、うれしいんでしょう」

デイモンのあごに力がこもった。「ということは、このあいだの一件では私が彼の馬車に細工をしてきみを危険にさらしたと言うのか？　きみの命だって失いかねなかったのに」

声の調子からすると、うまいことデイモンの怒りをかき立てられたようだ。けれど、頭に血が上っていたエレノアは引き下がらなかった。「もしかしたらそうかもね。あなた、わたしたちの邪魔をしようって心に決めていたようですもの」

「昨日のことはどうなんだ？　ラザーラが道路に倒れたとき、私はそばにいなかったぞ」

「スリを雇ってやらせたのかもしれないわ。それに、今夜は殿下の背中を押せる絶好の位置にいたじゃない」

デイモンが短剣のごとく鋭い視線を投げつけると、エレノアは鋼鉄のような視線で見返した。

「ひとつ問題がある。私は彼の災難にまったく関係がない。犯人はどこかよそで探してくれ」

デイモンが怒っているのは明らかだった。けれど、エレノア自身も怒っていた。デイモンがわざとプリンスを危険な目にあわせたと考えているからだ。

「もちろん、あなたは否定するわよね」エレノアは切り返した。「たとえ犯人でも」

突き刺すようなデイモンの視線とともに、ふたりのあいだの空気がピシッと音をたてそうなほど緊張をはらんだ。

「私の言うことを疑っているのか？」デイモンの声には危険な響きがあった。

周囲の人間の視線を集めているのに気づいて、エレノアは声を抑えた。「どちらとも言いかねるわ。でも、あなたが本当のことを言ってるとは思えないの」

「エレノア」突然、叔母が話に割り込んできた。「いらっしゃい。もう帰らなくては」

デイモンはまだエレノアを見つめている。「ここは議論する場所じゃない」彼は吐き出すように言った。「どこかふたりだけになれる場所で話を続けよう」

「わたしたち、そもそも話なんかしちゃいけないのよ！」エレノアはほとんどうなるような声で言った。ミスター・ギアリーが診察を終えると同時にエレノアは退いた。

「骨折はなさそうです、殿下」医者が言った。「ですが、膝をひどくひねっているようなので手当てが必要です。すぐに帰宅されて横になってください。お望みなら付きそいをいたしますが」

レディ・ベルドンがすぐに声をあげた。「わたくしのほうで医者を呼びますわ、ミスター・ギアリー。わざわざお出かけになる必要はございません」

ギアリーは疑わしそうな顔をしたが、うなずいた。「膝に冷湿布をするとよろしいでしょう、殿下。もちろん、しばらくは動かさないように」

「殿下のお世話はちゃんといたします」レディ・ベルドンがきっぱりと言った。

シニョール・ヴェッキが手を貸してプリンスを立ち上がらせてから肩を貸した。まだひどく痛む様子だったが、それでもプリンスはよろよろと歩きはじめた。

「殿下の馬車でここに来たのだろう？」デイモンがエレノアにそっけない言葉をかけた。「必要なら、きみと叔母上をご自宅まで送ろう」

エレノアは鋭い視線を向けた。「必要ありません、子爵様。今夜はもうじゅうぶんやってくださいました。今後、わたしたちに近よらないでいただけたら感謝いたしますわ」

そう言い捨てるとエレノアはさっと背を向け、プリンスのあとを追った。背中に焼きつくようなデイモンの視線を感じながら。


プリンスの馬車に叔母と乗り込んだあとも、エレノアはデイモンへのいらだちを抑えることができなかった。もっとも、馬車がポートマン・プレイスに到着して屋敷の戸口にたどり着いたころには、怒りはかなり収まっていた。

もしかしたらデイモンを責めたのはまちがっていたかもしれない。叔母のあとをついて二階に上がりながらエレノアは思った。あの人はどうしようもない放蕩者にはちがいないが、だからといって、わたしに求愛している無関係な人を傷つけるような男ではない。だいたいデイモン自身は求愛しているわけでもないのだし。

叔母用の居間でふたりきりになった瞬間、レディ・ベルドンが話しはじめた。

「レクサムとあなたが話をしているところは見たくないわ、エレノア」愚痴るような口調だ。

「礼儀以上の応対をする必要はないのよ」

「もちろんそうだわ、叔母様。今後できるかぎり接触しないようにします」

「いいでしょう。殿下のお気に召さないようなことはしないほうがいいですからね。殿下の気持ちをできるだけ惹きつけなければ。レクサムがいると求愛の邪魔だわ」

「わかっています、叔母様」

エレノアを見つめたまま、ベアトリクスは考え深げに唇を結んだ。「シニョール・ヴェッキのおっしゃったことを伝えておくべきなのでしょうね」

「何ておっしゃったの？」

叔母が顔をしかめた。「女性関係について言えば、殿下ご自身も一種の放蕩者だそうよ。シニョール・ヴェッキはかなりはっきりおっしゃったの。殿下はあなたにとっていい夫にならないかもしれない、と。でも、わたしはそういう警告をあまり当てにしないわ。ラザーラ殿下は生まれも育ちも完璧ですし、すばらしい財産をお持ちですもの。個人的な問題については……そうね、ふつうの貴族の男性とそう変わらないわ」

エレノアは内心の動揺を隠した。たしかにプリンスの放蕩三昧《ざんまい》についてのうわさは聞いたことがあるが、今まで無視していた。疑いたくなかったからだけではない。ファニー・アーウィンの話では、真の愛にめぐり合って改心する放蕩者もいるという。だから、過去の行いを理由にプリンスを見捨てたくなかった。まだ本当に愛する女性と出会っていないだけかもしれない。

それがわたし？　そんなことがありうるかしら？　エレノアは思った。わたしを愛するようになれば、殿下は放蕩をやめるかもしれない。二年前デイモンだってそうなったかもしれなかった。

本当にわたしを愛していたら、婚約直後に愛人の元へ走ったりしなかったはず……。

叔母の声が、エレノアの悲しい物思いを破った。「少なくとも、来週うちのハウス・パーティに来れば求愛も進展するでしょう。ローズモントまで行けばレクサムも追って来られないわ」

エレノアも心からそう思っていた。

「うまくいくことを祈ってますよ」ベアトリクスが妙にせつなげな表情で言った。

「わたしもよ。叔母様のハウス・パーティはいつもすばらしいんですもの」

「シニョール・ヴェッキも楽しみにしてくださっているわ」

エレノアが微笑みかけると、叔母の頬がほんのりピンク色に染まった。あの外交官の話になると、叔母は何歳か若返って見える。エレノアはあたたかな気持ちになった。

「あの方の接近を許すのはまちがっているかしら？」ベアトリクスが不安そうにたずねた。

「そんなことないわ、叔母様」エレノアがやさしい声で答えた。「許すべきよ」

「とてもやさしい方なのよ。ベルドンとちがって。夫は不機嫌になると、我慢ならないほど不作法になる人だったから……」ベアトリクスはハッとした。「死んだ主人の話はこれでおしまい。ベルを鳴らしてわたしの小間使いを呼んでちょうだい、エレノア。殿下の事故のせいで今夜はもうくたくたなの」

叔母は、心の内をさらけ出して少々恥ずかしくなっているのだ。そう気づいて、エレノアは言葉に従い「お休みなさい」と言って叔母の部屋を出た。そして、東棟にある自分の寝室へ向かった。

　叔母はいつもは気丈にふるまっているけれど、さびしいのだ。エレノアは思った。いつもは感情をあらわにせず誇り高い子爵夫人が初めて恋をする姿を見るのは、心がなごむ。少なくとも、友情を分かち合い交際相手になれそうな紳士に叔母が出会えたのはよかった。

　寝室の扉を閉めながら、エレノアは叔母の幸せを願った。自分の幸せはともかく。

　もう遅いのでジェニーを呼ぶのはやめ、エレノアはひとりでドレスと下着を脱いだ。身を清めて寝支度をするあいだ、ふと劇場での出来事を思い出し、また怒りがこみ上げた。デイモンは何があっても邪魔するつもりなのだ。これでは愛を手に入れることなんかできないじゃない。

　でも、これ以上邪魔はさせないわ。ネグリジェを身につけながらエレノアは誓った。プリンス・ラザーラの心をつかむさり気ない活動は続けるつもりだった。もしもデイモンがこれ以上介入してくるつもりなら……彼のやる気をそぐ大胆な手を打たなくては。

　エレノアはベッドに横たわった。ファニーの本をもう一章読もう。そのとき、部屋の反対側からかすかな音がした。

　エレノアはぎくっとした。開いた窓に目を向けると、そこにデイモンがいた。

　エレノアはあっけにとられた。デイモンの広い肩が窓を乗り越えたかと思うと、体が部屋の中に入っていく。やがて、彼は足を床のカーペットにのせた。

　まだ夜会服姿だ。エレノアはふと気づいた。だが驚いたのはそのせいではない。デイモンは二階までよじ登って女性の寝室に侵入したのだ。それも真夜中に。なんと大胆な男だろう。

「デイモン！」エレノアは叫んだ。高くかすれた声が出た。「いったいここで何をしているの？」

「まだ話が途中だったから」冷静にそう言うと、デイモンは部屋を横切りベッドへと近づいた。

6

キスしたくなるように見せなければなりません。積極的に迫るつもりでないとしても。唇をなめ、扇子で唇に触れることで口もとに男性の注意を惹きつけましょう。絶対に男性は目を奪われます。

——匿名のレディ著『若いレディに贈る、夫を捕まえるためのアドバイス』より

エレノアはベッドから飛び出した。そのせいか頭がクラクラする。いいえ、こんな薄着のときに長身でハンサムな元婚約者に忍び込まれたせいかも。

「こんなところに来てはいけないってわかってるでしょう！」エレノアは扉のほうに足を向けながら声をあげた。

デイモンはこわばった笑みを浮かべた。「劇場で話を続けようと言ったら断ったじゃないか」

「話すことなんかないからよ！」近づいてくるデイモンを見てエレノアは両手を上げて制した。

「デイモン、止まって。そこまでよ！」

　ありがたいことにデイモンはその言葉に従い、五、六歩手前で足を止めた。だが、そのままそこに根が生えたように立っている。黒い目がベッド脇のランプに照らされてきらりと光った。

「すぐに帰って」エレノアが言い張った。

「いくつかはっきりさせてからでないと帰らない」

　明らかにデイモンはまだ怒っている。もっとも、エレノアもまだ怒っていた。「本気よ、デイモン！　出てって！　さもないと、ピーターズを呼んで追い出させるわよ」

「いいや、きみはそんなことはしない。召使いに私がいるところを見られたくないだろう」

　エレノアはいらだって唇をかんだ。たしかに今、召使いを呼べばスキャンダルになりかねない。少なくとも叔母が知ったら仰天するだろう。

　さっさと追い出したいけれど、どうやらデイモンは話に片をつけようとしているらしい。礼儀作法を完全に無視する勢いだ。

　これでは話を聞くしかない。エレノアはふうっと息をつき、胸の下で腕組みした。予想外のことに、このしぐさのせいでデイモンの目を胸のふくらみにぐいっと引きよせてしまった。

　彼の黒い目がエレノアの体をなめまわしている。白いローン地の薄いネグリジェを見つめる視線を感じてエレノアはすぐさま両腕を脇に戻した。「いいでしょう。何を話したいの？」

「ラザーラの件だ。話を聞いてほしい、エレノア」

「もう少し声を抑えてもらえる？　誰かに聞かれてしまうわ」

デイモンは声を抑えたが、厳しい口調はそのままだった。「私が殿下に何かをたくらんだなど と、どうしてきみが考えるのかはわからないが、やつを傷つけようとしたというだけでなく、嘘 をついたとまで疑われるのはたまらない」

エレノアは毅然と胸を張った。「今までわたしに嘘をつかなかったなんて言えないでしょう。 婚約していたとき、あなたは愛人とは別れたって言ったわ。でも、嘘だったじゃない」

デイモンは謎めいた視線を返し、ゆっくりとベッドの足もとを回った。「その件についてきみ と議論するつもりはないが、ラザーラの事故と私を結びつけるなら的外れもいいところだ。きみ が犯人だと言うのとどっこいどっこいな説だな」

エレノアは推し量るような目で彼を見つめた。「どうしてわたしが事故を起こすのよ」

「きみの評判が汚されるような状況にプリンスを追い込むためとか……。むりやり結婚に引き込 むため、というのはどうだ？」

エレノアはあっけにとられた。「とんでもない説だわ」

「そう言うなら、私がわざとやつをけがさせたという説だって、とんでもないな。自分の名誉を 疑われるのは好かないのでね」

「そうでしょうね」エレノアが言い返した。「でも、三つの事件すべてに居合わせたことは認め るでしょう。しかも、今夜はわたしたちのすぐ後ろを歩いていたんですもの」

じっとエレノアを見つめたまま、デイモンはさらに一歩近づいた。「ひとつ忘れていることがあるよ、かわいいひと《スイートハート》。私はきみを決して危険にさらしたくないと思っている。やつの腕につかまっていたきみは、あのときいっしょに転げ落ちてけがをするところだった。私がやつを突き落としたいと思っていたとしても、きみがいないときを狙《ねら》っただろうね」

今夜デイモンにすばやく助けられたことは認めざるを得なかった。エレノアはゆっくりとうなずいた。「たしかに腕をつかんで守ってくれたわね」

「そうだ」

「では、殿下は自分で転んだだけ?」

「そうかもしれない。だが、偶然にしては事故が多すぎる。もしかしたら誰かが意図的に危害を加えようとしているのかもしれない」

「誰が?」

「まったく見当もつかない」考え込む様子を見せてデイモンがベッドに近づき、マットレスに浅く腰をかけた。エレノアが抗議の声をあげられないうちに、彼はひとりごとのように言葉を続けた。「あのスリはラザーラの同国人のように見えた。同じオリーブ色の肌をしていたから。だが今夜、劇場では同じような肌の色をした人間はシニョール・ヴェッキしかいなかった」

「でも、シニョール・ヴェッキは身内の人間を階段から突き落としたりするはずがないわ」エレノアは途方にくれて顔をしかめた。

「そうだな」

エレノアはさらに顔をしかめた。「誰かが殿下を傷つけようとたくらんでいるなら、犯人を見つけて阻止しなくては。ひどいけがを負わないうちに」

「私も知りたいね」デイモンが言った。「やつに求愛されているかぎり、きみの身は危険だ」

エレノアはハッとした。「わたしのことを心配してくれてるの？」

「そんなに変なことだろうか、エル？」

デイモンの口調がやさしくなり、エレノアの警戒心もやわらいだ。「いいえ、変じゃないわ」

「私が気にくわないのは、きみとラザーラが結びつけられている点だ」デイモンが言った。「これからも危険なことが起きるなら、きみがけがをする可能性もある。私は黙って見ているつもりはないよ、エレノア」

デイモンの視線を意識してエレノアは突然、裸に近い自分の姿と乱れた上掛けを意識した。

「心配してくれてありがとうございます、子爵様」エレノアはあわてて言った。「でも、もう帰ってください。ここにいてはいけません」

一向に帰る様子を見せないまま、デイモンは唇の端をゆがめて微笑んだ。「少なくとも私の知恵をほめてもらいたいものだ。ふたりきりの時間をくれないから、大胆な手を打つしかなかった。窓の外にあるオークの木に登るのは簡単ではなかったよ」

気がつくと、エレノアは笑い声をあげていた。なんて情けないのだろう。怒らなければならないときに笑ってしまうなんて。デイモンが相手だといつもこうなるのだ。

「ほら」デイモンが気軽な調子で言った。「きみはワクワクさせてくれる男が好きなんだ」

エレノアは微笑みを隠そうとした。「ほめてもらいたいなら、年をとるまで待つことね」

デイモンは首をふり、皮肉っぽい口調で言った。「年をとっている暇はないかもしれないな。新調したばかりの上着をだめにしたら、近侍に殺されかねないから。コーンビーは私を最新流行の服を着た紳士にしたがっているんだ」

服は乱れていないじゃないの。エレノアは思った。もっとも黒髪はいつもより乱れていたが。

「ということは――」デイモンがやさしい声で言った。「きみは私が死ねば喜ぶということか」

「もちろん喜んだりしないわ」微笑みたいという気持ちは失せていた。もちろんデイモンの死を願ってはいない。近よらないでほしいだけだ。とりわけ今のように不利な立場にあるときは。

「本気で言っているのよ、デイモン。出て行ってちょうだい。わたしを危険にさらしたくないと言っていたけど、あなたがわたしの寝室にいるだけでスキャンダルになってしまうのよ」

「たしかにそうだ」そう言いながらもデイモンはベッドの端にゆったり腰を下ろした。てこでも動く気はないらしい。「だが、まずは不当な疑いをかけたことを謝ってもらいたいな」

「いいわ、ごめんなさい。さあ、帰ってちょうだい」

「もっといい謝罪をしてもらってもいいと思う」

「どういうこと?」

「つまり、私にキスするんだ」

エレノアの心臓がドキッと音をたてた。謝罪としてキスをしろですって？

「ここにおいで、エル」呆然と立ちつくすエレノアにデイモンがつぶやいた。

その声にこもるハスキーな響きを耳にして、エレノアの口の中がからからに乾いた。思わず唇をなめる。すると、彼の視線がエレノアの唇をとらえた。いけない！　ファニーの本に書いてあったじゃない。唇をなめるとキスしたくなるように見えるって。

デイモン相手にそんなことをしたくないのに！

「キスなんかしないわ」エレノアはきっぱりと言った。

「キスしてくれないなら覚悟してもらおう。一晩でもここで待たせてもらうよ。朝になって私がここで一晩過ごしたことを知ったら、叔母上は何とおっしゃるかな？」

「あなたって、どうしようもない放蕩者の悪党よ」エレノアは激しく非難した。

「否定はしない」デイモンが性懲りもなく答えた。

エレノアの怒りがこみ上げた。デイモンを追い出すのは難しいと覚悟しておくべきだった。まさに〝トラブル〟そのもの。この世でいちばん腹が立つ男だ。

「気が変わったわ」エレノアがつぶやいた。「あなたなんか死んじゃえばいいのよ」

「それでこそ私の愛するエルだ」

楽しげな彼の声を聞いた瞬間、エレノアは両手の拳《こぶし》を握りしめた。「あなたはわたしのことなんか愛してないわ！　今までだってずっと！」

不思議なことにデイモンの表情が真剣になった。やさしくなったと言ってもよかった。それでも、彼はへこたれなかった。「キスを頼むよ、エレノア。キスしてくれたら帰るから」

エレノアは断固として拒絶した。「女性の意思に反してキスを強要するのは恥知らずな行為だと自覚していないの？」

デイモンの表情がさらにやわらいだ。「べつに恥知らずなことをしようというのではないさ。戦略的な行為だからね。きみと殿下のあいだに欠けている火花のことを思い出してもらおうと思っているんだ」

そういうわけだったのね。エレノアは思った。納得はいったけれど、だからといっていらだちが収まるわけではない。デイモンは、エレノアがプリンスにあまり惹かれていないことを証明しようとしているのだ。逃げ道はなかった。

けれどもっと腹立たしいのは、デイモンとキスをすると思うとワクワクしてしまう自分自身だった。

しかも、その気持ちをデイモンに気づかれているらしい。エレノアを見つめる彼の目が、何かをたくらんでいるかのようにきらめいている。突然、ふたりのあいだに稲妻が走ったような気がした。

エレノアは背すじがゾクゾクするのを感じた。めまいがするほど彼に引きよせられている。

「待っているよ、エル」デイモンがつぶやいた。

彼の官能的な声を耳にすると抵抗力がさらに弱まった。

エレノアは息を吸い込んだ。いやいやながらに前へ進み出ると、デイモンが手をとり、開いた自分の脚のあいだに彼女を引きよせた。体と体がぶつかる。

エレノアはふるえるほどデイモンのことを意識していた。たくましい上体が発する熱気。硬い胸板に乳房を押しつけられる感触。乳首が硬くなって感じやすくなっていた。苦しいほど脈が乱れて息もつけない。

すると、デイモンが彼女のお尻を両手で包み込み、さらにぐいっと抱きよせた。彼の吐息がエレノアの唇をくすぐり、火花が飛び散った。

けれど、デイモンはそこでやめた。「どう？」彼がたずねた。

「どうって？」

「これからキスをするんだよ。お忘れかな？」

デイモンはエレノアの腕を引っぱって自分のたくましい膝の上に横座りさせた。

自分が降伏しないかぎりデイモンはあきらめないとわかっていたので、エレノアはすばやく彼の唇に唇を押しあてた。ほんの一瞬だったのにエレノアの体の奥がざわめいた。けれど、デイモンはがっかりした表情で顔をしかめた。

「こんな唇と唇を突っつき合わせるようなキスじゃ謝罪したことにならないな。私の傷ついた虚栄心をなぐさめてくれなければ。まだひどく痛むんだ」

「ずっと痛んでいればいいのよ。あなたの巨大な虚栄心をなぐさめる気なんかまるでないわ」

デイモンの目が輝いた。「ちゃんとしたやり方を教えてあげよう……」

両手でエレノアの肩を引きよせると、デイモンは彼女の上半身をベッドに押し倒した。

催眠術をかけられたようにデイモンの強い視線にとらえられ、喉が激しく脈打っている。エレノアは息をのんだ。デイモンがゆっくりとかがみ込み、唇をまさぐるようなキスをした。彼の舌がそろそろと鋭くエレノアの唇を割っていく。エレノアはうめき声をあげそうになった。

やがてデイモンは唇を離し、エレノアの顔を見つめた。

「言ったとおりだろう……火花だ」そうつぶやく彼の声は、いっそうハスキーになっていた。

エレノアも感じていた……。体の奥深いところで炎が燃えさかっている。

そして、デイモンはしゃべるのをやめ、ふたたび顔を近づけてキスを再開した。

反応してはだめ。エレノアにはわかっていた。それでも唇を開かずにはいられない。デイモンにかき立てられた、切ないほどの欲望に抵抗するのは無理だった。デイモンだけに感じる激しく熱い思いをこらえることなどできなかった。彼はキスによってエレノアを屈服させた。あたたかな唇と舌の愛撫によってエレノアの欲望を引き出していた。

恋人に狂おしいほど情熱的なキスをされる――それは、あらゆる女が思い描く夢そのもの。そして、デイモンのキスはエレノアにとって天国そのものだった。彼の唇があたえる軽やかな愛撫はいたずらっぽく、それでいて誘惑に満ち、魅惑的な舌がエレノアの口の中で踊った。

デイモンがベッドの上で位置を変え、エレノアの体を引きよせた。彼の肉体がぐっと身近に感じられる。力強いたくましさ。筋肉質の脚。広い胸。体全体の硬さ。エレノアは、このまま溶けてひとつになってしまいたいという思いに抗《あらが》った。乳房が重く感じやすくなり、太もものあいだに、これまで感じたことのない甘いうずきが芽生えている。

やがて、デイモンがキスを深めた。まるでエレノアの秘密をすべて知ろうとするかのように。エレノアの脈が速まった。デイモンの存在感と匂いと味わいに圧倒されていた。

デイモンはふたりの体のあいだに片方の手をすべり込ませ、長い指でネグリジェごしに乳房を包み込んだ。快感がエレノアの体を貫いた。

鋭く息を吸い込み、魔法のような彼のキスから唇を引き離す。デイモンの手はあたたかく、自分のものだと主張するかのように胸をつかんでいる。エレノアは彼の手首をつかんだ。

「デイモン、こんなことをしてはいけないわ」声がふるえている。

デイモンが片方の眉を上げた。「そうかな？　きみは私に触られるのが好きだろう、エル」

「そんなことないわ」

「では、なぜかな？　ネグリジェの下から乳首が突き出ているが。体は嘘をつけないようだ、ダーリン」

エレノアは自分の胸を見下ろした。ベッドに漂うランプの光に照らされて、乳首が興奮して突き出ているのがわかった。頬が赤くほてる。「ネグリジェ姿のわたしを見てはいけないのよ」

デイモンの唇の端が皮肉っぽく上がった。「何も着ていないきみを見るほうがいいな」

彼はボディスの前面に並んだ小さなボタンに手をのばし、ひとつずつ外した。エレノアは彼の大胆な行動に思わず興奮を覚える自分が情けなかった。けれど、デイモンを止めようとはしなかった。彼の手がえり元に忍びよる。ああ、わたしは軽率で無謀な女だわ。それでも、エレノアは期待に高鳴る心を抑えきれなかった。やがて乳房がむき出しにされて、デイモンの熱いまなざしにさらされた。

色白の乳房をなめるように見つめながら、デイモンはつんと突き出た先端を指先でつまみ、硬くなったつぼみをたくみな技でじらした。いつしかエレノアはまぶたを閉じ、低いうめき声をもらしていた……。そのせいでデイモンはますますその気になったらしい。やさしい愛撫が続き、やがてエレノアは激しいうずきを覚えた。それでもデイモンは満足していないようだ。

「きみを味わいたい」かすれた声でそうつぶやくと、デイモンは顔を近づけた。

エレノアは最後の気力を奮い起こして言った。「わたしを味わうって？」

デイモンの吐息がエレノアの肌をくすぐった。「きみがほしくて仕方がないのだよ、エル。きみの体ほどおいしいものはないはずだ」

エレノアは両手で彼の肩を突っぱねようとした。「そんなことないわ。だって、あなたはすごく腕のいい料理人を雇っているでしょう」

デイモンは誘惑を中断し、エレノアの顔を見た。「なぜうちの料理人のことを知ってる？」

「うわさ話よ」

「私のうわさ話に耳を傾けるのか、きみは？」

熱心にね。エレノアは心の中でつぶやいた。「ロンドン中であなたのことがうわさになっていれば聞かないわけにはいかないわ」

デイモンの唇にかすかな微笑みが浮かんだ。「今、本当にうちの料理人の話がしたいのか？」

「あなたとは何も話したくないって言ったでしょう」

「いいだろう。では、しばらく口を閉じているんだ、さあ……」

デイモンは両手で彼女のむき出しの乳房を包み込み、顔を近づけた。突然エレノアは息をするのを忘れた。デイモンがこんなことをするのは初めてだ……。

彼の唇のぬくもりを感じた瞬間、甘い快感が皮膚の上に広がった。けれど、彼の舌先が乳首をかすめたとき、心地よい衝撃にエレノアは息をのんだ。

デイモンは硬くなった乳首を唇でなぶってから、口の中に包み込んだ。エレノアの背中がのけぞり、快感が体の奥まった場所を矢のように貫いた。

「デイモン……こんなこと、やめなくちゃ」エレノアはあえぎながら言った。

「もう少し……」

エレノアはこんな快楽の拷問にこれ以上耐えられない気がした。けれど、デイモンは乳首を舌でなめては歯にはさみ、強く吸う行為をやめようとしなかった。

エレノアは抵抗するのをやめた。もうどうなってもよかった。体の中で不思議な感覚がこみ上げ、太もものあいだのひそやかな場所がドクドクと脈打っている。

気がつくと、エレノアはデイモンの頭を乳房に引きよせていた。容赦ない唇と舌でもっと愛撫してほしかった。欲望がさらに高まった。デイモンの膝で脚を割られたのだ。太もものあいだを膝で押しつけられている。

エロティックな感触にエレノアはどうしようもなく身じろぎした。けれど、デイモンがゆっくりとネグリジェの裾《すそ》を上げていったとき、エレノアは仰天し、なんとか抗議の声をあげた。「デイモン……そんなこと……だめよ」

乳首にそっとキスすると、デイモンが頭を上げた。熱を帯びた黒い目がエレノアを見下ろしている。「快楽がどんなものか知りたくないのかい？」

「ええ……いいえ……わからない」

「きみの処女は奪わない。それが心配なら」

エレノアは顔をしかめた。「でも、今やっている行為だけでもじゅうぶん悪いことだわ」

デイモンの視線より微笑みのほうがエレノアの体を熱くした。「ことわざにあるだろう？　子羊をつかまえて絞首刑になるなら親羊をつかまえたほうがいいと」

「わたしは子羊じゃないわ。でも、あなたは狼《おおかみ》よ」

デイモンは静かな笑い声をもらすと、指を下へすべらせ、エレノアの太もものあいだに忍ばせた。今、指は女のふくらみをそっと包み込んでいる。

エレノアの息が乱れた。

デイモンの目に見つめられてエレノアはうっとりとした。黒く長いまつげにふちどられた黒い目が強い視線で彼女をとらえている……。

エレノアを見下ろすデイモンの額に一房の黒髪がはらりとかかった。彼は待っていた。エレノアの抵抗力を粉々に打ち砕こうとして。

「黙って。きみを悦《よろこ》ばせてあげよう、エル」

「ええ……」エレノアがささやいた。

デイモンの指が女のひだを的確に探り当てた。そして濡れた肉を開き、そっと中心に触れた。

エレノアの全身が燃え上がって張りつめた。息ができない。これまでデイモンにキスで欲望をかき立てられたことはある。けれど、服の上から胸を愛撫する以上のことはされなかった。今日までは。

何かに取りつかれたかのようにデイモンは指で女の中心を愛撫し、濡れた裂け目を指先でたどり、そこに隠された花芽をむき出しにしてじらしている。

エレノアがすすり泣くような声をもらしたとき、デイモンはその声をキスで封じた――今度はそっとやさしく。熱く絹のようになめらかなキスだ。一方、舌は官能的なリズムを刻みながら彼女の口の中を探検し、エレノアの中に渦巻く熱をかき立てている。

とうとうエレノアは両手でデイモンの髪をつかむと、夢中でキスを返した。あらゆる感覚がデイモンの匂いと感触を求めている。エレノアの肌は熱を帯びて敏感になっていた。まるで熱病に取りつかれたようだ。

やがて、熱はさらに強まり、エレノアの体の中で炎となって燃え上がった。

やるせない欲望がつのり、エレノアはデイモンの肩をつかんだ。彼のたくましい体に救いを求めるかのように。けれど、彼女の狂おしい情熱はデイモンをさらに駆り立てただけだった。

彼はさらなる熱意を込めて愛撫に励み、エレノアの中にありえないほどの欲望をかき立てた。こんな激しい快感は初めてだった。もう止められない……。

突然、エレノアの中で炎が爆発した。快感が弾《はじ》け、体が粉々になったような気がした。

エレノアが激しい叫び声をあげた瞬間、デイモンはキスで唇を閉ざし、声を封じ込めた。

信じられないような至福の悦びはしだいに収まっていった。エレノアは呆然としたまま横たわっていた。呼吸が激しく乱れている。しばらくしてからやっと目を開けて見上げると、そこにデイモンの顔があった。

とまどったエレノアの表情を見つめながら、デイモンはかすかな微笑みを浮かべている。

エレノアは乾いた唇をなめ、やっとのことで口を開いた。「こういうことだったのね」かぼそくかすれた声だ。「知らなかった……」

「何を知らなかったんだい？」

「愛の行為がこんなに……すばらしいなんて」

デイモンは愛《いと》おしげにエレノアの額にキスをした。「そうだ。すばらしいこともある。だが、さらに先もあるのだよ」

言葉を行動で示そうとするかのように、デイモンはエレノアの広げた太もものあいだで身じろぎし、彼女の体を自分の体で包み込んだ。やがて、腰と腰が合わさると、エレノアはズボンの下にある硬いものの存在を感じとった。

デイモンは腰を少し引いてから、硬くなった男性自身を彼女の体に突き上げる動きをした。

けれど突然、彼は動きを止めた。

意外なことに、誘惑をやめたのはデイモン自身だった。エレノアは驚きと失望を感じると同時にホッとしていた。

彼は苦痛をこらえるかのようにぎゅっと目を閉じると、かすれた声でささやいた。「ひと晩かけてきみと情熱的に愛を交わしたいのはやまやまだが、そんなことは名誉に反するだろう」

「ええ」エレノアの声も乱れていた。「わたしたち、愛を交わすことなどできないわ、デイモン。結婚まで処女を守らなくてはいけないし」

うなずくデイモンに、エレノアは内心、失望感をかみしめていた。デイモンはすっと体を離して横向きになった。だが、体を起こそうとはしない。

その代わり、片方のひじで体を支えたままエレノアをじっと見つめている。「それが問題だ。だが、対処はできる」ゆっくりと口を開く。

「どういうこと？」エレノアはきょとんとしてたずねた。

しばらくデイモンはためらっていたが、やがてこう答えた。「きみは私と結婚すべきだと思う。あのプリンスではなく」

7

結婚に縛りつけることがあなたの最終目的だと、絶対男性に思わせてはいけません。さもないと、男性を反対の方向へ追いやることになります！

——匿名のレディ著『若いレディに贈る、夫を捕まえるためのアドバイス』より

しばらくのあいだ、エレノアは身じろぎもしなかった。絶対に聞きまちがいだ。

「冗談を言っているんでしょう、もちろん」とうとうふるえる声で聞き返した。

「とんでもない。真剣そのものだ。きみは私と結婚するべきだよ、エル」

エレノアはベッドから跳び上がった。今夜二度目のことだ。すぐさまデイモンの真正面に立ち、まじまじと見つめる。最初はただ驚きと不審を感じていたが、やがて疑惑が頭をもたげた。この男は何をたくらんでいるのだろう。

「いったいどういうゲームなの、デイモン？」エレノアはおどしつけるように問いつめた。

「ゲームなどではない。本気だ」

とうてい信じられない。エレノアはデイモンの前に立ったまま彼の腹を探ろうとした。やがて、彼の視線がエレノアの顔から離れ、むき出しの乳房にとまった。

「わたしが結婚を承諾すると一瞬でも考えているなら――」エレノアはあわててネグリジェのボタンをはめながらつぶやいた。「熱で頭がおかしくなったとしか言いようがないわ」

デイモンは顔をしかめるふりをした。「そんなことを言われては心が深く傷つくな」

「もっと深く傷ついてほしいものだわ！」

デイモンが扉のほうをちらりと見た。「声を抑えたほうがいい。召使いが来てしまうよ。なぜ寝室に男を忍び込ませたかどう言い訳するんだい？」

「わたしが忍び込ませたわけじゃないわ」エレノアが言い返した。もっとも、今度は少々声をひそめていたが。「あなたが勝手に忍び込んだんじゃない。すぐに出て行って」

要求に応える気がないデイモンの態度を見て、エレノアは衣装だんすの前へ行き、ガウンを取り出して身につけた。これで落ちついてデイモンの前にいられる。

裸足《はだし》の足を隠すと、エレノアは信じられないと言いたげな表情を浮かべて首をふった。「あなたって頭が変よ、デイモン。前回の婚約であんなことになったのに、また結婚を申し込むなんて。気でもちがったの？」

彼の顔に浮かぶ謎めいた表情を見ても、本気で結婚を申し込んでいるとは思えない。

「あなたがわたしと結婚したいはずがないわ。わたしだってそう」エレノアは静かに告げた。いつものように冗談めかされたくなかった。

デイモンが体を起こした。「それはちがう。私はきみを妻にしたいんだ」

「なぜ？」

「いくつか理由がある。第一に私たちは相性がいい。いい夫婦になれるだろう」

予想外の言葉に、エレノアは心の痛みを抑えつけることができなかった。「以前わたしもそう思ったわ。でも今はちがう。あなたは結婚に向いていないのよ、デイモン。初めて出会ったときにそうじゃないかと疑ったけど、わたしは現実に目を閉ざしてしまったの。だめ、わたしたちは結婚してうまくいくはずがないわ」

「体の相性がいいことは否定できないだろう」

「そうかもしれない。でも、欲望以外に何があるというの？」

デイモンの唇に皮肉っぽい微笑みが浮かんだ。「欲望は強力なエネルギーになる」そう言って、片手でそっとズボンの前のふくらみに触れた。まだ興奮して硬いままなのは明らかだった。

「そういうことなら、いっそうわたしの意見が正しいことになるわ」エレノアが断言した。「あなたは一瞬の欲望に駆られて行動しているのよ。前回のプロポーズのときと同じだわ。あなたは情熱に負けて、衝動的に結婚への反感を忘れてしまった。その結果どうなったかごらんなさい。あのときすぐに婚約を後悔したじゃない」

デイモンはすぐに答えなかった。その代わり、冷静な声でこう言った。「きみとベッドをともにしたいんだ、エル。だが、そのために可能な唯一名誉ある方法は結婚しかない」

エレノアは顔をしかめそうになった。男たちがエレノアを求めるのは生まれと財産に加えて肉体の美しさという理由があることを、彼女はじゅうぶん承知していた。今デイモンは後者の理由を大胆に口にしたにすぎない。おかしな話だわ。こんな形で昔からの不安を刺激されるなんて。男性の肉欲に訴えかけても、エレノアが望むような形で男性を惹きつけることはできない。心をつかむことにはならないのだ。自分という人間を愛してくれる男性を見つけることはできないのだろうか、と以前からエレノアは不安を感じていた。二年前のデイモンとの破局は、その不安を強めただけだった。

エレノアは唇をかみしめた。「やっぱりあなたは残酷なゲームをしかけているのよ」

デイモンの表情が即座にやわらいだ。「誓ってゲームなどではないよ、エレノア」

「では、なぜそんなばかげたことを申し出るのかしら？　殿下からわたしの気をそらそうとしているのではなくて？　でも、求婚までするなんてやりすぎだわ」

「やりすぎなんかじゃない。きみをやつから守りたいんだ。だが、わかってくれないようだな」

エレノアは顔をしかめた。「ということは、わたしを守る義務を感じているからプロポーズしているということ？」

「大きな理由ではある。きみにラザーラと結婚してほしくない。やつはきみにふさわしくない」

「あなたが決めることじゃないわ」

「きみが傷つくだけだ」デイモンの黒い目がエレノアの顔を探るように見つめた。「そんなに結婚したいなら、私と結婚すればいい。殿下より私のほうがはるかにましだ」

わけがわからなくなってエレノアはこめかみに手をあてた。もしかしたらデイモンは本当にわたしを守りたいと思っているのかも。もしそうなら、りっぱな行動だという点は認めなければ。でも、デイモンと結婚すれば、とんでもなく弱い立場に置かれてしまう。結局ふたたび彼を愛してしまうだろう。そうなったら、また傷つけられることになる。前回よりずっと手ひどく。

「心を砕いてくださって感謝しています」エレノアはやっと口を開いた。「でも、守っていただかなくても大丈夫です。わたしのために犠牲になるようなことは望んでいません」

「犠牲なんかじゃない、エル」彼女が答えずにいると、デイモンは両脚をくるりとベッドにのせ、枕を置いた頭板に背をあずけた。「きみのロミオはきみを幸せにしない」

「あなたはどうなの？」

「努力したいと思っている」

予想外に強い言葉にエレノアの心が傾きかけた。それでも、デイモンの甘言に乗せられてはいけない。

「二年前にそんなことをする権利は失ったでしょう」エレノアが答えた。

デイモンの目が一瞬曇った。「その件については否定はしない。だが、私に失敗した過去があるからといって、殿下がいいということにはならない」彼は首をかしげた。「ラザーラがきみの幸せに気を配るなんて本気で考えているのか？　きみの快楽はどうだ？　きみを満足させようと努力するような男か、あれが？　私と結婚したほうが夫婦のベッドを楽しめるはずだ。実際にさっき証明した。あれはほんの序の口だ。結婚したらもっと愛の行為を楽しめるだろう」

さきほどの驚くべき経験を思い出してエレノアは赤面した。デイモンと愛の行為をすれば信じられないような快楽が得られるだろう。たしかにさっきはそうだった。

「そうかもしれないわね」エレノアは認めた。「でも、あなたがすばらしい恋人だからってすばらしい夫になれるとはかぎらないわ。結婚は肉欲以上のものに基づかなければいけないの」

「私たちの場合がそうだろう」

「便宜結婚そのものじゃない」

「それのどこが悪い？　たいていの貴族は血統を守るために結婚するのだから」

その言葉を聞いてエレノアは一瞬黙り込んだ。「あなた、そんなに血筋を守りたかったの？　以前はそんなことを言わなかったわ」

驚いたことに、デイモンの目にちらりと悲しみの表情が浮かんだ。そして彼は誠実そうに聞こえる言葉を口にした。「爵位に対する義務はいつも考えていたよ。それに、年月はあっという間に去っていく。そろそろ私も義務を果たすことを考える時期に来た」

エレノアは唇を真一文字に結んだ。「爵位をつなぐために結婚したいと真剣に考えているのなら、お相手にふさわしい女性はいくらでもいるわ」

デイモンの目がエレノアの目をとらえた。「私はきみがほしいんだ。ほかの女ではだめだ」

その言葉を信じたかった。けれど、エレノアはそんな危険を冒すわけにはいかなかった。

「わたし、便宜結婚は絶対にしたくないのよ」エレノアが答えた。「そうするつもりなら、もう何度結婚のチャンスがあったか、わからないほどよ。十回以上プロポーズされたけど、ほとんど断ったわ」

「ほとんど断ったと？」デイモンが興味深そうな顔をした。「二度目の婚約のことは知っているが、ほかにもあったのか？」

エレノアはためらった。二度目の短い婚約はデイモンとの婚約を破棄したあと、衝動的にしたものだった。あの屈辱を経験してから、エレノアは愛情の対象として求められたくて仕方がなかった。けれど幸いなことにすぐに正気に返り、モーリー男爵との婚約を破棄したのだった。

だが、さらに短い三度目の婚約は完全な策略だった。最初から結婚する気などなかったし、相手もそうだった。

「今年の夏にはクレイボーン侯爵と数時間だけ婚約していたわ」エレノアはしぶしぶ白状した。

デイモンの眉が鋭く上がった。「クレイボーンとか？　数時間とはどういう意味だ？　ぜひ説明してもらいたいものだね」

エレノアは手をひらりとふった。「話せば長くなるわ。簡単にまとめれば、ヒースがわたしに結婚を申し込んだのは、彼がリリー・ローリングを手に入れるためだったのよ。わたしはそのお手伝いをしただけ。この婚約は数のうちに入らないわ。だって嘘の婚約だし、知ってる人はほとんどいないもの。でも、だからといってまた婚約を破棄するような危険は冒したくありません。わたしたちが婚約するとして、今度は実際に結婚までたどり着けるって誰が言えるの？　わたし、男たらしだって評判になってしまうかも」

「今度はちゃんと結婚する」デイモンが自信ありげに言った。

エレノアは関心なさそうに肩をすくめた。もっとも関心は大いにあったのだが。「そんなことを話し合っても無意味よ。だって、わたしはあなたと結婚するつもりがないんですから」

「どうしてだ？」

エレノアは目をそらした。きっと今、自分の目の中に傷つきやすさが浮かんでいるはずだ。本当の理由は、彼女が愛してほしいようにデイモンが愛してくれないからだ。夫婦の一方しか愛情を抱いていない場合、ただの冷たい便宜結婚よりずっとつらいことになる。

「わたしはロマンティックな心の持ち主なの。だからよ」エレノアが答えた。「そこがいちばんちがうの、わたしたち……。だから、絶対にいい夫婦になれない。わたしは真実の愛がほしいの。夫に愛してほしいのよ」

デイモンが答えるまでしばらく時間がかかった。やっと答えたとき、彼の声はかなりそっけなかった。「きみは真実の愛とやらを大げさに考えすぎている、エレノア」

「そうかもしれない。でも、実際に存在することは知っているの。マーカスはそういう愛をアラベラとのあいだに見つけたわ。だから、わたし、妥協しないつもり」エレノアは一歩デイモンに近づいた。無意識のうちに手をさしのべている。まるで懇願するかのように。「両親が死ぬ前、わたしの子ども時代がどんなだったか知っているでしょう。あのころ、わたしは孤独だったの。両親の死後、未亡人になった叔母と住むようになったわ。叔母は子どもの面倒を見たいと思うような人ではなかったけど」

エレノアの声がさらに沈んだ。「結婚したら、そんな孤独を味わいたくないのよ、デイモン。夫にとって大切な存在でいたいの。深い気持ちを抱いてほしいの。子どももそうよ。子どもが生まれたら、わたしが経験できなかった愛情をあたえてあげたい。子どものときマーカスとわたしのあいだにあったような家族愛よ。でも、あなたはそれをくれない」

デイモンの顔が曇った。ローズ・ガーデンでエレノアが心を打ち明けた日のことを思い出しているにちがいない。エレノアにはわかっていた。あの日のことを思い出すだけで彼女は屈辱的な気持ちになった。あのときどれほど希望と幸福感に満ちていたことか。

「ラザーラがきみに心を捧げるとは思えない」とうとうデイモンが口を開いた。

「やってみなければわからないわ。愛してもらえるよう努力するつもりよ、デイモン」

冷静さを保とうとしてデイモンのあごがピクッとひきつったのをエレノアは見逃さなかった。

「ラザーラはきみにふさわしい夫にはなれない」彼はくり返した。「私のほうがまだましだ」

エレノアはふたたび心がよじれるような痛みに襲われた。デイモンにプロポーズされたことで、心に新たな傷が生まれた。かつては、デイモンの妻になると思うとワクワクするような希望を感じたものだ。そんな希望はもう感じない。ふたたびひどく傷つけられるかもしれないという恐怖のせいだ。二度と猜疑《さいぎ》心や苦痛にさいなまれたくなかった。

「あなたからましな夫になるって言われても信じられないのよ、デイモン」エレノアは静かに言った。「だって、あなたはわたしを愛していないんですもの。あのとき、本当に問題だったのはそれよ。あなたは本当の意味でわたしを愛したことなどないの。もし愛していたら、決して愛人のもとへ走ったりしなかったわ」

デイモンは顔を背ける代わりに、視線を戻してエレノアをしっかりと見つめた。「きみを傷つけたことは後悔している、エル。本当だ。あんなことは二度と起こらない」

エレノアは深く息をついた。「そうね。起こらないでしょうね。だって、同じ状況に身を置くほどわたしは愚かじゃないから」

デイモンは乱暴に髪をかき上げた。なんとか心を落ちつけようとするかのように。「今は愛人はいない。もうしばらく愛人を持っていない」

「帰国してから見つける時間がなかっただけでしょう」

デイモンの口もとがゆがんだ。「機会ならいくらでもあった。本当だ。だが、愛人はほしくなかった。私がほしいのはきみなんだ――妻として」

エレノアはきっぱりと首をふった。「結婚したそのあとはどうなるの？　わたしから婚約を破棄したとき、あなたは言ったわね。貞節を誓えないって」

「今なら誓える。きみが望むなら禁欲の誓いを立ててもいい」

エレノアはびっくりしてデイモンを見つめた。「どれくらい？」

「きみが私と結婚してもいいと納得するまで」

「一カ月も持たないわよ」

「誓いは守るよ、エル」

デイモンの黒い目に強い確信がみなぎっていた。エレノアは信じたかった。けれど、彼の口車に乗せられては馬鹿を見ることになる。

ぴんと背をのばして、エレノアは窓を指さした。デイモンが入ってきた窓だ。「ごめんなさい、デイモン。でも、もう一度あなたを信じるなんてわたしにはむりなの。ねえ、わたしのベッドからどいて、帰ってもらえないかしら。いくら議論しても無駄だから」

デイモンはしばらくためらっていた。「いいだろう。だがこれで話が終わったわけじゃない」

「いいえ、終わったわ」

「異議を唱えるね」

デイモンは言われたとおりにベッドから立ち上がったが、窓のほうへは向かわず、ゆっくりとエレノアに近づいた。エレノアはそのまま立っていた。それが完全な過ちであったことはすぐに明らかになった。デイモンの意図を図りかねているうちに、エレノアは体を引きよせられ、ぎゅっと抱きしめられていた。

「ラザーラとは結婚させないからな、エル」

「わたしの邪魔はさせないわ」エレノアは胸を張って言い放った。

デイモンの目が挑むようにきらめいた。「それならほかに手はない」ハスキーな声でつぶやく。「きみが納得するまでキスし続けるだけだ」

彼の誘惑的な唇が近づき、エレノアの心臓が激しく乱れた。けれど、エレノアはその場から離れることができなかった。抗議の声もあげられない。両手で彼女の顔を包み込みながら、デイモンは彼女の唇を奪った。親密で、やさしく愛撫するようなキス。

エレノアの耳の中でドクドクと脈打つ音がする。体がふたたび熱くなりふるえている。やがて、デイモンが体を離した。エレノアは身を引いた。うろたえて気が遠くなっている……。デイモンの術中にはまってしまった。彼の表情を見ると、どうやら不意を突いたことで満足感を覚えているらしい。

「ずるいやり方だわ」かすかに苦々しい思いをかみしめながらエレノアが不満を表明した。「肉体的に興奮させて弱みをつかもうとするなんて。わたしがあなたの誘惑に抵抗できないとわかっているくせに」

「だから利用するのさ」デイモンの目にあからさまな挑戦の表情が浮かんでいる。「私の決意を甘く見ないほうがいいよ、エル」

デイモンはもう一度キスしようとしたが、今度はエレノアも意志の力をかき集めて顔をそらした。「とんでもない人ね、デイモン。さっさとわたしから離れてちょうだい！　また手を出したらどうなるか、責任は持てないわよ」

デイモンの唇にかすかなユーモアが浮かんだ。「きみの望みは命令そのものだ」そう答えるとデイモンは会釈をして、開いた窓へ向かった。

窓の前でしばらくぐずぐずしてから、彼はふり返った。「ラザーラといるときは警戒をおこたらないと約束してくれ、エレノア。このまま事故が続くようなら、きみも危険にさらされる。真剣に考えたほうがいいだろう」

「今のところ危険といえば、あなたしか考えられないわ」エレノアはいらだった表情で答えた。

「約束してくれ、エル」デイモンが厳しい表情で言った。

「いいわ、約束します。さあ、帰ってちょうだい」

デイモンは敷居に腰かけてから、オークの枝に飛び乗った。エレノアは決心した。朝になったらすぐに、あの枝を庭師に切らせよう。二度とデイモンを窓から入らせないために。

デイモンが去るのをエレノアは用心深く見つめた。やがて、窓を閉めて掛けがねをかけ、カーテンを閉めた。ベッドに戻って横たわる。とんでもないことが起きたせいで心は乱れていた。

あれではみだらな女そのものだわ。デイモンに体を自由にさせてしまうなんて。ふっくらと濡れた唇に、思わず手をのばす。彼が教えてくれた信じられないような悦びのことを思い出していた。結婚してベッドをともにすれば、はるかにすばらしい経験が待っている。

彼はエレノアの警戒心を破ったばかりか、あつかましいことにまたプロポーズまでした。それも、プリンス・ラザーラとの関係を阻止したいという理由で。

なんて男なの！　安全を願ってくれるのはありがたいけれど、プロポーズを本気に受けとめることはできなかった。それに、プリンスの求愛が終わったらデイモンはなんとか結婚を逃れようとするにちがいなかった。

ありえないけれど、もし本気でプロポーズをしているとしたら？

それでも、エレノアは彼と結婚するつもりはなかった。自分の人生は自分で決めたかった。もちろん、デイモンにのぼせ上がっている情けない現状を克服するのが先決だ。あの悪党はわたしに挑戦し、わたしを怒らせ、心をつかんでしまう。そして、不安のどん底に突き落とすのだ。デイモンには自分の望むものを手に入れてしまう魔法のような力がある。その彼がエレノアを望んでいるのだ。

エレノアは唇をかみしめた。デイモンを呪ってやりたい気持ちと身をまかせてしまいたい気持ちがせめぎ合っている。

あんな男！　思いっきり苦しめばいいのよ！　エレノアは寝返りを打ち、枕に顔をうずめた。

わたしを妻にしたいはずはないわ。口先だけよ。たとえ本気だったとしても、絶対妻になんかならない！

本当に自分はエレノアを妻にしたいのだろうか？　窓の外にあるオークの木から下りるのに悪戦苦闘しながらデイモンは自問していた。口では確信ありげにふるまっていたが衝動的なプロポーズであるのはたしかだった。実際、自分でもエルと同じぐらい仰天していた。

彼女をラザーラから救いたいと言ったのは本音だ。ラザーラを追いかける彼女の決意にはうんざりしていたし、愛だの恋だのという彼女のロマンティックな理想にもへきえきしていた。

また、さらに核心を突いていると言わざるを得ないエレノアの指摘があった。今回もまた、たぎる情欲に急《せ》かされて行動してしまったのだ。エレノアへの欲望のせいで頭の血が股間へどっと流れ込み、最初の婚約で学んだはずの教訓をすっかり忘れていた。男性自身がひどく硬くなっているおかげで、木から下りるのにもひと苦労だ。

「こんな目にあうのも彼女を誘惑した報いだな。自業自得だ」デイモンは心の中でつぶやいた。

己の馬鹿さかげんに思わず皮肉な笑みが浮かぶ。二年前と同じ欲望の狂気が、今度の再会でもデイモンに襲いかかったのだ。夜半遅く若い女性の寝室に忍び込むとは、スキャンダルになりかねないではないか。

だがもはや人生は退屈なものではなかったし、ここ数カ月のイライラした気分も消えていた。

地面に降り立つと、デイモンはパンパンと手を払い、ポートマン・プレイスの角に待たせてある馬車へ向かった。

それでも、今日の唐突なプロポーズに合理的な説明はつけられる、とデイモンは自分に言いきかせた。頭に血が上ったとか、欲望や保護欲に駆られたわけではない。男の本能的な所有欲でもなければ、ほかの男にエレノアをわたしたくないからでもない。

自分の人生からエレノアが取り返しのつかない形で立ち去ることが許せなかったのだ。エルのいない人生など考えたくなかった。

たしかに、いずれは結婚するつもりだったが、心の結びつきなどない、英国貴族に典型的な結婚をするつもりだった。だが、エレノアがプリンスと結婚してしまえば永遠に彼女を失うはめになる。そんなことはとうてい受け入れがたい。

エレノアは嫌がっているが、彼女とデイモンの便宜結婚はそれほどばかばかしい話でもない。結婚するならエレノアは最高の相手だろう。

エレノアにとっても自分は最高の相手だとデイモンは考えていた。ラザーラより、いやどんな男よりましな夫になる自信はある。

二度と意図的にエレノアを傷つけるつもりはなかった。命を賭けてもいい。エレノアの幸せが何より大切なのだから。彼女の望みはすべてかなえてやろう――当然ながら愛をのぞいては。

そして、その愛というものが問題だった――。

ありがたいことに、そこまで考えたところで馬車の前に着いた。

「お屋敷にお帰りになりますか、だんな様？」御者がたずねた。

「ああ、カヴェンディッシュ・スクエアに戻ってくれ」デイモンは馬車に乗り込み、クッションに背をあずけた。

走り出す馬車の中でデイモンはエレノアのささやきを思い出していた。〝わたしは真実の愛がほしいの。夫に愛してほしいのよ〟デイモンはメイフェアの暗い町並みを見るともなくながめていた。エレノアに愛をあたえることはできない。そんなことをする気持ちはなかった。愛する者を失ったときの苦しみを知るからこそ、できなかった。

もう十二年になるというのに、双子の兄を失った悲しみは今も心にうずいていた。人生を愛し、生命力にあふれていた兄が結核で無惨にもやつれていく姿をなすすべなく見守るしかなかった。あの無力感と苦しみはどうしても忘れられない。

最後のころに兄が見せた痛々しい姿がデイモンの心に焼きついている。ジョシュアの皮膚はどす黒く斑点《はんてん》だらけになり、体は熱と咳と寝汗のせいでやせ衰えていた。ひび割れた唇から血を吐き、衰えた肺でぜいぜいと呼吸する姿は苦悶《くもん》に満ちていた。

デイモンは奥歯をかみしめ、残酷な記憶を脳裏から払いのけようとした。結核も末期に至ると、苦痛をやわらげる手段はほとんどなかった。ただ、かなりの量のアヘンチンキを飲ませてほんの数時間だけ安らかに眠らせることしかできなかった。

とうとう最後の時が訪れて兄が葬られたとき、デイモンは深い憤りとどうしようもない孤独感に襲われた。そして、それからまもなく両親が死んだ……。

悲しみによってデイモンの心はかたくなになった。あんな苦しみを二度と味わいたくない。いちばんの親友であった兄と愛する両親を失った悲しみは耐えがたかった。

感情などいらない。空っぽな心のほうがましだ。だから彼は心を石にした。

もちろんエルとの結婚には危険がある。二年前、彼女を自分の人生に深く入り込ませかけた。そして彼自身、エルに夢中になってしまった。

あれから自分も年を重ねて賢くなった。デイモンは自分に言いきかせた。前もって用心しておけば、エレノアから感情的に距離を保てるだろう。本当に親密な関係がなくとも、情熱で結びつく結婚ができるはずだ。ただの便宜結婚そのものとして。

少なくとも友情をあたえることはできる。妻として孤独を感じさせるつもりはなかった。

それに貞節も誓うつもりだった。欲望を抑えきれなくて貞節を守れないだろうとエレノアに非難されたが、的外れもいいところだ。実際、ここしばらく禁欲しているのだから。

以前の愛人と別れてから愛人はつくっていない。

事実、エレノアと出会った瞬間ミセス・リディア・ニューリングとの契約は打ち切っていた。三年間関係を続けた愛人であったにもかかわらず、あの美しい未亡人を恋しく思ったことは一度もない。ふたりのあいだには親密な感情はなかった。デイモンが関係を肉体的なものにとどめたからだ。その点ではリディアは完璧な愛人だった。契約は双方満足のいくものだった。デイモンはたっぷり金を支払い、リディアは必要なときはいつでも彼を性的に満足させた。

エレノアとの婚約を破談にするために手伝わせて以来、デイモンはリディアに会っていない。リディアがすでに新しい庇護者《ひご》を見つけたことは耳にしていた。そういえば最近オットー・ギアリーから話を聞いた。妹の病気について相談するためにギアリーのもとを訪れたという。デイモンの暗い顔に皮肉めいた表情が浮かんだ。今日エルにプロポーズしたが、ふたりの結婚はリディアとの愛人関係とたいして変わりがないではないか。厳密に肉体的な関係という点で。エレノアの不満がわかるような気がした。

そして、過去の仕打ちのせいでエレノアが彼を信じようとしないのも理解できる。

エレノアの信頼に値する男であることを証明しなくては。忍耐強く努力すれば、いつか受け入れてもらえるかもしれない。

たとえ彼との結婚をエレノアに納得させられなくても、あらゆる手段を駆使してラザーラとの結婚を阻止するつもりだった。

ジョシュアは救えなかったが、エレノアは守ってみせる。絶対に。

別の男性への興味を見せると、男性は嫉妬をかき立てられるかもしれません。けれど、やりすぎないように注意しましょう。さもないと、寝た子を起こす危険があります。

――匿名のレディ著『若いレディに贈る、夫を捕まえるためのアドバイス』より

8

その夜驚いたことに、エレノアはデイモンの夢を見た。彼のめくるめくキスとやさしい愛撫で興奮が高まり、さまざまな感情があふれ出した――心をとろかすような親密感、突き上げるような熱い感覚、驚くべき快感……。

デイモンのたくみな手で体が溶けていくような気がした……。けれど、やがて夢は官能的なファンタジーからつらい記憶へと変わっていった。

人目につかない場所にひっそりとたたずむ小さなローズ・ガーデン。叔母の広大な田舎の敷地にあるエレノアだけの大切な場所。四日前デイモンと婚約したばかりのエレノアは幸せに酔って

いた。ハウス・パーティは終わったばかり。客たちが帰ったあと、ふたりは初めてふたりきりになったところだった。

屋敷から抜け出したあと、エレノアはデイモンをこの特別な場所に連れてきた。誰にも見せたことのない、過去をいとおしむ場所だった。

「この庭はマーカスの贈り物なの。十歳のときに両親が死んだでしょう。そのとき贈ってくれたものよ」エレノアが説明した。「わたし、大学に戻る予定だった兄に〝行かないで〟って駄々をこねたの。そうしたら、兄がわたしのためにバラを植えてくれたのよ。それから毎年わたしの誕生日になると、兄はひとつずつバラの苗を植えてくれるの」

エレノアは砂利道を歩いていく。周囲には渦を巻くように配置された十のバラの茂みが植わっている。渦巻きの中心までデイモンを連れて行くと、エレノアはなめらかなバラの花びらに触れた。「これが最初に植えてもらったバラよ」ささやくような声で言う。「マーカスが言ったの。〝ここにバラがあるかぎり心はいつもいっしょだよ〟って。だから、バラを見るといつも兄の愛情が感じられるの。ここに来ればさびしくないのよ」

心を弾ませながらエレノアはふり返り、デイモンの顔を見上げた。「愛があれば孤独は消えるわ。もうすぐあなたの妻になれるんですもの。もう二度とさみしい思いをしなくてすむわ」

黙りこくるデイモンの様子にエレノアは最初気づかなかった。「愛だって？」彼が静かに問いかけた。

エレノアは恥ずかしそうに微笑んだ。「ええ。わたし、あなたを愛しています、デイモン。こんなに人を愛したことはないわ」そう言ってバラのつぼみを一枝折り、デイモンの唇に差し出した。「あなたがまだわたしの愛に応えてくれないのはわかっています。出会ってから三週間しかたっていないのですもの。でも、いつか変わると思うのよ」

しばらくためらってから彼は手をさしのべ、エレノアの頬をやさしくなでた。「きみを傷つけたくないんだ、エル」

エレノアはふるえた。デイモンの目に宿る影は謎めいていた。彼の言葉は望んでいたようなものではなかったが、それでもあきらめるつもりはなかった。「あなたはわたしを傷つけたりしないわ、デイモン。絶対に……」

エレノアは暗闇の中で目覚めた。耳の中で自分の愚かな言葉がこだましている。なんて無邪気だったのだろう。そして、その翌週ロンドンに戻ってから、デイモンと美しい愛人の姿を目撃して打ちのめされた日のことを思い出した。

二年たった今も心の痛みは消えていない。エレノアはまぶたをぎゅっと閉じ、枕に顔を押しあてて涙をこらえた。

ふたたび目覚めたとき、もう朝だった。心の痛みはやわらいでいたが、悲しい気持ちが残り、どこか落ちつかない気分がしていた。それでも、昨夜突然デイモンがやって来たせいで、ファニーの本のアドバイスをラザーラ殿下相手に実行しようという気持ちがさらに固まっていた。

殿下の心をつかめるようもっと努力するわ。エレノアは誓った。きっとプロポーズさせてみせる。そして、殿下を愛せるようにできるかぎり努力しよう。レクサム子爵を忘れるには、別の男性に心を向けるのがいちばんだ。

けれど、問題は当の相手に会えないことだった。今日はプリンス・ラザーラと全然顔を合わせていない。けがのため午後馬車に乗る約束を果たせないという謝罪の手紙が届いていた。

少々へこんだ気分で、エレノアは静かな夜を屋敷で過ごした。それでも、夕食の席で叔母と会話を交わすうち、エレノアは気分が明るくなってきた。叔母の親友ハヴィランド伯爵未亡人が主催する舞踏会が明日に迫っていた。

「メアリーはもう十年も舞踏会を開いていないのよ」ベアトリクスが言った。「健康がすぐれなかったからだわ。でも、ハヴィランドを結婚させたくて仕方がないのよ。だから、何が何でも花嫁候補に出会わせようとしているのね」

レディ・ハヴィランドのハンサムな孫レイン・ケニヨンは、昨年父親を亡くしたことで爵位を受けついでいた。この夏にはロズリン・ローリングとしばらくうわさになっていたが、ロズリンはアーデン公爵と結婚し、ロマンスのうわさは立ち消えになっていた。

「メアリーの舞踏会にはきっとすばらしい方々が出席されますよ」ベアトリクスが言った。「社交界デビューの娘さんたちもたくさんね……。少なくともこのシーズンに夫を見つけられなかった娘さんたちがこぞって来るでしょう」

叔母の言うとおりだろう、とエレノアは思った。まだ戦争が終わる前、ハヴィランドは頻繁に国外に出ていた。そして最近は父親の喪に服していた。だが今は結婚できる状態だ。裕福でまだお相手のいない伯爵となれば結婚市場の大物だから、ハヴィランド伯爵目当てに策略をめぐらす若いレディが殺到するにちがいない。まさにファニーの本を読んでいそうな娘たちだ。そんな思いをエレノアは口には出さなかった。ハヴィランドを狙っていると叔母に思われたくなかったし、お相手は一度にひとりでじゅうぶんだからだ。

それに、ベアトリクスはエレノアの相手としてプリンス・ラザーラしか考えていないだろう。

「シニョール・ヴェッキのお話では、殿下とともに明日の舞踏会に出席されるそうですよ」ベアトリクスが満足そうに言った。「殿下がけがで踊れないのは残念なことね。それでも、脇からながめることはできますよ。殿下のために席を確保してさし上げましょうね、エレノア。そうすれば、あなたと殿下の会話も弾むというものよ。あなたにとって、とてもいい機会だわ」

エレノアは興味深げに叔母の顔を見た。ダンスが好きでないベアトリクスは音楽が始まるといつもすぐに仲間とカードルームへ逃げ込んでいた。「叔母様はシャペロンとしていっしょにいらっしゃるおつもり?」

「いいえ、もうあなたにはシャペロンはいらないでしょう。わたしがいても邪魔なだけだわ。でも、わたしも舞踏場にいるつもりですよ。舞踏会そのものを楽しむなんて久しぶりのことだわ。実はシニョール・ヴェッキから最初に数曲踊ってほしいと頼まれているの」

「まあ」エレノアは気軽な調子で相づちを打った。すてきなイタリアの外交官の誘いのおかげで叔母は長年の習慣を破ることにしたのだ。

驚いたことに、ベアトリクスの顔が赤らんだ。「わたしの年齢でうぶな娘のように喜ぶなんてばかげていると思うのだけれど、正直言って若返った気分なの」

エレノアはやさしく微笑んだ。「とてもすてきなことだわ。本当の若さは年齢で測れないものですもの」

「ハウス・パーティ用に新しいドレスを注文しておいてよかったわね。ラベンダー色のサテンのドレスはまだ取っておくつもりだったけれど、明日の舞踏会で着てみようかしら。あなたもとびきりのおしゃれをしなさいね。殿下のために」

「そのつもりよ、叔母様」エレノアは真剣に答えた。

翌日、叔母と同じようにエレノアも新調した舞踏会用ドレスから一着選ぶことにした。バラ色の絹モスリンで仕立てたハイウエストのエンパイア風ドレスの胸もとには小さな真珠がちりばめられている。短くカールした黒髪にはバラ色のリボンと真珠をあしらった。

いつものレディ・ベルドンの習慣どおり、ふたりはあまり遅れずに舞踏会に到着した。時間ぴったりと言ってよかった。ベアトリクスが早めに席を取りたがり、またシニョール・ヴェッキとのダンスを気にかけていたからだ。

出迎えの列に並ぶ人数の多さからすると、舞踏会は大盛況のようだ。叔母とともにゆっくりと舞踏場に足を踏み入れながらエレノアは思った。十分近く待ってやっと銀髪のレディ・ハヴィランドとそのかたわらに立つ長身で黒髪の男性にあいさつすることができた。

ハヴィランド伯爵はデイモンより精悍《せいかん》な容貌の持ち主だけれど、デイモンほど鋭い印象ではないわ。エレノアは無意識にふたりの男性を比較していた。けれど、デイモンと同様、ハヴィランドも女性を惹きつける危険な魅力をそなえている。

微笑み方もデイモンと同じように印象的で、長いまつげも似ている。けれど、伯爵の目はあざやかな青い色で、エレノアの目とよく似ていた。一方、デイモンの瞳は夜の闇のように黒かった。

叔母の言うとおり、レディ・ハヴィランドは孫の花嫁候補探しに躍起になっているようだ。

「いらしていただけてうれしいわ、レディ・エレノア」年老いた伯爵未亡人が言った。「どうかハヴィランドと踊ってやってちょうだい……。おまえも踊っていただきたいでしょう?」

「もちろんです」伯爵がよどみなく答えた。「踊ってもらえれば光栄です、レディ・エレノア」

「喜んで」エレノアも礼儀正しく答えた。どうやらハヴィランドは祖母の策略をさりげなく受け流すつもりらしい。その目に浮かんだ楽しげな光を見て、エレノアは伯爵の人柄をいっそう好ましく思った。

出迎えのあいさつを終えると、エレノアは群衆に注意を向けた。叔母が舞踏場の反対側にいるプリンス・ラザーラとシニョール・ヴェッキの姿を見つけた。ヤシの植え込みの後ろに腰かけている。さっそく叔母がエレノアの手を引いてふたりのもとへと向かった。

プリンスは杖《つえ》をついて立ち上がり、にこやかに微笑んでお辞儀をした。「舞踏会でいちばん美しい女性と踊れなくて非常に残念です、ドンナ・エレノア」あいさつがすんでからラザーラが言った。「ですが、しばらくごいっしょできればありがたく存じます」

「もちろんですわ、殿下。喜んで」エレノアはそう言ってそばにある椅子に腰をかけた。叔母はシニョール・ヴェッキと立ち話をしている。「ひどいけがをされて、とても心配いたしました」

プリンス・ラザーラの口もとに残念そうな微笑みが浮かんだ。「ひどい目にあいましたが、今こうしてあなたとお会いできたことで痛みは忘れました。せっかくお時間をくださったのですから……飲み物を用意させましょう」

ラザーラが横柄に手をふると、従僕がパンチの入ったカップを持ってきた。彼が飲んでいるのと同じものらしい。エレノアはラザーラと他愛ない話をしながらあたりに目を走らせた。ありがたいことにデイモンの姿は見えない。今夜は来ないのかもしれない。

残念ながら、エレノアの期待はまもなく裏切られた。

デイモンが姿を現したのだ。エレノアはすぐに気づいた。いつでも人の注目を浴びる男に気づかないわけにはいかなかった。チャコールグレーの上着に銀色のブロケードのベストを身につけ、白いサテンのズボンをはいた彼の姿は、舞踏場にいる誰よりも――プリンス・ラザーラとハヴィランド伯爵は別かもしれないが――長身でたくましかった。

友人の医者ミスター・ギアリーもいっしょだった。奇妙なふたり組だ。なぜなら、背が低くでっぷりとした体格のミスター・ギアリーは燃えるような赤毛にそばかすの散った顔をした人物で、簡素な服に身を包んでいるからだ。

やがて、舞踏場を見まわしたデイモンはエレノアの姿に目をとめた。エレノアの体がこわばった。彼に見られただけで、なぜこんなに鼓動が激しくなるのかしら。

けれど、デイモンの視線はいつもより鋭い……。ドレスをなめるように見つめる彼の視線がエレノアの胸もとにとまる。真珠を見ているのではない。エレノアにはわかっていた。二日前の晩、ふたりのあいだに起きたことを――恥ずかしげもない彼の愛撫を受けたエレノアのみだらな反応を――思い出しているのだ。なんてことかしら。

エレノアの顔がほてった。デイモンの視線が上へ向かい、彼女の目をとらえた。その瞬間、エレノアは圧倒的な感覚に襲われた。彼に会うといつもこうなのだ……。心をわしづかみにされて息がつまってしまう。

しばらくのあいだ舞踏場の喧噪が消え、自分とデイモンしかこの場にいないような気がした。数人の若い女性がデイモンに駆けよったとき、魔法が解けた。それでも情けないことにエレノアは、女性たちに男性的な魅力で応じるデイモンから目を離せずにいた。

だが、彼を見つめているのはエレノアだけではなかった。かたわらで、ラザーラが何やらイタリア語で悪態めいた言葉をつぶやいた。

「あなたとふたりでいるといつもあの男が現れますね？　いいかげんうんざりしてきました」

「本当にそうですわ」エレノアは心から賛成した。

ラザーラの不快そうな視線がまだディモンにそそがれている。「彼はあなたを追いかけているようだ、ドンナ・エレノア」

「もしそうなら、わたしの希望に反しますわ」

舞踏場の反対側から視線を引きはがしたラザーラが考え深げな視線をエレノアに向けた。「レクサムは向こうみずな男です。あなたのようなレディの求愛者としては理想的ではない」

断定というより問いかけのような言葉だったので、エレノアは「もちろんそうですわ」と答えた。彼女の反応にプリンスは満足した様子を見せ、話題をあたりさわりのないものに変えた。

十五分ほどたったころだろうか。何人もの知り合いが現れてはあいさつし、プリンスのけがを思いやる言葉を口にしていったあと、オーケストラが演奏を始めた。最初はメヌエットだ。シニョール・ヴェッキがレディ・ベルドンを伴って踊りはじめると、エレノアはプリンス・ラザーラとふたり取り残された。

「暑くはありませんか？」しばらくしてプリンスがたずねた。

驚いたことに、彼の顔はひどくほてり、額に汗の粒が光っている。

たしかに室内はシャンデリアの光と人いきれで熱気を帯びているが、暑いというほどではない。

エレノアにはそう感じられた。

「外の風に当たりに行きませんか？」プリンスが提案した。

「歩いても大丈夫ですの、ドン・アントニオ？」

「杖があるから歩けます。踊るのは無理ですが。それに、あなたの心をひとりじめできれば、これ以上うれしいことはありません」

エレノアは思わず微笑みを浮かべた。プリンスはふたりきりになる機会をつくろうとしているのだ。「喜んでお伴しますわ、殿下」

プリンスはエレノアのグラスと自分の飲みかけのカップを椅子脇の床に置くと、立ち上がった。そっと彼女のひじに手をそえて、開いたガラス扉を通り抜ける。

「こちらのほうがずっといい」庭園を見わたすバルコニーに出たところでプリンスが言った。

「夜風が心地よいですね」

エレノアはうなずいた。半袖《はんそで》のドレスだったが長い手袋で腕を覆っていたから快適だった。それでも、九月中旬にしてはあたたかな陽気だろう。

「私の母国では若いレディは男性とふたりきりになることを許されません」ラザーラが言った。

「そうなると求愛はなかなか難しいのです」

プリンスの声がハスキーなささやき声になった。エレノアは見上げた。彼のハンサムな顔だちが月明かりに照らし出されている。

「わたしの国ではしきたりがそれほど厳しくはありませんの」エレノアは答えた。彼はキスをしようとしているのだろうか。放蕩者とうわさされる人ですもの。きっとそうよ。けれど、相手に任せきりにする気もなかったので、エレノアはキスしやすいように顔を上げた。

それ以上誘いかける必要はなかった。ラザーラが顔を近づけて唇を重ねた。

やわらかな唇だわ。それに、どうしようもないほど……迫力に欠けている。エレノアは失望を抑えきれなかった。せめてもう少し積極的であればいいのに。まるでひ弱な女性扱いだ。デイモンのキスとは全然ちがう――。

別の男性に抱きしめられているのにデイモンのことを思い出してしまうなんて！　エレノアはいらだった。さらに腹立たしいことに、プリンスとキスしても楽しくなかった。両手を彼の肩にのせ、唇をさらに突き出してみる。

ちょうどそのとき、背後でゴホンと咳をする声がした。バルコニーに誰かいる。すぐさまラザーラは唇を離し、エレノアは落ちつこうとした。

物憂げな声を聞いた瞬間、デイモンだとわかった。「なるほど。夫を捕まえる方法を教える本のアドバイスを実践中というわけだね、レディ・エレノア？　ロマンティックな密会はどの章に書いてあったのかな？」

恥ずかしさでエレノアの頬がまっ赤になった。くるりとふり返って見ると、デイモンは戸口によりかかっていた。

「とんでもないことだ」デイモンが軽くとがめるような口調で言った。「きみの礼儀正しい叔母様が何と言うか」

叔母様はきっと喜んでくださるわ。エレノアはいらだちながら思った。もっともプリンスの前では口にできない言葉だったが。

何と言い返していいのかわからないまま、エレノアはデイモンをにらみつけた。けれど、デイモンはまるで自分が邪魔者であることなど気づかないかのように言葉を続けた。「最初に発見したのが私で幸いだった。プリンス・ラザーラと不名誉なことをしている現場を人に見られたくはないだろう。そんな事態になれば、ふたりとも結婚に追いやられて後悔するはずだ」

プリンスもたじろいでいたが、エレノアよりは早く立ちなおっていた。彼女を守るかのように彼はデイモンに立ち向かった。が、その瞬間、けがをした足を踏み出したせいで顔をしかめた。それでも杖を使って背をのばし、王者らしくデイモンを見下ろそうとした。

だが、効果は思わしくなかった。デイモンより背が低かったからだ。それでもプリンスが口を開いたとき、ふたりの男のあいだに明らかな緊張が走った。「結婚することになっても私は後悔しない。これほど美しいレディと結ばれるなら苦労とは言えまい」

デイモンはプリンスの頭のてっぺんからつま先までじろりと見わたした。「お気づきではないと思いますが、殿下、レディ・エレノアについては私のほうが優先権があります」

あからさまな嘘にエレノアは息をのみ、ラザーラのあごに力がこもった。「シニョリーナの意見はちがうようだが」

「そうよ」エレノアがすばやく援護した。「レクサム子爵はわたしに対して権利なんかお持ちではありません」そう言って、じろりとデイモンをにらみつけた。「どうぞ、ここから出て行ってください、子爵様」

デイモンはしばらくじっとエレノアを見つめていた。「いいだろう。だが、このあたりをうろつくのはやめたまえ。ゴシップの種になりたくはないだろう」

そう言い捨てるとデイモンは背を向け、バルコニーから去っていった――エレノアの心をくやしさと憤りでいっぱいにしたまま。

エレノアが言葉を発っせないうちにプリンスが口を開いた。

「お許しください。あなたにあんなことをすべきではありませんでした」

奇妙にも、プリンスの謝罪を耳にしてエレノアの怒りがさらにつのった。デイモンなら、たとえきわどい愛撫をしても謝ったりしないだろう。エレノアに〝あんなことをすべきではなかった〟などと絶対に言うはずがない。けれど、はるかに紳士的な態度を見せるプリンスに怒りをぶつけるわけにはいかなかった。罪はあの邪魔者にあるのだから。

エレノアはなんとか微笑みを顔に張りつけた。「お許しするようなことは何もありませんわ、殿下。でも、もう舞踏会に戻ったほうがよろしいでしょうね」

ラザーラがうなずいた。「そうですね。どうぞ先にお戻りください。私はしばらくここに残って冷たい風に当たります」

彼の顔はまだほてっていた。

丁寧にお辞儀をするとエレノアはバルコニーを離れ、舞踏場に戻った。意外なことではなかったが、ヤシの鉢植えの陰でデイモンが待ちかまえていた。エレノアは歓迎したい気分だった。デイモンと一戦交えたい気分だったからだ。

「いったいどういうつもり？　わたしに恥をかかせるなんて」

デイモンは一向に反省する様子を見せない。「きみがあいつを誘惑しようとしているのを知っているのに、私が何もしないと思っていたのか？」

「誘惑なんかしてません」

「だが、キスをしていただろう」

「そうだとしても、あなたとは関係ないわ！　わたしに対して何の権利もないじゃないの」

「その点は議論の余地があるな。きみとはこれまでいろいろあったから、守ってやりたいという気持ちがあるんだよ。それに、私が嫉妬心を抑えられると買いかぶらないでくれ」

エレノアはさらに渋い表情を浮かべた。「嫉妬する権利なんか、あなたにはないわ」

「ならば、私があいつの嫉妬心を刺激してやったことを感謝するんだな。あれで、きみへの欲望に火がついたはずだ」

「絶対に感謝なんかしません」エレノアが言い返した。「わたしは二匹の犬が奪い合う骨じゃないんですから」

エレノアは射すくめるような視線を投げつけた。それでも、デイモンはたじろぎもせず見返した。その目は挑むような熱気を帯びている。

そのとき、ワルツのメロディが舞踏場に鳴り響いた。エレノアが抗議の声をあげられないうちに、デイモンが近づいて彼女を抱きかかえた。

「結婚を申し込むことはできないかもしれないが、ダンスなら申し込める」

離れようとするエレノアを彼は放そうとしない。ふたりのあいだにピリピリとした緊張感が走ったが、エレノアは導かれるままダンスの輪に入るしかなかった。

「あなたなんか地獄へ堕ちればいいんだわ」エレノアが毒づいた。

「きみの願望はよく考えておくよ。だが、ご存じのように私はしぶといものでね」

エレノアは唇をかみしめた。デイモンは際限なく怒りをかき立てようとするだろう。それが彼の意図だ。だから、これ以上相手をしないことにした。敵を喜ばせるわけにはいかない。

反応を返さないエレノアを見て、デイモンはやさしい表情を浮かべた。「笑ってごらん。われわれがけんかの最中だと周囲から思われたくないだろう」

「わたしたちが踊っているところも見られたくないわ」

「だが、ここから出て行くには一騒動起こさなければならないな」

「あなたってどこまであつかましいの」さきほどの決意もどこへやら、エレノアは反応を返した。

「反論はしないでおこう。この部屋でいちばんの美女と踊って楽しんでいるところだからね」

「わたしをなだめようとしているなら、うまくいきませんからね」

しばらくエレノアはめらめらと怒りをたぎらせながら黙り込んでいた。けれど、周囲のカップルの浴びせる視線に気づいてワルツのステップに心を集中した。リズムに合わせてたくみにリードするデイモンの優雅な身のこなしに感心せずにはいられない。

「さあ、認めてごらん」しばらくしてデイモンが言った。「私とやり合うのは楽しいだろう」

「誤解をなさってますわ、子爵様」認めずにはいられなかったが、エレノアは嘘をついた。デイモンとやり合うほど楽しいことはなかった——ただし、彼とのキスはのぞいて。

デイモンが少し身を引いてしみじみとエレノアの顔を見つめた。「殿下との会話は私相手に話すほど楽しくはなかったろう。さっき、きみたちが座って話している様子を見ていたが、きみはあまり熱心には見えなかった。実際、退屈している顔だったな」

「あなたが現れるまでは完璧に楽しい時間を過ごしていたわ」

「そうか？」デイモンは疑わしげな表情を浮かべた。「あの男のどこが魅力的なのかさっぱりわからないね。あの生ぬるそうな男にきみが惹かれるとは想像もつかない」

「プリンス・ラザーラはそんな男性じゃありません」エレノアはきっぱりと断言した。もっとも自分の言葉に疑いを感じはじめていたが。

「なら、どこがいいんだ？」

「魅力的で知的な方よ。全然退屈なんかじゃありません。それに、とても礼儀正しいわ。どこかの男性とは大ちがいよ」そう言ってデイモンをじっと見つめる。

「肉体的に惹かれているのか？」

「ええ、もちろん」

「どういうところがいい？」

「とてもハンサムだわ」

「まあ、いいだろう。認めてやろう」

「目がきれいだわ」

「私の目だってきれいだ」

楽しげな響きがこもった声だったが、謙虚さのかけらもない言葉だった。それでも、エレノアは言い返すことができなかった。デイモンの鋭い目と長いまつげは、たしかにエレノアの心を魅了していた。プリンスの目のほうが情感がこもっているが、デイモンの目のように彼女の血をたぎらせたりしない。

ふたりの男の肉体的な魅力を比較すれば、答えは明らかだった。圧倒的にデイモンの勝ちだ。彼の体にみなぎる力強さと男らしさはエレノアの心をとろけさせてしまう。声を耳にするだけで興奮してしまうのだ――婚約していたころを思い出すせいだろう。

それでも、エレノアは眉をつり上げた。「説明は不要よ。ひとりでうぬぼれていなさい、レクサム子爵様」

デイモンの顔に魅力的な微笑みが浮かんだ。「たしかにそうだな。私の魅力がきみを惹きつけているのはよくわかっているから」

エレノアがもらした「ふん」という声を無視して、デイモンは彼女を導いて踊り手たちのあいだをすり抜けた。そのとき、ふたりの体が密着した。デイモンの硬くあたたかな肉体を意識して、エレノアの鼓動が乱れた。なまなましい快感が背すじを走り抜ける。

まるで自分があたえた影響に気づいているかのように、デイモンはまぶたを伏せて彼女の耳元にささやきかけた。「あの男が私のようにきみの体を興奮させるとは思えない」

思わせぶりな声の調子にエレノアの体はすぐさま反応した。二日前の夜、寝室で過ごしたひときを思い出したのだ。デイモンのみだらな唇に乳首を吸われ、舌で愛撫され……。むき出しの胸にキスをされたと思うだけで、膝から力が抜けてしまう。

エレノアは心の中でののしった。こんな思いをさせられるなんて！　これまで男友達のそばにいても感情はしっかり抑えられた。それなのに、デイモンが相手だと全然抑えが効かない。

エレノアは唇をぎゅっとかみしめ、かたくなな声で言った。「わざとわたしを混乱させようとしているんでしょう。わかっているわ」

「きみは混乱しているのかい、かわいいエル？」

「あなたって、どうしようもない男だわ」

不愉快そうにため息をつくとエレノアは足を止め、立ち去ろうとした。けれど、デイモンは頑として許さない。「忘れたのかい？　みっともないまねはしたくないだろう」

　エレノアはむりやり気持ちを落ちつけた。たしかにデイモンの言うとおりだ。「心配いりません。レディは人前で紳士を傷つけるようなまねはしませんから。どんなに挑発されても」

「いつだってレディのたしなみを守る気はないんだろう」

　その言葉にエレノアはハッとした。そして、しばらく黙り込んでからこう切り返した。「そうかもしれないわ」

「何の話だ？」

「わたしがレディのたしなみを守る気がないという話よ」

　デイモンが不思議そうな顔をした。彼を攪乱《かくらん》している手応えにエレノアはうれしくなった。やり方がまちがっていたのかもしれないわ。エレノアは考えた。これまで、混乱と怒りをかき立てられてはデイモンに弱みを握られ、うまく利用されていた。いつも彼は有利な立場に立っている。もう守勢に立たされるのにはうんざりだ。

　主導権を取り戻してもいいころだわ。エレノアは心を決めた。

「わたしの記憶が正しければ――」エレノアは思わせぶりな言葉をつぶやいた。「レディ・ハヴィランドの書斎は下の階の奥にあるはずよ。舞踏会の最中は誰も来ないでしょうね」

「だから何だ？」デイモンが慎重そうな声でたずねた。もうすぐワルツが終わる。

「十分後、そこで会いましょう。ふたりきりで」

9

当然レディなら礼儀を守らなければなりませんが、男性の欲望をかき立てることは必要です。

——匿名のレディ著『若いレディに贈る、夫を捕まえるためのアドバイス』より

レディ・ハヴィランドの屋敷の一階はひと気がなかった。エレノアは廊下を通って書斎に向かった。客たちは上の階に集まり、召使いたちは客の応対と数時間後に出す夜食の準備で忙しいはずだから、ここが静かなのは当然だろう。

書斎に入った瞬間、エレノアはすでにデイモンが待っていたのに気づいた。カーテンは引いてあり、ランプがひとつ灯《とも》してあったので部屋の中はあたたかな光に満ちていた。

エレノアはそっと閉めた扉に背をあずけた。デイモンの姿を目にしただけで脈が速くなる。なんて情けないのだろう。彼は火の入らない暖炉の前に立ち、炉棚にさり気なく片手をのせ、一見気楽な様子でエレノアを見つめている。それでも、彼が気楽なはずはないとエレノアは考えた。

少なくともエレノア自身は気楽とはほど遠く、じっとたたずんで落ちつきを取り戻そうとしていた。衝動的な思いつきで攻勢に出ることにしたけれど、うまくいくかしら。誘惑によって彼女の心を乱してラザーラから引き離そうとするデイモンに対抗して、エレノアはデイモンの心を乱そうとしていた。自分は冷静なまま彼を混乱に陥れ、興奮させようというのだ。今、見られているだけで反応する体を思うと自信がない。彼の視線を浴びて肌が熱くほてっていた。

「それで、どういう意図のご招待なのかな、かわいいひと《スイーティング》?」何も言わないエレノアにデイモンがたずねた。

「言ったでしょう。いつもレディらしくふるまうのにうんざりしたの。気分転換に少しだけはしたないふるまいをしてみようかと思って」

デイモンがわずかに眉を上げた。「屋敷の中には三百人の客と大勢の召使いがいるだろう」

エレノアはうなずいた。舞踏場の音楽や喧噪がかすかに聞こえる。けれど、この閉ざされた空間でデイモンとふたりきりだ。意図したとおり。

扉に鍵を閉めると、エレノアは挑発的な目で肩ごしにデイモンを見た。「人には見つからないと思うわ。でも、危険があるほうがそそられるでしょう。もちろんあなたがこわいと言うなら、やめにしてもいいのよ……」

鍵を握ったまま、いつでも扉を開けてあげるとでも言いたげに待っている。

デイモンが浮かべたゆるやかで魅力的な微笑みを見て、エレノアの心臓がはね上がった。「こわくなどないさ。きみのほうこそ、こわくないのかい？」

こんなふうに動揺してはだめじゃない。エレノアは自分を叱りつけた。しっかりしなくちゃ。恨みを忘れてはいけない。

決意を新たにしたエレノアはデイモンに近づき、目の前に立った。服を通して彼の熱気が伝わってきそうだ。手をさしのべ、彼の黒髪に指をからませる。そして、顔をよせて彼の唇に吐息を吹きかけた。

けれど、デイモンが抱きよせようとしたとき彼女はすばやく退き、両手で彼の胸を突っぱねた。

「だめよ。わたしに触ってはいけないの」軽やかな声で言う。「ここを出るとき、髪やドレスが乱れていてはまずいから」

それに、攻撃する側に立っていたいという理由もあった。今夜はデイモンの心を乱していつもの冷静さを失わせてやりたかった。エレノアを屈服させるやり方を心得ている彼を、今度は逆の立場に追いやるつもりだった。人のロマンスの邪魔をしたことを後悔させてやらなくては。

エレノアは部屋の端にあるソファに手を向けた。「どうぞ、くつろいでちょうだい」

デイモンがあや織り《ブロケード》のソファに腰を下ろすと、エレノアは彼の足もとにあるオービュソン織りのカーペットの上にひざまずいた。デイモンはいかにも驚いた表情を見せた。

かすかな微笑みを浮かべて夜会用の靴を脱いだエレノアは、白い絹のストッキングに包まれたデイモンの筋肉質なふくらはぎを見つめた。そして、彼の広げた太もものあいだに体をよせた。

デイモンの顔に驚きが走った。

「いったい何をたくらんでいるんだ、スイートハート？」かすかにかすれた声で彼はたずねた。

「いずれわかるわ」エレノアが答えた。「少し待ってちょうだい」

舌先で軽く唇をなめるエレノアの様子をデイモンはむさぼるように見つめている。エレノアが指先を彼の唇にのばし、喉からクラヴァットへとすべらせた。やがて指は上着のボタンをとらえた。ひとつずつ外して上着を開き、同じようにベストも開くと、薄い麻のシャツが現れた。

胸に手を置くと手のひらにデイモンの鼓動が伝わってくる。エレノアの心臓も期待に打ちふるえている。彼女はゆっくりと下へすべらせた手で腹部に触れ、彼の下腹部をそっとなぞった。

デイモンはじっとエレノアを見つめている。どこまでやるつもりか計りかねているようだ。

「きみは魅力的な妖婦《ようふ》だ」デイモンのつぶやきにエレノアの手が止まった。「だが、何をするつもりかわかっているのかい？」

エレノアがいたずらっぽく微笑んだ。「本当のことを言うと、わからないの。結婚した友だちやあなたから学んだことは少しはあるけど。わたしたちがキスしたとき、あなた、硬くなっていたわ。最後までいけないとつらいんでしょう？」

「そうだ、とてもつらい」デイモンが答えた。

「でも、わたし、肉欲についてほとんど知らないの。どうすればいいか教えてちょうだい」

デイモンの目の中に楽しげな光がきらめいた。「あの本には書いてなかったのか？」

「いいえ、具体的には書いてなかったわ。だって、レディ向けの本ですもの」

「なら、女の本能でわかることもあるだろう？」

「男性の欲望をかき立てるよう努力するのよね。二日前あなたがしてくれたみたいに、あなたを愛撫すればいいのかしら」

「最初はそれでいいだろう。手や口を使って私を興奮させるんだ」

「口を使うの？」

驚いたエレノアの様子にデイモンが微笑んだ。「そうだよ、ダーリン。きみがまだ知らない愛の行為がたくさんあると言っただろう？」

エレノアの体が興奮でふるえた。「教えて、デイモン」恥ずかしそうな声には動揺の響きがあった。「わたしを感じさせてくれたようにあなたを感じさせる方法を教えてほしいの」

「喜んで」

デイモンの目が暗い光を帯びた。彼はエレノアの手をとって自分の下腹部に引きよせた。ズボンを突き上げるようなふくらみを見れば、すでにかなり興奮していることは明らかだったが、改めてエレノアはサテン地ごしに硬い男性自身の感触を味わった。ほんのちょっと手を押しつけるだけでデイモンの体に緊張が走るのがわかる。

もっと反応してほしくて、エレノアはゆっくりと彼のものをなでていった。彼の黒い瞳が熱く燃え上がった。これでいいんだわ。エレノアはホッとした。でも、これ以上やってもいいのかしら？　エレノアはとまどった。禁断の世界に足を踏み入れるスリルに思わず身ぶるいする。

唇をかみしめたまま、エレノアは両手でズボンの前垂れのボタンを外した。そして、ゆっくりと息をついて下着を開き、彼のものをむき出しにした。

エレノアは目を見はった。下腹部の茂みから太く長い男性自身が突き出ている。エレノアは魅了された。想像していた以上に男らしさがみなぎっている。

おずおずと手をのばし、手の甲でなめらかな男性自身に触れてみる。屹立《きつりつ》した彼のものがぴくんと反応し、エレノアは息をのんだ。

「変なことをしちゃったかしら？」エレノアは手を引っ込めてたずねた。

「そんなことはない。もう一度触ってくれ」

「どこがいいの？」ふるえる声でたずねる。

「陰嚢《いんのう》。それから先端がいい」

エレノアは素直に陰嚢のふくらみを両手で包み込んだ。なめらかで熱いのだわ。エレノアはデイモンの手ざわりを楽しんだ。そして、人差し指をつつっと先端へすべらせていく。やがて、指は男性自身の丸い先端をとらえた。

軽やかなタッチを感じてデイモンが息をのんだ。その反応にエレノアは勇気づけられ、先端から根元まで指を走らせると、彼のものを握りしめた。

岩のように硬く、熱くほてる男性自身の手ざわりは、不思議なほどエロティックだ。わたしの手の中でふるえているわ。そう思った瞬間、エレノアの体に官能的な戦慄《せんりつ》が走った。

「これでいいの？」

「ああ、いい」デイモンが答えた。声がかすれている。「だが、もっと強くこすり上げてくれ」

彼自身を握りしめるエレノアの手に彼の手が重なり、愛撫を求めている。彼の唇からやわらかなうめき声がもれた。見上げたエレノアの目を、激しく燃えるデイモンの目がとらえた。

我を忘れそうになったエレノアはハッと気づき、乱れる鼓動を抑えようと努力した。切ない思いに満たされ、体の奥から欲望がわき立ってきてあふれてしまいそうだ。

けれど、なんとか自制心を取り戻した。目的を忘れるわけにはいかない。エレノアはデイモンに微笑みかけた。誘惑に満ちた、それでいて無邪気な微笑みだ。同時に、男性自身と彼の体を愛撫する手は休むことがない。

デイモンはすっかりエレノアに魅了されていた。微笑みを目にしただけなのに興奮をかき立てられ、体中が反応している。

こんなエレノアを見たのは初めてだった。そこには、生命力にあふれ全身から誘惑の気配を漂わせる女の姿があった。

思わずうめき声をもらした彼に、エレノアがじらすような口ぶりでたずねた。「痛かった？」

「これは拷問だ」デイモンは本心から答えた。

「あら、そう。あなたがわたしにしたのと同じ思いをしてほしいのよ」

たしかに成功しているな。デイモンは思った。もう爆発寸前の状態だった。エルの体を組み伏せて激しく愛を交わしたくてたまらない。それしか頭になかった。だが、彼女は処女だからやさしくしてやらなくては……。

そのとき突然、エレノアが手を離した。

「驚かせることがあるのよ」そうつぶやく声はかすれていた。

「驚かせるって？」

エレノアの目が彼の目をとらえた。妖しい光が彼女の目に浮かんでいる。

「すぐにわかるわ」エレノアが答えた。「目を閉じて」

デイモンはためらった。激しい興奮のせいで、これ以上じらされるのはたまらなかった。だがエレノアが命令をくり返したとき、彼は素直に目を閉じ、下腹部にうずく野蛮な欲求に耐えた。

「のぞいちゃだめよ」エレノアが立ち上がる気配がする。

どうも妙な感じがする。デイモンは問いかけた。「きみを信じていいのか、エル？」

「もちろん信じてちょうだい。わたしがあなたを信じるのと同じように……」

声が遠ざかっていく。カチャリと鍵を開ける音がした瞬間、デイモンは目を開いた。エレノアが部屋から出て行こうとしている。手に彼の靴を持ったまま。

ひとりここに残していくつもりか？　デイモンは鋭い視線を投げかけた。「どこへ行く？」

エレノアは微笑みながら答えた。「舞踏場に戻るの。だいぶレディらしからぬ行動をしたわ。

今日のところはもうじゅうぶんでしょう。叔母もわたしのことを心配しているでしょうし」

「叔母上の心配だけか?」

「実は、あなたを舞踏場に戻したくなかったの。まさか裸足で戻れないでしょう」

デイモンは靴を取り戻そうとしてソファから腰を上げかけた。だが結局、腰を下ろした。今さらもう遅い。

彼の唇に皮肉な笑いが浮かんだ。「エル、なんて悪い子だ。最初から私を興奮させて放り出すつもりだったな……苦しいままの状態で」

「ええ、そうよ」

「このあいだ、私はきみにそんなことをしなかったぞ」

「ええ。でも、わたしを怒らせて困らせたじゃない。お互い様よ、デイモン」

デイモンは手を下にのばし、まだ硬く突き出ている男性自身を下着に押し込め、ズボンの前垂れを閉じた。「あいつとキスをしていたところを邪魔された仕返しだな」彼はつぶやいた。

「あら、よくおわかりだこと」

デイモンは首をふって苦笑いした。「きみの独創力はすばらしいのひと言に尽きるね。非常に効果的だ」

「どうもありがとう。それから――」エレノアが答えた。デイモンがズボンのボタンをはめている。「あなたの禁欲の誓いを確かめる目的もあるのよ。いっそう大変になるでしょうね。もちろん、つらかったらいつでも愛人のところへ行って楽にしてもらえばいいわ」

「言ったはずだ」デイモンはいらだちながら言い返した。「愛人はいない」

「肉欲の面倒を見てもらうために誰かと契約してはいかが？」エレノアがさり気なく言った。

「そうすれば、わたしを追いかけ回す気もなくなるでしょうね」

気軽な口調の中にデイモンはかすかに引っかかるものを聞き取った。エレノアは彼の愛人について気にしていないふりをしているが、実はそうではないらしい。

「そんなことを言うのは、男の体を知らないからだ、スイーティング。私は自分で処理できるさ。欲望を満たすのに女性がいなくても大丈夫なのだよ」

エレノアがたじろぎ、好奇心もあらわに眉をつり上げた。「まあ！　どんなふうにするの？」

「自分の手で握ってこするんだ。本当にやるのと比べれば快感も満足感もじゅうぶんとは言いがたいが、とにかく頂点に達することはできるから、つらくはなくなる」

エレノアはしばらくデイモンを見つめていた。まるで言葉どおり彼の姿を思い描いているかのように。やがて顔を赤らめて首をふった。気を散らされていらだっているらしい。「あなたの体がどんな状態だろうと、わたしには関係ないわ、デイモン。わたしのロマンスだってあなたとは関係ないのよ。今後は一切かかわらないでほしいわ」

エレノアは扉を開けてから立ち止まった。「レディ・ハヴィランドの執事にあなたの馬車を用意させておくわ。そうすれば、玄関広間であまり待たなくてすむでしょう。さっさと馬車に乗れば、靴を履いていないことを執事に気づかれないわよ」

「執事のことなど気にしていない」ディモンがそっ気なく答えた。「心配なのは私の近侍さ。靴を履かずに帰ったらコーンビーはがっくりくるだろうな」

エレノアの頰にえくぼが浮かんだ。「靴を盗んだ犯人はわたしだって言ってあげて」

戸口からすり抜けていくエレノアの後ろ姿を見ながら、ディモンは笑わずにいられなかった。

ディモンは目を閉じた。捨てぜりふを吐いて去るエルの姿が脳裏に焼きついている。眼をキラキラと輝かせ、官能的な唇に魅力的な微笑みを浮かべていた。しばらく忘れられそうにない。

そして、今日彼女がしでかした驚くべき行為によって高まった欲望も静まりそうになかった。今も興奮して硬くなっているせいで思わずもぞもぞと座りなおしてしまう。

だが、復讐されても仕方ないだろう。ディモンは自嘲《じちよう》気味に笑った。あからさまにエレノアのロマンスの邪魔をしたのはまちがいだった。これでは、彼女をプリンスの腕の中へ追いやったも同然だ。おまけに、自分の体は彼女がほしくてうずきっぱなしときている。

たぎる血を静めなければ。とはいえ、愛人どころかどんな女の元へも行く気はなかった。本気で禁欲の誓いを立てたのだ。体が苦しかろうが仕方がない。屋敷に戻ったら自分で処理することにしよう。

だが、とりあえず肉体的な不快感はたいした問題ではない。

とにかく靴を手に入れる方法を考えなければ。さもないと、堂々とハヴィランド邸を去ることもできないではないか。

舞踏会に戻る前にエレノアは、デイモンの靴を絶対に見つからないような場所に隠した。書斎からふた部屋離れた音楽室に入り、窓際のベンチにかかるカーテンの陰に隠したのだ。玄関広間に戻ると、エレノアは執事にレクサム子爵の馬車をすぐ用意するよう申しつけた。

上の階へ戻りながら満足感と勝利の思いを味わわずにはいられなかった。無意識に二年前のことでデイモンに復讐したいと思っていたのだろう。

今夜の仕打ちは少々意地の悪いやり方だったが、エレノアは少しも後悔していなかった。もっともデイモンの目の中に復讐を予感させる光がきらめいたのに気づいていたが。目的はふたつとも達成した。自分がされたのと同じようにデイモンを困らせることができたし、舞踏会に戻れなくしてやったからプリンスとのロマンスの邪魔も阻止できた。

舞踏場に戻ってみると、軽快なカントリー・ダンスが始まったせいか陽気なざわめきや笑い声がいちだんと高まっていた。

ベアトリクス叔母の姿はすぐに見つかった。今夜の主催者であるレディ・ハヴィランドとおしゃべりしている最中だ。けれど、プリンス・ラザーラとシニョール・ヴェッキの姿は見えない。群衆をすり抜けるようにしてエレノアは舞踏場の反対側へ向かい、先ほどプリンスが座っていたあたりを探すことにした。

ている。

プリンスは同じ席に戻っていた。けれど、おかしなことに背をかがめてハンカチを額に押しあ

心配になったエレノアは彼の耳元にささやきかけた。「殿下、ご気分がお悪いのですか?」

見上げたプリンスの顔は青ざめていた。

「なんだか……吐き気がして……今にも」弱々しくそう答えるとラザーラはうめき声をあげた。

「どうぞこちらに……」

すぐさまエレノアはプリンスのひじに手をそえて立ち上がらせた。肩を貸してヤシの鉢植えまで行ったところで異変が起きた。

プリンスはエレノアから体を離して鉢植えに駆けよるやいなや、そこに嘔吐した。

エレノアは近くにいた従僕を呼びよせて手を貸すよう命じた。ようやくプリンスが席に戻ったころ、ダンスが終わってシニョール・ヴェッキが姿を現した。

「どうしました、ドンナ・エレノア?」弱々しげなプリンスの様子を見て外交官がたずねた。

「わかりません」エレノアは心配そうに答えた。「今、嘔吐《おうと》されたんです。医者を呼んだほうがよろしいのでは」

驚いたことに、プリンスの様子を見たシニョール・ヴェッキはこともなげにこう答えた。「そこまでは必要ないでしょう。あまりひどいご様子ではありませんから。胃腸が弱い方なのですよ。ドン・アントニオ、楽しみにしていたのにこれほど早くおいとまするのはとても残念なことだが、

すぐに帰ったほうがよいのではなかろうか」

プリンス・ラザーラはその言葉に感謝するようにうなずき、ハンカチで口もとをぬぐった。

シニョール・ヴェッキの命令に応じて、ふたりの従僕が手を貸してプリンスを立ち上がらせた。

立ち去ろうとする外交官の腕をエレノアは押しとどめた。「シニョール・ヴェッキ、殿下のことがとても心配です。ここ数日、いろいろ事件が起こりすぎていますわ」

外交官が不思議そうな顔をした。「ただの偶然ですよ、ドンナ・エレノア。まちがいなく今回は何か口にしたものが悪かったのでしょう。殿下を屋敷までお連れして休んでいただけば、すぐに元気を取り戻されることでしょう。どうぞ、叔母様によろしくお伝えください」

優雅に会釈すると、シニョール・ヴェッキはプリンスのあとを追った。それでも、エレノアは疑惑を一蹴《いっしゅう》されたことに不満を抱いていた。もしも意図的にプリンスを傷つけようとする者がいるとしたら、すぐに阻止しなければ。

だが、まずは確かめなければならない。

エレノアは顔をしかめて考え込んでいたが、ふと、デイモンの友人である医者のミスター・ギアリーがここに来ていることを思い出した。

しばらくしてミスター・ギアリーが見つかった。体の具合が悪いと愚痴をこぼす老婦人たちにつかまっていた彼は、エレノアに呼ばれた瞬間いかにも安堵した表情を見せた。

ふたりは壁際に移動した。エレノアはことのあらましを説明し、疑惑についても伝えた。「さっきのことは偶然にしてはできすぎていると思うんです。わたしが大げさに騒いでいるだけかもしれませんが、でも……誰かが殿下に毒を盛ったとは考えられませんか？」

エレノアの指摘にギアリーの視線が鋭くなった。「殿下は今夜何か口にされましたか？」

「パンチを飲んでいらっしゃいました。わたしも飲みました」

「だが、あなたは何ともないのですね？」

「ええ、何ともありません」

「殿下の症状はいつごろから出たのでしょう？」

「よくわかりませんが、今夜わたしがここに来たときには、殿下はすでに赤い顔をして汗をかいていらっしゃいました。部屋が暑いとこぼしてらしたわ」

ギアリーが顔をしかめた。「そうした症状に合致する病気はたくさんありますね。完全に回復されれば、毒を盛られたわけではないでしょう」

「でも回復されなかったら？」エレノアはたずねた。「調べる方法はありませんか？」

「そうですね……。殿下が飲まれたものが残っていれば、何かわかるかもしれません」

エレノアはふいに思い出した。「まだ残っているかも。こちらに来ていただけますか？」

彼女はギアリーを連れて、プリンスが座っていたあたりに戻った。パンチのカップはそのまま椅子の脇に置かれていた。

エレノアがプリンスの飲んでいたカップを見せるとギアリーは中をのぞき込み、眉をよせた。

「変だ……」

ギアリーの視線の先にあったのは、カップの底にへばりついた粉末の溶け残りだった。彼はカップを受け取り、クンクンとにおいを嗅《か》いだかと思うと指先で残留物をこそげ取った。

「吐根《とこん》のような味ですね」しばらくしてギアリーが言った。

エレノアは驚きの表情を浮かべた。吐根が胃の中のものを吐き出させる催吐剤だということは知っていた。「たしかでしょうか？」

「まずそうですね」

「では、毒ではないと」

「たしかに毒ではない。吐根は比較的安全な薬だ。少なくとも命にかかわることはない」

「でも、偶然カップの中に入るわけはないわ」

「ええ。意図的に入れられた可能性が高いですね」

力なくエレノアは空いた椅子に腰を下ろした。「でもなぜそんな薬が殿下のパンチの中に混ざっていたのかしら？」

「わかりません」ミスター・ギアリーが隣りに腰を下ろした。「殿下に悪意を持った者がいるということなのかも。レクサムの推測どおりに」

エレノアは興味をそそられてギアリーの顔を見た。「レクサム子爵から殿下の事故のことを聞いていらっしゃるんですか、ミスター・ギアリー？」

医者はうなずいた。「最近、殿下の身辺で不思議な事故が相次いでいるという話でしたが。今回のこともレクサムにお伝えになったほうがいいでしょう、レディ・エレノア」

エレノアはすぐに答えなかった。第一に、これ以上ディモンとかかわりたくなかったから。今夜だけでない。今後一切だ。第二に、ディモンはもう出て行った可能性が高く、第三に、彼にはライバルを助ける気はないだろうから。

「レクサム子爵は殿下の事故にかかわりたくないのではないかしら」エレノアは口を開いた。

「驚かれるかもしれませんが――」ギアリーが言った。「レクサムはここ数年たくさんの人びとの不幸に関心をよせてきたんですよ」

エレノアはとまどってギアリーを見つめた。「不幸ですって？　どういうことですの？」

「そうですね……。〝不幸〟というのは適切な表現ではないかもしれない。苦しみと言うべきでしょうか」ぽかんとした表情を浮かべるエレノアを見て、ギアリーはすまなそうに微笑んだ。

「結核に苦しむ貧しい人びとのことを言っているのですよ。これまで、そうした人びとにはあまり希望がなかった。だが、レクサムはこの三年間治療法を見つけるために相当の努力をしたばかりか、かなりの財産をつぎ込んだのですよ」

10

型にはまった行動を見せると男性は退屈するかもしれません。男性の関心と愛情を惹きつけるには、ほかの女性とはちがった行動をとって目立つように心がけましょう。

――匿名のレディ著『若いレディに贈る、夫を捕まえるためのアドバイス』より

エレノアは眉間にしわをよせた。「レクサム子爵が医学に興味をお持ちだなんて知りませんでした」

「最近、彼が上げた成果についてお聞きになる機会はなかったかもしれませんね」ミスター・ギアリーが答えた。「イタリアで活動していたこともありますから」

「ただ大陸を旅行されていたとばかり思っていました」

「いいえ、ちがうんですよ。レクサムは遊び目的で向こうに渡ったわけじゃありません」

ふいに黙り込んだ医者をエレノアはせっついた。「話してください、ミスター・ギアリー。わ

たし、好奇心をそそられましたわ」

ギアリーはどこまで話すべきか迷っているような表情をしてエレノアの顔をのぞき込んだ。

「レクサム子爵が少年時代に結核で双子の兄を亡くしたことはご存じでしょうか?」

「双子のお兄さんが亡くなったことは知っています。でも、死因までは知りませんでした」

「デイモンの兄のジョシュアは十六歳のとき結核にかかったのですよ」

「大変なことでしたのね」エレノアがつぶやいた。

「ええ。結核についてどんなことをご存じですか?」

「だんだんと体が衰えてくる肺の病気でしょう?」

「そうです。肺の組織が徐々に機能しなくなる病気です。わが国でも結核はよくある病気で、助からないこともよくあります。だが、原因も治療法もわかりません……今のところ。それでも、ある種の状態に置かれると生存の可能性が高まるのですよ。温暖で乾燥した気候などがそうです。だからこそ、デイモンは地中海沿岸にサナトリウムを建てることにしたんです」

「サナトリウムですって、ミスター・ギアリー?」

「ええ、結核患者の治療施設です」問いかけるようなエレノアの表情を見てギアリーはかすかに微笑んだ。「私とデイモンのそもそもの関係からお話ししたほうがよさそうですね。私が医者になれたのは彼のおかげなのですよ。私はハリッジで生まれ育ちましてね。サフォークにあるレクサム家の領地の近くです。デイモンより二歳上なんですが、子どものころから医学に興味がありまして、ジョシュアが病に倒れたときは地元の医者の徒弟をしていました。そういう縁で、もう回復の見込みがなくなった末期状態のジョシュアの面倒を見たのです」

「ご家族にとってもあなたにとってもつらいことだったでしょうね」何と言っていいかわからないままエレノアは静かに言葉をはさんだ。

ギアリーがうなずいた。「ええ。生命にあふれた美しい少年が激しい痛みに苦しみ衰えていく様子を見ているしかないというのは……。そして、不運なことに数カ月後、ディモンのご両親が――レクサム子爵夫妻が――乗った船がアイリッシュ海を渡る途中で嵐にあい、沈没したのです。奥様の親戚のところへ行く予定だったそうですが、たまたまディモンは同行せず命拾いしたわけです。運命の気まぐれといいますか」

エレノアは初めて耳にする真実に胸をかきむしられるような思いを味わった。こんなふうに家族を次々と失うなんて、ディモンはどんなに悲しかっただろう。打ちのめされる思いだったはずだ。ひとりぼっちで、悲しみや苦しみを分かち合う家族もなく……。

医者はため息をつき、話を続けた。「爵位と財産を受けついだディモンは、ジョシュアの面倒を見たことへの感謝の気持ちから私に大学へ行く資金を援助してくれました。そればかりか、さらにはわが国有数の医者のもとで研鑽《けんさん》を積ませてくれたのですよ。ディモンがいなければ、私は田舎医者で終わっていたでしょうね。今のようにロンドンで自分の病院を持つこともなく――これもディモンが資金援助してくれたのですよ」

ミスター・ギアリーのすばらしい業績を思えば、彼の言葉は自《おの》ずと重みを増した。デイモンが手を貸さなければ、この才能あふれる医者が世に現れることはなかったはずだ。

ギアリーが続けた。「ここまでお話ししたことには続きがありましてね。三年前、デイモンがやって来て、結核治療の活動をさらに進めたいと言ったのです。そこで、役に立ってくれそうな著名な医者たちに私のほうから手紙を書いて助力を申し出ました。彼らの助けを得てデイモンは南イタリアの沿岸に結核治療の施設を建設したのです。治療法が発見されるまで、できるかぎり多くの患者の命を救おうという目的でね。治癒が見込めない患者の苦しみをやわらげ、よくなる見込みのある患者の回復を促進しようというわけです」

エレノアは驚いた表情でギアリーを見つめた。「では、目的は達成できたのですか？」

「ええ、多くの点で成功と言えるでしょう。昨年はかなりの数の患者を助けることができました。うちの病院からも十人以上送り込んだのですが——デイモンが費用を負担したのですよ——そのうち九人が全快しました」

エレノアは、デイモンの寛大さを不思議に思わなかった。わからないのは、なぜ隠していたかということだ。婚約期間中、デイモンはサナトリウム建設の話などひと言も言わなかったし、兄の死についても黙っていた。

「ひどく極端な話ですね」エレノアはとうとう口にした。「放蕩者として名を馳《は》せる一方で、こんなに長いあいだ慈善活動をしてきたなんて」

ギアリーが皮肉っぽい笑みを浮かべた。「たしかにそうですが、今お話ししたことは全部事実ですよ」そう言ってためらう様子を見せた。「あなたとデイモンのあいだに過去のいきさつがあるのは承知しています、レディ・エレノア。ですから、デイモンのよい面を考えたくないお気持ちはわかります。だが、彼のことを誤解されているのではないかと――」

ふいにギアリーの顔が恥ずかしそうに赤らんだ。「お許しください。お気持ちを詮索《せんさく》するようなことを申し上げてしまいました。悪気はなかったのです」

「謝る必要はありませんわ、ミスター・ギアリー」エレノアはぼんやりと考え込んだまま答えた。「おっしゃるとおりかもしれません。わたし、彼を誤解していたのかも」

「では、プリンス・ラザーラに先ほど起きたことをデイモンに話してもよろしいでしょうか？」

「ええ、どうぞ。隠す必要もありませんから」

「では、あとで私のほうから伝えておきます。ああ、デイモンだ。あなたから直接お話しになったらいかがですか」

舞踏場の群衆をかき分けるように近づいてくるデイモンを目にして、エレノアは仰天した。

パンチのカップを従僕に下げさせたあと、ミスター・ギアリーが立ち上がりエレノアに会釈した。「これで失礼します。年配のご婦人方のところに戻らなければなりませんので。病院のパトロン集めも大変なのですよ」

心ここにあらずのままエレノアはうなずいた。去っていく医者をかろうじて目の端でとらえながらも、目はデイモンにくぎ付けだ。やがてエレノアは、目の前に立ったデイモンをじっと見上げた。

「驚いたなどと言わないでくれ」デイモンが素っ気ない口調で言った。

「驚いたわ」エレノアが答えた。「もう帰ったかと思っていたから」

「まだ帰れなくてね。ギアリーを馬車に乗せてきたから帰りも送らなければならない」

エレノアは視線を落とした。デイモンは質素な茶色の革靴を履いている。身につけた高価な夜会服とは対照的だ。

「ここの従僕から靴を買ったのさ」デイモンが説明した。「少々金はかかったが、背に腹は代えられない」顔に怒りはなく、穏やかでどこか楽しげですらあった。エレノアは拍子抜けした。

「わたしのことを怒っていないの？」エレノアがたずねた。

「ああ、怒っていない」デイモンが隣の椅子に腰をかけた。「実際、仕返しをされて当然だと思うよ。きみが殿下といっしょのところを邪魔すべきではなかった。たとえどんなにキスの現場を見たくなかったとしても」

エレノアにとってその言葉は、彼が慈善活動をしていた事実より驚きだった。疑わずにはいられない。こんなにたやすく負けを認めるなんてデイモンらしくなかった。けれど、どこまで彼という人間を理解していると言えるのだろうか……。

「ミスター・ギアリーから聞いたわ。この二年間イタリアであなたがしていた活動について」

デイモンの顔色が変わり、態度がぎこちなくなった。「何と言っていた？」

「お兄様を結核で亡くしたせいであなたが結核患者の支援をしているって」

デイモンの黒い瞳に謎めいた感情が宿った。何も言わないまま彼は群衆に目を向けた。

「どうして教えてくれなかったの？」黙りこくるデイモンにエレノアはたずねた。

デイモンが肩をすくめる。「言ってどうなる？」

エレノアは推し量るように彼の横顔を見つめた。「あなたが何も考えていない放蕩者じゃないとわかったかもしれないわ。そういうふりをしていたのね」

デイモンはまるで仮面をかぶったように無表情な顔を崩さなかった。やっと口にした言葉はどこか冷淡な響きを帯びていた。「きみになんと思われようとどうでもいい。もう婚約していないし、このあいだだってプロポーズを断られたばかりなのだから」

「どうでもいいってことはないわ。あなたの思いやりはとてもりっぱだと思っているの」

デイモンの唇がひきつった。「思いやりからじゃない。怒りで行動しただけの話だ」

「どうして怒りなの？」

「メソメソと感傷にひたるよりましだからさ。サナトリウムを建てたのは、運命を支配する自分なりのやり方だったというだけだ」

「お兄様を救えなかったから、ほかの人たちを救おうとしたのね」

「そう思いたければ思えばいい」

エレノアは黙り込んだ。デイモンは悲しみと折り合いをつけられたのだろうか。そうは思えなかった。エレノアは唇をかみしめ、彼の悲しみを想像してみた。兄と両親を相次いで失うという壮絶な経験。この世にたったひとり残された孤独をかみしめたはずだ。自分にはマーカスという兄がいたから、さびしいながらも愛と安らぎを感じられた。

「靴を盗んだりしてごめんなさい」エレノアは静かに言った。「音楽室にあるわ。ひとつ目の窓際にあるベンチのカーテン裏に隠したの」

デイモンの声が硬くなった。「同情はいらない、エル」

「同情じゃないわ。共感しているのよ。もしもわたしがマーカスを失っていたら、どんなに悲しかっただろうって思うわ」

デイモンの表情は閉ざされたままだったが、ほんの一瞬だけ傷つきやすさが顔をよぎった。

「お兄様を亡くしてつらかったでしょう」

痛切な悲しみがすばやく彼の顔に表れたかと思うと、さっと消えた。デイモンは鋭い視線を投げかけた。「きみは場所をわきまえていないようだ」ぶっきらぼうに言う。「私の兄を襲った悲痛な運命などという話題は、舞踏会にはふさわしくないだろう」そう言うとデイモンは立ち上がった。「きみは殿下とダンスを楽しめばいい」

今度はデイモンが立ち去る番だった。エレノアはあとを追ってなぐさめてあげたいと思いながら彼の後ろ姿をじっと見つめていた。デイモンの心の傷に触れてしまったことが残念でならなかった。明らかに兄の死は彼にとって口にしたくない話題なのに、無意識とはいえエレノアは痛々しい記憶をこじ開けてしまったのだ。

デイモンもまた後悔していた。なぜエレノアの質問をうまくかわせなかったのだろう。その晩ずっと胸が苦しかった。かつて婚約を破棄した理由を思い出さずにはいられなかった。エレノアといっしょにいると感情があふれすぎるのだ。

それでも、帰りの馬車の中で気をまぎらわすことができた。オットーからプリンス・ラザーラのパンチに混ぜられた薬物の話を聞かされたからだ。だが自分の抱いた疑惑が当たっていたとわかっても、収まらない心のざわめきを抱えたまま、デイモンは屋敷に帰りついた。

だから、すぐに寝室へ向かわず書斎に入り、ブランデーをたっぷりグラスにそそいで飲んだ。来週に迫った兄の命日の儀式が少々早まっただけの話だ。デイモンは自分に言いきかせた。

泥酔して感覚が麻痺《まひ》してきたところで、デイモンはソファに横たわり目を閉じた。しばらくして、苦痛と闇に満ちた深淵《しんえん》にはまり込んだデイモンを呼ぶ声がした。

ハッと目覚めると、そこには近侍がいた。ほの暗いろうそくの光に照らされてデイモンの上にかがみ込み、肩をゆり動かしている。デイモンは悪夢の余韻をふり払おうとした。まだ酔いのせいで頭がぼんやりしている。心臓が激しく鼓動し、体中に汗をかいている。

「叫んでいらっしゃいましたよ、だんな様」コーンビーが静かに声をかけた。「また悪夢を見られたようですね」

ああ、またか。これが悩みの種なのだ。

ゆっくりと体を起こすとデイモンは手で顔をぬぐった。「家中の者を起こしてしまったか？」

「いいえ、だんな様。私はまだ起きておりましたので、お声を聞いてすぐまいりました」

「私の帰りを寝ずに待たなくていいんだぞ、コーンビー」

「たいしたことではございません」

今、近侍の並外れた義務感と保護者めいた態度について議論する気分にはなれなかった。「ありがとう、コーンビー。もう下がっていいぞ」

ためらう近侍を見てデイモンはぶっきらぼうな声で言った。「私ならもう大丈夫だから」

だが、まだ大丈夫とは言えなかった。年老いた召使いが部屋を出て行ってからデイモンは思った。激しく乱れる感情はまだ収まる気配を見せない。

兄の死にまつわる悪夢を見たのはしばらくぶりのことだ。もっとも、兄の死後長いあいだずっと悪夢に悩まされてきたが――。

死の床につくジョシュアが苦しげに息をつき、まっ赤な血が染み込んだハンカチがあちこちに散らばっている。兄の顔は不気味なほど白い。

激しく咳き込むジョシュアは苦痛に顔をゆがめている。それなのに、最後の時を見守ろうと寝ずに付きそう家族を安心させるため、ひび割れた唇に微笑みを浮かべている。

両親はなんとか毅然とした表情を保って枕元に座っていた。けれど、ディモンは少し離れて立ったまま悲しみと怒りの涙をこらえている。

やがて、薬でまどろんだジョシュアはその後二度と目覚めることがなかった。とうとう呼吸が止まり、やせ衰えた体が動かなくなったとき、ディモンは母とともに泣いた。

あの日ディモンは自分も死んだような気がした。その後、心の痛みと根深い怒りの感情はなかなか消えなかった。何年も死をあざけり、運命に反抗し、不公平な人生をののしり、罪悪感にさいなまれた。

どうして自分は生きているんだ？　なぜ死ぬのは自分じゃなかったんだ？　どうして自分が爵位と財産を受けつぐことになったのか？　兄が受けつぐはずだったのに。

ジョシュアが結核にかかったきっかけは定かではなかった。思い当たるとすれば、ジョシュアが恋愛感情を抱いていた地元の酒場女がやはり結核にかかったことだろうか。ディモンより一時間ほど早く生まれた長男のジョシュアには輝かしい人生が待っていたというのに、なぜ死ななければならなかったのだろう。

答えの見つからない疑問だった。ディモンは兄の死にまつわる記憶を悪夢の中に隠し、感情を押し殺して生きるようになった。

だが数年後、ディモンは怒りを前向きな目的に向けることができるようになった。医学の進歩を足がかりにして、結核に苦しむ人びとを救うことにしたのだ。

エレノアの言うとおりだ。デイモンは納得していた。兄は救えなかったが、ほかの人びとを救いたいと思うようになっていた。

それでも、生きのこった双子の片割れのつらさはやわらぐことがなかった。


シニョール・ヴェッキがプリンス・ラザーラをつれて早々と舞踏会から姿を消したと知って、レディ・ベルドンはひどく失望していた。別れのあいさつもなかった。プリンスの体調悪化も姪への求愛を考えれば不安材料だ。

「明日の王立植物園へのピクニックについて何かおっしゃっていた？」ハヴィランド邸の前で馬車の順番を待ちながらベアトリクスがエレノアにたずねた。

「殿下のご気分が回復するかどうか次第でしょうね、叔母様」エレノアは今夜の一件について詳しく触れないまま答えた。命まで狙っていないとはいえ殿下の健康を損ねようとする者がいると伝えても、無駄に叔母の不安をあおるだけだ。

「いずれにせよ――」レディ・ベルドンが言った。「召使いに明日のピクニックの準備をさせなければ。殿下のお好みに合うような料理を用意させましょう。お腹にやさしいものをね。明日の朝一番にシニョール・ヴェッキへお手紙を送ってお伝えしましょう」

「とても親切な計らいだと思うわ、叔母様」エレノアはつぶやいた。明日の料理はベルドン家の厨房で用意するのが賢明だろう。そうすれば、妙なものを混ぜ込まれる危険はない。

ベアトリクスが微笑んだ。「親切というわけではないのよ。殿下のお気持ちを惹きつける機会を逃さないようにしたいだけだから。あの方はあなたにとってすばらしいお相手ですもの」

エレノアは答えを返さなかった。もはや叔母の意見に賛成できない気がしたからだ。実際、プリンスが自分にとってすばらしい相手なのか疑問を感じはじめていた。

帰宅してからも疑問は心を離れず、エレノアは悶々と眠れぬ夜を過ごした。

やっと眠りに落ちたかと思うと、ふたたびデイモンの夢を見た。今度の夢は愛の行為でもなければ、求愛当初の思い出でもなかった。茨《いばら》の茂る高い岩壁に囲まれたデイモンに手をさしのべようとしても届かない、そんな夢だった。中に閉じこもるデイモンを救うには危険な壁をよじ登らなければ……。

薄暗い夜明けの光のなかで目覚めたとき、エレノアは奇妙な夢の余韻に包まれていた。なんとも言えず悲しく、横たわったまま夢の意味を考えていた。

以前からデイモンが心の壁を築いているのはわかっていた。やっとその理由が見えた気がする。立て続けに家族を失った悲劇のせいで、かたくなに心を守ろうとするのだろう。

求愛が始まった最初のころ、ほんの短いあいだだったがデイモンの壁を何度か破ったことがあった。けれど、婚約期間中デイモンはますます距離を置くようになった。心をすっかり捧げようとエレノアが近づこうとすればするほど、彼は遠ざかった。

そして突然、ふたりの婚約は終わりを告げた。もうエレノアに接近される危険がなくなってデイモンは安心したにちがいない。

エレノアの唇に悲しげな微笑みが浮かんだ。昨夜ディモンは運命を支配するためにサナトリウムを建てたと言っていた。エレノアも結婚という形ではあるが、同じように自分の運命を支配しようとしていた。この点でふたりの考えは似ている。けれど、ひとつ大きなちがいがあった。ディモンはエレノアとちがって愛を望んでいない。

エレノアにとっていちばん恐ろしいのは愛のない孤独な人生だったから、愛を返してくれる男性を愛したいと心に決めていた。

そして、プリンス・ラザーラこそ理想的な相手だと思っていた。先週、元婚約者がふいに現れたときから、エレノアは殿下を惹きつけようとさらに努力した。でも、それはディモンのせいでよみがえった心の痛みと怒りがかき立てた行動でしかなかった。このまま殿下の心を求めるとしたら、自分から墓穴を掘るようなものだわ。エレノアは思った。

たしかに言えることがある。ディモンとの関係に片をつけないかぎり、殿下だけでなくほかのどんな男性も愛せない。

新たな事実を知っていっそうディモンが気になるなどと認めたくなかったが、今はそれを問題にするときではなかった。

まず、プリンスの求愛を止めなくてはならない。求愛を受ける気がない以上このまま期待させるわけにはいかなかった。けれど慎重にやらなければ。殿下のプライドを傷つけないように。

エレノアはベッドから立ち上がると、メイドを呼ぶためにベルを鳴らした。風呂に入って着替えをしよう。そして、キュー王立植物園に出かける心の準備をしなくては。

今後デイモンをどうするかという問題はまだ残っているけれど、プリンスに対してはもう心は決まっていた。


残念なことに、その日の午後エレノアはプリンスと個人的に話をする時間がほとんどなかった。シニョール・ヴェッキの知り合いであるふたりの高官とその夫人たちが王立植物園での昼食会に参加したためだ。

プリンス・ラザーラがまだ自由に歩き回れないため、召使いがテムズの川岸にキルトを敷いてプリンスを座らせていた。大きな柳の木陰に芝地が広がっている。殿下の周囲には若い女性が集まり、シニョール・ヴェッキとその友人たちがレディ・ベルドンに付きそって植物園を歩きまわって、世界各地から科学者が集めた異国の花々を鑑賞していた。

ふたりきりになるチャンスがなかったので、エレノアはプリンス・ラザーラと昨夜の事件について話すことができなかった。けれど、ベルドン家の料理人が用意したごちそうを楽しんでいるところを見ると、プリンスの食欲は戻っているようだ。

それでもピクニックが終わろうとするころ、プリンスはエレノアとふたりきりになりたそうな様子を見せ、杖につかまりつつ彼女に手をさしのべた。テムズ川に泳ぐ白鳥を見ようという。

柳とハンノキの立ち並ぶ小道を歩きながら川へ向かううちに、エレノアは確信を深めていた。プリンス・ラザーラは自分にとってふさわしい夫になりそうもない。どんなに努力しても彼を愛せるようにはならないだろう。心に愛を強制することはできない。

これほど活気に乏しい男性とは幸せになれないわ。エレノアは思った。やがて、ふたりはテムズ川を見下ろす護岸にたどり着いた。さまざまな魅力を備え、身分や財産にも恵まれているとはいえ、プリンス・ラザーラは凡庸であったし、何よりエレノアの血を騒がせる男ではなかった。デイモンならちらりと視線を向けるだけで血を騒がせるのに。

「今日は物静かですね、ドンナ・エレノア」気だるそうに川面《かわも》を泳ぐ白鳥をながめるエレノアにプリンスが声をかけた。

エレノアはかすかな微笑みを浮かべた。「実は、どうお話ししたらいいかと悩んでいたものですから。大げさなことは言いたくありませんので。殿下の安全が気がかりなのです」

「というと？」ラザーラが興味深げに答えた。「どういうことでしょうか？」

「有名なお医者様のミスター・ギアリーに昨夜お会いになったことは覚えておいでですか？」

「ええ。なかなか興味深い人物でした」

「殿下がお帰りになってから、お飲みになったパンチの中に奇妙なものが残っていたのをミスター・ギアリーが発見したのです」

けれどエレノアはそれ以上言葉を続けられなかった。ヒュッという音がした瞬間、何かがピシャッと当たる音がした。ラザーラが小さな声でうめき、左耳の後ろに手を当てた。

エレノアは最初、ラザーラが蜂に刺されたのだと思った。けれど、彼の指の下を見ると首に小さな茶色い物体が突き刺さっていた。

そのとき、背後の柳の茂みからガサガサと何かがこすれる音がした。けれど、エレノアの目はプリンスの首にくぎ付けになっていた。

ラザーラは物体を首から引き抜いた。羽根のついた吹き矢のようだ。一インチほどの長さで、先端は針のように鋭い金属でできている。

「ケ・ディアヴォロ……」プリンスが驚いた表情でとまどいの声をあげた。どうやらイタリア語で悪態をついたらしい。

そして、驚くエレノアの目の前でラザーラはまぶたを閉じ、膝をガクッと折った。力の抜けた彼の指から吹き矢が落ちる。次の瞬間プリンスは護岸から体をすべらせ、大きな水音をたてて四フィート下の水面に落下した。

エレノアは叫び声をあげた。あまりの衝撃に体が動かない。やっと下をのぞき込むと、プリンスが頭から沈んでいくではないか！

だが、彼はなんとか顔を水面から上げ、力なく体をばたつかせた。見るからに意識を失いかけている。しかも溺《おぼ》れそうなだけでなく、下流へ流される危険もある。

我に返ったエレノアは召使いたちに声をかけ、自分はそのまま水に飛び込んだ。水に潜った衝撃は強烈で、息ができない。長いスカートのせいで川底に引きずり込まれそうだ。けれど、やっとのことで水面に浮かび上がるとうまく流れをとらえ、必死にプリンスのほうへと泳いだ。

苦労の末エレノアは彼のそばまで行きついた。だが上着の襟元をつかもうとしても、パニック状態に陥ったプリンスは抵抗するばかりだ。

「お願いです、殿下。じっとしてください！」エレノアは叫んだ。「お助けしてるんです！」

幸いにもラザーラは抵抗する力を失ってあおむけに浮かんだ。その襟をつかみ、エレノアは岸辺へ向かって泳いだ。

やっと護岸までたどり着いたところで、エレノアはからみついた柳の根っこにつかまって助けを待つことにした。プリンスは咳き込んで水を吐き、エレノアは必死に息をついている。

落下した場所より十ヤードは下流に流されていたが、エレノアの叫び声は一行の耳に届いていた。招待客も召使いもこぞって走ってくる。

けれど、泳げる従僕がいなかったせいで救出には時間がかかった。馬車から外した革の手綱が川に投げ込まれた。エレノアはプリンスの体に手綱をくくりつけ、先に水から引き上げさせてから、自分も地面に上がった。

力なく横たわるラザーラのかたわらでエレノアはしゃがみ込んだ。大丈夫かしら？　毒矢でなければいいのだけれど。それでも、まだ息はある。やがて、プリンスがびしょ濡れの頭をふって目を開け、エレノアを見上げた。どうやら自分がどこにいるのかわからないようだ。

「何が……起きたのですか？」ラザーラがかすれた声でたずねた。

「殿下は気を失われて川に落ちたんです」エレノアが答えた。

「覚えていない……。ああ、そうだ……。あなたが岸まで引っぱってくれて……」

ラザーラはひじを突いて体を起こした。まだ呆然として体に力が入らないようだ。それでも、徐々に意識を取り戻している様子を見せた。

ちょうどそのとき、叔母とシニョール・ヴェッキが駆けよってきた。

「まあ！　いったい何が起きたの？」びしょ濡れの姪の姿を見てベアトリクスが叫んだ。

エレノアが事情を説明すると、シニョール・ヴェッキがみるみる怒りの表情を浮かべた。と言ってもエレノアに怒っているわけではないようだ。

「ありがとうございます、ドンナ・エレノア」外交官が丁寧に礼を言った。「すばやい対処をしてくださったおかげでドン・アントニオは溺れずにすみました」

「たいしたことではありませんわ、シニョール。でも、これで信じていただけますでしょう？　殿下を傷つけようとする者がいることを」

プリンスは不安そうに顔をしかめた。「どういう意味でしょうか、ミア・シニョリーナ？」

エレノアが吹き矢のことを口にしようとしたとたん、シニョール・ヴェッキがさえぎった。

「殿下はひどいショックを受けていらっしゃる。すぐに屋敷へ戻りましょう」

「シニョール・ヴェッキ」エレノアは口をはさんだ。「今は殿下のお体を動かさないほうがいいかもしれませんわ。まだぼんやりされているご様子ですし。それから、ミスター・ギアリーを呼んで診察してもらったほうがよろしいかと――」

「ですが、もう大丈夫なご様子ですから」外交官がじれったそうに答えた。「濡れたままでは風邪を引かれてしまうかもしれません、ドンナ・エレノア。さあ、まいりましょう、殿下」

プリンスはおとなしくその言葉に従い、従僕の手を借りて立ち上がった。

ベアトリクス叔母もシニョール・ヴェッキと同意見らしかった。「エレノア、屋敷に帰って着替えたほうがいいわ。お風呂に入って体をあたためなくては」そう言って不愉快そうに鼻にしわをよせる。「川の水のにおいがひどいわ」

突然、九月の風の冷たさを感じたエレノアは反論をあきらめ、従僕からキルトを受け取った。それでも、このまま引き下がるつもりはなかった。

「ちょっとだけ待って、叔母様」せめて、あの吹き矢だけでもギアリーに調べてもらおう。

エレノアはキルトを体に巻きつけると、プリンスが吹き矢に襲われた現場へ戻った。地面の上に、半ば木の葉に隠れるようにして小さな吹き矢が落ちていた。たしかな証拠だ。

叔母のところに戻ったエレノアはレティキュールに吹き矢を収め、ともに馬車へ乗り込んだ。帰る道すがら、今後どうすべきか考えずにはいられなかった。

ミスター・ギアリーの家がどこかは知らない。まだ病院で仕事中だろうか。デイモンなら知っているだろう。ラザーラとデイモンは親しい間柄ではないが、ラザーラの身に危険がおよんでいると知ればデイモンはきっときちんと対応してくれるだろう。

だから、帰宅して寝室で化粧着に着替えたエレノアは、風呂の用意ができるのを待つあいだデイモンに手紙を書いた。できるだけ早く屋敷に来てほしいという内容だ。そして、至急手紙を送るよう執事に申しつけた。

銅製のバスタブに湯が満ちた。エレノアは体をひたして髪を洗い、全身から川の汚れを落とした。そして、女中のジェニーを下がらせてゆっくりと風呂を楽しんだ。

暖炉の火で髪を乾かしているとき、ジェニーが戻ってきた。レクサム子爵が〈青の間〉で待っているという。

エレノアは急いでアフタヌーン・ドレスを身につけた。吹き矢を手に階下へ降りる。〈青の間〉に入るとデイモンが窓際に立っていた。物思わしげな表情だ。エレノアがそっと扉を閉めた音を耳にして、彼は眉を上げた。

「お待たせしてごめんなさい」エレノアの謝罪の言葉をデイモンがさえぎった。

「ギアリーから聞いた。昨夜、殿下の飲み物に薬が盛られていたそうだな。で、今度はまた別の災難か？」

「ええ。今度は偶然ではないわ。たしかよ」

エレノアは植物園での一件を説明し、吹き矢を見せた。気を失いかけて川に落ちたプリンスを助けたことも話した。

デイモンの表情が曇ったのを見てもエレノアは驚かなかった。けれど、手のひらにのせて吹き矢を見せたのに、彼が目もくれようとしないのには驚いた。

「どういうつもりだ？」デイモンが問いつめた。「テムズ川に飛び込むなんて！　あそこの底流はかなり危険なんだぞ」

その勢いにエレノアは驚いた。「仕方がなかったの。あのままでは殿下は溺れてしまったわ」

「きみだって溺れたかもしれないんだぞ！」

エレノアは思わず身がまえた。それでも、デイモンと言い争いたくなかったので、静かに息をついた。「お小言を言ってもらうために来てもらったんじゃないわ、デイモン。ミスター・ギアリーの意見を聞いてほしくて来てもらったのよ」吹き矢をのせた手をさらに差し出す。

デイモンは少し気を取りなおした様子で吹き矢を手にとり、じっとながめた。「クラーレの矢のようだな……」しばらくして彼が言った。

「どういうものなの？」エレノアがたずねた。

「南米のインディオが猟に使う武器だ。先端に毒を塗った矢を竹筒に仕込み、吹き飛ばす」

エレノアは驚いた。「どうしてあなたが南米の部族が使う武器のことを知っているの？」

デイモンがかすかに微笑んだ。「医学に興味があるからだ。サー・ウォルター・ローリー（1552年？―1668年。英国の探検家）がギアナに関する本でクラーレについて書いていたのだよ。それに数年前ここ英国でも、サー・ベンジャミン・ブロディがクラーレの効果に関する実験をしている」

「命を失うような毒なの？」

「死ぬ危険はある。主に標的の感覚を麻痺させ、呼吸を妨げる目的で使われるがね。だがサー・ベンジャミンの実験によれば、人工的な手段で呼吸させれば、悪影響を残さず正常な状態に戻せるそうだ」

プリンスの様子を思い出してエレノアは顔をしかめた。「矢が刺さってから殿下は気を失いかけたわ。でも、元気を取り戻していたようでした」

「使ったのはクラーレではなかったのかもしれない。そうだとしても少量だったのだろう」

「毒が塗ってあるかどうかミスター・ギアリーに調べられるかしら？」

「化学的な成分は分析できるかもしれないが、わかっても仕方がないのではないか」

「毒が塗ってあれば、誰かが殿下を殺そうとしているということでしょう」

デイモンの表情がかげった。「あるいは、ラザーラ自身そう思わせたがっているのかも。実は、あいつの自作自演ではないかと疑った」

エレノアが目を丸くした。「どうしてそんなことをする必要があるの？」

「きみの同情を買うためだ。心配させてきみの心を惹きつけられると考えたのかもしれない」

「自分を弱虫に見せようなんてするかしら？」ありえない、とエレノアは思った。弱々しい男より、たくましくて能力のある男が好きなのだから。

「あるいは――」デイモンが続けた。「殿下がきみの前で情けない姿を見せるよう、誰かがたくらんだのかもしれない」

「その説のほうが説得力があるわね」そう言ってエレノアはデイモンの手にのった吹き矢を見た。「殿下のためにも無実の被害者だと考えてあげたいわ。警告してさし上げなくては。昨夜も今日も殿下に説明する時間がなくて。それにシニョール・ヴェッキが耳を貸してくれないの」

エレノアは視線をデイモンに戻した。「手伝ってくれる、デイモン？　これ以上の攻撃を防いで、犯人を突き止めなくては。今度は命を奪われてしまうかもしれないわ」

「もちろん手伝おう。ボウ・ストリートの捕り手《ランナー》を雇って調査と殿下の身辺警護に当たらせてもいい段階だろう」

ボウ・ストリートの捕り手が私的な犯罪捜査組織であることをエレノアは知っていた。「そうするのがいいでしょうね。手配してもらえる？　それとも、わたしがやりましょうか？」

「私が手配する。そのあいだ、きみはラザーラから離れているんだ」

エレノアはとまどった。「離れていろと言うの？」

「そうだ、スイーティング。あいつのそばに近よってほしくない」

言い返そうとするエレノアをデイモンが手を上げて制し、厳しい声で言った。「この件で反論はなしだ、エル。きみに何か起きるようなことは許すつもりはない」

兄を失った悲劇的な経験のせいでデイモンは過剰に反応しているだけだろう。それでも、エレノアは心があたたかくなった。とはいえ命令されるのは気にくわない。

「完全に近よらないのは無理だわ。明日は殿下といっしょに気球に乗る予定なの。イタリアの方の操縦で乗せてもらうことになっているのよ。個人的に楽しみにしていたのだけれど、それはともかく、お断りするにはもう遅すぎるわ。殿下はかなり手間をかけて準備してくださったのよ」

デイモンはいやいやながらも譲歩した。「いいだろう。行きたまえ。だが、私も現地に行って見張ることにする」

「招待されていないじゃない、デイモン」エレノアがあきれた顔で言った。「そんなことは問題じゃない。私抜きで出かけるのは許さない」

答える代わりに、エレノアはにこやかに微笑んだ。「こんなに早く来てくださって感謝します、子爵様。でも、そろそろボウ・ストリートのほうへ出かける時間じゃありませんこと？」そう言って、いかにも帰らせようという様子で扉を開いた。

だが、デイモンは腕組みしたまま動かない。

「気球乗りは中止になるかもしれないわ」とうとうエレノアが言った。「今日あんなことがあったんですもの。殿下は気球に乗れるようなご気分ではないかもしれないでしょう」

デイモンの表情が硬くなった。「それでは納得できないな、エル。私がそばにいないかぎりザーラから離れていると約束してくれ」

エレノアは唇を結んだまま黙っていた。プリンスの求愛を受けるのはやめようとすでに決めていたし、明日はこれで最後の招待になるはずだった。けれど、デイモンの少々高飛車な態度を見て、本当のことを打ち明ける気が失せた。

それでも〝うん〟と言わないかぎりデイモンは帰らないだろう。「わかったわ。約束します」

彼の厳しい表情がいくぶんやわらいだ。「それから、英雄ぶった行動はつつしむと約束するんだ。ラザーラを助けようとしてきみは命を失ったかもしれないんだぞ」

「同じ状況にいたら、あなただって同じことをしたでしょう」

「それは別の話だ」

エレノアはあきれた顔をした。「自分が男だからだなんて言わないでちょうだい」

「ひとつにはそうだ。私はきみより体が強い。もしもラザーラが水中に引き込もうとしていたら、きみは逃げられなかったはずだ」

その言葉を聞いてエレノアの気持ちが少しやわらいだ。「それほど危険ではなかったわ。子どものころ、マーカスから泳ぎを教わったの。わたし、水泳は得意なのよ」

デイモンの唇が皮肉っぽくゆがんだ。「べつに驚きはしないさ。きみは乗馬も射撃もフェンシングも上手なのだから。それに、昨夜は盗みまでやってのけた。男並みもいいところだ」

エレノアは思わず笑い声をあげた。「でも、当然の報いだと納得したんでしょう」

「ああ、そうだ」デイモンが近づいて、エレノアを見下ろした。「誤解しないでくれ、エレノア。きみはすばらしいことをした。きみのように冷静で勇気をそなえた女性はめったにいないだろう。自分の命を危険にさらしてあいつの命を救ったんだ。だが、私はきみに危険がおよぶようなことをしてほしくない」

黒い瞳を鋭く光らせて、デイモンはエレノアの頬に指でそっと触れた。奇妙なほどおずおずとした触れ方だ――まるで、エレノアが生きていると確かめるように。

そして、デイモンはかろうじて聴き取れるほど小さな声でささやいた。「きみに何か起きたら耐えられない」

その言葉を最後に、デイモンは背を向けて出て行った。エレノアは言葉を失っていた。

しばらくたってからやっとエレノアは気を取りなおし、彼のあとを追った。

11

小言や愚痴や叱責《しっせき》はつつしむこと。代わりに、あなたといれば楽しくなると思わせましょう。
――匿名のレディ著『若いレディに贈る、夫を捕まえるためのアドバイス』より

エレノアにとって喜ばしいことに、気球乗りは中止にならなかった。デイモンの心配はわかっていたものの、翌朝迎えに来たラザーラの馬車にちゃっかり乗り込んだデイモンの姿を見たときには、驚かずにはいられなかった。叔母と馬車に乗り込みながら、エレノアはいぶかしげな視線を送ったが、デイモンは謎めいた微笑みで応じただけだった。

プリンス・ラザーラは昨日の事件の影響による疲れも見せず、エレノアはひと安心した。元気そのものと言えるラザーラだったが、エレノアへのあいさつは少々恥ずかしそうだった。走る馬車の中でも、いつもより口数が少ない。一方、シニョール・ヴェッキはいつものように外交官らしい魅力をふりまき、プリンスを救ったエレノアの勇気を改めて賞賛した。

それでもプリンスは気力を取り戻し、並々ならぬ熱意で女性陣に気球の歴史について説明しはじめた。

「フランス人たちが熱気球を飛ばす実験を始めたのは三十年以上前のことです」ラザーラが言った。「ほどなくして英国海峡横断が成功しました。ですが、紙で補強した絹地の気球に火がついて失敗した例が数回続いたあと、英国の科学者ヘンリー・カヴェンディッシュ（1731年―1810年）が開発した水素ガスが使われるようになりました。そのおかげで安全性が高まり、飛行距離ものびたのです」

「今日の気球はガスを使うのですか？」レディ・ベルドンが心配そうにたずねた。

「そうです」プリンスが答えた。「わが同胞のシニョール・プッチネッリはイタリアの科学協会の有力な会員であり、経験豊かな操縦士でもあります。氏は気球への情熱を大衆に広めるべく努力され、今回は摂政皇太子の招きで英国を訪問中なのです」

今日の飛行はロンドン北部の広々とした草地で、まだ風が弱い朝のうちに行われる予定だ、とプリンスは説明した。幸いなことに天気はよさそうだ。明るい日ざしのおかげで朝のひんやりした空気はあたたまり、見上げれば青空にぽつんぽつんと白い雲が浮かんでいる。

エレノアは期待に胸をふくらませていた。ベアトリクスでさえいつもより早く起床し、ワクワクした様子を見せている。シニョール・ヴェッキといっしょにたっぷり過ごせるからだろう。

けれど、しばらくしてからエレノアは、ふたりのいかつい男が馬に乗って馬車のあとからついてくるのに気づいた。馬車が本道をそれて田舎道に入ると、男たちの馬もあとに続いた。

「ボウ・ストリートの捕り手たちだ」デイモンがささやいた。「殿下の警護のために雇った」

「殿下はご存じなの？」

「ああ、殿下とは昨夜ゆっくり話をした」

どんな話をしたのかエレノアは知りたかったが、すぐに馬車が目的地に到着したためにたずねる機会はなかった。

馬車が広大な草地に乗りつけて停まると、近くに気球が見えた。灰色と赤の縞《しま》模様をした巨大な球体が地上七十フィートの高さに浮かび、朝日を浴びてゆれている。

気球はロープの網で覆われ、柳細工のかごが下に取り付けられている。ロープでしっかり地上にくくりつけられたかごは思いのほか大きく、幅十フィート、奥行き十五フィートほどはあるだろうか。どことなく銅製のバスタブを思わせる形をしている。

すでに群衆が集まっていた。プリンス・ラザーラに連れられて一行は草地を横切っていく。黒髪の紳士がイタリア語で叫ぶ命令らしき言葉に従って、男たちがおびただしい数の樽《たる》や瓶や金属製の筒を動かしている。

プリンスの姿を目にするやいなや、紳士があいさつに来た。ひとしきり紹介が終わると、シニョール・プッチネッリはにこやかに微笑みながらデイモンにイタリア語で話しかけた。どうやら「レクサム子爵様、またお会いできて光栄です」と言っているらしい。

明らかに顔見知りであるふたりを見てもエレノアは驚かなかった。デイモンは二年イタリアにいたのだから、ありうることだろう。

しばらくふたりで話し込んだあと、イタリア人科学者は一行に顔を向け、つたない英語で説明を始めた。水素燃料の作り方――鉄くずと硫酸を混ぜる――、絹製の気球をガスでふくらますために彼が設計した複雑な装置――気球の入口につなげたブリキの管――などの説明だ。

「ふくらませる作業はほとんど終わったところです」シニョール・プッチネッリが言った。「私のほかにふたり乗れます」

「草地の外まで飛ばすつもりはないのでしょうね？」デイモンが真剣な声でたずねた。

「ええ、草地の中だけです」プッチネッリが答えた。「作業員たちが長いロープを引いてゴンドラを押さえますから。ロープの動く範囲内で飛びますし、下りるときもロープを引いて下ろします。空中にいるのは、まあ十分か二十分でしょう。安全そのものです」

「さしずめ――」プリンスが口をはさんだ。「テムズ川ではしけ船を綱で引くとか、ヴェニスの運河でゴンドラを浮かべるようなものです。ただ今回は、地上にいる作業員が気球を綱で支えますから遠くへ飛ばされることもなく、着陸も安全です」プリンスはシニョール・プッチネッリのほうを向いた。「ドンナ・エレノアは気球飛行を楽しみにしているのですよ、シニョール」

プッチネッリがにこやかな笑顔をエレノアに向けた。「勇敢な若い女性がいらっしゃるとは心強いですね。どうぞこちらへ……」

科学者の案内に従って、エレノアはプリンス・ラザーラとデイモンに伴われて気球に近づいた。叔母とシニョール・ヴェッキはその場に残ってながめている。

「気球に乗ったことはあるの？」エレノアは好奇心に駆られてデイモンにたずねた。

「ああ、実はローマにいたときプッチネッリに乗せてもらった」

作業員たちは管を外して気球の口を閉じたあと、樽を積み込んで燃料を用意した。

やがてプッチネッリが乗船許可の合図を送ると、デイモンはエレノアを木の階段へ導いた。

「手を貸そう」デイモンがつぶやいた。

さっと彼女を抱き上げたデイモンは四段ほど階段を上がり、胸ほどの高さがあるかごの中に彼女を入れて立たせた。そして驚いたことに、自分も乗り込んだ。

「殿下がお乗りになるのではないの？」エレノアがたずねた。ラザーラは見物人のほうへと離れていく。

「今回はこういうことになった」デイモンが穏やかに答えた。

デイモンの目が妖しく輝き、エレノアは疑念を抱いた。「何をたくらんでいるの？」

「ラザーラに離れているよう説得した」

「殿下を説得したですって……？」

「言っただろう。私のいないところで、きみを殿下とふたりきりにするつもりはない。誰かが殿下を狙うつもりなら、気球に乗っている最中はまさに狙い時だ」

ふいに風が吹いて気球が動き、かごがゆれた。エレノアはかごのへりにつかまり、いらだたしげに唇をかみしめた。デイモンの心配はわかるが、全面的に信頼する気にはなれない。

「ここにいる理由はそれだけなの？　それともまだ殿下の求愛を邪魔するつもり？」

デイモンの唇に皮肉っぽい笑みが浮かんだ。「正直に言えば、それも理由のひとつだ。きみをあいつと結婚させるつもりはないのでね、エル」

デイモンの平然とした態度にムッとしたエレノアは、とがめるような目で彼を見つめた。「殿下が乗らないなら、わたしのことは心配無用だわ。あなたも乗らなくていいのよ。シニョール・プッチネッリとふたりで乗るほうがいいわ」

デイモンが首をかしげた。「議論の余地はないよ、スイーティング。私にここにいてほしくないなら、いっしょに地上に残るんだ。すぐに下ろしてあげよう」

エレノアはためらった。デイモンはこうと決めたら動かないだろう。「わかったわ」とうとうエレノアは降参した。「気球に乗って空を飛ぶチャンスは無駄にできないもの」

「そのとおりだ」デイモンが皮肉っぽい調子で答えた。

ふたたびかごがゆれて倒れそうになったエレノアはへりにしがみついた。風が吹いて気球が押し上げられたのだろうか。奇妙なことに、地面が少しずつ離れていく。

デイモンが低い声で悪態をついた。驚いたように叫ぶシニョール・プッチネッリの声が下から聞こえる。エレノアはハッとした。かごを縛るひもが外れ、誰も誘導ロープをつかんでいない。

エレノアとデイモンをかごに乗せたまま、気球は操縦士なしで空中に浮かんでいる。

プッチネッリと作業員たちが追いかけてくるが、もう手遅れだ。ひとりの男が跳び上がってロープの端をつかみ、十ヤードほど地面を引きずられたが、耐えきれずに手を離した。その瞬間、気球はふわりと浮かび上がり、大空へ向かった。

地上から驚愕《きょうがく》と恐怖の叫び声が聞こえる。エレノアは叔母の金切り声を耳にしたような気がした。突然のことに当然ながら驚いたものの、疑惑が心に浮かんだ。「どういうこと、デイモン？誘拐するつもり？」

デイモンがにらみつけて疑惑を一蹴し、眼下の光景を見やった。「どうして私が誘拐をくわだてたりして、きみを危険にさらすようなまねをするんだ？　私はこの件に関係ない、エレノア。どうやら誰かが係留用のロープをほどいたようだ」

ふたたび悪態をつくデイモンのかたわらでエレノアは地上を見下ろし、改めて危険を意識した。すでに地上から百フィートは昇っている。たよりなげなかごに閉じ込められ、いつかは浮力を失う布の気球に導かれているのだ。地上にいる人びとがアリのようにうごめき、草地がどんどん離れていく。

ふいにエレノアはめまいを感じ、吐き気を催した。膝から力が抜けて床に崩れおちると、抱え込んだ脚に額を押しあてた。

「こわいのかい？」デイモンが片膝をついてたずねた。

「実はそうなの」エレノアがつぶやいた。

「さあ、元気を出して、エル。この災難を切り抜けるにはきみの助けが必要だ」

エレノアには気のきいた受け答えをする余裕はなかったが、ゆれが収まってきたことで落ちついてきた。やがて吐き気が消え、めまいが収まった。エレノアはデイモンの手を借りて立ち上がった。

そっと外へ目を向けると、後方にロンドンの街が見えた。テムズ川がはためくリボンのように海へ向かってうねっている。前方に見えるのは広大な田園風景だ。森と野原と農地が地平線に向かってパッチワークのキルトのように広がっている。

「ああ……」エレノアはうやうやしい気持ちでため息をついた。「なんてすばらしい風景なの」

「たしかに」デイモンがうなずいた。

エレノアはゆっくりと息を吐き出した。実際に空を飛んでみると予想とはずいぶんちがっている。「とても静かだわ。まるで空中で静止しているみたい」

「実際はちがう。気流に乗って北へ飛んでいるのだから。一定の速度を保っているために動いていると感じないだけだ」

ぎゅっと握りしめていた手をほんの少しゆるめてから、エレノアはゆっくりと息をついた。

「それで、わたしは何をすればいいのかしら？」

「着陸する場所を見つける手伝いをしてほしい」

「気球を地上に下ろせるということ？」

「通気弁を操作できると思う……」ディモンは顔を上に向け、呼び鈴の引きひもに似た二本のロープに手をのばした。「このロープは、気球のてっぺんにあるふたとつながっているから、これでガスが調節できる。ふたを開いてガスを抜けば高度が下がるだろう。速く下りすぎると危険だが、砂袋を捨てれば浮力が調節できる」そう言ってディモンはかごの四隅を指さした。積み上げられた麻の小袋にエレノアは気づいた。

「どうしてそんなことを知っているの？」エレノアは感心してたずねた。

「いろいろ本を読むからね。それに、気球に乗ったのは初めてではないと言っただろう」

「あなたの知識の広さには驚くばかりよ」

ディモンの唇の端が皮肉っぽく上がった。「ほめるのは、無事に着陸できてからにしてくれ。かなり荒っぽい着地になるはずだ」

それ以上説明の必要はなかった。ガスを抜きすぎれば、地上にたちまち落下してしまうだろう。降下の速度をうまく調節できたとしても、森や民家に衝突する危険がある。

地上をじっと見つめながらディモンは片方の弁する調節するロープを引っぱっている。上方でかすかにヒューッという音がしたが、しばらくは何の変化もなかった。だが、やがてエレノアは少なくとも気球が上昇していないことに気づいた。

ディモンがさらに少しロープを引いた。「下降が速すぎたら、砂袋を捨てるよう合図をするから頼む」

エレノアはうなずき、すぐに行動できるようかごのすみに移動した。

しばらくふたりは沈黙していた。デイモンは弁を調節しながら高度を確かめている。気球はゆっくりと漂っているようだが、実際には風に乗って着実に移動していた。それでも、静かで穏やかな飛行と言えた。やがて、エレノアの心に疑問が浮かんだ。そもそもなぜこんなことになったのだろう？

「どうしてこんなことを仕組んだ人がいたのかしら？」エレノアが疑問を口にした。「殿下は乗っていないのに」

「いい質問だ」デイモンが厳しい表情を浮かべた。「私にもわからないが、もしかしたら犯人は私をラザーラと勘ちがいしたのだろう。おそらく犯人はプッチネッリの作業員の中にいる。無関係の人間なら人目についたはずだ」

プリンスとふたりきりになったかもしれないと想像してエレノアは思わず顔をしかめた。気球についてあれだけ詳しいプリンスだから、デイモンと同じぐらい役に立ったかもしれないが、デイモンといるほうが安心できた。

突然、エレノアの体がふるえた。薄地のモスリン仕立ての外出着にペリースをまとっているが、少々寒さが身にしみる。

「こんなに長く空を飛ぶとわかっていたら、もう少しあたたかい格好をしてくるんだったわ」

デイモンが頭を床に向けた。「後ろに毛布があるから、体をおおうといい」

「いいえ、だめよ。砂袋を捨てるとき邪魔になるから」

ふたりの目と目が合った。「プッチネッリの言うとおりだ。きみは勇敢な女性だね。こんな状況なら気を失う女性も多いだろう」

「さっきは少し弱ってしまったけど、基本的に気を失うタイプではないわ」

「わかっているさ」

笑顔を浮かべたデイモンに、エレノアは微笑みを返した。心の中がポッとあたたかくなる。ふたりきりでこんな危機に直面しているせいだわ。

体中を興奮が駆けめぐっている理由は簡単だ。空を飛んでいる爽快感《そうかい》。危険そのものにもなぜかワクワクする。そして、風景の美しさも理由のひとつだ。

けれど、これほど激しい興奮を感じている最大の理由は――そして不思議な喜びを覚えている理由は――デイモンがそばにいるからだった。彼のそばにいるといつも生き生きとして自由な気持ちになる……。ふたりでいれば世界を征服できるような気すらしてくるのだ。

これほどの危険に遭遇しているというのに、なぜか人生にまれな一瞬を生きているという気がする。このひとときをデイモンと分かち合っていることがうれしかった。

弁の調節用ロープに視線を戻したデイモンをエレノアはじっと見つめていた。こんな展開に巻き込まれるとは予想もしなかった。結局、二年前と同じようにデイモンはエレノアにとって白馬の騎士になろうとしていた。

子どものころ、いつか白馬の騎士が現れて孤独を癒してくれると夢見ていた。そんな騎士とふたりきりで大空を飛ぶ――これほどロマンティックなことはないだろう。

エレノアは目をそらし、ひとり微笑んだ。なぜこんなときに笑いがこみ上げるのだろうか。

「どのくらい遠くまで来たのかしら？」エレノアは気をまぎらわせようとしてたずねた。

「よくわからないが、十マイル程度は飛んだだろう」

気球は徐々に降下していった。梢《こずえ》の高さまで近づいたとき、デイモンが弁を完全に閉じた。

「見てごらん、エル……。ニレの木立の向こうに牧草地があるだろう。あそこに着地しよう」

一面に茂った草地には今のところ数頭の羊が草をはんでいるだけだ。どうやらデイモンは羊をよけて少し先で着陸しようとしているらしい。そのとき気球が高度を下げ、木立をかすめそうになった。

「低くなりすぎた。砂袋を落としてくれ、エル……」

すぐさまエレノアは砂袋をひとつ落とした。

気球は少し上昇して木立を無事に抜けたが、ふたたび下降しはじめた。

「もうひとつ落として。落下が速すぎる」

エレノアは砂袋を落とした。今度はうまくいき、気球は安定した速度で下降しはじめた。

「しっかりふんばるんだ、エル」デイモンが声をかけた。「地面に着地したら、膝を曲げて衝撃ごのロープをつかんだ。

エレノアがかごのへりにつかまると、デイモンは片腕を彼女の背中に回し、もう一方の手でかを吸収するといい」

地面がみるみる迫ってくる。エレノアは身がまえた。

デイモンの予測どおり、着地した瞬間ガタンと強い衝撃が襲いかかった。かごが大きくゆれて傾いたかと思うと地面に衝突したが、気球はさらに十ヤードほどかごを引きずった。けれど、向かい風を受けた瞬間、ふたたび絹地がふくらんで上昇してかごが起き上がり、ふいに止まった。弾みでふたりの体は横倒しになった。デイモンは自ら衝撃を受けとめてエレノアを守った。しばらくのあいだ、ふたりはそのままじっとしていた。デイモンの腕がエレノアの体を包み込んでいる。気球がゆっくりとしぼんでいく。

デイモンはただエレノアを見つめていた。彼の鼓動がエレノアの胸に伝わっている。彼の顔に安堵の表情が浮かんでいる。その目に宿った不安げな光が消えていく。エレノアは気づいた。デイモンは自分ではなく彼女のことを心配していたのだ。

動悸が収まるにつれてエレノアはゆっくりと息をついた。無事に危険を乗り越えたのだ。

ふたりとも何も言わない。やがて、デイモンがさらにきつくエレノアを抱きしめ、唇を重ねた。

予想外の行動にエレノアの呼吸がふたたび乱れ、体中に甘い衝撃が走った。デイモンのキスは狂おしいほど強く、さきほど彼の目の中に宿った激しい安堵がそこに表れていた。

デイモンはエレノアの唇を舌で貫き、ほとばしるような熱をかき立てた。エレノアの体から力が抜けていく。思わず激しくキスを返し、唇に唇を溶け込ませる。まるで渇きに耐えかねた女のようにデイモンの唇をむさぼらずにいられなかった。

エレノアにとって驚いたことに、抱擁を終えたのはデイモンのほうだった。苦しげな表情で熱い唇を引き離したデイモンはなまなましくハスキーな声でこう言った。「ずっとこうしていたいが、きみを陵辱するわけにはいかない、エル」

「そうね」エレノアは低くかすれた声で言った。

デイモンは半ば顔をしかめ、半ば欲望に満ちた表情を浮かべている。痛いほど興奮しているのだ——エレノアと同じように。抱擁を中断したのは彼女のためだったのだろう。

「農家か村を探して馬車を借りよう。そうすれば帰れる」

「ええ」エレノアはぼんやりしたままうなずいた。今、離れたくなかった。帰りたくない。焼けつくようなキスをもっとしてほしかったし、体の中にかき立てられた切ないうずきをやわらげてほしかった。

頭上に影が差し、ふたりは上を見た。しぼんだ気球がかごの上に覆いかぶさって日をさえぎり、ふたりだけの空間を包み込んでいた。

エレノアは、神の計らいを受けたような気がした。

「デイモン……。もう少しここにいられないかしら？」

ふたりの視線がからみ合った。デイモンの目が熱く燃えている。所有欲に満ち、激しく飢えたまなざしを受けて、エレノアの体が反応した。

体の奥深いところから切ない思いがこみ上げた。本能的で激しい感覚が渦巻いている。胸の奥がうずく。乳房が重くなり、太もものあいだで熱いものが脈打っている。

エレノアは顔をよせてそっと彼の唇に唇を重ねた。一度……そしてもう一度。

デイモンが反応を返した。エレノアの望みどおりに。彼はうめき声をあげて唇を重ねた。

今度のキスはさっきより穏やかだったが、やはり情熱がこもっていた。舌と舌がからみ合い、舌先をすべらせたかと思えば、求め合うように熱いダンスをくり広げている。エレノアはすすり泣くような声をもらした。それは耐えがたい欲望のしるしだった。感情があふれ、以前彼に感じたのと同じめくるめく喜びがあふれた。がまんできないほどデイモンがほしい。

これまでずっとこらえてきた痛切な思いが今ここで満たされるのだ。エレノアは願った。手をさしのべてデイモンの髪に指をすべらせながら、エレノアはそっとささやいた。

「デイモン……お願い」求めるその声はかすれていた。「わたしに愛の行為をして」

デイモンはハッと顔を離し、厳かな視線を返した。恍惚とした表情でエレノアの目をのぞき込んでいる。

エレノアは息をのんで待った。その表情の中にデイモンは望んでいたものを見いだしたのだろう。やわらかな微笑みがゆっくりと彼の唇に広がった。

魅力的な微笑みだ。まるで曇った空に差すひとすじの光のように、彼の微笑みはエレノアの心をあたためた。ディモンの言葉もやはりあたたかかった。

「わかった」やっと彼が口を開いたとき、その声は期待に満ちていた。

12

危うい状況を人に見られることは、夫を捕まえるいちばん確実な方法かもしれません。もっとも、そこまで大胆な手を使うことはお薦めしませんが。

――匿名のレディ著『若いレディに贈る、夫を捕まえるためのアドバイス』より

デイモンの答えを耳にした瞬間、エレノアの心臓は高鳴った。彼の黒い瞳をじっと見つめる。体中がふるえている。デイモンのやさしさに包まれて時間が止まったような気がした。力なく体を引きよせられたエレノアは、もう一度唇を差し出した。けれど、デイモンのキスはそっと唇をかすめるようなものだった。

「急いではいけないよ」彼がささやいた。「きみにとって最初の経験だ。忘れられないほど快感に満ちたものにしてあげたい」

静かな興奮がエレノアの体を突き抜けた。きっとデイモンはすばらしい経験をさせてくれる。

体を起こしたデイモンは毛布を床に広げてやわらかな寝床をつくると、エレノアをその上でひざまずかせた。じっくりと時間をかけてボンネットを外し、ペリースを脱がせる。そして、ドレスの背中のボタンを外してボディスを引き下ろし、エレノアを下着姿にした。手早くシュミーズのひもを外してからゆっくりと喉に指をはわせ、コルセットで押し上げた胸のふくらみまでたどっていく。エレノアはふたたび戦慄に襲われた。やがて乳首をあらわにされ、デイモンの熱い視線にさらされたとき、熱くとろけるようなうずきが体中に渦巻いた。

むき出しの乳房が上下する様子をデイモンはじっと見つめていたが、ふいに顔を近づけた。エレノアは鋭く息をのんだ。デイモンは乳首を唇に包み込み、そっと吸っていた。体の女らしい部分が熱くなり、あふれ出るように濡れるのがわかる。

もっとしてほしくて体がざわめいている。抱きよせようとするエレノアを彼が押しとどめた。

「ゆっくりやるんだ、エル。きみの体はまだ私を受け入れる準備ができていない」

「なら、そういう体にして」エレノアはせがんだ。

「喜んで」

体中の感覚が鋭くなっている。やがて、デイモンがエレノアを毛布の上に横たわらせた。スカートを膝上まで上げると、彼はむき出しの太ももの内側に唇を近づけ、やわらかな肌をキスでたどっていった。なんて繊細なタッチなのかしら。あたたかな唇はやさしく触れたかと思うと、じらしにかかってエレノアに狂おしい思いを味わわせる。そうするあいだも、スカートはみるみるめくり上げられ、いつしかウェストの高さまであらわにされていた。女の秘所がすっかりむき出しにされている。

エレノアは身ぶるいした。黒くカールした陰毛に覆われた女のふくらみに向かって彼の唇が近づいてくる。けれど、唇が秘所をとらえる直前で止まった瞬間、エレノアは目を下に向けた。広げた太もものあいだに彼が顔をうずめている。黒い髪とエレノアの白い肌があざやかなコントラストをなしている。熱く湿った彼の吐息がじらすように女の裂け目に吹きかけられた。

初めてデイモンの舌先で濡れた裂け目をたどられたとき、エレノアはすすり泣くような声をあげた。そして彼は隠れた花芽を唇に包み込み、エレノアの体をたっぷりと味わった。甘美な衝撃を受けて思わずエレノアの腰が浮いたが、デイモンはすばやく両手で彼女の腰をつかんで落ちつかせた。

彼が見せた驚くべき情熱に抵抗すべきだったのかもしれない。それなのに、こんなにみだらな反応を返してしまった。エレノアは呆然とした意識の端で考えていた。それでも、彼の唇と舌がくり広げる魔法のような愛撫を求めずにはいられなかった。

デイモンの舌に身をまかせるうちに、エレノアはうめき声をもらしていた。敏感な花芽はふくらんで、彼の舌にいたぶられている。デイモンの肩に指が食い込む。これ以上の快感に耐えられるのかしら。けれど、彼の容赦ない攻撃はとどまることを知らず、さらにエレノアの悦びを高めていく。いつしかエレノアは身をよじり、激しく頭を左右にふっていた。苦しいほどの快感に体が弾けそうな気がした。そして次の瞬間、たしかにそれは起こった。

エレノアの体は溶けると同時に爆発したのだ。

体の中で幾千の星が粉々に砕けて輝いたかと思うと、全身から力が抜け、幸せな余韻に包まれていた。目を閉じたまま心を落ちつけようとする。ディモンの体が離れたとき、エレノアはまぶたを開けた。

かたわらに横たわる彼の表情はやさしかった。そして驚いたことに、ディモンは彼女の手をとって彼女の太もものあいだを触らせた。指で裂け目に触れると、そこはすっかり濡れていた。

「これでいい」ディモンが満足そうにつぶやいた。「これできみの体は私を受け入れる準備ができた。蜜《みつ》があふれてたっぷり濡れている」

エレノアの手を放すと、ディモンは自分の下腹部に手をやり、ズボンの前垂れのボタンを外した。エレノアの吐息が乱れた。下着が開かれたとたん、黒々とした陰毛の中から怒張した男性自身が大きく突き出した。エレノアは息をのみ、ドクドクと脈動する彼のものの形と大きさに魅了された。

ディモンがふたたびエレノアの手をとり、彼自身に触れさせた。エレノアの手が熱く燃える男性自身をかすめた。そっと握られた瞬間ディモンは鋭く息をのみ、陰嚢をなでる指の感触に身ぶるいした。

「そこまでだ、スイートハート」ディモンがハスキーな声で警告した。「あまり興奮させないでくれ。抑えが効かなくなってしまう」

「抑えが効かないほうがいいわ」エレノアは恥ずかしそうに口にしながらも、心は大胆さと快活さに浮き立っている。

「いいや、抑えておかないと。きみに痛い思いをさせたくないから、ゆっくりやるんだ」

デイモンは片ひじをついて隣りに体をのばすと、エレノアを引きよせ、やわらかな彼女の太ももに硬くなった男性自身を押しあてた。エレノアの顔から髪をかき上げる彼のしぐさには、まぎれもないやさしさと欲望が表れていた。

「こうなることをずっと夢見てきた」エレノアを見つめながらデイモンが言った。

エレノアもまた夢見てきた。デイモンに体ごと愛される夢を。抱きしめられ、愛しげに全身を愛撫される夢を。

手のひらで彼女の頰を包み込んだままデイモンは軽やかなキスをした。唇はあごをとらえ、さらに喉へ向かっていく。同時に、彼の手が乳房を包み込んだ。手のひらの熱さが肌に伝わったかと思うと、唇が乳首に吸いついてねっとりと愛撫を重ねた。

やがてエレノアの上にのしかかり、彼女の太もものあいだにはまり込むと、デイモンは顔を上げてじっとエレノアを見つめた。本能的な欲望に燃えた目だわ。エレノアは興奮と喜びの入り混じった気持ちで見つめ返していた。

欲望はエレノアの中にも渦巻き、激しく高鳴る鼓動とともに体が熱くなっている。恐ろしくなるほどデイモンがほしい。

それでも、硬くなった彼のものが濡れたひだのあいだに押しあてられたとき、エレノアは恐ろしくはなかった。ゆっくりと男性自身が挿入されていく。

デイモンはエレノアの目をじっと見つめ、熱い視線をそらさない。「やめてほしければ、そう言うんだ」静かな声で言う。

「ええ……」

けれど、エレノアはやめてほしくなかった。たくましい彼の太ももに脚を広げられたまま、体を容赦なく貫かれていく。エレノアは自ら体を開いて男のものを受け入れていた。

やがて奥まですっかり満たされた。エレノアは圧倒的なデイモンの存在を体の中に感じていた。痛くはなかった。それでも呼吸が浅くなり、鼓動が激しくなっている。きっとデイモンの胸板に伝わっているだろう。

「大丈夫か、エル？」

彼のかすれた声には心配そうな気配が漂っていたが、エレノアはかすかに微笑んだ。

「ええ、大丈夫よ」本心からそう言えた。こんなに親密な形で体を結びつけているなんて……。これしかありえない正しいことだという気がした。

デイモンはじっと動かない。エレノアを気づかい、男のものに貫かれる状態に彼女の体が慣れるのを待っているのだ。しばらくしてエレノアは、体の奥からこみ上げる感覚に気づいた。

エレノアの体から緊張が抜けると、デイモンは男性自身を引き抜いてからもう一度ゆっくりと挿入した。エレノアの体が小刻みにふるえた。彼は何度か抜いては突き入れる動作をくり返した。ゆっくりと入れてはリズミカルに引き抜く動作でエレノアの反応を引き出そうというのだ。やがて、本能に教えられるままエレノアの腰が浮いてデイモンのリズムをとらえ、ふたりの体は奔放なダンスをくり広げた。

エレノアのうめき声がもだえるような声に変わった。デイモンが女の中心に官能の炎をかき立てているからだ。彼もまたエレノアの中に己を突き入れながら激しい息をついている。それでも、エレノアの快感を高めるために欲望を抑えていた。

エレノアは耐えがたいほどの快感にすすり泣いていた。デイモンの体の下で苦しげに身もだえしている。やがて、小さな火花がすさまじい炎となって燃え上がった。頂点を迎えた瞬間、体の奥深いところで情熱が弾け、狂おしいほどの悦びがあふれ出した。エレノアは背をのけぞらせ、叫び声をあげた。

デイモンはエレノアの唇を奪って叫びを封じ込めた。けれど、依然として容赦ないリズムで男性自身を突き入れ、たくみに彼女のエクスタシーを引き延ばしている。エレノアの中でこのうえない快感が波のように押しよせた。

このときになってやっとデイモンは自分も欲望の波に身をゆだねた。苦しげなうめき声をあげてエレノアの肩に顔をうずめると、全身をこわばらせて身ぶるいし、じっと動かなくなった。

ふたりは抱き合ったまま悦びの余韻に包まれていた。やがてお互いの荒い息が収まっていった。先に元気を取り戻したのはデイモンだった。顔を上げ、エレノアのほてった顔に何度もキスをする。やさしさに満ちた静かなキスは、さきほど彼が見せた情熱的な行為と同じぐらいエレノアの心を強くつかんだ。

「これまで何度も夢の中できみを抱いたけれど――」デイモンはエレノアの唇にささやきかけた。「現実は比べものにならないぐらいすばらしかった」

もはやエレノアには答える力はなく、目を閉じたまま微笑んでうなずいた。デイモンの体の重みを感じていたが、このまま動きたくなかった。たくましい肉体を全身で感じ、このまま体の中に彼を感じていたかった。自分が完全にデイモンとつながっているという気がした。肉体だけでなく心までも。何にもたとえようがないほどすばらしい親密感。強烈で大胆、そしてスリルに満ちた感覚。想像を超えた経験だった。あの激しさは、かつて知っていた感情と同じ……。

エレノアは凍りついた。衝撃に打ちのめされている。今、心にあふれているのは愛だった。今もデイモンを愛している。彼に対する愛はずっと消えていなかった。

そのとき、遠くのほうから人の声や走る足音が聞こえたような気がした。エレノアはぼんやりした頭の片すみで気づいた。

ふたりは体をこわばらせた。このままではいられない。

デイモンはため息をついてそっとエレノアから体を離し、上着のポケットからハンカチを取り出した。「人が来たらまずいとは思っていた」

残念そうに微笑みかけると、エレノアの太ももと自分の下腹部から精液をぬぐった。「とにかく服を整えないとまずいな、エル。急がなければ。どうやら地元の住民に見つかったようだ」

エレノアはまだ衝撃から立ちなおっていなかった。けれど、抱き合っている現場を見られるわけにはいかない。ふたりはあわてて衣服を整えた。ほどなくして、数人の農夫が駆けつけた。空から落ちてきた奇妙な物体を調べに来たのだ。

しぼんだ気球がかごの上から取りのぞかれると、デイモンはさっそく事情を説明した。農夫たちは地主の屋敷まで連れて行こうと申し出て、そこで馬車を借りるよう薦めたが、デイモンは断った。なるべく上流階級の人間に姿を見られないほうがいいと考えたのだろうと、エレノアは推測した。

代わりにデイモンはひとりの農夫に、金を払うから荷馬車でロンドンまで送ってくれと頼んだ。さらに、気球を運んでくれたらたっぷり礼をすると言うのも忘れなかった。

ロンドンまでの長い道のりを荷馬車にゆられながら、エレノアは今も呆然としていた。まだデイモンを愛していたなんて……。デイモンがふたたび目の前に現れてからというもの、エレノアは感情を抑えつけ、彼に対する思いを断ち切ろうと努力してきた。だが無駄だった。

しかも、彼と愛を交わし、処女を捧げるという過ちを犯してしまった。

エレノアはぎゅっと目を閉じた。後悔と自責の念が襲いかかった。恋人たちの時間が終わりを告げた今になって、自分がとんでもない愚か者だという気がしてくる。デイモンへの欲望に負けてしまうなんて。頭がおかしくなっていたのだわ。

これからどうしたらいいのだろう？　当然ながら、自分の気持ちをデイモンに伝えるわけにはいかなかった。愛を拒まれたら耐えられない。

逃げなければ。それだけはたしかだ。今エレノアはデイモンに対してあまりに弱い立場にいた。愛を返してくれない男を愛しているのだから。

けれど、当面それは最大の問題ではなかった。ふたりきりで空を飛ぶところを百人以上の人から見られてしまったのだ。変なうわさが立たないようにしなければ。それでも、そばに農夫がいる荷馬車の上でデイモンと相談するわけにはいかなかった。

デイモンはといえば、ずっと黙りこくっていた。目が合うたびに彼の顔に浮かぶ謎めいた表情からは、どんな意図も感情も読み取れない。同じように後悔しているのかすらわからない。

もしかしたら、うまい言いわけを思いついているのかもしれないわ。エレノアは一縷《いちる》の望みを託した。午後もまだ早いうちに荷馬車はポートマン・プレイスに到着した。気球で飛び立ってからすでに四時間近くたっていた。

「デイモン」ベルドン家の屋敷前にある階段を登りながら、エレノアは小声で話しかけた。「今日のことで叔母様は絶対に嫌な気持ちでいらっしゃると思うの。防ぎようのないことだったけれど。だから、気球が着陸してすぐに発見されたと強調したほうがいいのではないかしら」

　デイモンの表情は不可解なままだった。もっとも、その声は不思議なほど平然としていた。

「この件は私に任せてくれないか、エル」

　エレノアにはうなずく暇もなかった。ふたりが従僕に従って中に足を踏み入れた瞬間、ベアトリクス叔母が玄関広間に駆け込んだからだ。どうやら失踪《しっそう》したふたりの行方に関する知らせを今か今かと待ちわびていたらしい。

「ああ、よかった！」ベアトリクスが叫んでエレノアを抱きしめた。「本当によかったわ。ものすごく心配したんですからね。死んでしまったのではないかと……」

　エレノアはこれほど取り乱して感情をあらわにした叔母を見たことがなかった。「それほど危険ではなかったのよ、叔母様。レクサム子爵がうまく気球を操って着地させてくれたの。その後、地元の農夫に助けられて」

　デイモンの名前を耳にしてベアトリクスは顔をしかめ、体を引き離した。安心した表情が、彼を見た瞬間、嫌悪の表情に変わった。

「ありがとうございます、子爵様」ベアトリクスが尊大な態度で言った。「でも、あなたのことは許せません。今回あなたが参加していなければ、こんな災難は起こらなかったのですから」

「この人のせいではないのよ」エレノアがあわてて口をはさんだ。「シニョール・プッチネッリが乗り込む前に、誰かがつなぎひもをゆるめたの」

叔母が不愉快そうな顔をした。「その話は聞いていています。プッチネッリはそれはもう心配して、平身低頭して謝っていたわ。作業員の中に犯人がいると言っていました。でも、捕まえる前に逃げられたそうよ。それでも、レクサム子爵のしたことは許せません」ベアトリクスは鋭い目でデイモンをにらみつけた。「あなたが姪の名誉を傷つけたのはこれで二度目です。しかも今回は取り返しがつかないほどの傷だわ。ふたりきりで失踪したと、もう社交界のうわさになっています」

エレノアはデイモンを弁護しようと口を開きかけたが、叔母の嘆きはまだ続いていた。「あきれるしかありませんわ、レクサム子爵様。これでエレノアは上流社会からつまはじきにされ、わたしはもう胸を張って歩くこともできません。みんな、あなたのせいです。あなたは最悪のろくでなしだわ。レディを危険にさらして――」

「お言葉ですが、レディ・ベルドン」デイモンが冷静に攻撃をさえぎった。「レディ・エレノアはご無事です。それに、この件については私のほうで償いをさせていただくつもりですので」

「どういうことですの、償いとは？」ベアトリクスがあざ笑うような声で言った。

「もちろん、すぐに結婚させていただくということです。特別許可証がとれ次第」

エレノアはがく然とした。「何ですって？」目を丸くしてデイモンを見つめている。

叔母がこめかみに手をあてた。どう考えていいものやら悩んでいるようだ。けれど、しばらくためらってから暗い顔でうなずいた。「残念ながら子爵様のおっしゃるとおりにすべきでしょうね、エレノア。こんなろくでなしをあなたの夫にするという案は気に入りませんが、ほかに手はありませんもの。あなたの評判を守るには結婚しかありません」

「嫌よ、叔母様」エレノアは叫んだ。突然のことに動揺して声がかすれている。「そこまでする必要なんかないわ」

「よろしければ、レディ・ベルドン」デイモンが割って入った。「姪御さんとふたりきりで話がしたいのですが。ちゃんと話せば納得してもらえるでしょう」

エレノア自身もデイモンとふたりで話がしたかったが、それは彼を納得させるためだ。だから叔母が反対する様子を見せたとき、エレノアは先手を打った。「いい考えだわ、子爵様」

そのまま何も言わずにエレノアはデイモンを引き連れて近くの客間に入り、扉を閉めた。

「どういうつもりなの？　わたしと結婚するなんて口にして」すぐさまエレノアは問いつめた。

「それが〝任せてくれ〟という言葉の意味だったのね」

「そうだ」デイモンが穏やかに答えた。「叔母上の言うとおりだ、エル。ほかに手はない。私たちは結婚しなければならないんだ」

エレノアは彼をじっと見た。「どうしてそんな紳士的な態度で災難に対処しようというの？」

「べつに紳士的というわけじゃない。だが、どんなに抵抗しても状況に変わりはない」

エレノアはパニックに襲われて言い返した。「叔母様の言うとおりだわ。あなたが殿下の求愛の邪魔をしなければ、こんなことにはならなかったのよ」

デイモンが手を上げて話をさえぎった。「わたしに小言を言うつもりなら、あとにしてくれないか。今から出かければ、特別許可証の申請に間に合うだろう。そうすれば、明日の朝には式を挙げられる」

エレノアは信じられないとでも言いたげな表情でデイモンを見つめた。「明日の朝だろうがいつだろうが、式を挙げたりしないわ！　愛がないのに結婚なんかしません」

「きみに選択肢はないんだ、エル。私たちはもう深入りしすぎているのだよ。私はきみの評判を傷つけたばかりか、処女まで奪ってしまったのだからね」デイモンは眉をつり上げた。「具体的な詳細まで叔母上に伝えたら、さぞかし驚かれることだろうな。ちがうかい？」

エレノアは不安そうな表情を浮かべた。「まさか言うつもりじゃないでしょうね」

「さあ、どうかな。お伝えすれば、叔母上もいっそう結婚に賛成してくださるだろう」

「あなたってずるい人よ。昔から」エレノアはしぼり出すような声で言った。

「そうかもしれない。だが、きみは私と結婚するんだ」

エレノアはいらだちのあまり拳を握りしめた。悔しいけれどデイモンの言うとおりだ。

こんな情けない状況に陥った自分が腹立たしかった。恋愛結婚がしたかったのに、自分でその可能性を消してしまった。今朝デイモンと愛を交わしたりしなければ、この難局を乗り切れたかもしれないのに。けれど、うわさが嘘だと堂々と主張するわけにはいかなかった。

恐怖に襲われて、エレノアは額に手をあてた。

「わたしの評判をこんなに気にかけてくれるなんて信じられないわ」エレノアは弱々しい声で言った。「あなたって社交界の評判なんか全然気にしない人でしょう」

「だが、きみの評判は気にかけている。だから、妻にすることできみを守るつもりだ。さもなければ、きみの評判はメチャクチャになる」

「大陸に行って修道院に入ることだってできるのよ」エレノアはつぶやいた。

まるで本気にしていないと言いたげに、デイモンはすぐさま微笑んだ。「きみは修道女の生活にはまるで向いていないよ、エル。きみのように情熱的な女が修道院の壁の中で暮らせるわけがない。今朝のことを思い出せばわかるだろう」

うろたえて立ちつくすエレノアにデイモンが近づき、やさしく頬をなでた。「きみに子どもを孕《はら》ませたかもしれないのだよ。考えつかなかったのかい？」

思わずエレノアはお腹に手をあてた。全然考えもしなかった。思いついてもいいことなのに。

「わたしたち、愛し合っていないわ」エレノアはわらにもすがる思いで言った。

「それは問題ではないだろう、エル」

「あなたが放蕩者だってことは問題だわ」

デイモンはエレノアの目をのぞき込んだ。「言っただろう。結婚の誓いは守るつもりだ。たとえきみを愛していなくても」

その言葉はエレノアの心を鋭く突き刺した。けれど、エレノアは思いを隠した。「それに、わたしが結婚を承諾するまで禁欲するって、あなたは言ったじゃない。でも、たった三日で約束を破ったわ」

デイモンの唇に皮肉な笑いが浮かんだ。「相手がきみなら破ったことにならないだろう」

「問題は――」エレノアは彼の微笑みの魅力に抗って反論した。「あなたが信用できないってことよ、デイモン」

彼の表情が真剣になり、黒い瞳がやさしくなった。「わかっているよ、エル。約束しよう。荒れた生活は改める。二度ときみを傷つけないよう最善を尽くすつもりだ」

それでもエレノアは彼を信用できなかったが、もはや勝ち目はないとわかっていた。ごくりとつばを飲み込んで、心を落ちつけようとする。「ほかにも方法はあるはずだわ、デイモン。わたしの評判を守るためにむりやり結婚するなんて嫌なの」

「叔母上をスキャンダルまみれにしたくはないだろう?」

そのひと言でエレノアはすべての抵抗を放棄した。「ええ、もちろん」両親を失った少女を引き取ってくれた叔母には大きな恩がある。スキャンダルで苦労させるわけにはいかない。

「では、決心がついたね」

悩んで立ちつくすエレノアを、突然デイモンが抱きしめた。けれど、それは情熱に満ちた抱擁ではなく穏やかな思いやりに満ちたものだった。

「きみの望みはわかっているよ、エレノア」デイモンがやさしく言った。「だが、ほかにどうしようもない」

エレノアはぎゅっと目を閉じた。デイモンの声は魅力的で心をとろかす力にあふれている。彼のやさしさに泣きたくなってしまう。こんな心づかいを見せるなんてずるいわ。

彼の肩に顔を押しつけてエレノアは絶望のため息をついた。「そうね。どうしようもないわ」

デイモンはエレノアをそっと抱きしめたまま顔を上げ、彼女を見つめた。「元気を出してごらん、スイートハート」挑戦するような表情だ。「空の上で死の危険をものともしなかったきみなら、私と結婚する勇気だってあるはずだ」

エレノアの青い瞳に感情の動きらしきものがきらめいた。どうやら現実を受け入れたらしい。デイモンは安堵の息をついた。いつのまにか息をつめていたようだ。

「叔母上にはきみから伝えるかい、それとも私から言おうか？」デイモンがたずねた。

「わたしから伝えます」エレノアは深くため息をついて答えた。

デイモンはまだ彼女の体を抱きしめていたが、やがて腕を解いて後ずさった。「特別許可証が手に入ったらすぐ知らせる。レディ・ベルドンにこちらへ来るよう伝えよう。きみの決断が聞きたくてやきもきしているはずだ」

デイモンが客間を出ると、たしかにレディ・ベルドンは廊下でやきもきしていた。

「姪御さんがお話ししたいそうです」そう言って会釈すると、彼は玄関へ向かった。

ポートマン・プレイスの屋敷を出てすぐに、デイモンは通りかかった辻《つじ》馬車を呼び止めた。そして民法博士会館にある教会裁判所へ向かうよう御者に命じると、クッションにゆったりと背をあずけた。万事思いどおりに進んでいることに満足していた。

エレノアと肉体的に結ばれた瞬間から結婚することになるのはわかっていた。彼女はそこまで考えていなかったかもしれないが。自分はエレノアと結婚するという義務に縛られたのだ。

だが、後悔はまったくなかった。そもそも永遠にエレノアを自分の人生につなぎとめたかったからこそ、今日これ以上ない形で自分の女としてしるしをつけたのだ。

彼女の体を奪ったのは、冷静に考えてしたことではない。墜落の危険を乗り越えた直後、激しく肉体的に反応してしまったのだ。たしかに、エレノアが死んでしまうのではないかとこわかった。彼女が死なずにすんだと安心したせいで心に隙ができてしまった。その後ふたりのあいだに燃え上がった情熱もデイモンの心を弱らせた。激しさと無邪気さが同居するエレノアの官能的な魅力は、想像していたとおりだった。それに加えて、彼女の勇気とはつらつとした気性を見せつけられて、デイモンは心を動かされると同時に欲望をかき立てられた。

あのあと心を通い合わせたひとときが中断され、デイモンは安堵せずにはいられなかった。おかげで感情を抑えつけられた。

あれはひとつの警告だ。デイモンにはわかっていた。結婚したらエレノアとは感情的に距離を保たなければ。うまくやれる自信はある。これまでずっとどんな関係でも感情を深入りさせないで生きてきたのだから。

ふたりのあいだで愛をはぐくむなど問題外だ。デイモンは決意を新たにした。エレノアに心を許したりしたら、耐えがたい心の痛みを被《こうむ》る危険が生じる。これまで経験したよりはるかにひどい痛みになりかねない。

エレノアに彼を愛させるわけにはいかない。愛を返せなければエレノアを傷つけることになってしまう。二度と傷つけたくなかった。

それでも、信頼を勝ち得なければ。すでに貞節は誓っていたが、言葉ではなく行動でエレノアを納得させる必要があるだろう。

だめだ。デイモンは思った。愛を求めるエレノアの気持ちを満たしてはやれない。だが、できるかぎり努力して幸せにしてやろう。


デイモンとの結婚という現実に直面して呆然としていたのはエレノアだけでなく叔母も同様だった。客間に入ってきた叔母の暗い表情を見れば一目瞭然《りょうぜん》だ。

けれど、翌朝結婚するという計画を耳にしてベアトリクスはうなずいた。「それがいいわ。すぐに行動するのがいちばんですからね」

「ええ」エレノアが静かに答えた。「マーカスが出席できないのは残念だけど。彼とアラベラの帰国は来週の初めですもの。ドリューとヒースも出席できないわ」

「仕方がありませんよ。できるだけ早くスキャンダルを静めなければ。明日の午後ブライトンへ出発するといいのではないかしら。ハウス・パーティは金曜まで始まらないけれど。お客様には予定どおりに来ていただければいいでしょう。わたしたちの姿がロンドンから消えれば、すぐにうわさもやむわ」

ロンドンで社交界の人びとと顔を合わせずにすめば気が楽だ。エレノアは反対しなかった。

意気消沈したエレノアの様子を見て、ベアトリクスが励ました。「こんなことになって残念だとは思っています。でも、名目上の結婚にすればいいのよ。もちろん、わたしもできるかぎりあなたをレクサムから守ってあげるつもりです。少なくともローズモントではあなたたちに別々の寝室を用意しましょう……。もっとも、新婚夫婦としては式を挙げてすぐ別行動になるのはまずいでしょうけど。むりやり結婚に追い込まれたようには見えないようにしなくてはね。あなたとレクサムがまだ惹かれ合っていたということにしましょう。そうすれば、世間は恋愛結婚だと思うでしょうからね。これである程度うわさを抑えられるわ」

でも、恋愛結婚じゃないわ。エレノアは反論したかった。

黙りこくった姪を見て、ベアトリクスが元気づけるようにエレノアの手を軽くたたいた。「やるべきことは決まったのだから、二階へ行って着替えていらっしゃい。ジェニーを呼んで手伝わせるといいわ。わたしは、召使いたちに荷造りを始めるよう言っておきます。あなたが無事とわかったら、何だかお腹がすきましたよ。さっきまで心配で何も喉を通らなかったから」

エレノアはそっと微笑んだ。ベアトリクスが習慣を変えるのは珍しいことだ。めったに他人を気づかうようなことを口にしなかったのに。もしかしたらシニョール・ヴェッキとロマンスが芽生えたせいで人生観が少々変わったのかもしれない。

エレノアは重い気分を抱えたまま寝室に入ったが、小間使いは呼ばなかった。ひとりで考えたかったし、処女を失った証拠を見られる危険を冒したくなかった。

ペリースとドレスだけでなく下着まで脱いでから、大きな鏡の前に立って全身を確かめてみる。愛を交わした痕跡がはっきりと残っていた。乾いたデイモンの精液とピンク色の血が太ももにこびりついている。唇はいつもより赤く、乳房が感じやすくなっていた。洗面器の水で洗ったとき、太もものあいだがひりひりした。

ほんのちょっと触れただけで今朝の記憶があざやかによみがえった。デイモンにキスされて愛撫され、体の中に彼を受け入れたのだ。

エレノアは目を閉じた。ふたたび心が乱れた。明日の今ごろにはもうデイモンと結婚しているだろう。二年前だったら幸せいっぱいだったはずだ。あのころは彼の妻になりたくて仕方なかった。でも今は……。

二度と傷つけるようなことはしないとデイモンは言った。結婚の誓いを守るとも言った。それでも、エレノアは信じられなかった。もしもまた裏切られたら？　今度は立ちなおれないぐらい傷つくかもしれない。

けれど、デイモンとの結婚を拒んだらどんな未来が待っているというのだろう？　スキャンダルで叔母を傷つけるわけにはいかない。修道院へ行くこともできない。田舎へ引っ込んでひっそり暮らすのもだめだ。そんな生活は嫌だったし、社交界から締め出されるのも嫌だった。結婚して子どもを産んで、ちゃんとした家族をつくりたかった。愛してくれる夫もほしい。

それが問題だわ。エレノアにはわかっていた。デイモンは彼女を愛せないし、愛するつもりもない。理由はだんだんわかってきた。家族を失って心にひどい傷を負ったせいだ。真実を知ってひどく悲しかったが、おかげで立ち向かうべき障害の大きさもわかった。

エレノアの体にふるえが走った。愛を返さない男を愛する自分が無力に思えた。

デイモンはいとも簡単にエレノアの心をズタズタにできるのだ。彼の影響力は否定しようもない。そばにいるだけで彼はエレノアを魅了し、あるいは悩ませ、生き生きとした気持ちにしてしまう。たったひとつのキスで心を奪う男。そして彼と愛を交わしたとき、エレノアの体はどうしようもないほど激しく燃え上がった。

結婚したら自分を守れなくなるだろう。

エレノアは体を拭き、新しいシュミーズを身につけ、シンプルなモスリン仕立てのアフタヌーン・ドレスを着た。運命に身をまかせるしかない。デイモンのプロポーズを受けるしかないのは明らかだった。それに、いつか愛される可能性だってないとは言いきれない――。

そう思った瞬間、エレノアは息をのんだ。デイモンはわたしを愛するようになるかしら？　そんなことがありうるの？

二年前、それこそが問題だった。エレノアを愛していなかったからこそ、彼は別の女の元へ走り、肉欲を満たしたのだ。

でも、これからはどうなのだろうか？

今朝、彼の目の中に欲望以上のものを見たような気がした。それを信じていいのか確信しきれないとはいえ。

デイモンが結婚を口にして以来初めて、エレノアはかすかな希望の光を見た気がした。愛されることはないかもしれないが、努力してみよう。幸せを手にするにはそうするしかない。

ファニー・アーウィンに助言を求めるべきだろう。夫を捕まえてから悲しい思いをしないですむ方法については、ファニーの本には何も書かれていなかった。それでも、何か助言してもらえるかもしれない。

心が決まったところで、エレノアはふうっと息をついた。デイモンの愛を手に入れよう。

彼を変えるのだ——貞節を守らずにいられないほど妻を愛する男に。

13

愛によって放蕩生活を悔い改める男性もいます。けれど、男性の心を奪うのは難しいことです。
——匿名のレディ著『若いレディに贈る、夫を捕まえるためのアドバイス』より

昼前に急いでファニーへ手紙を書き送ると、すぐに返事が返ってきた。おかげでエレノアはその日の午後遅く、クローフォード・プレイスにあるファニーの私邸を訪ねることができた。

ファニーはうれしそうに出迎えると、エレノアが気球飛行から不名誉な事態に陥った末、明日レクサム子爵と結婚することになった事情にも熱心に耳を傾けてくれた。

「できれば——」エレノアが話をまとめにかかった。「これからどうすればいいかアドバイスしていただきたいの。あなたの本に書いてあったのは主に結婚前のことなので」

「喜んでアドバイスさせていただくわ」ファニーはそう言うと顔をしかめた。「残念ながら、結婚後は不利な立場に置かれるでしょう。婚姻で力関係が大きく変わるのよ。夫は法的にも経済的

にも妻に対して優位に立ってしまうから」

「わかってます」エレノアはためらった。「でも、わたしが知りたいのは夫の愛を手に入れる方法なの。つまり……わたし、レクサムを愛しているの」

「ああ、そういうわけなのね」ファニーがゆっくりと言葉を口にした。「おわかりでしょうけど、彼を愛していれば当然あなたの立場はいっそう不利になるわ」

「そうなの」エレノアは言った。自分の抱えたジレンマをすぐに理解してもらえたことがうれしかった。「これからどうすればいいか知りたいのよ、ファニー。どうしたら愛されるようになるかしら？」

ファニーが眉をよせた。「レクサム子爵についてわたしが知っていることから判断すると、かなり難しい相手でしょうね」

その言葉にエレノアはためらった。「あら……」なにげない様子を装ってたずねる。「あの人をご存じなの？」

「ある程度は」ファニーは微笑んだが、ふいに気づいたかのように真剣な表情を浮かべた。「でも、ご想像とはちがうと思うわ、レディ・エレノア」すばやく言いそえる。「レクサム子爵がわたしの顧客だったことはないので」

エレノアは安堵の表情を隠せなかった。

「わたしが言いたいのは――」ファニーが続けた。「過去にレクサム子爵がかなり捕まえにくい男性だったということよ。今もそうでしょうね。彼の心をつかむには、ありとあらゆる武器が必要だわ」

反論しようがなかったのでエレノアはため息をつき、質問を口にした。「では、わたしはどうしたらいいのかしら?」

「できるかぎり、あなたに対する欲望をかき立てるのが秘訣だと思うわ」

「それにはどうすればいいの?」

ファニーの顔に熱意がこもった。「いちばん重要な点は、結婚しても夫を相手にした求愛ダンスは続いているということよ。その点を忘れてはいけないわ。あまり積極的なところを見せてはまずいでしょう。彼の魅力にすぐ屈してもだめ。代わりに、言いよられてもなびかず、無関心な印象をあたえるのよ。それと同時に、ご主人をじらしてさり気なくその気にさせるの。わたしの本に書いたやり方で。そして床入りが終わったら、愛の行為や男性の体を刺激する方法についての理解も深まるでしょう」

エレノアは思わず顔を赤らめた。「もしも……床入りがもう終わっていたら……?」

ファニーは驚いた顔を見せなかった。それどころかうれしそうですらある。「けっこうね。これであなたにいろいろ教えやすくなったわ。まだ知識のない読者のために本では書けなかった技がたくさんあるのよ。読者はほとんど上流社会のレディですからね。幸い、既婚女性としてあなたはスキャンダルの心配なしに夫婦のベッドを活用できるでしょう。誘惑の技を使えるということよ。ご主人の期待を高めて、あなたへの欲望をさらにつのらせるの」

「ということは、今後も本のアドバイスに従うけれど、肉体的な誘惑を強化するというわけね」

「まさにそうよ」ファニーがうなずいた。「既婚女性でも独身女性でも基本は同じ。あなたがほしいと男性に思わせなければならないの。逆はだめよ。つまり、男性に追いかけさせるということ。男性は狩人役は好きだけど獲物になるのは好まないものなの」

ファニーの忠告は願ってもないものだった。エレノアはゲームのような気分でプリンスを相手にしていたが、今度はゲームではない。目標ははるかに高いものだ。

「もしかしたら――」ファニーがエレノアの物思いを破った。「今後の予定を教えてもらえれば役立つかも。このままロンドンで暮らすの？　それとも新婚旅行に出かけるつもり？」

「まだわからないの」エレノアが答えた。「細かいことを相談する時間がなくて。もっともこれから二週間の予定は決まっているの。この週末、叔母のレディ・ベルドンがブライトン近くにある田舎の屋敷で毎年恒例のハウス・パーティを開くんです。わたしたちがロンドンから離れればゴシップも抑えられると叔母が言うのよ。それで早めがいいということになって、明日の午後には出発するの」

ファニーがぎゅっと口を結んだ。「レクサムと田舎へ行けば、彼の愛情を手に入れるいい機会になりそうね。少なくとも活動しやすいわ。ハウス・パーティではどんなことをするの？」

「そうね、昼間は乗馬や散歩かしら。馬車に乗って名所旧跡へ行ったり、浜辺で海水浴もするでしょうね。夜は演劇や詩の朗読、それにもちろんカード遊びや夕食会やダンスもあるでしょう。最後の夜には正式な舞踏会も催されるわ。実は、レクサムとわたしが二年前に初めて出会って婚約することになったのは、このハウス・パーティがきっかけなの」

ファニーは満足そうにうなずいた。「それは好都合だわ。婚約を破棄する前におふたりが抱いていた親密感を取り戻せるかもしれないでしょう」

二年前デイモンと別れた原因を思い起こしたエレノアは、膝の上で手を握りしめた。「あの、ファニー……わたし、夫に愛してもらいたいだけでなく肉体的に魅力を感じてもらいたいの。以前のように愛人をつくってほしくないから」

ファニーの視線がやさしくなった。「たしか愛人がいたせいで婚約を破棄したとか」

つらい思い出にもかかわらずエレノアは好奇心を抑えられなかった。「ときどき思い出していたの。ミセス・リディア・ニューリングという方なのだけど。もしかしてご存じ？」

ファニーがためらった。「ええ、知り合いです」

「まだロンドンに住んでいるの？」

「ええ、でも今は別のパトロンがついているそうよ。心配する必要はないと思うわ」

エレノアの唇にかたくなな微笑みが浮かんだ。「正直に言うと、デイモンがどう思っているか心配なの。わたし、ミセス・ニューリングほど美しくも魅力的でもないんじゃないかしら」

ファニーがきっぱりと首をふった。「その件についてのわたしの意見はご存じでしょう。美しさは男性の心を惹きつける必須の要素ではないの。でも、レクサムはあなたについてそんなことは思っていないはずよ。あなたはリディア・ニューリングよりはるかに美しいわ」

「でも、彼女は愛人としてたくみな技を持っているわ」

「わたしもそうよ」ファニーが答えた。「いくつか誘惑の技をお教えしましょう。それを身につければ、リディア・ニューリングにも誰にも負けたりしないわ」

ファニーの言葉にエレノアは大きな安堵を覚えた。「これ以上お邪魔をしたくないけれど、もしお時間があれば、ぜひいろいろ教えていただきたいわ」

ファニーは目を輝かせながら挑発的な微笑みを見せた。いかにもこの国で有数の高級娼婦らしい微笑みだ。「喜んでお教えするわ。それに、例のゴシック小説を書き上げたところだから時間はあるの。そうそう、明日にでもあなたに手紙を送ろうと思っていたところだったのよ。小説を読んで批評してもらいたいの」

「もちろん喜んで読ませてもらうわ。できたら、原稿をブライトンまで持って行きたいのだけど――」エレノアは言いよどんでから改めて口を開いた。「よく考えたら、今夜読むほうがいいかも。よい小説を読めば気晴らしになって、明日結婚するという恐ろしい現実を忘れる役に立ちそうだわ」

エレノアの冗談を聞いてファニーが軽やかな笑い声をたてた。「いい小説だという感想が聞けたらうれしいわ、レディ・エレノア。ところで、率直に聞きますけど……男性の肉体についてどのぐらい知識をお持ちなのかしら？」

一時間後エレノアはファニーの屋敷を去った。高級娼婦からたっぷり誘惑の技を教わっていた。だが、それほど恥ずかしい思いはしなかった。性的なことを口にしてもファニーは実際的でさばさばした態度だったからだ。エレノアはだんだん前向きな気持ちになっていた。

ファニーのアドバイスを実践するのが待ち遠しかった。デイモンはあの愛撫の技でどんな女性でも夢中にさせるかもしれないが、エレノアは逆に自分が彼を夢中にさせてしまおうと決意していた。ハヴィランド邸の舞踏会で誘惑したときにデイモンが見せた反応を思い出すと、勇気がわいてくる。

それでも、誘惑が最たる目的ではなかった。最終的な目的は、デイモンと本当の恋愛結婚をすることなのだから。ファニーの教えどおりに実行すれば、きっと成功する。エレノアは期待に胸をふくらませていた。

でも、もし失敗したら？

愛されない妻の孤独と苦しみを考える余裕は今のエレノアにはなかった。

その夜、さらに別の理由でファニーに感謝したくなった。借りてきた小説がとてもおもしろかったおかげで、明日の式のことを頭から追いやれたからだ。ありがたいことに、その夜は悩みをすっかり忘れてぐっすり眠れた。

けれど、朝になったとたん心は不安と緊張でいっぱいになった。ジェニーの手を借りて風呂に入り、バラ色の絹地で仕立てた長袖のドレスを身につけるあいだも、エレノアはますます落ちつきを失っていった。やがて、十一時にデイモンがミスター・ギアリーと牧師を伴って応接室にやって来た。

そのころになると、さすがにエレノアも冷静さを取り戻していた。もっとも、その後執り行われた結婚式はこれまで夢見ていたものとはまったくちがっていたが。たしかに、青い上着と淡いグレイのズボンを身につけた新郎は夢に登場した本人だ。けれど、場所は大きな教会（具体的にはハノーヴァー・スクエアにあるセント・ジョージ教会）のはずだったし、家族と友人（特にマーカス、ヒース、ドリューの三人）と、社交界の半分が出席しなければいけなかった。ごく少数の客しか出席しない、特別許可証による大あわての結婚式なんて、予定外もいいところだ。

それでも、叔母はエレノアの受ける打撃を最小限に食い止めるために政治家並みの手腕を発揮していた。結婚式らしく見せるため、親友のハヴィランド伯爵未亡人に足を運んでもらっただけではない。プリンス・ラザーラとシニョール・ヴェッキまで出席させている。突然終わった求愛にもかかわらず殿下は気を悪くしていない、と社交界に見せつけるためだ。

デイモンはラザーラの姿を目にして眉をつり上げた。いったいあいつはここで何をしているのだ、とでも言いたげな顔だ。もっともエレノアに問いただす暇はなかった。結婚の誓いを口にするまでのあいだ、新郎新婦は巧妙にもレディ・ベルドンによって切り離されていたからだ。

式の最後に、デイモンがエレノアの唇にそっとキスをして夫婦の契りを結んだ。エレノアの胸は高鳴った。そして、ふたりは結婚証明書に署名した。

こうして、デイモンとエレノアは夫婦になった。

すぐさまベアトリクスがふたりのあいだに割って入り、ブライトン行きの計画について話しはじめた。

「もちろん、あなたもわたしたちといっしょの馬車に乗るんですよ、レクサム」レディ・ベルドンがぶっきらぼうに声をかけた。「式のあと新婚夫婦が別行動では変ですからね。でも、言っておきますが、あなたの行動はしっかり観察させてもらいます。エレノアを好きなようにできると思ったら大まちがいですよ。わたしはこれからお客様にお別れのあいさつをします。急に都合をつけて式に来てくださったお礼を言わなくては。みなさん、ローズモントには明日いらっしゃるはずです。予定より一日早く」

やっとエレノアとふたりきりになったところで、デイモンは顔をしかめた。「ラザーラはまだハウス・パーティに出席するつもりなのか？」

「ええ、ご招待したのはだいぶ前のことなの。殿下はシニョール・ヴェッキといっしょにご自分の馬車で明日いらっしゃる予定よ」

エレノアはデイモンの不満そうな表情に気づいた。「昨日から状況は変わっていない」彼が言った。「ラザーラが危険にさらされているなら、きみもそばにいれば危険だということだ」

「そうかもしれないわね」エレノアが静かな声で答えた。「でも、殿下を放っておくわけにはいかないでしょう。もし本当に狙われているなら、ロンドンから離れた場所にいるほうが殿下も安全だわ。敵にとっても向こうで殿下を襲うのは難しいでしょう。それに、そのほうがあなたたって殿下の身を守りやすくなるはずよ。あなたもそのつもりでしょう？」

言葉をのみ込むデイモンの様子を見てエレノアは内心ほくそえんだ。プリンスがそばにいるばかりか彼の警護までしなくてはならないことが、デイモンにはおもしろくないのだ。

エレノアはなだめすかすようにデイモンの袖にそっと手を触れた。「でも、わたし、殿下だけでなく叔母のことも考えているのよ、デイモン。叔母はシニョール・ヴェッキをとても好ましく思っているの。でも、殿下がハウス・パーティに出席しなければシニョール・ヴェッキも出席しないでしょう。それに、身分の高い方が出席してくだされば、うわさ好きの人たちを黙らせる役に立つわ。叔母様はわたしの評判を回復したいと思ってくれているの。だから、殿下だけでなく社交界で顔の利く人たちも招いてくれたのよ」

「気に入らないな」デイモンが素っ気ない声で言った。

エレノアは思わせぶりな表情でデイモンを見上げた。「あなた、まさか嫉妬しているんじゃないでしょうね？」じらすような口ぶりだ。「殿下がわたしを誘惑して結婚の誓いを破らせるとでも心配しているの？」

「いいや」デイモンが驚くほどきっぱりと言い返した。「きみは貞節を重んじる人だ。妻を寝取られる心配なんかしていないさ」

それでもデイモンは嫉妬について答えなかった。エレノアがさらに突っ込んだ質問をしようとしたとき、プリンス・ラザーラがやって来た。

悲しげな表情で深く会釈してエレノアの手をとると、プリンスは彼女の指先にキスをした。「こんなことになって非常に残念です、ドンナ・エレノア。責任を痛感しています。気球飛行にさえお誘いしなければ、あなたが急に結婚することにはならなかったでしょう」

エレノアは微笑んだ。「殿下のせいではありませんわ。妨害行為を予想するのはむりだったのですもの」

プリンスは唇を真一文字に結び、不快そうな表情を浮かべた。「プッチネッリはイタリアに帰りました。英国の紳士とレディの命を危険にさらしたと非難されるのを恐れたのでしょう」ラザーラはデイモンに顔を向けた。「気球をわざわざ私の屋敷まで運ばせてくださって感謝しています。きっとプッチネッリは喜ぶでしょう。もっとも、あの男がそんな配慮に値する人間か疑問ですが」

「たいしたことではありません」デイモンは冷ややかな態度で応じ、話題を変えた。「明日から二週間ローズモントへいらっしゃるのですね、ドン・アントニオ」

「そうです。非常に楽しみにしております」

「先日お話ししたことはご記憶にあると思いますが。レディ・エレノアの安全のためできるだけ離れていただくという件です」

「もちろん覚えています」すぐさまラザーラが答えた。

デイモンはうなずき、さらに言いそえた。「このまま捕り手を同行させるほうがよろしいでしょう。ご自分の召使いはロンドンに残して、向こうではレディ・ベルドンの召使いを使われてはいかがですか。身近な者が少ないほうが捕り手も警護しやすいはずです」

プリンスはぎょっとした表情を見せた。「それは困る。だが、捕り手にはこのまま警護してもらいましょう」

ちょうどそのときベアトリクスがエレノアのかたわらに戻り、出発をうながした。今すぐ発てば、今夜ローズモントで夕食をとれると言う。客たちにあいさつをしてからエレノアは叔母のあとを追って玄関広間へ向かった。そこでピーターズからペリースとボンネットを受け取る。ほどなくしてベルドン家の馬車に乗り込んだエレノアは、叔母の隣りに腰を下ろした。夫は向かいの席に座っている。ここまでの展開にエレノアは満足していた。

プリンスが二週間ローズモントに滞在することは、デイモンの嫉妬心を少々かき立てる役に立つから好都合だろう。味方に囲まれて過ごせるのも安心材料だ。デイモンとふたりきりでいる状況は、ファニーから伝授された戦略を実行するうえで最大の難関になるからだ。

デイモンの愛を手に入れるためには、ふたりの関係を巧妙に制限しなければ。ファニーの提案に従えば、エレノアは常にとらえどころのない態度をとる必要があった。同時に、誘惑してじらすことでデイモンを欲望で狂わせるという計画だ。それでも、気をつけなければエレノア自身が先に陥落する危険があった。

ファニーのアドバイスを徹底的に実践しよう。エレノアは決意した。幸せを手に入れるには、それが唯一の希望なのだから。

レディ・ベルドンに花嫁から引き離されてデイモンは不満だった。もしかしたらハウス・パーティの期間中、ずっとこの調子で介入されるのだろうか。それでも彼はにこやかに耐えた。とにかくローズモントに到着すればエレノアとふたりきりになれる。そうすればレディ・ベルドンのお節介をやりすごせるだろう。

実は、レディ・ベルドンの策略を逃れるための仲間としてオットーに同行を求めていたのだが、病院を空けられないことを口実に断られていた。

「そもそもぼくは――」オットーが肩をすくめて言った。「その手のくだらない社交行事は大嫌いなんだよ。それに、きみは女性にかけては名うての達人じゃないか。レディ・エレノアの叔母上が怪物だろうと二週間ぐらいなんとか対処できるだろう」

「そうかもしれない」デイモンがうんざりした顔で言った。

「予想よりはうまくいくかもしれんさ」オットーが言った。「きみがレディ・エレノアと結婚すると聞いて正直なところ仰天したが、考えてみればいい相手じゃないか。もっとも、結婚の権威でも何でもないぼくの言葉など当てにならないがね。とにかくきみの幸運を祈るよ」

筋金入りの独身主義者である友人の言葉をデイモンは半信半疑で受けとめた。

レディ・ベルドンの習慣に従って、馬車はロンドンから南へ向かう五十マイルの道のりをのんびりしたペースで走っていった。そのあとをデイモンの馬車が続き、召使いと荷物をつめ込んだベルドン家の二台目の馬車が続いた。馬車隊は一時間ごとに馬車宿で馬を替え、一回だけ長い休憩をとって昼食を食べた。

エレノアはデイモンの向かい側に座っていた。表情は穏やかだが、叔母と楽しげに会話している。どういう気分なのかデイモンには読み取れない。けれど、エレノアは時おりかすかな微笑みを浮かべてデイモンの目を見つめた。まるで明かすつもりのない秘密を隠しているかのようだ。何かたくらんでいる。デイモンはそう思わずにいられなかった。

一方、レディ・ベルドンの高慢かつ不愉快そうな態度はこれ見よがしと言っていいほどだ。ほんの形ばかりの礼儀しか示さずに、ほとんどデイモンを無視している。

それでも、エセックスを抜ける旅路は概して快適なものだった。ローズモントはレディ・ベルドンが自分の財産で購入したカントリー・ハウスだ。亡くなった夫が所有していた一族の領地は男系相続人である甥《おい》のものになっていた。ローズモントの屋敷はブライトンから北西に数マイルの場所に位置しており、草深い丘陵地帯《サウス・ダウンズ》に囲まれている。

目的地に近づくにつれてすがすがしい潮の香りが濃くなってきた。さらに南へ数マイル行けば、小石の海岸を見下ろす白亜の崖《がけ》と英仏海峡がある。

やっとローズモントの大きな鉄門をくぐり抜けたとき、デイモンはホッとしていた。馬車は長くうねる車道を通り、やがて壮麗なパラディオ様式の邸宅の前で停まった。デイモンが記憶するとおり内装は豪華で、すばらしく趣味のよい裕福な貴婦人にふさわしいものだ。

一行が中に入るやいなやレディ・ベルドンが采配《さいはい》をふるった。大勢の召使いに荷物を上階へ運ばせ、新婚夫婦には部屋へ行って七時の晩餐にふさわしい夜会服に着替えるよう申し渡した。

それからレディ・ベルドンは直接デイモンに話しかけた。「いちおう人目を考えて、あなたたちには隣り合った寝室を用意しました。不本意なことですが。でも、この結婚に疑わしいところがあると世間から見られるわけにはいきませんからね」

二年前はエレノアとまったく別の棟に部屋をあてがわれたことを考えれば、今回はかなりの進歩だ、とデイモンは思った。だから、不満は表明しなかった。

エレノアもまた同じだった。微笑みを浮かべ、ローズモントの召使い頭に連れられてデイモンの後ろから二階へ上がっていく。廊下の中ほどでエレノアは扉の前に立ち止まり、デイモンは隣の部屋に案内された。彼の寝室は庭園がよく見えるながめのいい部屋だった。だが、問題は妻の寝室とつながっているかどうかだ。

続き扉を開くと、似たようなつくりの部屋でエレノアがボンネットを外しているところだった。

驚いたことにエレノアは真っ先に謝った。「叔母がうるさいことを言ってごめんなさい、ディモン。叔母にはわたしたちの結婚を受け入れる時間が必要なのでしょうね」

「仕方がないよ」素っ気ない調子で答える。「だが、ここにいるあいだずっと叔母上と言い争うのは気が進まないな」

エレノアは色っぽい微笑みを返した。「叔母が納得するまで二週間以上かかるかもしれないわ。あなたのことをかなり不満に思っているのよ。おわかりよね。あなたが今回の災難を引き起こした張本人だと信じて、二年前の婚約解消のときより怒っているわ。放蕩者だった過去も許してないのよ。叔母様はわたしを守ろうとしてくれているの」

「だから別々の寝室をあてがったというわけか」

「そうね。それに、名目上の結婚にすべきだと考えているのでしょうね」

ディモンの視線がけわしくなった。「きみの意見はちがうのだろう」

「あら、同じよ」顔をしかめたディモンを見て、エレノアの目が無邪気に輝いた。「ただの便宜結婚を望んだのはあなたのほうよ、ディモン。まさか、本当の夫婦のような肉体関係は考えていないでしょう」

「もちろんベッドをともにするつもりだ」

「さあ、それはどうかしら……」

妙に明るいエレノアの目の中に楽しげな光がきらめいた。

誘いをかけているのだろうか――デイモンは疑った。それが確信に変わったのは、エレノアがせがむように彼の腕をとったときだった。「小間使いがまだ来ていないの。ドレスのボタンを外すのを手伝ってくれないかしら?」

答えを待たずにエレノアは背中を向けた。デイモンがボタンを外すと、エレノアはにこやかに礼を言い、くるりと前を向いた。

彼を見上げたままボディスを下げはじめ、コルセットが見えたところでふと手を止めた。「あなたの前でドレスを脱ぐなんて、つつしみのないことだわ」

奇妙な言葉を耳にしてデイモンは眉をつり上げた。けれど、中途半端に見せつけられた白いふくらみのせいで、エレノアのふくよかな乳房とエロティックな肢体が記憶からよみがえった。昨日愛を交わして味わったばかりだ。

すると、エレノアが舌先で唇をなめた。わざと興奮させようとしているのだ。デイモンは気づいた。たしかにたくらみは成功しつつあった。硬くなった股間を意識したデイモンは認めざるを得なかった。

なんとやわらかそうに熟れた唇だろう。吸いつきそうな肌だ。デイモンは近づいた。これほどエレノアにキスしたいと思ったことはなかった。ごくりとつばを飲み込む様子を見れば、エレノアも欲望に抗っていることがわかる。彼女の青い目が熱く燃えている……。

エレノアが残念そうな微笑みを浮かべて首をふったとき、デイモンはがっかりした。「着替えたほうがいいわ、だんな様。叔母様を待たせたくはないでしょう。言いつけを無視されると、叔母様はとても気むずかしくなるのよ」

何も言わないデイモンの胸をエレノアはそっと押して、続き扉の向こうへ追いやった。

デイモンが敷居を越えたところで、エレノアは悲しげに微笑んだ。「この扉には鍵をかけたほうがよさそうね。境界を越える気にならないように」

そして一歩退くと、エレノアはさっさと扉を閉めた。

掛けがねがかかる音がした。デイモンは扉をじっと見つめ、怒りと驚きに心を引き裂かれていた。結婚したというのに、エルはベッドをともにしないつもりなのだ。しかも、妻の抵抗ばかりか過保護な叔母まで相手にしなければならない。

ズボンの中で痛いほど硬くなった下腹部を抱えたままデイモンは顔をしかめた。ハウス・パーティを楽しみに思いかけていたが、これから二週間、満たされない欲望に悶々と苦しむことになるのか。

拷問のような日々が待ち受けているかと思うと、深いため息が出た。

どうやら長い二週間になりそうだ。

14

時には捕らえがたい印象をあたえると賢明でしょう。いつでも手に入れられる女性だと思うと、男性は挑戦する気を失い、もっと魅力的な獲物を追いかけてしまうかもしれません。

——匿名のレディ著『若いレディに贈る、夫を捕まえるためのアドバイス』より

妻とふたりきりになるチャンスを手に入れるのは、デイモンにとって思いのほか困難なことだった。その夜ずっとレディ・ベルドンはエレノアをかたわらに座らせたばかりか、翌日の朝食でもそばから離さなかった。その後、忙しいからいっしょに乗馬はできないとエルから断られた。友人の書いた小説の原稿を読まなければならないと言うのだ。

デイモンはひとりで馬に乗ったあと、図書室に引きこもった。一時を過ぎたころ、最初の客たちが到着した。

プリンス・ラザーラが花嫁のそばをうろつくのは気にくわないとわかっていたが、別の男から

嫉妬心をかき立てられるとは思ってもみなかった。ハヴィランド伯爵レイン・ケニヨンが、祖母の伯爵未亡人を連れてロンドンからやって来たのだ。

正確に言えば、ディモンが気にくわないのは妻の態度だった。エレノアはハヴィランド伯爵と親しげな様子を見せ、恋愛遊戯めいた言葉を交わしていた。四時に全員が応接室に集まってお茶を飲んでいたときには、エレノアと伯爵は冗談を言い合っていた。

「レクサムより早くあなたに結婚を申し込めなくて残念としか言いようがありません」伯爵が微笑みながらエレノアに言った。「あなたが私を選んでいたら、祖母は有頂天になっていたでしょうね。あなたのことを理想的なレディと言っていましたから」

エレノアが微笑みを返した。「レディ・ハヴィランドがあなたを結婚させたがっていることは、みんな知っていますわ」

「そんな生やさしいものではないのですよ」ハヴィランドが言った。「祖母はあの世に召される前に――もう今にも死にそうだと言っていますが――ひ孫の姿を見たがっていましてね。だが、もうあなたはお相手を見つけてしまったから、私としてはよそを当たって花嫁探しをしなければなりませんね」

「お祖母《ばあ》様をがっかりさせて残念ですわ、伯爵様。でも夫が――」そう言っていたずらっぽい視線をディモンに送る。「とても魅力的だったものですから。でも、あなたならいくらでも若い未婚のレディの心を奪えるはずですわ」

「未婚のレディ……そうですね……。だが残念ながら、思うように魅力的な女性にはめぐり会えないものです」

「あなたには物足りない女性ばかりなのでしょうね」

「向こうから見れば、私は少々野蛮な男に見えるのでしょう。なにしろ私はロンドンの社交界が苦手ですから、貴族としては問題というわけです」

エレノアがハヴィランド相手にあげた軽やかな笑い声を耳にして、デイモンの下腹部は嫉妬に直撃された。

だが、伯爵はふつうの貴族の男よりはるかに中身のある人間だと、大学時代の交友からデイモンは知っていた。そしてその夜、ハヴィランドの鋭い観察力について改めて気づかされることになった。夕食後、一同はエレノアのピアノフォルテ演奏を聴くために応接室へ向かった。プリンス・ラザーラがエレノアのために譜めくりをするあいだ、両開きのガラス扉わきに立つデイモンのそばにハヴィランドがやって来た。デイモンは人いきれでムッとする室内を避けて外の風に当たっていたところだった。

「ちょっと気になるんだが、レクサム。なぜボウ・ストリートの捕り手がふたり、敷地内に潜んでいるんだ？」

デイモンは感心すると同時におもしろみを感じて伯爵を見た。「気づいたんだな。どうしてわかった？　ふたりともトレードマークの赤いベストは着ていないぞ」

「以前、ボウ・ストリートとは少々つき合いがあったのでね。いったい目的は何だ？　どうやらラザーラの近くをうろついているようだな」

「話せば長くなる」

ハヴィランドが肩をすくめた。「時間はいくらでもあるさ。きみから話を聞かせてもらうほうが、応接室で社交的な会話を交わしているよりはるかに楽しいだろう」

そういうわけでデイモンは、馬車の車輪が外れた事件から気球飛行事件までプリンスの周辺で起きた出来事について話して聞かせた。

話を聞き終わってハヴィランドは考え込んだ表情を見せた。「パンテオン・バザールに現れたスリは外国人のように見えたというのだな？」

「ああ。イタリア人特有の浅黒い肌をしていた」

「ラザーラが母国に敵を抱えているとしてもおかしくはない。王族を敵視する不満分子はどこにでもいるものだ」ハヴィランドが言葉を切った。「敵に罠を仕掛けてみてはどうだろう」

思いがけない伯爵の提案にデイモンは眉をつり上げた。もっとも英国の諜報機関で働いていたとうわさされるハヴィランドだったから、型破りなことを口にしても意外とは言えなかった。

「つまり――」デイモンがたずねた。「ラザーラをおとりにするということか？　本人に危険がおよばない形で実行できるだろうか？」

「何か手はあるだろう。まかせてくれ。とりあえず、捕り手たちにはラザーラの召使いと同郷人を監視させておくといいだろう」

「それはもうやらせている」デイモンが答えた。「ラザーラは自分の召使いを引き連れてきた。やめろと忠告しておいたのだが。いちおう召使いたちについてはボウ・ストリートの調査では問題ないとのことだ。それから、ぼくの近侍にも召使いの部屋周辺で怪しい動きがないか注意するよう言ってある。だが、ハヴィランド、きみが監視の目を光らせてくれれば好都合だ」

伯爵が笑顔を見せた。「喜んで手を貸そう。これから二週間、前向きな仕事をやらせてもらえれば、そのほうが気が楽になるというものだ。正直なところ、この手の大がかりなハウス・パーティとやらは、ぼくにとって死ぬほど退屈なのでね」

かつてはデイモンもそう考えていた——二年前ここで開かれたハウス・パーティでエルに出会うまでは。彼女を目にした瞬間、デイモンは心をわしづかみにされた。あのときエレノアは崇拝者の一団に取り囲まれていたから、彼女の心を惹きつけて男たちから奪い取るために、デイモンは必死の努力をしたのだった。

今も同じ難題に直面しているようだな。デイモンは思った。ただし今の敵はエレノアの叔母だ。少なくとも、シニョール・ヴェッキのおかげでレディ・ベルドンの気持ちはいくぶんそれている。エレノアの言うとおりだ。彼女の叔母はイタリアの外交官に夢中らしい。

デイモンにとって好ましいことに、翌日さらに二十人以上の客が到着したおかげでレディ・ベルドンの関心がさらにそれ、ハウス・パーティが本格的に始まった。社交界の中でもよりすぐりの人びとが招かれていたが、今では誰もがレディ・ベルドンの姪が大急ぎで結婚したことを知っていた。

　客の多くは慎重に祝いの言葉を口にしたが、レディ・ベルドンは戦場の将軍さながらの決意で相手の遠慮を無視した。子爵夫人はデイモンをほめたたえ、この結婚を喜んでいるふりをするのに大忙しだ。デイモンは内心笑いがこみ上げた。よくもまあ白々しい嘘がつけるものだ。

　エレノアもまたスキャンダルの火種を消すべく淡々と義務を果たしていた。とびきりよい条件をそなえた男性と、すばらしい縁組みを果たした美しい女相続人の役割を完璧に演じている。

　社交界のうるさ型を次々と魅了するエレノアには感心するばかりだ。たとえ自分の新妻でなかったとしても、エルは彼の目を奪っただろう。デイモンは一瞬たりとも目を離せず、彼女の笑い声に聞き惚れ、あたたかな微笑みを探し求めずにはいられなかった。

　けれど、新妻は彼から距離を置き、ふたりきりにならないよう巧妙な言いわけをくり返した。

　デイモンの遠い従姉妹であるテス・ブランチャードだけは、ふたりのあいだのよそよそしさに気づいているようだった。ごった返す客の中からテスの姿を見つけたとき、デイモンは喜んだ。だが、彼女が結婚祝いの言葉を口にしたあと詳しい話を聞きたがると、デイモンは感謝の言葉を返してからテス好みの話題に話をそらした。慈善活動だ。

　テスは、イタリアでのデイモンの活動についてすべて知っているだけでなく、貧しい戦没者遺族を助ける活動で出会った結核患者についてオットー・ギアリーに相談していた。そこで、ギアアリーは患者たちをデイモンのサナトリウムに送り込んでいたのだった。

ありがたいことに、賢いテスはデイモンを深く問いつめはせず、別れ際に「お幸せにね」とだけ口にした。

一方、エルの兄はそこまで楽観的でも寛大でもなかった。ダンヴァーズ伯爵マーカス・ピアースとその妻アラベラは予定より二日早く到着した。大陸の旅から戻ってすぐ妹の突然の結婚を知ったせいだ。

伯爵夫妻がやって来たのは土曜の朝だった。客たちは芝生の上でペルメル（木球を打って鉄環にくぐらせる球技）に興じ、あるいはアーチェリーを楽しんでいる最中だった。あわてて弓矢を置いてマーカスに抱きついたところを見ると、エレノアは兄の到着に大喜びしているようだ。

自分の留守中になぜ急な結婚をしたのかマーカスが問いただすと、エレノアは笑って気球事件のあらましを説明した。

親密な兄と妹の様子をながめているうちに、デイモンはうらやましい気持ちを感じずにはいられなかった。エレノアとの関係を深めようとしないのは自分自身であるというのに。

マーカスは妹を〝ネル〟と呼んでいた。そのほうが一般的な愛称だ。やがて、妹に対する強烈な保護者意識の矛先はデイモンに向けられた。マーカスは鋭い視線で一瞬にらみつけたが、礼儀正しく手をさしのべてデイモンと握手を交わし、新妻のアラベラを紹介した。

だが、マーカスは隙を見てデイモンを脇に連れ出し、警告を口にした。「もう一度妹を傷つけたら、きみの腹を切り裂いてやるぞ、レクサム」

デイモンは弱々しげな微笑みを返した。「万一ぼくがそんなことをしたら、きみの手はわずらわせないさ。自分で腹を切り裂くよ」

しばらくマーカスは厳しい表情でデイモンを見つめていたが、やがてぶっきらぼうにうなずいた。どうやら成り行きを見守ってデイモンに名誉回復のチャンスをあたえようということらしい。

マーカスの態度は、かつての友情の証でもあった。ふたりは寄宿学校時代からの友人だった。エレノアとの婚約を破棄したあと、デイモンはマーカスの友情を失ったことを残念に思っていた。親しい友人は少なかったが、大切にしていたからだ。

レディ・ダンヴァーズであるアラベラは夫より友好的な態度を見せた。もっとも抑え気味の言葉から判断すると、デイモンと一族のあいだに起きた過去のいきさつは承知しているらしい。

それでも、結婚という奇妙な世界に投げ込まれたことへの同情を口にするアラベラのあたたかな態度を見れば、エレノアに好意を抱いていることは明らかだった。

「本当にそうね」エレノアは真剣にうなずき、デイモンに挑発的な視線を投げかけた。「まだこの新しい経験に慣れていないのよ」

「絶対に何かあるのよ」アラベラが冗談めかして言った。「こんなに結婚がはやっているなんて。わたしと妹たちがほとんど同時に結婚するなんて思ってもみなかったし、あなたまでこんなにすぐ結婚するとは驚きだわ、エレノア。ロズリンとリリーが来られなくて本当に残念ね。みんなでお祝いしたかったわ」

　アラベラのふたりの妹はまだ新婚旅行中で、ハウス・パーティには参加できないとデイモンは知っていた。

　アラベラはテスに対してはさらに親しげな様子を見せた。午後の時間が過ぎるにつれて、ふたりの女性がかなり親しいことにデイモンは気づいた。昼食のあいだ、ふたりはエレノアを交えて笑いながらおしゃべりを続け、その後海岸へ出かけたときも三人はいっしょに過ごしていた。

　空は曇り、風が出ていたが、レディ・ベルドンは遠出の計画を変えなかった。明らかに天気まで自分の意志に従わせたいらしい。そういうわけで、五台の馬車が用意され、海を目指して南に向かった。当然ながら、レディ・ベルドンは新婚夫婦と同じ馬車に乗って付きそった。

　海水浴がしたいというテスの意見に、エレノアは賛成したがアラベラは反対した。そこで、水泳の是非をめぐって活発な意見が飛び交うことになった。そのあいだも空模様はさらにあやしくなっていく。

　デイモンはテスの元気な様子を見てうれしく思っていた。二年前に婚約者を失ってからずっと殻に閉じこもっていたからだ。こんなにはつらつとしたテスを見るのは久しぶりだ。

　エレノアはいつものように生気にあふれていた。ほとんど夫を無視していたが。ただ、彼の手を借りて馬車から降りたときに見せた妻のまばゆい微笑みに、デイモンは衝撃を受けた。

　それでも浜辺へ向かう崖道を下りるのを手助けしようとすると、エレノアは拒んだ。結局デイモンはほかの女性たちに手を貸すことになった。小石だらけの海岸に着いたころには、エレノア、テス、アラベラの三人は手に手を取ってずっと離れた波打ち際を歩いていた。

美しい女性たちだ、とデイモンは思った。さわやかな潮風にスカートがゆらめき、ボンネットのリボンがヒラヒラとなびいている。よせる波から楽しげに逃げる三人の美女をながめ、歌うような笑い声を聞くのは喜びそのものだ。

プリンス・ラザーラも同意見らしく、デイモンに追いつくと感心するようにため息をついた。

やがてプリンスは不思議そうな表情を浮かべた。「私は奥様に近づかないという約束を守っていますが、あなたにはそんな必要はないでしょう。それとも、レディ・レクサムがあなたを避けているのですか?」

冗談めかした質問にはかすかに挑発的な気配があった。デイモンは言い返したい気持ちを抑えた。「妻は友人たちと再会して楽しんでいるのですよ、殿下。自由にさせてやりたいもので」

「なるほど」ラザーラはそう返しただけだった。しばらくして、ちゃめっ気のある口調で言った。「正直なところ驚いているのですよ。恋人としてたくみな技を持つと有名なあなたなら、愛《アモーレ》の基本はご承知かと思っていました」

「何のことですか、殿下?」

「女性は愛をささやかれたいものです。これほど距離を置いていては、奥様の心をつかむことはできないでしょう」

「妻に愛をささやけとおっしゃるのですか？」

「ええ。誘惑が切実に必要なのではありませんか」

デイモンは、ラザーラに誘惑を薦められているという皮肉な現実に少しのおもしろみを感じた。だが、この男の言うとおりだろう。今の強制的な禁欲状態を終わらせるには行動が必要だった。どうしても終わらせなければ。

禁欲か。デイモンは苦笑いした。毎晩隣りの部屋で美しい妻が独り寝をしているのに禁欲を強いられるのは、この上なくつらいことだった。

だが、状況を変えるチャンスが三十分後にやって来た。突然、雨が降り出したかと思うと、みるみる大粒になり、ひどく冷たい風が吹いてきたのだ。

浮かれ騒いでいた人びとがあわてて崖を駆け上り、馬車に乗り込んだときには、誰もがびしょ濡れのありさまだった。

乗客全員がそろうまで、デイモンは外に残っていた。最後に馬車に乗り込んだデイモンはエレノアの隣りに腰を下ろした。「ありがとう」と小さな声でささやくとエレノアは体をよせて彼の耳元にささやいた。

「あなた、ずぶ濡れだわ」笑いを押し殺している。「わたしが噴水に突き落としたときみたい」

「あのときはたしか――」デイモンがささやき返した。「もっと楽しい経験だったよ。水びたしになる前にいいことがあったからね」

ふたりが交わした初めてのキスのことだ。エレノアは微笑みを浮かべた。男の心臓をわしづかみにするような微笑みだ。

身をふるわせたエレノアを見て、デイモンはぎゅっと抱きしめて体をあたためてやりたかった。けれど、叔母が鋭い視線で見つめている。仕方なく、御者から受け取った毛布をエレノアの肩にかけるだけにとどめた。

土砂降りのせいで屋敷に戻るのにかなり時間がかかった。到着したとたん従僕たちがいっせいに傘をさしかけたが、すでに客たちの体は骨まで冷えきっていた。

エレノアは着替えるために二階の寝室へ急いで戻った。デイモンはあわてずあとをついて行く。寝室に足を踏み入れた瞬間、彼はあることを思いついた。これでエルの防御が破れる。

ありがたいことに、コーンビーが暖炉に火を入れてくれたおかげで部屋の中はあたたかい。

コーンビーの手伝いで濡れた服を脱ぐとすぐ、デイモンは近侍に申しつけた。「もう下がっていい、コーンビー。だが、その前にちょっとしたことをやってもらいたい」

デイモンは小さな書き物机の前へ行き、短い手紙を書いて折りたたんだ。

「これだ」そう言って手紙をコーンビーに手渡す。「レディ・レクサムに渡してくれ」

「承知しました、だんな様」

近侍は表情を変えなかったが、どことなくうれしそうな気配を漂わせていた。まるで新妻に愛をささやこうという主人の計画を喜んでいるかのように。

15

男性を誘惑する計画を実行する場合、あらゆる女の武器を駆使しなければなりません。甘い言葉、さり気なく触れる手の動き、キス……。

——匿名のレディ著『若いレディに贈る、夫を捕まえるためのアドバイス』より

小間使いの手を借りて、エレノアがびしょ濡れのドレスとコルセットを脱いだとき、礼儀正しく扉をたたく音がした。ジェニーが扉に向かうあいだ、エレノアは湿ったガーターとストッキングを脱ぎ、自分自身に悪態をついた。空模様が怪しかったのに海岸に行くなんて愚かなことだった。むき出しの足が凍えるほど冷たく、体中に鳥肌が立っている。

タオルをとって髪を拭こうとしたそのとき、ジェニーが肩ごしにつぶやいた。「だんな様の近侍がお手紙を持ってまいりました、奥様」

エレノアは体をふるわせながらためらったが、シュミーズの上にガウンをはおって扉口に向か

った。

「奥様」近侍がうやうやしくお辞儀をして手紙を手渡した。「レクサム子爵様からこれを奥様ご本人にお渡しするよう申しつけられました」

夫の名を耳にしてエレノアの心臓が高鳴った。「あなた、コーンビーね」そう言って手紙を受け取る。

「そうでございます、奥様。覚えていただいて恐縮です」

エレノアは二年前からこの年配の召使いのことを知っていた。あのころからコーンビーはデイモンに献身的に仕えている様子だったが、それは今も変わらないようだ。手紙を読むエレノアを近侍は心配そうに見守っている。

急いで書いたらしい手紙の内容は、暖炉の火に当たりに来ないかという誘いだった。

エレノアは微笑まずにはいられなかった。こんな手を思いつくなんて、なかなかの機転だ。当然断るつもりはなかった。

ジェニーは悪天候を予想していなかったので部屋は冷えきり、エレノアは凍える思いをしていた。あたたかな暖炉は魅力的だ。それに、デイモンの欲望をかき立てる計画を実行するすばらしいチャンスと言える。そろそろ刺激をあたえてもいいころだ。デイモンの関心が消えるほどじらしすぎてはいけないと、ファニーも警告していた。次の段階に進む時が来たのだわ。エレノアは考えた。

もちろん慎重にことを運ばなければ。誘惑をやりすぎてはいけない。キスを一回か二回だけ。さもないと、デイモンに対する欲望に自分が負けてしまう。だめよ。まだ我慢しなければ。エレノアは決意を新たにした。彼の心をつかむ計画をちゃんと実行しなくては。

「だんな様にそちらへうかがいますと伝えてちょうだい」エレノアは近侍に言った。

コーンビーの張りつめた表情がやわらいだ。「承知しました、奥様。仰せのとおりに」

近侍が下がると、エレノアは扉を閉めて大きな鏡の前へ行き、ガウンのひだやリボンをいじり回した。わざと乱れた雰囲気にするためだ。

「ほかにご用はございませんか、奥様？」ジェニーがたずねた。

「青いスリッパを持ってきてくれる？　それから、濡れたドレスを下に持って行ってアイロンをかけてちょうだい。終わったら一時間ほど自由にしていいから。お茶の時間まで用はないわ」

ちょこんとお辞儀をすると、小間使いはうれしそうに微笑んだ。仕事を休める喜びだけではないだろう。女主人が新婚の夫とひとときを過ごすことにやはり満足しているのだ。「ありがとうございます、奥様。お呼びになるまで戻りませんので」

スリッパを履いてからエレノアは続き扉の鍵を開け、デイモンの寝室の入口に立った。カーテンが引いてあり、部屋の中は薄暗かった。ランプの炎を細くしてあるせいで、あたりはぼんやりとした光に包まれていた。けれど暖炉の炎は赤々と燃え、たっぷりと熱をふりまいている。部屋はあたたかく歓迎する雰囲気に満ちていた。ガラス窓をたたく雨の音が静かに響いている。

やがて、デイモンの姿を見た瞬間、エレノアの心臓が激しい鼓動を打った。彼は大きなベッドのそばに立ち、赤ワイン色のガウンをはおっている。なんてハンサムなのだろう。オービュソン織りのカーペットを踏みしめる足は裸足で、ガウンの裾からすねがのぞいている。下には何も着ていないのかもしれない。

そう思った瞬間、肌に緊張が走り、ふるえずにいられなかった。エレノアは部屋に入り、扉を閉めた。

「凍えているようだね」彼女の全身をながめてから夫が言った。「火に当たるといい」

「ありがとう。そうします」エレノアは答えて暖炉に向かった。

暖炉の前には座り心地のよさそうな安楽椅子が二脚置かれていたが、エレノアは立ったまま炎の前に冷たくなった手をかざした。デイモンはサイドテーブルの前に行き、デカンターからワインをグラスにそそいでいる。

「だいぶ前からコーンビーが火を焚《た》いて待っていてくれたのね」エレノアが言った。

「そうだ。いつもよく仕えてくれる」

「呼んでくれて感謝しているわ」

デイモンが顔を向けた。「客がいないところできみに会えるのはうれしいね。悲しいことだ」気軽な調子で言う。「花嫁とふたりきりになるのに人目を忍んで密会しなければならないとは」

暖炉の前にやって来ると、デイモンはワイングラスを手渡した。エレノアはグラスを口もとへ運び、計画どおり挑発的な目で彼を見上げた。それは過ちだったのかもしれない。なぜなら、デイモンの黒い目が愛撫をするようにエレノアの体をなめまわしたからだ。

そして実際、片手を上げると、エレノアの濡れて乱れた髪に指を差し入れて愛撫した。

「きみの長い髪が好きだった。だが、この髪型も似合っているね。もちろんどんな髪型にしようと、きみは美しい」

心をかき立てる彼のしぐさにエレノアは緊張し、身がまえた。それでも、なんとか微笑みを返した。「あら、今日はお世辞を言うのね」

「本当のことを言っているだけだ」

それでも警戒しなければ。デイモンが凄腕《すごうで》の誘惑者だということはわかっている。しかも、この様子ではどうやら今日は本気で誘惑を仕掛けてベッドに誘い込むつもりらしい。けれど、エレノアは簡単に屈するつもりはなかった――その時が来るまでは。絶対にこのひとときの主導権を握ってやるわ。エレノアは決意した。

デイモンが彼女の空いた手をとって大きな両手に包み込み、冷えきった指をやさしくさすったとき、エレノアは抵抗しなかった。やがてデイモンはその手を自分の口もとに運んだ。彼女の手のひらを吐息であたためると、彼は手首の敏感な場所に軽くキスをした。

エレノアの息が乱れ、体の奥にゾクゾクするような感覚が呼び起こされた。エレノアはすぐさま手を引っ込めて一歩退いた。このまま触られているわけにはいかない。なにげない様子で椅子に腰かける。少しでもデイモンから離れなければ。

彼もまた隣の椅子に腰かけたので、エレノアはホッとした。それでも、デイモンはじっと見つめている。エレノアがワインを飲むと、今度は唇を見つめている。

「恋人の唇から飲むワインはすばらしい味がすると知っているかな？」

思わせぶりな言葉にエレノアはごくりとつばを飲み込んだ。デイモンの寝室に入って彼を思いどおりに動かそうだなんて、とうてい無理なことだったのではないかしら。そう思わずにいられない。「いいえ、知らなかったわ」

「きみの唇についたワインのしずくを見るとキスしたくなる」

エレノアはなんとか笑い声をあげた。「がっかりするはめになるわよ、だんな様。今日はキスしたりしないわ。わたしに触ってもだめ」

「それは非常につらいことだ、スイーティング。きみに触りたくて仕方がないよ。ガウン姿でくつろぐきみは、とてもそそる」

あなたもそうよ。目の端で彼の姿をとらえながらエレノアは思った。チロチロと燃える炎がデイモンの黒い瞳に映り、やさしく、それでいてじらすような輝きを放っている。絶対に心を乱されるものかと決意していたはずなのに、みるみる自信が崩れていく。

大胆な視線を浴びせられるうちに、エレノアの体はみだらな感覚に満ちていった。乳首が硬くなり、ひどく敏感になっている。見られているだけで胸に触られているような気がする。

エレノアはひそかにおののいた。デイモンは視線だけで女を誘惑する。そして今、エレノアは誘惑の視線でがんじがらめにされていた。けれど、誘惑に負けたら敗北するだけだ。

「お願い。そんな目で見ないでくれる？」とうとうエレノアは口を開いた。

デイモンはさりげなく片方の眉を上げた。「そんな目ってどんな目だ？」

「目でわたしを裸にしようとしているみたいよ」

「この手できみを裸にしたいものだ」

少しかすれた静かな声はエレノアの心をふるわせた。

それでも、エレノアは気軽で楽しげな口調を装って彼をたしなめた。「デイモン、お行儀よくしてちょうだい。さもないと、わたし、自分の部屋に戻るわよ」

デイモンが深々とため息をついた。「そんなことを言ってはいけないよ。男の性的な想像を消してはいけない」

やるべきことを思い出したエレノアは、ゆっくりと色っぽい微笑みを送った。「想像するのは自由よ。実行しちゃだめだけど」

「いいだろう。しっかり自分を抑えるよ。難しいことだが」

両手を腹の上で握りしめたままデイモンは椅子の背によりかかり、むき出しの長い脚をのばした。ガウンの合わせ目が広がって、たくましい太ももがあらわになった。下に何も着ていないのだわ。エレノアは確信した。

彼女はふるえる息をつき、もうひとくちワインを飲んだ。

デイモンが微笑んだ。「濡れた服を脱いだからといって非難はしないだろうね」

「ズボンをはき替えてもよかったのよ」

「何のために？　きみは私の妻だ。ふたりだけでいるときは裸でかまわないのだよ」そこでふと言葉を切る。「残念ながら、裸になったきみの姿をまだ見ていない。だが、きみがこの部屋に入ってきてからそのことばかり考えているよ。ガウンの下に何を着ているんだい、エル？　裸なのか？」

エレノアは体の奥底から熱いうずきがこみ上げるのを感じた。さらにひとくちワインを飲んで気を取りなおし、わざとずれた答えを返す。「あなたが何をたくらんでいるのかわかっているわ、デイモン」

「私が何をたくらむと言うんだい？」

「わたしをその気にさせようとしているのよ」

「きみは私をじらそうとしているね。ここに来てからずっとそのつもりのようだが。どうしてなんだ？　想像するに、例のアドバイス本の内容を私に実践しているようだな」

反論しても無駄だと思ったので、エレノアは素直に肩をすくめた。「そうよ」

「なぜだ？　もう夫を捕まえる必要はないだろう。私を捕まえたのだから」

エレノアはしみじみデイモンをながめていた。どこまで正直に話すべきだろう。「でも、本当の意味であなたを捕まえたわけじゃないわ、デイモン。わたしたちの結婚は法的な契約でしかないもの」

デイモンは考え込んだ様子を見せた。「ならば、きみの目的は何だ？　私の欲望を狂おしいほどかき立てておいて、自分の思いどおりに動かそうというのか？」

「ある意味そうかもね」

デイモンは唇の端をくいっと上げた。「例の本を読んできみの誘惑の技をよく理解したほうがいいのだろうな」

エレノアはにこやかに微笑んだ。「誘惑についてあなたが本を読む必要なんかないわ。だって専門家でしょう」

「ほめ言葉と受け取っておこう。それから言っておくが、私がいればきみは暖炉で体をあたためる必要などないのだよ。どんな炎より私のほうがきみの体を熱くできるからね」

つぶやくようなかすれた声を耳にして、エレノアは不安になってきた。

「そうでしょうね」落ちつきのない笑い声をたてながら言葉を返す。「でも、そんなことを言ってわたしをベッドに誘い込もうとしても、うまくいかないわ」

デイモンはけだるい表情を浮かべた。「きみは私とベッドをともにするのを楽しむだろうね、エル。それは約束できる。愛の行為は最初の時よりはるかに心地よいものになるはずだ」

デイモンが悦びをあたえてくれることは疑いようもなかった。パチパチと炎がはぜる音。心酔わせるワインの味わい。官能的な雨の音。あらゆるものが寒さをやわらげていたが、彼の存在そのものがエレノアにとっていちばん深い影響をあたえていた。火あかりに照らされて、誘惑に満ちた彼の目がまどろむような雰囲気をかもし出し、エレノアの体はあたたかくうずいた。

エレノアはむりやり視線をデイモンから引きはがし、暖炉の炎を見つめた。デイモンは彼女の中にある性的な本能を目覚めさせた男だった。彼によって女としての感覚を知らされた。そして今、あのときと同じ欲望をデイモンはかき立てようとしている。けれど、それが問題だった。ふたりの欲望は肉体的なものでしかないのだから。エレノアはさらに深いものがほしかった。もっとはるかに深いものを。

デイモンが体をよせ、エレノアの視線を惹きつけた。「本当だよ、エル。今私が考えているのは、きみを悦ばせたいということだけだ」

エレノアは口の中が乾くのを感じた。自分のほうが誘惑しなければならないのに、これでは立場が逆だ。デイモンはじらすような微笑みを浮かべ、さらに低い声で言った。

「きみの瞳はこの世でいちばん美しい。こんなにあざやかな青い色をして、心を奪われてしまう」

この人、みだらな黒い目をしているわ。エレノアはぼんやりと考えていた。

「きみはものすごくそそる体をしているね。私の体で包み込んでみたい」

「デイモン……。そんなことしちゃだめよ」

「かまわないさ」ディモンが言った。「どんな肌ざわりか想像できるよ。きみと愛を交わすとどんなふうか、ありありと想像できる。私がどんなことをするか知りたいかい、スイートハート？どんなふうにきみを悦ばせるか？」

エレノアは答えられなかった。言葉を失っていた。

ディモンは無言の反応を同意と受けとめたらしい。気だるそうな熱いまなざしで見つめながら彼は言葉を続けた。

「きみと愛を交わすとしたら、やわらかなベッドの上がいい。気球のゴンドラの中で大急ぎで体を重ねるのではなくて。あれはあれですばらしかった。たしかに。だが、理想的とは言えない。本来ならまず、ゆっくりときみのドレスを脱がして裸にする。そして、きみの美しい体にキスをしよう。最初は乳房だ。両手でやさしくなでて、もんであげよう。それから、そっと手で握って乳首を吸うんだ」

言葉に誘われるまま想像するうちに、エレノアはたまらない気持ちになった。すでに硬くなった乳首に彼の唇が感じられるような気すらしてくる。

「きみの乳房をうずかせてあげよう、エル。私の手の中で乳房が重く熱くなっていく……。きみの反応が目に見えるようだよ……。乳首を吸われて、きみはあえぎ声をあげるんだ」

今にも声が出そうだ。だめ。ディモンの言葉に耳を傾けてはいけない。エレノアは自分を叱りつけた。ディモンに説得力があるのはよくわかっていたし、官能的な気分を引き出す力があることも知っていた。それでも、ふたりが愛を交わす様子を描写するデイモンを止められない。

「それから、私はきみの太もものあいだに手をすべらせる。すっかり濡れていて、私を受け入れる準備ができている。女の中心を指でなでてあげよう。そのうち、きみは私がほしくてすすり泣くような声をあげる。今度は、唇と舌できみの秘所を悦ばせてやろう。奥まで舌を入れて」

以前、彼の舌で愛撫された記憶がよみがえり、体の奥がキュッとうずいた。

「私がきみの体を味わっているあいだ、快感のあまりあえぐきみの声が聞こえるようだ。きみの欲望が狂おしいほど高まったところで、私はゆっくりきみの中に入る。じっくりと楽しむんだ。私のものできみの体を奥まで貫いてあげよう。体と体がひとつになって、いっしょに動くんだ。ふたりの体が溶け合うまで……」

体中が熱くなり、脚のあいだで欲望がドクドクと脈打っている。エレノアはデイモンがくり出す誘惑の網にからめとられていた。彼の声と目に心を奪われている。デイモンの黒い瞳に見つめられていると、四日前に初めて彼と経験した愛の行為を思い出さずにいられない。信じられないような体験だった。

一方、デイモン自身も自ら語っているうちに同じような影響を受けていたらしい。彼がガウンの裾を開いたとき、エレノアは気づいた。「ほら、きみのせいでこんなふうになってしまったよ。きみがほしいあまり硬くなってしまった」

下腹部から性的な興奮の証が大胆な姿をさらしていた。怒張した男性自身が大きく突き出ている。エレノアは、いかにも硬そうな男のものを見つめずにはいられなかった。あれがわたしの中に入って動いたのだわ。

デイモンは腰ひもをほどき、ガウンを脱いだ。立ち上がった彼の姿を見た瞬間、エレノアは体の奥で熱くどろどろしたものがうごめいたような気がした。裸のデイモンを見たのは初めてだった。思わず食い入るように見つめてしまう。火あかりが、力強く官能的な肉体の輪郭を際立たせている。広い肩。筋肉の盛り上がった胸板。引き締まった腹部と腰。長くたくましい脚。

デイモンは静かに立っていた。体のあらゆる部分をエレノアにじっくりながめさせている。そして、彼もまた熱いまなざしでエレノアを見つめていた。

デイモンは美しい男だった。大理石の彫刻を思わせる完璧な肉体はたくましく生命にあふれ、なまなましいほど男らしい。触りたい。愛撫してみたい。エレノアは激しい衝動に襲われた。ふと視線を落とすと、黒々とした陰毛とそこから誇らしげにそそり立つ男の欲望そのものが目に映った。

エレノアは息をのんだ。デイモンは彼女の手からワイングラスをとって炉棚に置くと、そっと手首を握ってエレノアを立たせた。

「デ……デイモン」エレノアは抵抗しようとして口ごもった。

「触ってくれ、エル」デイモンが彼女の手を自分の裸の胸に押しあてた。もっと触ってごらんと誘っているようだ。「触ってもいいのだよ、スイーティング。私はきみの夫で、きみは私の妻なのだから」

デイモンの体はすべすべとしてあたたかかった。なめらかな筋肉が波打ち、サテンのような肌がうごめく。エレノアは手を触れずにはいられなかった。

不道徳な誘惑そのものだわ。エレノアはうっとりしていた。

そのとき、デイモンが顔を近づけた。彼の吐息がエレノアの髪をそよがせた。「きみは罪深い匂いがする、妻よ」そうつぶやいて、エレノアのこめかみに鼻をすりつける。「雨の匂い、それにあたたかく甘い女の香りだ……」

デイモンの体からも罪深い匂いがした。麝香《じゃこう》めいた欲望のかすかな香りがふたりのあいだに立ち上り、彼の肉体が放つ熱気がエレノアを包み込んで酔わせた。

デイモンがふと体を離した。その目に宿る表情を見てエレノアの心臓が乱れた鼓動を打った。やがてデイモンはエレノアのガウンのリボンをほどいて開き、シュミーズをあらわにした。乳首が痛いほど硬くなり、薄布の下からはっきりと形が浮き出ている。

「きみと愛を交わすとしたら、こんなふうに始めたい……」

思わせぶりにさしのべた一本の指が、エレノアの開いた唇に触れると、ゆっくり喉を伝って下りていった。軽やかで繊細なタッチは……燃えるような跡を残した。それから両手で乳房を包み込み、生地ごしに形をたどっては手のひらを押しあてた。

デイモンがそっとふたつの乳首をつまんだとき、強烈な快感が波となってエレノアの体に押しよせた。どうしても抗うことができない。体中デイモンに触ってほしい。

「きみの体をあたためさせてくれ、エル」

エレノアの心臓が激しい鼓動を刻んでいる。デイモンの両手が下へ向かい、手のひらでお尻のふくらみをすっぽりとおおった瞬間、彼は筋肉質の体にエレノアを抱きよせ、自分の太もものあいだに押し込めた。「どんなにきみがほしいかわかるかい？」

エレノアの太もものあいだに膝を割り入れたデイモンは、男性自身を彼女のお腹に押しつけた。エレノアは息が止まりそうになった。まるで熱い鋼の棒で烙印を押されているようだ。これが体の中に入るのだと思うと、動悸がさらに激しくなり、切ない思いがあふれてくる。体の奥まで彼のものを突き入れられたい。奥まで満たされて、何度も貫かれ……。これではデイモンの思うつぼだわ。頭の中で警告する声がした。

デイモンはエレノアがどんなに情熱を求めているか気づいている。

負けてはだめ。エレノアは自分を戒めた。今、彼の魅力に負けるつもりはなかった。

形勢を逆転しなければ。同じように狂おしい思いで翻弄させれば、デイモンはいつか愛してくれるかもしれない。

「あなたが言ったとおりね」エレノアはふるえ声でささやいた。「ベッドが必要かも」

急にエレノアが態度を変えたので、デイモンは驚いた様子を見せた。けれど何も言わず彼女に手をとられてベッドへ向かった。

「横になって、だんな様」

デイモンはベッドカバーの上にあおむけに横たわった。

濃い金色のベッドカバーの上で体をのばしたデイモンは、ただ美しいとしか言いようがない。

光と影がなめらかな体の線を浮き上がらせている。

その姿を見ているだけでエレノアは新たな欲望がこみ上げるのを感じた。さらに熱い視線を向ける彼も、同じように感じているようだ。

それでも、エレノアは深く息を吸い込んで欲望をこらえた。デイモンの広い胸に手を当てる。

あたたかな皮膚の下で弾力のある筋肉が動いた。しばらくのあいだエレノアはやさしく彼の胸を愛撫していた。が、突然、手の動きを止める。

「デイモン、あなたっていつも激しいキスをしてわたしを困らせたわよね。覚えてる？」

「ああ、覚えているよ」

「今日は同じことをしてあげようと思うの」

エレノアはそっと顔をよせ、ゆっくりとやさしく彼の唇にキスをした。

そして、後ろ髪引かれる思いを断ち切って唇を引き離した。

「今日はここまでよ、だんな様。言ったでしょう。わたし、便宜結婚には関心がないの。でも、もしもあなたが本当の結婚を望むようになったら、そのときは教えてちょうだい」

そう言ってエレノアは背を向け、自分の寝室という安全地帯へ逃げ込んだ。

ファニーの教えを破ってしまったことは自覚していた。ここまではっきり自分の目的を表明してしまったのだから。それでも、エレノアは後悔しなかった。

ただの恋人ではなく本当の夫として望まれているのだと、デイモンが思い知ってもいいころだ。肉体だけではなく心も求められているのだから。

だが残念ながら、これですべてがデイモンの選択にゆだねられることになった。

16

けれど、ときには本能に従うのが最善であることもあります。

——匿名のレディ著『若いレディに贈る、夫を捕まえるためのアドバイス』より

叫び声がして、エレノアは浅い眠りから目覚めた。

不安で胸がドキドキしている。体を起こして闇に目を凝らす。いったい何の声だろう。

ふたたび荒々しい叫び声がした。デイモンの寝室からだ。扉を隔てているのでいくぶんくぐもって聞こえた。エレノアはベッドから飛び起きてすばやくろうそくに火を灯し、急いで続き扉の鍵を開けた。

デイモンの枕元までやって来たときには、叫び声は低くうなるような声になっていた。どうやら悪夢に苦しんでのたうち回っていたらしい。

クシャクシャになった上掛けが腰にからみつき、裸の上半身がむき出しになっている。肌に触れると冷たくなった汗にまみれている。エレノアは彼の肩にそっと手を置いてゆり動かした。呼びかけても反応はない。さらに強くゆり動かしてみる。「デイモン、起きて！」

デイモンの目がパッと開いた。

体をこわばらせ、呆然とした表情を浮かべている。混乱しているようだ。ほのかなろうそくの光に照らされて喉が激しく脈打っているのがわかる。ひどい緊張がエレノアの手に伝わった。

「悪い夢を見ていたのね」エレノアは静かに声をかけた。

デイモンは苦しげなまなざしを向けた。じっと見つめるその目は迷い子のようだ。乱れた前髪が顔にかかり、あごは生えかけた髭《ひげ》で青黒くなっている。

デイモンの肩が小刻みにふるえた。やがてエレノアの手をふり払うと上半身を起こし、乱暴に顔をぬぐった。

「何を苦しんでいるの、デイモン？」エレノアが静かに問いかけた。

「何でもない」

唐突に返ってきたその声は、冷たくはねつけるような響きを含んでいた。ふいにデイモンはエレノアの様子に気づいたらしい。ネグリジェ姿で裸足で駆けつけていた。

「私なら大丈夫だ」そっけない声だ。「ベッドに戻るんだ、エル」

それでも、傷つきやすさに満ちたデイモンを前にして平気ではいられない。苦痛に満ちた顔をさすってあげたかったし、彼の目から悲しみが消えるまで抱きしめてあげたかった。

エレノアは片手をさしのべて彼の頬にやさしく触れた。「わたしで助けになることはないかしら」小さくつぶやいてみる。

さり気ない手の感触にデイモンは一瞬凍りつき、すばやく体を離した。なぐさめを受ける気はないらしい。

彼はまつげを伏せて目を隠した。エレノアを閉め出そうというのだ。「助けはいらない」

エレノアはためらった。「しばらくいっしょにいましょうか？」

「いいや、必要ない」

見つめ返すデイモンの目は、月のない夜のように暗かった。彼は冷たい声でくり返した。「ベッドに戻るんだ、エレノア」

気が進まないままエレノアは言われたとおりにした。けれど、ベッドに戻ってもとうてい眠ることなどできない。

胸が苦しかった。デイモンから必要ないと言われたのがショックだったし、何より動揺した彼の姿に驚きと不安を感じずにいられなかった。

どうして彼は悪夢に悩まされているのだろう？

なかなか寝付けない夜を過ごしながらも、眠りが訪れようとしていた。眠りに落ちる寸前、エレノアの脳裏にある考えが浮かんだ。デイモンは心の中から彼女を閉め出しているだけではない。

彼の人生そのものから閉め出しているのだ。

日曜の朝は気のめいるような冷たい雨で始まった。客たちの気分は暗かった。ほとんどの者は外に出ず、室内ゲームに興じていた。エレノアもまたいつものようにその仲間に加わった。けれどもデイモンは、一日中ひとり静かに過ごしていた。月曜になると、エレノアの前に夫はまったく姿を現さなかった。朝食だけでなく昼食にも出てこなかったので、エレノアは探しに行こうと決心した。

二階へ上がり、寝室をつなぐ続き扉をたたいたとき、デイモンの部屋にいたのは召使いだった。

「だんな様は乗馬にお出かけです、奥様」エレノアの質問にコーンビーが答えた。

エレノアは窓の外へ目をやった。絶えまなく雨が降っている。「こんな日に乗馬ですって？」

「だんな様はときどきおひとりになるのを好まれるのですよ。特に今日はそうです」

「今日は何の日なの？」

「お兄様の命日です、奥様」

ふいに納得がいった。「まあ、知らなかったわ」

「このことについて、だんな様はあまり話すのを好まれませんので」

エレノアはふと思い出し、眉をひそめた。「コーンビー、だんな様はおとといの晩ひどい悪夢にうなされていたの。亡くなったお兄様と何か関係があるのかしら？」

「そう存じます、奥様。毎年今ごろになるといつも悪い夢をご覧になるのです」

「お兄様が亡くなったときのことを夢に見るのかしら？」

「おかわいそうに、そう思います」近侍はしばらくためらってから、おずおずとこう告げた。「だんな様はいつもかなりの時間、乗馬でご自分を追い込まれるのです。疲労で悪夢を追いやろうとされているのではないかと思えてなりません。もっとも、それでも足りないこともあるようです」

コーンビーの打ち明け話を聞いてエレノアはひどく驚いた。「いつお戻りになるかわかる？」

「いいえ、奥様。夕方近くに戻られることもありますが、かなり遅くなる場合もあります」

「では、以前にもあったことなのね？」

「いつもそうです、奥様。毎年恒例の行事と言ってもよろしいでしょう」

エレノアの驚きは増すばかりだ。デイモンは兄を救えなかったことで今も自分を責めているのだろうか？　エレノアの心は重くなった。

そのとき、コーンビーのやっている仕事がエレノアの目に止まった。部屋に入った彼女を見て近侍は礼儀正しく手を止めていたが、小さな樽からクリスタルのデカンターに琥珀《こはく》色の液体をそそいでいたのだ。色と香りからするとブランデーらしい。

「だんな様がお戻りになってから飲むの？」

「はい、奥様。命日のために毎年ブランデーをたっぷり用意するよう申しつけられております」

デイモンは酔いつぶれて心の安らぎを得ようとしているのだ。エレノアは心を痛めた。けれど、悪夢のほうがさらに気がかりだった。

エレノアは樽に手を向けた。「まだ思い出に苦しんでらっしゃるなんて心配だわ。お兄様が亡くなったのはかなり以前のことでしょう」

「はい、でもだんな様のお悲しみはただならぬものでした。とても仲のよろしいご兄弟でしたので。双子のあいだには、ふつうの兄弟とはちがった絆が生まれることがあるそうです。だんな様にとって、それはもうおつらいことだったのですよ。ご自分の分身とも言えるお兄様がやせ衰え、ひどい苦痛にさいなまれる様子を目にするのは。あれでだんな様のお心はズタズタに引き裂かれたのだと思います」

エレノアは内心たじろいだ。兄弟どちらにとっても苦しい経験だったにちがいない。デイモンは今も兄の死を乗り越えられないのだ。それなのに、たったひとりで悲しみに耐えようとしている。エレノアは胸が苦しくなった。

「わたしに何かできることがあるといいのだけれど」エレノアは真剣な声でつぶやいた。

「あるかもしれません、奥様」コーンビーはおずおずと言葉を返した。エレノアがじっと目をのぞき込むと、近侍は静かに言いそえた。「差し出がましいことをお伝えして、だんな様の信頼にそむくようなまねはしたくないのですが」

「お願い、教えて、コーンビー」エレノアはせがんだ。夫をもっと理解したかった。「わたしは妻になったけれど、あなたのほうが誰よりあの人を知っているわ」

年老いた召使いはうなずき、気まずそうな表情を浮かべたまま話しはじめた。「だんな様が信頼の置ける方に心の内を明かすことができれば何よりだと思っております。もちろん、私ごときが奥様にご忠告できる立場ではございませんが、奥様がだんな様とお話しになれれば……」

コーンビーが心から主人のことを思っているのがわかってエレノアはとてもうれしかった。

「わたし、あの人に話してみるわ、コーンビー。いろいろ教えてくれてありがとう」

近侍はためらう様子を見せた。「奥様……もしかしたら……だんな様は話しかけられても拒まれるかもしれません。それでも、どうかお気を悪くされませんように。なかなか人を近づけない方ですので」

現実はそれ以上だわ。一昨日の夜、部屋から出て行けと命じたデイモンの様子を思い出しながら、エレノアは思った。悪夢のせいとはいえ、そっけない態度だった。

「あなたはあの人に対して本当に忠実なのね、コーンビー」

「さようでございます、奥様。私はだんな様を心から信頼申し上げております。ですが、だんな様は信頼されて当然の方です。主人としてりっぱですし、人間としてもりっぱな方です」

エレノアはかすかな微笑みを浮かべた。「あなたの意見に賛成だわ。あの人によく仕えてくれて感謝しています」

近侍が深くお辞儀をした。「私の義務ですので、奥様。それに、私の喜びでもあります」

コーンビーのおかげでいろいろなことがわかったわ。エレノアは自室に戻りながら考えた。コーンビーにはいくら感謝してもしきれない。

　デイモンが誰も――エレノアすらも――近づけない理由がこれで理解できた。特にわたしのことを近づけたくないのだわ。兄の死のせいで心に深い傷を負ったからこそ親密な関係を避けようとしているのだ。二度と激しい悲しみには耐えられないと恐れているのだろう。

　エレノアの心は痛んだ。

　そして、二年前の婚約破棄について考えずにはいられなかった。デイモンが愛人の元へ走ったのは、わざとわたしを突き放すためだったのかしら？　彼を傷つけかねないほどわたしを近づけたくなかったから？

　あり得る話だ。

　けれど、過去より今のほうが重要だった。大きな悲しみを心の中に封じ込めてしまったら、何が起きるのだろう？　心の痛みが悪夢となって現れているのだ。ほかにはけ口がなければ、そうなるしかないだろう。

　デイモンと話をしなければ。エレノアはそう心に決めると、寝室を出て階下に向かった。でも、彼は受け入れてくれるだろうか？　あの夜、彼をなぐさめようとしたのに突き放された。ただ兄のことを話すようにし向けても、同じ事態になる可能性は高い。

　実際、今にして思えば、知り合ってからずっとデイモンは彼女に対する気持ちを明かすことがなかった。自分から望んで感情を隠していたのだ。

まずは、デイモンの気持ちを変えなければ。エレノアは心に誓った。もはやファニーの戦術は使えない。これまではファニーのアドバイスに頼ってきたけれど、これからは直感に従わなくてはならない。求愛のゲームはもう終わり。今デイモンに必要なのは友なのだから。

ふたりのあいだで友情を深める――それは欲望をかき立てるより大変なことだろう。エレノアは心を引き締めた。デイモンに愛されたいという気持ちに変わりはない。それに、自分という妻がいるからには愛人を望んでほしくはない。それでも、恋愛の手引きではなく本能を頼りに行動しようと、エレノアは固く決意した。

心は落ちつかなかったがエレノアは客たちの元へ戻っていった。それから数時間、ひそかに計画を練りながらエレノアの心は希望に満ちていった。


夕食の時間になってもデイモンは姿を現さなかった。けれど、ローズモントに戻っているのをエレノアは知っていた。厩舎の者に彼の帰宅を知らせるよう頼んでおいたからだ。

彼がテーブルに着いていないことに気づいても、誰もエレノアにたずねたりしなかった。けれど、エレノアは一時もデイモンのことを忘れてはいなかった。たとえマーカスやアラベラやテスと会話を交わしていても、デイモンがいなければ時間が長く感じられて仕方がなかった。炉棚の上にある時計を何度も確かめては彼を思った。つらい思い出を忘れるために酔っぱらっているのだろうか。

夜も更けて応接室にお茶が運び込まれたころ、エレノアは部屋から抜け出して二階へ上がった。デイモンの寝室の扉をそっとたたく。答えはない。エレノアはそのまま中に足を踏み入れた。

デイモンは火の消えかけた暖炉の前にひとり座っていた。身につけているのはシャツとズボンとブーツだけだ。燃えさしの残り火以外に明かりはなく、それがぼんやりと彼の顔を照らしていた。エレノアの視線を受けとめた彼は、陰鬱な表情を浮かべていた。

「ここで何をしてる、エル？」

その声に乱れた気配はほんのわずかしかなかったが、かなり酔っているとエレノアは思った。

「あなたに会いたかったのよ」できるだけ気軽な調子でエレノアは答えた。

デイモンが視線をそらして床を見つめた。「では、出て行ってくれ。きみにもてあそばれる気分ではないんだ」

「そうでしょうね」皮肉っぽい声で答える。「でも、ここに来たのはあなたをもてあそぶためでも、その気にさせるためでもないわ」

「じゃあ、いったい何しに来た？」

「あなたにつき合うためよ。また悪夢に襲われるのを恐れて眠りたくないのでしょう」

その言葉にデイモンは嫌そうな表情を浮かべ、顔を上げた。「同情ならほしくない、エル」

「もちろん、そうでしょうね。でも、わたし、ここにいるわ。友だちなら当然でしょう。今あなたをひとりにはできないわ。あなたには悲しみを分かち合う相手が必要なの」

「何を知っているというんだ?」デイモンがとげとげしい声で言い返した。

「あなたにとってお兄様がどれほど大切な存在だったかわかるような気がするの」

デイモンの視線がけわしくなった。「コーンビーが余計なことを言ったのか?」

「たまたま今日がジョシュアの命日だって教えてもらっただけよ」

低い声で悪態をつき、デイモンはグラスの酒をぐいっとあおった。「なぐさめならいらない」

「わかったわ。それなら、あなたが酔いつぶれて前後不覚になるまで見守っていることにします。おかわりはいかが?」

デイモンは表情をやわらげなかったが、しばらくエレノアを見つめてからグラスを差し出した。

「いいだろう。そろそろ自分で酒がつげなくなってきたようだからな」

エレノアは、受け取ったグラスにたっぷりブランデーをそそいでから手渡した。

「わたしも少しいただいていいかしら?」

デイモンが肩をすくめた。「どうぞご自由に」そう言って、じっとエレノアを見つめる。「ドラゴンなら、レディはブランデーを飲まないと言うな」

エレノアは叔母に対する挑発的な言葉を無視した。「今夜はレディでいたくないのよ、デイモン。あなたの友だちでいたいの」

「ばかばかしい……。友だちなんかいらない、エル」

「でも、わたしはほしいわ。いつだって、叔母のりっぱなお友だちよりあなたといるほうがずっと楽しいんですもの。あの方たちとおつきあいするのは、もうじゅうぶんよ」

デイモンはしばらくエレノアをじっと見つめていたが、やがて納得したように唇の端をゆがめて微笑みらしきものを浮かべた。「同感だ」

一瞬でも彼の顔から暗い表情を消せたことをうれしく思いながら、エレノアはブランデー・グラスを手に、デイモンの隣の椅子に腰かけた。

デイモンはむっつりと黙っていた。話す気になるまで放っておこうとエレノアは考えた。

幸いなことに彼が口を開いた。「きみには感心するな、エル。たいていの女なら、夫がぐでんぐでんに酔っていたら大あわてするだろうに」

気のきいた答えを返すこともできたが、エレノアは真剣に受けとめた。「だって、あなたには酔っぱらう理由があるんですもの。ジョシュアのことを忘れたくないのでしょう。だから、こうして思い出をよみがえらせているんだわ」

「よくわかっているな」デイモンがつぶやいた。少々驚いているようだ。

「理解しようと思っているわ」エレノアはグラスを掲げた。「ジョシュアの思い出に乾杯しましょうか？」

デイモンは答えなかった。一瞬、悲しみの気配が浮かんだが、すぐさま黒く長いまつげが彼の目を覆い隠した。

何も言わないまま彼はブランデーをぐいっとあおり、深くふるえる息をついた。

「あなたがお兄様を亡くしたことは、わたしにとってもとても悲しいことだわ、デイモン」エレノアは静かに言った。「とてもつらい最期だったのでしょう」

静かななぐさめの言葉を耳にして、デイモンは横目でエレノアを見た。表情からとげとげしさが薄れていた。前髪が額にかかった顔を見て、エレノアは少年だったデイモンの面影を感じとった。言葉を失った傷つきやすい表情がそこにあった。

黙りこくったデイモンにエレノアはそっと言いそえた。「ミスター・ギアリーからうかがったの。ジョシュアはとても特別な男の子だったって」

デイモンは手もとのグラスを見つめた。「あんな人生の終わり方は許せない」声の中に怒りがこもっていた。やがて、その怒りは呪わしいつぶやきに変わった。「ジョシュアではなく、私が死ぬべきだったんだ」

「もしマーカスに死なれたら、わたしも同じ気持ちになったと思うわ」

デイモンの顔に浮かんだ傷つきやすい表情を見て、エレノアは胸が痛んだ。ハンサムな顔が悲しみと苦痛でゆがんだ。

こんなつらそうな表情を消せるなら何でもするわ。エレノアはそう思わずにいられなかった。デイモンを抱きしめて守ってあげたい。心を癒し、彼の目から影を追いやってあげたい。

椅子と椅子のあいだにある小さなテーブルにグラスを置くと、エレノアは立ち上がって火をかき立て、薪《まき》をくべた。そして、デイモンに背中を向けてドレスを脱ぎはじめた。まず、靴とストッキングを脱ぐ。

背中に手を回してイブニング・ドレスのフックを外す。デイモンが食い入るように見つめている。「いったい何をしているんだ、エル?」

「あなたをなぐさめるの」

止められるかもしれないと思ったけれど、デイモンは何も言わなかった。その代わり、用心深い表情を浮かべ、陰鬱な視線を向けている。

エレノアはドレスを脱ぎ、コルセットを外した。ボディスを下ろすとシュミーズがするりと床に落ち、エレノアは裸身をデイモンの目にさらした。

デイモンは荒々しく息を吸い込んだが、エレノアがくるりと体を向けても身じろぎしなかった。彼は身をこわばらせたまま座っている。エレノアは彼の手からグラスをとって脇に置くと、ひざまずいてズボンからシャツのへりを引っぱり出した。

デイモンはシャツを頭から脱がされて胸をあらわにされても抵抗しなかった。エレノアはうれしかった。今度はひざまずいて、ブーツを脱がせる。

エレノアがズボンの前垂れに手をのばしたとき、デイモンはあごをこわばらせて手を払いのけた。けれど、自分でズボンを開いて下着を脱ぎ、ストッキングを脱いだ。

デイモンが裸で立ち上がったとき、エレノアは息をのんだ。火あかりに照らし出された彼の肉体は美しかった。髪は乱れ、うっすらと髭がのびかけていたが、それでも罪深い美しさをたたえた肉体は男らしさをみなぎらせ、優雅な筋肉をまとっていた。

だが、デイモンの表情は謎めいたままだ。次に何をされるか待っているかのようだ。エレノアは一歩近づいた。薪のはぜる音に混じって、自分の鼓動が聞こえるような気がする。やがて、デイモンの顔を両手で包み込むと、エレノアは彼の唇に唇を重ねた。

最初はやさしいキスだった。ブランデーの味がした。そして、デイモンの味がした。彼の肌の匂い。体の匂い。デイモンの中から本能的な反応をかき立てた瞬間、やさしさが消し飛んだ。

エレノアの体を抱き上げたデイモンは、苦しくなるほど強く抱きしめ、耐えかねたように激しくキスをした。

飢えたような彼の激しさにエレノアの欲望は高まった。だが、今は彼を助けるときだ。

彼の肩を押しやると、エレノアは熱いキスから逃れて体を離した。そしてベッドの前へ行き、ベッドカバーをめくってリネンのシーツを引き下ろした。

「来て、デイモン」エレノアは静かな声で言った。

デイモンの目は用心深かった。「どうするつもりだ？　またその気にさせて放り出すのか？」

「いいえ。わたし、あなたと愛を交わしたいの」

今度は最後までいくつもりだった。

明らかにデイモンはその言葉を信じたらしい。エレノアが体を横向きにしてベッドに横たわると、彼はそのかたわらにあおむけになった。それでも、じっと体をこわばらせているところを見ると、まだ信じきれないのだろうか。

信頼を取り戻さなければ。エレノアにはわかっていた。抱きしめられたい。肌と肌を合わせたい。けれど、体を近づけて軽いキスをするだけで我慢した。デイモンの喉からむき出しの肩へ、鎖骨へ、胸へと唇をよせていく。

やがて、もう大丈夫と思えたころ、エレノアは膝をつき、両手で彼の体をやさしく愛撫しはじめた。がっしりとした骨格と筋肉を指先でたどり、燃えるような肌を手のひらでさする。やがて手は下腹部にたどり着いた。

エレノアが硬くなった男性自身を握りしめたとき、デイモンはさらに体をこわばらせ、あごに力を込めた。けれど、重たげな陰嚢に指をはわせてそっと引っぱると、緊張がゆるんだ。ふたたび彼のものをあたたかな手で握りしめたとき、デイモンの目がさらにかげりを帯びた。エレノアは顔をよせて、硬くなった彼自身の先端に唇を押しあてた。唇が触れた瞬間、デイモンがハッと息をのんだ。

エレノアはやさしく愛撫を続けた。舌先を繊細に転がしていく。デイモンは固く目を閉じ、腕を脇にのばして拳を握りしめている。エレノアはふくらんだ亀頭に舌をはわせ、その下の敏感なくびれをなめ、ドクドクと脈打つなめらかな長い部分に舌をからませていく。彼の顔が高まった欲望のせいで苦しげにゆがんだ。

本能の教えるままに、エレノアは男性自身を口の中にやさしく包み込んだ。

デイモンがふるえている。エレノアは自分の力を実感し、役立っていることがうれしかった。だから、さらに深く彼のものを口の中に収めて締めつけ、彼の匂いと味わいを堪能した。

ふたたび先端から根元へ唇をすべらせたとき、彼の両手がエレノアの髪をつかんだ。唇と舌の愛撫に彼自身の硬さが増し、息がかすれて荒くなっている。彼女の名を呼ぶ声がした。

突然、デイモンがエレノアの肩をつかみ、顔を上げさせた。

かみしめた歯のあいだから彼は苦しげな声で言った。「そこまでだ」

彼はエレノアの肩をつかんだままあおむけに横たわらせ、上にのしかかった。エレノアは抵抗せず、迎え入れるように太ももを大きく開くと、デイモンの黒髪に指をからませた。

欲望に急かされたけわしい表情を浮かべ、目に黒い炎をぎらつかせたまま、デイモンはエレノアの肉体というゆりかごに身をゆだねた。彼の体からみなぎる欲望を感じてエレノアの胸がうずく……。デイモンは彼女の首の付け根に顔をうずめると同時に、あたたかく濡れた肉の中に彼自身を突き入れた。

エレノアは背をのけぞらせ、腰を押しつけた。デイモンがさらに深く突き上げる。そしてもう一度いっそう激しく。

獰猛《どうもう》とも言える行為に抵抗することもなく、エレノアはデイモンを抱きしめた。彼に包み込まれ、侵入され、満たされている。そして、体の奥に炎を放たれていた。彼自身を迎え入れようと腰が動く。デイモンは何度も己を引き抜いては彼女の体を激しく貫いた。これ以上ないほど奥まで届けとばかりに。

エレノアのあえぎ声は、いつしかせつなげなすすり泣きに変わっていた。その声がさらにデイモンを燃え上がらせたらしく、彼は荒々しい声で彼女の名を呼んだ。デイモンの声がエレノアの体に染みわたり、渦巻くような情熱がほとばしった。エレノアの全身がこわばり、女の中心が彼のものをぎゅっと締めつけたかと思うと、さざ波のように体がふるえ始めた。

エレノアを襲った激しいクライマックスに、デイモンも身をゆだねた。のしかかるたくましい肉体をこわばらせ、エレノアの奥深いところで激しく精をほとばしらせると、頭をのけぞらせ、喉の奥からしぼり出すような声で叫んだ。本能的な歓喜に突き動かされたような声だ。

そして、デイモンはエレノアを抱いたまま彼女の上に崩れおちた。息は荒く、体は熱く重い。まだエレノアの中にいる。彼は死にものぐるいと言える勢いでエレノアをぎゅっと抱きしめた。やっと我に返るとエレノアは両手で彼の背中をやさしくなで、落ちつかせた。デイモンは彼女の首の付け根に顔をうずめている。まるでそこからぬくもりと力を得ようとするかのように。

エレノアはこみ上げるやさしい気持ちをこらえた。やっとデイモンが体を離してかたわらに横たわったとき、エレノアはぼんやりと光に照らされた彼の顔を見つめた。疲れきって傷つきやすさの浮かんだ表情だ。それでも、その目にあった取りつかれたような表情は薄れていた。

エレノアは希望を感じ、彼の手をとって指をからめた。「眠りなさい、デイモン。今夜はいっしょにいるわ」

うれしいことに、デイモンは素直に目を閉じた。長いまつげが彼の頬に影をつくっている。

エレノアは胸がいっぱいになり、からめた指に力を込めた。今夜はずっとこの人を見守ろう。つらい悪夢になんか襲われないように。

夫を抱きしめてなぐさめられるのは妻の特権だわ。エレノアは思った。大あわてで結婚して以来初めて、本当に自分が妻だという気がした。

デイモンの妻。

奇妙な感じがするけれど、それでもすばらしい響きの言葉だ。デイモンと絆を結んでいるという実感がうれしかった。

たとえデイモンが本当の夫になりたいと望んでいないとしても、わたしに特別な気持ちを抱いているのはたしかだわ。ついさっき激しく愛されたことがその証拠だ。

彼はたしかに疲れきっていた。ゆっくりと規則正しく呼吸しているところを見ると、深く眠り込んだようだ。

エレノアはかすかに微笑んだ。そっと彼の胸に手を置き、指先で心臓の鼓動を確かめる。

デイモンがぬくもりを求めて無意識に体をよせてきたとき、エレノアの心はなごんだ。

今夜、なぐさめが伝わったようだ。今もデイモンは兄のことを話したがらないけれど、少なくとも最初の第一歩はうまくいった。

デイモンがかたくなに心を守ろうとする理由はわかっている。なぜ愛を受け入れようとしないのかも。愛する人を失うことに耐えられないのだ。デイモンの恐怖がどれほどのものだったのか、エレノアは思わずにいられなかった。

もちろん、エレノア自身も恐怖を抱えている。ふたたび裏切られたらと思うとこわかった。デイモンの約束を信じていいのだろうか？　幸せを信じていいのだろうか？　裏切ろうと思えば、デイモンは二年前と同じく簡単に彼女を裏切れるだろう。

それでも婚約を破棄して以来初めて、エレノアは希望を抱きはじめていた。デイモンと本当に愛し合うという夢は現実となるかもしれない。

デイモンが早く防御を解けば解くほどうまくいくはずだ。頭の中で警告の声がする。傷つくような目にはあいたくない。それでもデイモンについて知れば知るほど、彼を愛さずにはいられなかった。

17

妻になったら、夫の肉欲をかき立てるよう努力しましょう。うまくいけば、あなた自身も悦びを得られます。

——匿名のレディ著『若いレディに贈る、夫を捕まえるためのアドバイス』より

寝室に差し込むまばゆい日の光を感じて、デイモンは目覚めた。どうやらコーンビーが起こしてもいい頃合いだと考えて、カーテンを開けたようだ。

デイモンは光に目を細め、無精髭の生えた顔を枕に押しつけた。頭ががんがん痛む。強いブランデーを飲みすぎたせいと、さらに強烈な記憶のせいだ。

昨夜のことは思い出したくなかった。エルに素の姿をさらけ出し、あらぬ事を口走り、狂ったように愛を交わしてしまった。それなのに、エルはひと晩中彼をやさしく抱きしめてくれた……。

思い出したくなくとも、シーツに彼女の香りが残っている。エルのなまめかしい姿が記憶によみ

がえった。

認めたくはなかったが、昨夜はエルのなぐさめが必要だった。どんなに追い払おうとしても、エレノアは頑として拒んだ。ずっとそばにいて、悪夢と戦う彼を助けようとしてくれた。

酔っぱらった夫にこんなことをしてくれる妻がどれほどいるだろうか？

聞きなれた低い咳払いの音がした。誰かいる。デイモンがやっと片目を開けると、部屋のすみでコーンビーが礼儀正しく待っていた。

さらに部屋を見わたしたが、妻の姿はどこにもなかった。

「朝食をお持ちしました、だんな様」コーンビーが妙にうれしそうな様子で言った。

「空腹ではない」デイモンはつぶやいた。近侍には早いところ下がってほしかった。

「ぜひお召し上がりください。奥様から、だんな様がきちんと食事をとられるところを見守るようにとのことで。私も奥様のご意向に沿うつもりでございます」

かすかに挑発するようなその口調を耳にして、デイモンは仕方なく体を起こした。ゆっくりと枕を背に当て、裸の下半身を隠すために上掛けを腰まで引き上げる。

「おまえの給料を払っているのは私だということをよもや忘れてはいないだろうな、コーンビー？」デイモンは、朝食の盆を膝に乗せようとする近侍にたずねた。

「忘れてはおりません、だんな様。ですが、私は奥様に気に入っていただきたいと思っております。長年の経験から、奥様がお幸せなお屋敷は何事もうまくいくと知っておりますので」

デイモンは微笑みをこらえた。微笑もうとすると頭が痛くなるからだ。代わりに、盆の上の食べ物をざっと見わたした。クランペット（パンの一種）、卵、ベーコン、コーヒー。それに、濃い緑色のどろどろした液体が入った背の高いグラスがあった。「これはいったい何だ？」

「奥様が用意された飲み物でございます。お兄様のダンヴァーズ伯爵がご愛飲されているものだそうで。二日酔いに効くそうです。レディ・レクサムのお話では、頭痛にすばらしい効果があるとか」

用心深くグラスを手にとると、デイモンはおずおずとひとくち飲んだ。見た目より悪くない味だ。おいしいとまでは言いかねるが。「中身は何だ？」

「存じません、だんな様。奥様が厨房で自らおつくりになったのですよ。今後のためにつくり方を教えてくださると約束してくださいました。ああ、伝言がございます。奥様からですが、一時間後、乗馬におつきあい願いたいとのことです。だんな様のご気分がよろしければですが」

デイモンは言葉を濁した。昨夜の愚行を見られたばかりなのに、エレノアと顔を合わせたいのかどうか自分でもわからなかった。あれほど完全に防御を解いてしまったあとでは、エレノアから距離を置くのが賢明な気がした。

それでも、妻に送る結婚の贈り物についてコーンビーにたずねるのは忘れなかった。「レディ・レクサム宛の荷物は届いたのか？」

「まだでございます。でも、ロンドンから今日あたり届くはずです。届き次第、ご命令どおりに植えるようちゃんと監督いたします」

「いいだろう」

「それから――」コーンビーが言いそえた。「お従姉妹様のミス・ブランチャードがだんな様のご様子を気にかけていらっしゃいました。お時間があるときにお会いしたいとのことです」

「理由を言っていたか？」

「いいえ。ですが、昨日だんな様のお姿がなかったことを心配されたのではないでしょうか」

デイモンはため息をついた。本気で会おうとするテスからは逃げられない。だが、テスは従姉妹として彼に親近感を抱いてくれている。心配されても当然だろう。しかもテスは、彼にとって昨日がどんな日か知っている数少ない人間のひとりだった。

エレノアがつくった飲み物を飲み、朝食を半分ほど腹に収めたおかげでいくらか気分がよくなっていた。それから一時間、彼は風呂に入って髭を剃り、乗馬服に着替えた。

大きな鏡の前でクラヴァットをしめていると、扉をたたく音がした。デイモンの体に緊張が走った。エレノアだろうか。だが、肩ごしに目を向けるとそこにいたのはテスだった。

明るくコーンビーにあいさつすると、テスは近侍の脇をすり抜けてデイモンのそばにやって来た。デイモンの服装に気づいてにっこりと微笑んだ。「いい傾向ね。外へ行く気が出たのは。すてきな朝ですもの。嵐が過ぎて今日はあたたかいわ」

デイモンが顔を向けると、テスは背のびして彼の頬に軽くキスをし、じっと顔をのぞき込んだ。

「少し疲れているみたい。でも、思ったよりひどくないわ」

テス自身は淡い緑色のカージミヤ（あや織りの毛織物）のモーニング・ドレスを身につけ、さわやかで愛らしい姿をしている。だが、目の中の光を見れば、いつもの落ちつきがそこにあった。よくない兆候だ、とデイモンは思った。

じっくり話をすることになると覚悟を決め、彼はコーンビーを下がらせた。近侍はお辞儀をして朝食の盆を手に出て行こうとした。

すれちがいざまにテスが食べかけのクランペットを皿からつまんだ。驚くデイモンの目の前で、テスはコーンビーが整えたばかりのベッドに腰を下ろした。これほど礼儀外れのふるまいをするとはテスらしくなかった。少なくとも体面上、扉が開けてあるとはいえ。

それでも、デイモンは何も言わず鏡に向きなおってクラヴァットをしめる作業を再開した。

「あなたには好奇心を刺激されるの」クランペットをかじりながらテスが言った。「てっきり今日は不機嫌そのものじゃないかと思っていたわ。寝室から出て行けって言わないのね」

「そのほうがよかっただろうな」デイモンが皮肉っぽい口調で答えた。「男の寝室に足を踏み入れるとは礼儀外れもいいところだぞ。たとえ親戚でも」

「わかっているわ。でも、あなたったらわざとわたしを避けていたでしょう。だから、裏をかく必要があったのよ。あなたに話したいことがあったの。たしかに毎年喪に服す時間が必要なのはわかるわ、デイモン。でも、限度というものがあるのよ」

デイモンは肩ごしにテスを見やり、もの言いたげに眉をつり上げた。「お説教かい？　きみならわかってくれると思っていたのに」

「あら、わかっているわよ。昨日あなたがめそめそ悲しんでいる邪魔をしなかったことを感謝してほしいわ」

その言葉にデイモンはぎょっとした。兄の死による衝撃と悲しみを誰よりも理解してくれていたのはテスのはずだった。テス自身、愛する者の突然の死を経験していたからだ。

「めそめそ悲しむだって？」デイモンがくり返した。

「そうよ。あなたの気持ちはよくわかっているわ、デイモン。だって、この二年同じことをしてきたんですもの。婚約者が死んだとき、あなたはなぐさめてくれたわ。わたし、お返しがしたいのよ……。でも、今のあなたにはエレノアがいるわ。わたしが話を聞く必要はないのかしら？」

デイモンはテスの質問に答えずにこう言った。「私なら大丈夫だ、テス」

テスはかすかにうなずいた。「わたしも自分にそう言いきかせてきたわ。完全にまちがっていたけどね」テスの表情が真剣になった。「あなたの気持ちは理解しているつもりよ、デイモン。愛する人に死なれたら深刻な影響を受けるわ。そうでないふりをしても、だめなの」

「私はべつに何のふりもしていないさ」

「そうかもしれない。でも、ずっと自責の念に苦しんできたのじゃないかしら。ジョシュアが死んだのに生きのこってしまったと自分を責めずにいられなかったのでしょう。ジョシュアが幸せな人生を送れないのなら自分が幸せになる権利はない。そう思っているんじゃない?」

　デイモンは唇を一文字に結んだまま黙っていた。テスはさらに続けた。

「あなたは心からお兄様を救いたかった。でも、救えなかった。だからひどい罪悪感に囚われているのよ」

　デイモンは反論しなかった。人生で最大の後悔は、兄を死から救えなかったことだったから。

だが、黙りこくる彼の態度にテスはいらだちを覚えたらしい。「でもデイモン、あなたが人生を放り投げることをジョシュアは望んだかしら?」そして、自ら答えを口にした。「もちろん、そんなはずはないわ。ジョシュアが亡くなったとき、わたしはまだ小さかったけど、あの人がヒバリが好きだったことは覚えているの。人生を愛していたのよ。だから、あなたが今もひどく彼の死を悲しんでいると知ったら、ジョシュアは苦しむと思うわ。絶対あなたに新しい人生を生きてほしいと願っているはずよ。今日わたしはそれを言いに来たの。わたし、やっとわかったのよ。みんな、今この一瞬を愛して生きなくちゃいけないの。限られた時間をせいいっぱい生きなくてはいけないのよ」

「年をとって哲学者になったというわけかい?」デイモンが物憂げな声で言った。

「いいえ。でも、自分で変えようもない悲劇を嘆く無意味さは承知しているつもり」

　答える代わりにデイモンはクラヴァットの最後の結び目を通し、コーンビーが用意しておいた乗馬用の上着を手にとった。

テスはクランペットの残りを飲み込み、ふたたび口を開いた。「あなたに頼れる人ができてよかったと思っているの。抱え込んでいる感情をエレノアにちゃんと伝えたんでしょうね？」

自分からちゃんと伝えてはいない。ディモンは思った。今もなまなましい感情だからエルに伝えたくなかった。それでもたしかに、昨夜は心の痛みがいくぶん弱まった気がする。エレノアがなぐさめてくれたおかげだろう。

エレノアに感謝しなければならないな。ディモンは理解していた。

それに、昨夜ふたりのあいだで何かが変わったことも否定できなかった。どういうふうに考えたらいいのかまだわからない。これまで絶対に認めたくなかった欲求をエレノアは埋めてくれた。それは、彼女を求めずにいられないという強い欲求だった。

何も言おうとしないディモンにテスが顔をしかめた。「あなたたち、恋愛結婚ではないのでしょう。大急ぎの式だったし、ここ数日お互いに距離を置いている様子からすると」

テスの率直な言葉にディモンは落ちつかない気持ちになった。「ああ、恋愛結婚ではない。」さりげない声で答えた。「だが、きみには関係のないことだよ」

「いいえ、関係あるわ」テスがにこやかに切り返した。「あなたは、わたしにとっていちばん近い身内よ。兄みたいに思っているもの。つらいとき、わたしにはローリング姉妹がそばにいてくれたわ。でも、あなたには誰もいなかった」

テスが言葉を切った。「あなたの気持ちはわかっているのよ、ディモン。親密な関係を築くと自分が弱くなって傷つきやすくなってしまう。そんな気がして、とても恐ろしくなるのでしょう。だから、殻をつくって閉じこもってしまったのね。あなたは感情を出さないようにしてしまったの。自分の中に隠すのよ。でも、自らを孤立させればしっぺ返しを受けるわ。この二年というもの、わたしは半分死んでいたような気がするの。世界は動いているのに」

たしかに自分もそうだ。デイモンは認めざるを得なかった。

「とてもさびしい生き方よ」テスが悲しげに言った。「たしかに、悲しみは減らせるかもしれない。でも、喜びも愛も感じられないのよ。愛がなければ人生は不完全なものだわ、デイモン」

テスの言葉を受け入れたくなかった。愛と親密な関係を避ければさみしい人生かもしれない。だが、テスこそ愛の持つ危険を知る生き証人だったはずだ。婚約者を失った彼女の苦しみと悲しみを、デイモンは経験したくなかったのだから。

彼とエレノアはすでに肉体関係がある。だが、それ以上親密な関係にはなりたくなかった。そのはずではなかったか？　愛を返せないのにだまして傷つけたくはない。二年前の再現は絶対にない。

テスは追いつめすぎたと思ったらしく、声をやわらげて自分のことを話しはじめた。

「わたし、いつか誰かを愛したいと思っているの。それまでは、もっと充実した人生を生きるつもりよ。人目や礼儀作法を気にするのはやめたの。髪型も変えようかと思っているわ。あなたはずっと道徳を敵に回した生活をしていたでしょう、デイモン。今度はわたしの番よ」

デイモンは上着のボタンをとめながら鋭い目を向けた。「きみのほうが心配だな、テス」

テスはすばらしい美貌を際立たせるような笑顔を見せた。「いいえ、心配はいらないわ。そんなに不道徳なことはしないつもりですもの。ほんのちょっとだけ。慈善事業のことがあるから、そう悪い行いはできないわ。もうじゅうぶん喪に服したわ。そもそも未亡人でもないのに」

デイモンはテスの手をとった。「とりあえず私が喪に服すのをやめると約束したら、放っておいてくれるかな？」

テスがえくぼを浮かべた。「そうね。何を考えているの？」

「今朝は妻とふたりきりで乗馬を楽しむつもりなんだ。喜んでくれるだろう」

テスの微笑みは美しかった。「すばらしいわ」そう声をあげると、手を引っ込めてベッドから立ち上がった。「そういうことなら、わたしもお役ごめんね。あなたの心の壁を崩す仕事はエレノアに任せるわ」

テスは部屋を出て行った。彼女とエレノアにかき乱された心をどうしたらいいのか、デイモンは迷っていた。

デイモンが乗馬の誘いを受けてくれるかどうか、エレノアにはまったく自信がなかった。けれども、召使いからレクサム子爵の伝言を受け取った瞬間、心が舞い上がった。十一時に厩舎で会おうという伝言だった。

明るい気持ちで二階へ行き、着替えることにする。おしゃれな紺の乗馬服におそろいのシャコー帽を身につけたエレノアは、鏡に映った姿にかなりの満足を覚えた。

厩舎に着いてみると、馬もデイモンもすでに待っていた。うっとりするぐらいハンサムだわ。エレノアは彼の顔をのぞき込んで思った。もっとも、謎めいた表情からは昨夜と同じように何も読み取れない。

どうやらデイモンは昨日のことを思い出したくないようだった。短いあいさつのあと、彼は何も言わずにエレノアを馬に横乗りさせ、自分も馬に乗ったからだ。

ふたりは、栗《くり》の木やシャクナゲの立ち並ぶ長い車道に馬を導き、やがてローズモントの敷地をあとにすると田園地帯に馬を走らせた。

エレノアは少し疲れていた。夕べデイモンが眠る姿をずっと見守っていたからだ。それでも、ハウス・パーティが始まってからこれほど気力が充実していたことはなかった。

すばらしい日だ。雨上がりの大気はすっきりとさわやかで、太陽は明るく輝き、かすかに秋の甘い香りが漂っている。草深い丘陵地帯や緑の谷間が何マイルも広がり、水平線と英仏海峡へ続いている。

しばらくしてエレノアは何を言うべきか言葉を探した。デイモンのことを意識せずにはいられない。何を考えて何を感じているのだろう。とりあえず月並みな話題を口にするのが賢明だという気がした。

「それで、マーカスの強壮剤は頭痛に効いたのかしら？　幸いにも、わたしは自分で試したことがないのよ」

デイモンの唇に皮肉っぽい微笑みが浮かび、エレノアの気持ちが明るくなった。「ああ、効いたよ。きみに感謝しないといけないな」

「よかった。いっしょに乗馬を楽しむ気になってくれたのもよかったわ。何日も屋敷の中に閉じ込められて、いいかげんうんざりしていたの」

「そうだな」デイモンがうなずいた。「しばらくふたりでいっしょに過ごすべきだと思ったのだよ。私たちが距離を置いていると気づきはじめた人もいるからね」

なにげない言葉にエレノアはがっかりした。デイモンが招待を受けたのが人目を意識したからだと知って、少し傷ついていた。

エレノアの場合はちがっていた。デイモンのそばにいるだけで楽しかった。それはいつも変わらなかった。

実際、今こうしていても、二年前婚約したばかりのころのことを思い出している。興奮。期待。彼をひとりじめしている強い喜び。めくるめくキス……。このあたりをふたりで何度も馬で駆け回ったものだ。

エレノアにとって特別なひとときだった。あの魔法の時間を取り戻せるなら、どんな犠牲でも払うだろう。それは、今日馬に乗って出かけようと誘った理由のひとつでもあった。

デイモンは特に楽しもうという気分ではないようだ。それでも、エレノアは忍耐強く彼を暗い気分から引き出すつもりだった。

「友人が書いたゴシック小説を読んでいることは話したかしら?」エレノアが言った。「とてもおもしろかったのよ。そう伝えたらきっと喜んでくれるでしょうね。批評するって約束したの。だから、今日の午後は彼女に手紙を書くつもり。このところ朝はいつも読書をしていたのよ。おもしろい本にどっぷりつかって……」

デイモンは強い視線を向けた。「馬を走らせないか、エル? 乗馬よりおしゃべりにふけるとは、きみらしくないな」

エレノアは落ち込んだ。またデイモンは突き放そうとしているのかしら? まだ暗い過去にとりつかれているの? それとも二日酔いのせい? たぶんどれも当てはまるのだろう。

とりあえず問いつめるのはやめにして、代わりに暗い気分や頭痛を吹き飛ばすのに役立つような言葉を返すことにした。

「いいでしょう。馬を走らせたいのね。さあ、行きましょう!」

答えを待たずにエレノアは拍車をかけて馬をゆるい駆け足で走らせ、彼を置き去りにした。

予想どおりデイモンは挑戦に応じ、すぐに本気で追いかけてきた。

心躍るような競走だった。デイモンはみるみる距離をつめてくる。追いついて抜き去ろうとした瞬間、エレノアが全速力で馬を駆った。ふたりは、ゆるやかに起伏する丘陵地帯に死にものぐるいで馬を走らせた。

デイモンが抜こうとすると、エレノアは横乗りのまま上体を伏せて馬の足を速めた。リズミカルな蹄の音とともに脈拍が激しくなる。

ふたりが馬を停めたとき、エレノアの心臓は高らかに鼓動を刻んだ。二馬身差でエレノアの勝ちだ。もっとも、デイモンが勝ちを譲ったのではないかと疑っていたが。

「ああ、気持ちよかった！」エレノアは大声でそう言うと、楽しさに笑い声をあげながら馬首をデイモンのほうへ向けた。

デイモンは答えなかった。身じろぎもせずじっとエレノアの顔を見つめている。

静かな夫の態度にエレノアの笑い声が消えた。もう限界だ。「信じられないぐらいすばらしい日なのよ、デイモン。それなのに、あなたったら不機嫌そうで、せっかくの楽しみが台無しになりそうだわ」

驚いたことに、デイモンは素直にうなずいた。「たしかにきみの言うとおりだ。謝るよ」

エレノアは疑わしげな目を向けた。「話をしたくない気分だってことはわかっているわ。昨日はずいぶんお酒を飲んでいたから。でも、少しは楽しくなれるよう協力してくれなくちゃ」

彼がゆっくり浮かべた微笑みは拍子抜けするほどおだやかだった。「わかっているよ、エル。本当に申し訳ない。だが実のところ二日酔いのせいではなく、きみのせいなんだ」

エレノアがキッと顔を上げた。「あら、どうしてわたしのせいなの？」

「さっきから別の身体的状態を忘れようと苦労していたのでね」

「別の身体的状態って何？」切れそうな忍耐力を抑えながら問い返す。

「きみのせいで生じた肉体的苦痛さ」

エレノアはびっくりした。知らないうちにデイモンの体を傷つけてしまったのかしら？　心配そうに彼の体をながめわたしたが、痛みを感じているような気配はない。それどころか、デイモンはゆったりと馬にまたがり、ユーモアに満ちた気だるそうなまなざしには官能的な気配すら漂っている。

「あなたの体を傷つけるつもりはなかったわ」エレノアはとまどった。

「わざとではないだろうね、スイートハート。きみのせいで耐えられないほど興奮してしまったのだよ。きみの体を知ってしまったおかげで、もっとほしくてたまらないんだ」

突然変わったデイモンの口ぶりにエレノアは目をしばたたいた。このほうが、彼らしい魅力的な放蕩者の態度だ。

何も言わないエレノアの顔をのぞき込みながらデイモンは首をかしげた。「二年前ふたりで馬を走らせたとき、よく夢想したものだよ。きみを地面に押し倒し、ドレスをはぎ取って陵辱したかった。きみは気づいていたかな？　名誉に縛られていたから実行しなかったまでだ。だが、もう結婚したのだから止めるものは何もない」

エレノアの心臓がドキッと音をたてた。この場で体を奪うだなんて不道徳にもほどがある――

たとえどんなに魅力的な誘いだとしても。きっと深い話にならないよう、こちらの気をそらしているのだわ。それでも、デイモンの顔から暗い表情は消えていた。

「急な結婚で傷ついたわたしの評判を修復しないといけないんじゃなくて？」エレノアが言った。

「野原の真ん中で裸で騒ぎ回ったら、もっとひどいスキャンダルになりかねないわ」

「野外で初めて愛を交わしたとき、きみはスキャンダルなんか気にしていなかっただろう」

「でも、気球の下で隠れていたわ。こんなひろびろとした場所で服を脱ぐって言うの？」エレノアは、太陽の降りそそぐ周囲の野原に手を向けた。

「ここにいるのは羊だけだ。羊は邪魔をしないだろう」

この人、本気だわ。エレノアは気づいた。かすかな戦慄が体を突き抜けた。それでも、新たなスキャンダルの可能性など気にもしないデイモンの態度は驚きではなかった。いかにも世間のしきたりを破るのが好きな彼らしい。

「あなた、羊と親密になりたいのね」エレノアが切り返した。

デイモンはすぐさま満面の笑顔を見せた。「いいや。きみと親密になりたいんだよ」

その目に光る楽しげなきらめきを見てエレノアの心はなごんだ。それでも、ファニーのアドバイスに従えば、そうそう簡単に屈服するわけにはいかない。

「誰か来るかもしれないわ」気軽な調子で言い返す。

「来るとしても、遠くにいるうちにこっちから見えるさ」

「昨日の嵐で草が濡れているわ」

「大丈夫。私に任せてくれ」

「どうするの？」

「立ったままするのさ」

エレノアはわざとじらすような視線を向けた。「なんだか気持ちよくなさそう」

「そんなことはないよ、ダーリン」

それ以上エレノアが言い返さないのを見て、デイモンはひらりと馬から下り、手を貸そうと近づいた。彼にウェストをつかまれ鞍から降ろされたとき、エレノアは彼の目に浮かぶ表情に釘づけになった。

エレノアの体を自分に引きよせつつ降ろしながら、デイモンは顔を近づけた。耳元でつぶやくその声は低く楽しげだ。「きみがあくまで気取ったことを言うなら、あの丘の上にあるブナ林へ行こう。あそこなら人目につかない。きみのドレスも脱がさない」

明らかにデイモンはいつもの挑戦的な性格を取り戻していた。初めて求愛したころ、エレノアの心を奪った魅力的な男の姿がそこにあった。歓迎すべき変化と言えるだろう。昨夜、彼が見せた悲しみと苦悩に満ちた姿に比べれば。エレノアは追いつめられていた。

ためらう彼女を見て、デイモンが耳たぶをかんだ。「夕べきみは私を助けようとしてくれた。まだ助けがいるんだよ、いとしいエレノア」

奇妙なことに、誘惑に満ちた声の中に本心を思わせる真剣な響きが感じられた。エレノアは体を離して彼の顔を見た。昨夜彼がかいま見せたのと同じ傷つきやすさの気配が浮かんでいた。

心がきゅっとうずき、エレノアは彼に微笑みかけた。「こんな魅力的な申し出をお断りするわけにはいかないわね」

デイモンの目の中に火花が散った。草をはむ二頭の馬を残し、デイモンはエレノアの手をとって草深い丘の斜面を登り、林の前で足を止めた。

シャコー帽をとめるピンを抜きはじめたデイモンに、エレノアが驚いた表情を見せた。「ドレスは脱がさないって言ったでしょう」

「そうだよ。だが、きみの髪が乱れるところを見たい」

帽子を外すと、デイモンはカールした髪に指を差し入れて彼女の顔を見下ろした。

デイモンの顔が近づき、日ざしをさえぎった。それでも彼の目がはっきりと見える。所有欲と欲望に満ちた暗く深いまなざしを見て、エレノアは体の奥深いところが熱くなるのを感じた。

「何を待っているの、だんな様？」エレノアがじらすようにたずねた。

デイモンが期待に満ちた微笑みを浮かべ、キスで答えた。両手で彼女の顔を包み込むと、彼は燃えるような口づけをした。

なまなましい男の欲望を感じてエレノアは息をのみ、激しい動悸に襲われた。やがてデイモンに導かれるまま、大きなブナの木に背を押しあてられた。

燃えるようなキスをしながらデイモンはエレノアの上着のボタンを外し、スカートをめくり上げ、太ももをむき出しにした。

指が女の中心を探り当て、欲望の証である愛液に濡れた裂け目をとらえた。指を差し入れられた瞬間、エレノアは鋭く息をのんだ。知らないうちに、すっかりしたたって彼を受け入れる準備ができていた。デイモンは満足したらしい。なぜなら突然キスをやめ、欲望に満ちた目を向けたからだ。

本能をたぎらせた表情を見てエレノアの奥深い場所が熱くなった。彼女はふるえる手でデイモンのズボンの前ボタンを外していった。引きちぎってしまいたいという衝動をこらえながら。やっと前垂れが開くと、怒張した男性自身が飛び出した。

すっかり硬くなり、見事なほど大きくそそり立っている。エレノアはうっとりして、片手でそれを握りしめた。包み込む指の感触にデイモンがうめき声をあげた。そして、たくみな彼の唇を求めてエレノアが見上げると、デイモンは満足そうなうなり声をあげて激しく唇を奪った。

熱くほてった唇がエレノアの唇をむさぼっている。一方、デイモンは上着の襟を開いてボディスの上をなで回し、胸のふくらみをまさぐっている。まるでエレノアの体に触らずにはいられないかのように。

エレノアは所有欲もあらわな愛撫に体をのけぞらせ、うめき声をあげた。デイモンによって欲望のうずきをかき立てられている。女の本能がデイモンを求めている。けれど、このままでは満たされない。もっと彼がほしい。

言葉にならない思いを感じとったかのように、ディモンが願いを聞き入れてくれた。両手をエレノアの腰にすべらせてお尻をつかむと、わずかに膝を曲げてから彼女の体を持ち上げ、ゆっくりと男性自身の先端をふるえる裂け目にめり込ませたのだ。

彼のものの感触はすばらしかった。エレノアは体をふるわせ、キスしたますます泣くと、ディモンのために大きく体を開いた。もっと深く貫かれたかった。

奥まですっかり満たされたとき、エレノアは欲望に包まれて体が溶けたような気がした。ディモンを抱きしめ、両脚で彼の腰を必死に締めつけながら、男のものを突き入れられている。せつなげなすすり泣きがふたたびもれた。エレノアの体はもはや完全にディモンのものだった。心を奪われ、気が遠くなっている。燃えるような欲望と快感でエレノアはふるえていた。

やがて、ふたりの体が放つ熱が耐えがたいほど高まったかと思うと、荒れ狂う炎となって燃え上がった。次の瞬間、エレノアは叫び声をあげ、体の奥を激しく痙攣《けいれん》させた。エクスタシーの波が次から次へと襲いかかった。

エレノアの放った悦びの叫び声をディモンの唇がとらえたが、彼自身も爆発的な頂点に達した瞬間、荒々しいうめき声をもらした。全身を激しく引きつらせ、彼はエレノアの中に精をほとばしらせた。

木の幹によりかかったエレノアに、ディモンは力なく体をもたれさせた。エレノアの体はまだ彼を包み込んだままふるえている。両脚を彼の太ももにからませて、彼の首に顔をうずめている。ふたりはしばらくそのまま動かなかった。荒い息が混じり合ううちに乱れた鼓動がゆるやかになっていく。

デイモンより先にエレノアは我に返った。彼の情熱はとてつもなく激しく、彼女の魂をゆり動かした。やっと見上げたエレノアの目に映ったのは、疲れきってぼんやりと見つめ返す彼の目だった。

そのときデイモンが動いた。まだつながった状態でエレノアの体をしっかり抱きかかえたまま、彼は林の中から明るい日ざしの中へ歩いていった。

丘の斜面に突き出た平たい岩の前までたどり着くと、デイモンはそっと彼女を下ろし、自分はかたわらに横たわった。そして、やさしくエレノアを抱きしめた。

ふたりは腕をからませ、抱き合っていた。エレノアの心は穏やかだった。疲れ果ててはいたが満足していた。永遠にこのままでいたい。喜びに満ちた美しい朝のひとときを、デイモンに抱きしめられる幸せにひたっていつまでも過ごしたかった。

けれども、デイモンは同じように平穏な心境ではなかった。まだエレノアが激しい交わりに慣れていないというのに、二度も乱暴に体を奪ってしまった。

それなのに、エレノアは完全に満足している様子だ。動揺するデイモンとは対照的に。エレノアを自分のものにしたいという欲求は圧倒的で、恐ろしいほどだった。

彼女の魅力から離れられれば、とデイモンは願った。ふたりのあいだの炎がこれほど強く燃え続けるとしたら、いずれ深刻な危険に見舞われるだろう。

それでも……これは今まさに自分が望んでいることだった。必要としていることだった。このやさしい気持ち。おだやかな親密感。

指先でエレノアの背中をたどりながら、デイモンはふたりで抱き合う感触を味わっていた。その一方で、心の中でせめぎ合う感情の説明をつけようとしていた。

狂おしいほどエレノアがほしいという気持ちがある。それでいて、ここから逃げ出したい気持ちもある。と同時に、長年の信念に対する強い疑念も生まれていた。二度と誰も愛さないと、これまでずっと誓ってきた。苦痛を感じる弱さを二度と自分に許したくなかった。

だが、エレノアへの愛から逃げる必要などあるのだろうか？

そんな必要があるとしたら、なぜこうして彼女を見ているだけで心地いいのだろう？　やさしく気だるげで眠たそうな顔。キスをしたせいでふっくらとした唇。日の光に輝く乱れた黒髪。頬をかすめる長いまつげ。

思わずデイモンは手をさしのべ、エレノアの繊細なほお骨を指先でなでた。

まぶたを閉じたままエレノアは静かに微笑んだ。

デイモンは心を打たれた。あたたかい気持ちがあふれ……うろたえた。

ついさっき、どうしようもないほどエレノアがほしかった。求めずにいられなかった。これではまるで愛だ。

愛……。

デイモンはたじろぎ、唇をかみしめた。心の奥底からこみ上げる望ましくない感情に抗っていた。もう一度エレノアの中に入りたかった。深く彼自身をうずめて、そのままひとつになりたい、彼女の癒しの力にひたって生まれ変わりたい。自分でも驚くほど強い感情だった。だが同時に、頭の中で警告の声が鳴り響いている。

二年前と同じ警告だ。

だが、今はあのときと状況がちがう。二年前、エレノアは彼を虜《とりこ》にした美しくはつらつとした女だったが、今は妻でもあった。結婚によって問題は一変した。

高まるばかりの心のざわめきにデイモンは顔をゆがめた。初めて出会ったときからふたりのあいだに特別なものがあるのはわかっていた。あらゆる意味でエレノアは理想的な相手だった。すべてをそなえた女。賛美と尊敬を捧げずにはいられない女。

エレノアを手に入れるという幸せに恵まれながら彼女に逃げられるとしたら、愚か者というしかない。それこそデイモンが最初にしでかしたことだった。

苦しみを恐れるばかりにエレノアとの未来を否定していたのか？　デイモンは自問した。

テスの言うとおりであるのはわかっていた。彼は自分のまわりに防御の壁を築いていた。心を閉ざしていた。心を開きすぎれば傷ついてしまうと恐れていた。

今この瞬間も、壁の中に逃げ込みたくて仕方がない。

それでも、テスから言われるまでもなく重要な真実に気づいていた。エレノアがいなければ、半分死んだような気持ちで生きるしかない。

二年前エレノアをはねつけたのは重大な過ちだったと認めるときが来たのだろうか？　絶対恋に落ちまいとむりやり決心した末のことだったが、あの日デイモンはとても貴重なものを失った気がした。

もしかしたら、今からまちがいを正しても間に合うのかもしれない。ふたりのために。

兄に感じた仲間意識と友情がひどくなつかしかった。兄弟の絆は死によって無惨にも断たれた。それなのに、自分はエレノアとのあいだに生まれたかすかな絆を自らの手で断とうとした。

だが、エレノアは彼の空虚感を消してくれるかもしれない――防御を解くことさえできれば。恋人であり妻であるだけでなく、友人に、伴侶になってくれるかもしれない。彼の人生に満ちる冷たい孤独を追い払ってくれるかもしれない。エルは、彼の人生に欠けているものそのものだった。喜び。友情。笑い。感情。長いあいだそんなものを感じたことはない。

エレノアとなら、冷たい便宜結婚以上の関係を築いていいのだろうか？

そもそも選択の余地などあるのか？

エレノアから身を守るすべはなく、自分の感じる欲求も否定しようがなかった。

そうだ。単純なことだ。自分はエレノアと本当の結婚がしたいのだ。喜びに満ちたエレノアの笑い声が聞きたい――さっき馬を競走させた直後、耳にしたように。欲望を満たされたエレノアが彼の名を叫ぶ声が聞きたい――今しがた愛を交わしたときのように。あれほど望んでいる子どもを産ませてやりたい。デイモンはエレノアの幸せが、愛がほしかった。

デイモンは目を閉じ、エレノアの匂いを吸い込んだ。ぬくもりを味わい、香りを確かめる。ただ抱きしめているだけなのに、うれしくて胸がいっぱいになる。

エルを愛する自分が想像できた……ずっと永遠に。

なぜか彼の喉からふっと笑い声がもれた。ほんの数週間でこれほど変わってしまうとは。誰に対しても感情を動かされるものかと誓ってきた。心を開くなどもってのほかだと。けれども今、デイモンはエレノアと真の夫婦になろうと考えていた。

だが、まずは信頼を勝ち取らなければ。エレノアに心を捧げてもらうには、自分が信頼に値する男だと証明する必要がある。

兄の墓の前に立って運命を呪って以来初めて、デイモンは恐怖を克服しようと決意した。

エレノアと本当の未来を築くために。

ふたりで充実した人生を生きるために。

エレノアの望みどおり彼女を愛するために。

18

所有欲や嫉妬を感じても態度に出さないようにしましょう。男性は、ミツバチのように花から花へ飛び交う自由を望んでいるものです。

——匿名のレディ著『若いレディに贈る、夫を捕まえるためのアドバイス』より

デイモンはその日の午後も夜もエレノアといっしょに過ごすつもりだった。今夜は彼のベッドで寝るようにとエレノアに伝えたとき、彼女は異議を唱えなかった。けれど、ふたりがローズモントへ戻ってみると、妻に愛をささやき真の夫婦関係を築こうとする彼の計画に次々と邪魔が入った。

乗馬服を着替えようとエルが自室に退いたあと、デイモンも自分の部屋に戻った。そこには、深刻な顔をしたコーンビーの姿があった。

「一時間前これが届きました、だんな様」近侍はこわばった表情でそう言うと、手紙を手渡した。

ラベンダーの香りのする羊皮紙の表に「レクサム子爵様」と丁寧な文字が書かれている。

見覚えのある筆跡を目にした瞬間、デイモンは顔をしかめた。

いったいどういうつもりだ？　なぜ今になってリディア・ニューリングが手紙をよこしたのだろう？　エレノアと未来を築こうと決心したとたん元愛人の登場か！

〝親愛なるレクサム〟文面はこう始まっていた。

〝ハウス・パーティのお邪魔をしたくはないのですが、今どうしてもあなたの助けが必要なのです。お願い。三十分でいいからブライトンの〈イノシシの頭亭〉で会っていただけないかしら。こちらで会うほうがお気に召すはずです。わたしがレディ・ベルドン主催の高級なパーティ会場に押しかけるよりは。　かしこ、リディア〟

デイモンは胃が痛くなった。リディアの最後の一文は、要望に応じなければハウス・パーティに押しかけてやるという、それとない脅迫だろうか？　それとも、社会的体面を配慮しただけなのか？　高級娼婦が貴族の屋敷を訪ねてかつてのパトロンに会いに来たとなれば、大騒動になってスキャンダルまちがいなしだ。

だが、スキャンダルはともかく、心配なのはエルの反応だった。夫の元愛人が堂々と現れたりしたら、恥ずかしい思いをして傷つくにちがいない。

デイモンの知るかぎり、リディアが脅迫をするとは思えなかった。気のいい女で策略をめぐらすたちではなかったからだ。それでも、ただでさえじゅうぶんとは言えないエレノアの信頼を損ねるような危険は冒したくなかった。

だが「一時間ほど外出して戻ってきたら着替える」と伝えると、コーンビーは見るからに不服そうな表情を見せた。

「こんなことをなさって本当によろしいのですか、だんな様？」出かけようとするデイモンに、近侍が悲しげにたずねた。

「こんなことって何だ？」

「ミセス・ニューリングに会いに行かれることです。そのおつもりでは？　僭越《せんえつ》ながら、レディ・レクサムはこの密会を侮辱と思われるはずと申し上げねばなりません。二年前ミセス・ニューリングのせいで起きた婚約破棄の二の舞はもう拝見したくございません」

「私もだよ」デイモンは心から言った。

年老いた近侍のしわが深くなった。「それではなぜ、奥様のお怒りを買う危険を冒そうとなさるのですか？　結婚されたばかりですのに。イタリアから戻られてから節制されていたではありませんか」

コーンビーはデイモンがずっと自宅でひとり禁欲生活を送っていたことをよく知っていた。また、二年前の事件もよく理解していた。だから、今デイモンが元愛人に会いに行けば同じような騒動になりかねないと心配しているのだ。

現在の微妙な夫婦関係を近侍に説明する気にはなれない。「これでは、やさしいおじさんに説教されているみたいだぞ、コーンビー」

「そうかもしれませんが、だんな様、レディ・レクサムのお立場を守るのは私の義務です。それに正直申し上げて、私は奥様が苦しまれたり悲しまれたりするところを見たくないのです」

「私だってそうだ。だが、ミセス・ニューリングに乗り込まれるよりは別の場所で会うほうがましだろう」

「それはそうでございますね、だんな様」

内心、デイモンは長年の召使いがエレノアを守ろうと必死になっている様子を見てうれしかった。それでもリディアに会わねばなるまい。この屋敷への訪問を阻止するためだけでない。助けを求めてきた相手をすげなくはねつける気になれないこともあった。過去の関係を思えば、彼の助けを必要とする理由に耳を傾ける恩義はあるだろう。

「レディ・レクサムには、仕事の件で用があるから少し遅れると伝えてくれ」

「承知いたしました。でも、仕事の件ではなさそうでございますね」近侍が当てつけるように言い返した。

「事務的な用件だ」デイモンが断言した。「あくまでそのつもりで行く」

わずかに安心した様子を見せたものの、コーンビーは黙ったままデイモンを見送った。

厩舎の前までやって来たところで、デイモンはハヴィランド伯爵に出会った。

「ちょうどよかった、レクサム」ハヴィランドがすぐさま声をかけた。「これできみを探す手間が省けた。少し時間をもらえないか」

デイモンは伯爵の真剣な表情に気づいた。しかも、プリンス・ラザーラの警護に雇ったボウ・ストリートの捕り手のひとりホレス・リンチもいっしょだ。

「ああ、もちろん」デイモンは答えた。

「捜査におもしろい進展があったのさ」先頭に立って厩舎の脇を歩きながらハヴィランドが静かに言った。「ミスター・リンチは、殿下の事故を引き起こした容疑者を突き止めたと言っている。本人から説明を聞いてくれ」

厩舎の端で三人は足を止めた。デイモンは好奇心に駆られて捕り手の顔をのぞき込んだ。

リンチが小声で話しはじめた。「だんなから、怪しいやつがいたら見張るようにってことでしたが、ひとり見つかりましてね。あそこにいるイタリア人を見てください」リンチは厩舎の角を曲がった先にいる男をさり気なく指さした。黒髪で浅黒い肌をした、細身だが屈強そうな体つきの男が馬車馬の手入れをしている。

デイモンの目がけわしくなった。見覚えがある。パンテオン・バザール近くの通りで雑踏をかき分けて逃げた男のようだ。もう一度目を向けてから、デイモンはさっと身を引いた。向こうに気づかれてはまずい。

「あれはパオロ・ジャコモという男です」捕り手がつぶやいた。「今朝、敷地内をうろついているところを見つけましてね。話を聞こうとしたら、シニョール・ヴェッキを呼んでくれと言うんです。雇われていると言い張って。やつの顔を見てシニョール・ヴェッキは機嫌が悪かったですよ。そいつはたしかだ。私は追い払われたもんで、ふたりの話の内容までは聞き取れませんでした。だが、言い争ってましたね。だから当然、シニョール・ヴェッキがジャコモを馬丁の宿舎に寝泊まりさせるよう手配したと聞いて、こいつは変だと思ったわけです」

どうやらジャコモはラザーラから財布を盗んで逃げたスリのようだ。デイモンは考えた。

デイモンがふたりに自分の意見を告げると、ハヴィランドが鋭い視線を向けた。「ジャコモがひとりで行動しているとは思えないな」

デイモンはゆっくりとうなずいた。「おそらくヴェッキが黒幕だろう。以前、犯人ではないかと疑ったことがある。オペラ座で殿下が階段から落ちたときヴェッキはすぐそばにいたんだ。それに、パンチに薬物が混ぜられたときもヴェッキが同席していた。馬車の脱輪を含めてほかの事件でも、ヴェッキが誰かにやらせたと考えられるな」

「犯人だと証明する証拠がいるな」ハヴィランドが言った。「証拠もなしに身分のある外交官を告発するのはまずいだろう。まして従兄弟を殺そうとした嫌疑だ」

デイモンはうなずくしかなかった。今のところ、ヴェッキが黒幕だと名指ししても憶測の域を出ない。それでもデイモンはまちがいないと確信していた。

「どうやって証拠を見つけたらいいだろうか?」彼はハヴィランドにたずねた。

「簡単だ。まず、やつの部屋を捜索するんだ」

そこでリンチが口をはさんだ。「申し訳ないんですが、だんな方。私はその手の捜索は遠慮させてもらいますよ。見つかったら、とんでもなく立場が悪くなりますんで。盗人として捕まって監獄送りにされるか、もっとひどいことになりかねないでしょうな」

「喜んでやらせてもらおう」ハヴィランドが申し出た。

デイモンはしばらく考えていたが、結局断ることにした。「ありがたいが、きみが見つかっても問題になるだろう。きみまで陰謀に荷担させたくないからな」

ハヴィランドの唇に薄ら笑いが浮かんだ。「実は陰謀なら得意なんだがね。それに、応接室の陰謀よりいい気晴らしになるから、手を貸したいところなのさ」

デイモンは同情とおかしさを同時に感じずにいられなかった。長年、英国の諜報機関でスパイ網を指揮し、国際的な政治的陰謀にかかわってきたハヴィランドにしてみれば、年老いた祖母のためとはいえ長期間ハウス・パーティにつき合わされ、いいかげん退屈してうずうずしているのだろう。

「きみをがっかりさせて申し訳ないが、ハヴィランド、やはりぼくが自分で捜索しよう。見つかるのがぼくなら、レディ・ベルドンもそうそう簡単には追い出せないからな。なにしろぼくは姪の夫だから」

そのとき突然、デイモンはそもそもどこへ行こうとしていたのか思い出した。「残念ながら、捜索は少々あとで実行することにするよ。先にすませないといけない用事があるんだ。だが一時間で戻ってくる。帰り次第ヴェッキの部屋を捜索してみよう……昼食の最中あたりか」

「それならいいだろう」ハヴィランドが譲歩した。「きみが捜索しているあいだ、ヴェッキが部屋に戻らないよう手は打っておく」

「私のほうは――」リンチが口をはさんだ。「ジャコモが邪魔しないよう見張っておきます」

計画が決まったところで、デイモンはふたりに別れを告げた。馬の用意をさせて、かつての愛人に会いに行くのだ。だが、早く戻ってプリンス・ラザーラの事件の謎を解決したかった。そして、さらに重要なのは妻への求愛を再開することだった。

デイモンは驚いた。〈イノシシの頭亭〉に足を踏み入れた瞬間、プリンスと出くわしたのだ。ちょうど酒場を出ようとしていたラザーラは美しい金髪の女を片腕に抱きかかえていた。もう一方の手で豊満な胸をまさぐりつつ、女の耳元にささやきかけて笑わせている。

デイモンの姿を見たとたん、プリンスは足を止めて体をゆらし、目をパチクリさせた。どうやらかなり酔っているらしい。ローズモントのごりっぱな客たちとのつき合いに飽きて地元の酒場へお楽しみに来たのだろう。

ラザーラを警護するもうひとりのボウ・ストリートの捕り手が近くに付きそっていた。捕り手はあきれた顔で天井をながめている。申し訳なさそうな表情を見せたが、立場上どうしようもなかったのだろう。

そのとき呼びかける女の声がして、デイモンの注意がそれた。明らかにリディア・ニューリングは彼が来るのを待っていたらしい。美しい顔に安堵の笑みを浮かべ、あわてて玄関階段を駆けおりてきたからだ。

「来てくださるかどうか自信がなくて。本当にありがとうございます。あら……殿下……こちらにいらっしゃるとは知りませんでしたわ」

ラザーラとリディアは顔見知りのようだ。驚いたプリンスの表情を見てデイモンは気づいた。しかも、薄ら笑いを浮かべたところを見ると、デイモンと赤褐色の髪をした美しい高級娼婦が以前愛人関係にあったことをラザーラは知っているらしい。

「なかなかすみに置けない男だな、きみは」プリンスが思わせぶりな口調でつぶやいた。「だが、私は口が堅い男だ」

酒場女の胸をつかむ手をゆるめると、ラザーラはふらつきながら会釈して大またで玄関を出て行った。護衛があわててあとを追った。

デイモンは心の中で悪態をつき、こんな場所でプリンスと出くわした不運を呪った。もっとも、自分の不品行をばらすわけにはいかないからラザーラはこの件を言いふらさないだろう。デイモンはすばやく元愛人に顔を向けた。一刻も早く話を終えてローズモントへ戻らなければ。

「リディア、頼みがあるようだが何だね？　急ぎの用件のようだが」

「緊急なんです、デイモン。あなたの助けが必要なの。お願い、ふたりきりで話ができないかしら？　二階へ行きましょう」騒がしい酒場の扉をちらりと見る。「個室を予約してあるの」

せっぱつまった様子が気にかかるものの、デイモンはリディアとふたりきりになるのをためらった。「どうして私の居場所がわかった？」

「あなたがレディ・ベルドンのハウス・パーティに呼ばれてここに来ていることは誰でも知っているわ。どの社交欄にも載っているニュースですもの。あなたとレディ・エレノアの突然の結婚の通知もよ。最初あなたに手紙を書いてくれってミスター・ギアリーにお願いしたの。でも、新婚のあなたたちの邪魔になるからと断られてしまって。だから、わたし、自分でここまで来てあなたにお願いしなければと思ったの。妹にはもうあまり時間が残されていないから」


遅れるというデイモンの伝言を受け取ったエレノアは、ひどくがっかりしていた。それでも、今夜は彼をひとりじめできると気を取りなおし、客たちの輪に加わることにした。

プリンス・ラザーラが近づいて「庭を散策しましょう」と誘いかけたとき、エレノアは義務感から承諾した。急に結婚して以来、プリンスとはあまり話すこともなかった。数週間、あれほど彼の気をそそりプロポーズを引き出そうとしていたのに、突然デイモンと結婚したことに、少々罪悪感を覚えていたからだ。

美しく整えられた庭園の砂利道を歩いているうちにエレノアは、プリンスがかなり酔っているのではないかと思えてきた。時おりろれつが回らなくなるのだ。

やがて屋敷が見えなくなったところで、驚いたことにプリンス・ラザーラがエレノアの手をとって熱烈なキスをした。

「殿下！」息をのんだエレノアはパッと手を引っ込めた。「お忘れですか。わたしはもう結婚しているのですよ」

「忘れてなどいません、ミア・シニョリーナ」プリンスが低く情熱的な声で答えた。「私はじっと機会をうかがっていたのですよ。だが、もう待つ必要はない。あなたをわたしの愛人にしたいのです」

エレノアは唇をかみしめ、言い返したい気持ちをこらえた。変わらぬ友情を示したことを誤解されたにちがいない。

「聞かなかったことにしますわ、殿下」

ラザーラが眉をよせた。「なぜ聞かなかったことにするのです？　私は本気ですよ」

「不倫の関係を持ちかけるなんて侮辱だからです」

ラザーラはまったくわけがわからないと言いたげな表情を見せた。「なぜ私の申し出が侮辱になるのですか？　むしろ名誉に思ってくださってもいいでしょう」

なんとか不快感を押し隠すとエレノアは顔に微笑みを張りつけた。「とんでもない誤解をされているようですね。わたしには名誉とは全然思えませんわ。殿下は不義密通をそそのかしているのですよ」

ラザーラは肩をすくめた。「だが、英国ではふつうのことと理解しています。この国では、たいてい貴族の結婚は便宜上のものでしょう。妻が跡継ぎを産めば、夫も妻も控えめにやるかぎり自由に愛人をつくれるはずだ」

「たしかにそういう結婚もあるでしょう。でも、わたしの場合はちがいます」くるりと背を向けると、エレノアは庭園の小道を歩いていった。プリンスがあとから追いかけてくる。

「なぜです？　あなたがたの結婚のどこがちがうのですか？」本気でたずねているらしい。

たしかにどこがちがうのだろう？　エレノアは思った。デイモンは便宜結婚にこだわっているではないか。顔をしかめたまま彼女は直接の答えを避けた。「わたしは夫を裏切るつもりはありません。愛する人ならなおさらのこと」

「愛する人？」ラザーラが驚いた顔をした。「あなたはご主人を愛しているんですか？」

「ええ、そうです」デイモンへの愛が消えたことはなかった。あの婚約破棄のあともずっと。ほんの数週間前ふたたびデイモンが彼女の人生に足を踏み入れ、あれこれ干渉しては彼女の怒りをかき立てたときも、彼への気持ちを否定しようとしたがむだだった。結局、デイモンへの激しい思いは消しようもなかった。

ラザーラは疑わしげな表情でエレノアを見つめている。申し出を断られたことに納得していない様子だ。「答えはノーということですね、ドンナ・エレノア？」

「そうです、殿下。これ以上この話はしたくありません。話題を変えませんこと？」

「仰せのとおりに」プリンスはつぶやいた。「だがレクサムはあなたとは考えがちがうようだ」

エレノアは横目でプリンスを見た。「何ですって？」

「今日の午後、ブライトンでレクサムがミセス・ニューリングといっしょのところを見ました」

ミセス・ニューリングですって？　ミセス・リディア・ニューリングのことなの？

エレノアはふいに足を止めた。つられてプリンスも足を止めた。「何とおっしゃいましたの？」

エレノアは胸がつまる思いで問い返した。

「レクサム子爵が愛人といるところを見たのですよ。ミセス・ニューリングは以前ご主人の愛人だった女性ですね。こんな話はすべきではありませんか？」

エレノアは食い入るようにプリンスを見つめた。信じたくない。「見まちがいでしょう」息も絶え絶えに言う。

「いいえ、この目でたしかに見ました」ラザーラがかすかな微笑みを浮かべた。「正直なところ、ときどき英国人が理解できなくなりますね。あなたという方がベッドにいるのになぜレクサムが別の女に快楽を求めるのか、さっぱりわかりません」

けれども、デイモンとは昨夜までベッドをともにしていなかった。エレノアの心は乱れた。じらして欲望を高めるためわざと距離を置いていたのだから。

恐怖のあまり鳥肌が立った。ああ、神様、本当かしら？　デイモンは肉欲を満たすために昔の愛人のもとへ行きながらわたしに貞節を誓ったのだろうか？　そんなこと、ありえない……。

「私の話が信じられないのなら、ご自分の目で確かめに行けばいいでしょう。ブライトンの〈イノシシの頭亭〉です。今もレクサムがいるはずだ。ついさっきあそこで別れたばかりですから」

場所はわかっていた。〈イノシシの頭亭〉はロンドンへ向かう本道沿いにある馬車宿だ。

エレノアは心臓が痛くなり、思わず胸に手を当てた。ああ、神様。

急に脚から力が抜けた。めまいがして気が遠くなりそうだ。

「ご気分が悪いのですか、ドンナ・エレノア？」プリンスがたずねた。「顔が真っ青ですよ」

衝撃と心の痛みで顔色が悪くなっているのだろう。エレノアは黙って首をふった。取り乱さないうちにプリンスの前から去らなければ。

やっとのことでエレノアは言葉を返した。「いいえ、大丈夫です、殿下。でも屋敷に戻ります。失礼します」

さっと背を向け、小道を戻っていく。いつのまにか走っていた。歴史はくり返す。デイモンはかつて愛人だった高級娼婦とよりを戻してわたしを裏切った。

エレノアは握りしめた手を胸に当て、激しい心の痛みを抑えつけようとした。

あの人はリディア・ニューリングを愛しているのかしら？　だからよりを戻したの？　疑いが鋭く心を貫いた。

エレノアは脇扉から屋敷の中に入ると、足を止めた。どこへ行ったらいいのかわからない。今どこにいるのかもわからない。突然、体が凍りついたようにこわばって前かがみになり、息を吸い込もうとする。息が苦しい。

この一週間ディモンは裏切っていた。もしかしたら帰国してからずっと。

どうしてそんなことができるの？　今朝あんなにやさしくて情熱的だったのに。これから本当の結婚生活が始まるかもしれないと思ったのに。なんてばかなの、わたしって！

冷え冷えとした悲しみが心を締めつけ、息がつまりそうだ。その一方で、怒りの種が体の中に生まれてふくれていく。よくもこんなことを！　わたしに愛するようしむけたくせに、平然と不倫を働くなんて。

絶対に我慢できない！　でも、どうすればいいの？　エレノアは必死に考えた。二年前の婚約破棄と同じように結婚を終わらせることはできない。もう遅すぎる。それでも、二度とディモンに会いたくなかったし、口もききたくなかった。

唯一可能な方法は、人生から彼を閉め出すことだ。そもそもディモンが望んでいた便宜結婚を実行してやるわ！　ハウス・パーティが終わってロンドンへ戻ったら、別居しよう。

それまで絶対に愛人のことは知らんぷりしよう。わたしにだってプライドはある。

ああ、だめ。エレノアはパニックに襲われた。絶対にうまくいかない。ディモンの顔をまともに見られないだろう。こんなに絶望的な気持ちではむりだ。今すぐロンドンへ帰ろう……。

エレノアは気力をふりしぼって廊下を歩き、奥にある召使い用の階段を登った。もうすぐ寝室にたどり着くと思ったところで、間の悪いことに叔母が廊下の奥に立っていた。

エレノアはくるりと反対方向に足を向けた。今、叔母と話ができるような状態ではなかった。

最初、ベアトリクスに呼ばれても聞こえないふりをした。けれど、さらに強い声で呼びかけられると、エレノアはゆっくりとふり返って引き返した。

「がっかりしましたよ」近づいてくるエレノアにベアトリクスが言った。「お客様のお相手もしないでこんなところにいるなんて」

「ごめんなさい、叔母様」エレノアがつぶやいた。「でも、ちゃんと理由があるんです。今夜ロンドンに戻ります。だから、荷造りしなくては」

「何ですって？　いったいどうしたの？」エレノアの顔をのぞき込んで叔母が問いつめた。

「何でもないわ」心臓が張り裂けそうだったが、エレノアは静かな声で答えた。「これ以上ここにいられないだけ」

「どういうこと？　ねえ、エレノア、何が起きたのかちゃんと話してちょうだい」

しばらくためらってからやっと小さな声で告白した。「デイモンなの。殿下が今日の午後酒場で目撃したそうよ。二年前に愛人だった女性といっしょにいたって」

ベアトリクスはしばらくエレノアを見つめていた。優雅な顔だちにさまざまな感情がよぎった。怒り。不快感。同情。そして、あきらめ。

「ああ、でも、この世の終わりではないわ」叔母が淡々とした声で言った。「紳士が愛人を囲うのはよくある話よ。大事なのは、結婚の絆をちゃんと結んだことなの。何があろうとあなたはレディ・レクサムよ。わたしに言わせればプライドは捨てたほうがいいの、エレノア。夫のちょっとした過ちは無視しなくては」

エレノアは叔母の言葉が信じられなかった。「夫に愛人がいるのに無視しろと言うの？」

「ええ、そう。たいていの貴族の妻はそうしていますよ。わたしも未亡人になる前はそうだったわ。レクサムがあの手の女とつき合いたがるのは残念だけれど、わたしの経験では夫の欠点に目をつぶるのがいちばん賢いやり方なのよ」

夫の欠点に目をつぶりたくなんかないわ！　エレノアは憮然とした。だが、ここで議論しても何の意味もない。結婚したことでデイモンは結局、叔母を味方に引き入れてしまった。

黙りこくる姪にベアトリクスは手をさしのべ、やさしく肩をたたいた。「大丈夫よ、エレノア。こんなことで取り乱してはいけないわ。妻というものは昔からこの手の問題に対処してきたの。さあ、寝室に行って少し横になるといいわ。よく考えてみれば気持ちが落ちつくものよ。ジェニーに濡れた布を持ってこさせて額を冷やすといいわ」

額を冷やしたって何にもならないわ。エレノアにはよくわかっていた。それでも叔母の言うとおり部屋に向かった。けれど、中に入るとジェニーを呼んで荷造りを手伝わせることにした。

そのとき突然、気力が萎えた。エレノアはベッドに横たわって視線をさまよわせた。

窓からまぶしいほど明るい日の光が差し込んでいる。エレノアは今朝どれほど希望に満ちていたか思い出した。今、希望は消えていた。一瞬、心が虚《うつ》ろになり、何も感じられなくなった。次の瞬間、苦痛に胸を締めつけられ、怒りが襲いかかった。

死にたいほどつらい。殺してやりたい。大声で叫んでヒステリックに足を踏みならしたい。何もかも忘れてしまいたい。

最悪なことに、エレノアはデイモンのところへ行き「考えなおして」と訴えたかった。すさまじい怒りに包まれたまま、エレノアは熱くこみ上げる涙を押さえつけた。あんな女たらしのために泣いたりしないわ！　デイモンが薄情な放蕩者であることはわかっていた。それが証明されただけだ。このつらい事実を認めて新しい生活を始めなければ。別居しよう。

それでも、エレノアはデイモンから離れたくなかった。彼のいない人生は耐えられない。デイモンがいなければ人生は空しい。彼はエレノアの人生を明るくし、激しい興奮に満ちたものにしてくれた。エレノアの心にワクワクするような情熱の火を灯してくれた。デイモンといればさびしさは消えた。

あの人といると、人生は満ち足りたものになる。

エレノアは涙をのみ込んだ。挑戦的な気持ちがよみがえってくる。デイモンに放蕩をやめさせようと心に誓ったのではなかったの？　それなら、なぜこんなところに横たわってめそめそ嘆いているの？

デイモンが自分以外の女を望んでいるなんて事実を受け入れるわけにはいかない。絶対に認めないわ。

エレノアは彼を愛していた。彼を自分のものにするためなら戦う覚悟だった。

ぎゅっと歯をかみしめ、エレノアは立ち上がった。あばずれ女の腕からデイモンを取り戻すためなら何だってやるわ。

目の奥で熱くこみ上げる怒りの涙をエレノアはぐっとこらえ、ベッドから勢いよく立ち上がって部屋の外へ出た。ロンドンへ帰る準備をする代わりに、馬車を用意させよう。〈イノシシの頭亭〉へ直行し、デイモンと対決するのだ！

19

幸運を引きよせたいなら、不屈の精神と気骨が必要です。
——匿名のレディ著『若いレディに贈る、夫を捕まえるためのアドバイス』より

デイモンがローズモントに戻ると、ホレス・リンチはまだ厩舎でヴェッキの手下パオロ・ジャコモを監視していた。また、すでに昼食会が小食堂で始まっているのを、デイモンは召使い頭から確かめていた。

エレノアのそばへ行きたい気持ちをこらえつつ、さっそくデイモンはヴェッキの部屋を探索することにした。

二階の女中からイタリア人たちの部屋を聞き出すのは簡単だった。そして、ヴェッキが犯罪に関与している証拠を見つけるのも難しいことではなかった。

まず、机の引き出しの中に吐根の粉の入った缶が見つかった。さらに強力な証拠は、二本の小

さな矢と、琥珀色の液体が入った小瓶を収めた絹の袋だった。明らかにプリンス・ラザーラを気絶させ、テムズ川で落下させた例のクラーレの矢だ。

証拠の品を携えてデイモンは階下の食堂へ向かった。入るとすぐハヴィランドのほうに視線を向けて軽くうなずき、任務の成功を無言のうちに知らせた。

エレノアの姿はなかった。デイモンは胸騒ぎを覚えたが、すぐに気持ちを切り替えてヴェッキの悪事を明らかにする任務に専念した。

テーブルに着いた外交官に近づくと、デイモンは耳元でささやいた。「少々お時間をいただきたいのですが」

見上げたヴェッキに向かってデイモンは缶と矢の入った袋を見せた。

ヴェッキの顔がみるみる青ざめた。

何も言わずに外交官は立ち上がった。一方デイモンはラザーラにそっと話しかけた。

「いっしょにいらしていただけますか、殿下？　あなたにも関係することですので」

あとに続くハヴィランド伯爵とともに男たちは食堂をあとにして廊下に出ると、手近な客間に足を踏み入れた。

改めて証拠品を三人の男に見せたデイモンは、この毒矢と薬物がプリンス・ラザーラに危害を加えるために使われた疑いがあると説明した。そのあいだもヴェッキから目を離さない。

「どう弁明されますか、シニョール・ヴェッキ？」デイモンがたずねた。

ヴェッキの顔がゆがんだ。「弁明ですと？　こんなものは見たこともない」

「全部あなたの部屋で見つけたものです」

ヴェッキの顔色が変わった。「人の私物を詮索したのか？　紳士にあらざるべき行動だ」

デイモンが答えようとしたそのときレディ・ベルドンが部屋にすべり込み、声を荒らげた。

「いったいどういうことです、レクサム？　騒ぎを起こして昼食会を台無しにするつもりなの？」

デイモンは反論するように片手を上げた。今、邪魔されたくなかった。「少々待っていただけますか。お願いします」

デイモンの勢いに驚いた子爵夫人は腹立たしげに文句をつぶやいていたが、デイモンは無視し、シニョール・ヴェッキから目を離さなかった。

「こちらの証拠をあなたの召使いに見せて問いただしたら何と答えるでしょうね？　私自身ジャコモがプリンス・ラザーラに体当たりして財布を抜き取ったところをロンドンのバザールで目撃しました。推測ですが、王立植物園に出かけた日にクラーレの矢を放ったのも、ハイド・パークで馬車の車輪を外れるよう細工をしたのもジャコモでしょう。だが、舞踏会で殿下のカップに薬を仕込み、オペラ座の階段で殿下を突き落としたのはあなただ」

ヴェッキはさらに顔をしかめた。「よくもそんなことを！　私を告発する資格がきみにあるのか？　その召使いとやらは犯行に手を染めたのかもしれないが、私は何も関与していない」

「実の従兄弟を殺そうとしたことはないとおっしゃるのですか？」

「当たり前だ！」ヴェッキはそう叫ぶと、むりやり外へ出ようとした。「なんというばかげた話だ！　何も証明できないだろうが！」

「そうでしょうか？」デイモンがよどみなく反論した。「ジャコモがあなたの関与を否定するか？　それとも、自分の身を守るためにすべてを告白するか？　どちらでしょうね」

ヴェッキがふいに黙り込んだ。どうやら手下の忠誠心を信頼できないようだ。緊張に満ちた沈黙のなかレディ・ベルドンは途方にくれ、プリンスの表情はみるみるけわしくなった。

「このままではらちが明かないな」しばらくしてデイモンが口を開いた。「ハヴィランド、ミスター・ジャコモを連れてきてくれないか？」

「わかった」伯爵が気軽な口調で答えた。

「待て！」

ヴェッキは見るからに歯をかみしめて肩に力を込めた。まるで殴られる前に身がまえているようだ。そして深く息をつくと、すべての抵抗を放棄してうなだれた。

「名誉を重んじる紳士たる者、己の過ちは進んで認めるものでしょう」デイモンが静かにうながした。「殺すつもりだったのですか、それともほんの軽い打撃をあたえる意図だったのですか、シニョール？」

顔をしかめたままヴェッキが首をふった。「殺すつもりなどまったくなかった。殿下に本気で危害を加えるつもりもなかった」

ここでプリンス・ラザーラが初めて口を開いたが、その声は怒りに満ちていた。「では、何のつもりだったんだ?」

ヴェッキは顔を上げ、哀願するようにプリンスを見上げた。「ドン・アントニオ、私はただあなたのレディ・エレノアに対する求愛を阻止したかっただけなんです。英国女性と結婚してほしくなかった。だが、あなたがたのロマンスが進展するのを見て心配になったのです」

プリンスがにらみつけた。「私をレディ・エレノアと結婚させたくなかったと?」

「そうです」

「なぜそんなことを?」

「あなたにはイザベラと結婚してほしかったからです。娘が生まれたときから、妻と私はあなたと娘の結婚を夢見てきたのですよ」

ラザーラはがく然としていた。

ヴェッキの告白にはデイモンも驚いていた。娘をラザーラと結婚させたい一心で、あれほどいろいろな事故を画策したというのか?

「どうして一連の事故が殿下の求愛の妨げになると考えたんだ?」デイモンがたずねた。

ヴェッキが肩をすくめた。「レディ・エレノアは活発で頭のいいレディです。殿下が無能で女々しく見えるようにすれば、レディ・エレノアは結婚を望まれないと考えました」

ラザーラがイタリア語で何やらののしったが、やがて苦々しい声でつぶやいた。「身内にこんな裏切りをされるとは言語道断だ！」

デイモンはあることに思い至り、けわしい顔をして問いつめた。「気球の事故の件はどうなんだ？　ほかの事故と同じようにジャコモがロープを解いたのか？」

ヴェッキの視線がデイモンをとらえた。「いいえ、シニョール・プッチネッリの作業員に賄賂《わいろ》をつかませてロープをゆるめさせました。あなたがレディ・エレノアとゴンドラに乗り込むところを見ましてね、レクサム子爵。あなたの求愛を有利にするいい機会だと思ったのです」

あのあと作業員がすぐに姿を消したことをデイモンは覚えていた。彼とエレノアは操縦士抜きの飛行で命の危険にさらされたというのに。

まんまとヴェッキの手の内にはまったというわけだ。デイモンは痛切な皮肉を感じずにはいられなかった。ヴェッキと彼は同じ目的を抱いていたのだ。エレノアとラザーラの結婚を阻止するという目的を。だが、デイモンはエレノアの身の安全を第一に考えていた。その点がヴェッキとちがう。

さらに罪深い点はエレノアの命が何度も危険にさらされたことだ。

デイモンは歯を食いしばった。こみ上げる怒りを抑えきれない。「わかっているのか、シニョール。あなたはレディ・エレノアの命を何度も危険にさらしたんだぞ。ひどいけがを負う可能性もあったし、死んでもおかしくなかった」

「わかっております。心から申し訳なく思っています」

今にもデイモンがヴェッキの首を締めつけるのではないかと思ったのか、ハヴィランド伯爵がふたりのあいだに割って入り、緊張をやわらげるようにたずねた。「少々気になったことがあるんだが、シニョール・ヴェッキ。あなたの手下がローズモントにやって来なければ、あなたが黒幕だとばれなかったかもしれない。なぜジャコモはここに来たんだ?」

ヴェッキが顔をしかめた。「仕事の報酬をすぐ払うよう要求しに来たのです」

「ということは、やつを雇っていろいろな事故の工作をやらせたが、報酬は支払っていなかったということか?」

「金が手に入り次第あの男には支払うつもりでした」

召使いや商人を家畜のように扱うのは、上流階級の人間にありがちなことだ。デイモンは思った。仕返ししてやりたいという衝動を抑えるべく彼は拳から力を抜いた。だが、シニョール・ヴェッキと彼の手下をどう処分すべきかという問題がまだ残っている。

デイモンはふり返ってプリンス・ラザーラに話しかけた。「シニョール・ヴェッキの処遇についてはお任せしましょう、殿下。われわれが告発することもできますが、地位のある外交官ともなると、英国政府も難しい判断を迫られるでしょう。それに、殿下のほうが厳しい罰をあたえられると思いますので」

「この件は私に任せてほしい」プリンスが暗い顔でうなずいた。

「もちろんシニョール・ヴェッキはすぐに帰国されるのでしょうね」

「当然だろう」

ヴェッキはプリンスの前にひざまずき、手にすがりついて泣いた。「ドン・アントニオ……。どうか許してください！」

ラザーラは激しい嫌悪の表情を浮かべている。「おまえには吐き気がする。おまえはわが一族とわが国に対する面汚しだ」さっと手を引き抜くと、プリンスは謙虚な声でデイモンに話しかけた。「あなたには感謝しなければなりません、レクサム子爵。おかげでわが従兄弟の裏切りに気づくことができました」プリンスはヴェッキに憎々しげな視線を投げつけた。「私への裏切りはわからないでもない。だが、レディ・エレノアに対する卑劣な行為は許しがたい」

「まったくだわ」鋭い声の主はレディ・ベルドンだった。激怒している。

「無礼にもほどがありますわ！」シニョール・ヴェッキにたたきつけるように叫ぶレディ・ベルドンの声は、怒りでふるえている。「あなたがこんな卑劣な悪党だったなんて。おわかりでしょうが、もはやうちではあなたのような方は歓迎いたしません。即刻出て行ってください」

無表情のままヴェッキはゆっくりと立ち上がり、客間を出て行った。プリンス・ラザーラは、レディ・ベルドンに何度も謝罪の言葉を口にしてから、決然と従兄弟のあとを追った。

ハヴィランド伯爵がデイモンの目を見た。「私はジャコモが逃げ出さないよう押さえておく」

デイモンはうなずいた。けれど伯爵が出て行ったとたん、レディ・ベルドンに視線を向けた。子爵夫人はまだ体をふるわせている。怒りはいくぶん収まったようだが、その代わりに絶望が心に忍びよっているようだ。

ひじにそっと手をそえてデイモンはレディ・ベルドンをソファまで導いた。子爵夫人はソファに体を沈め、額を手で押さえた。動揺のあまりデイモンに気づきもしないようだ。

「何かお持ちしましょうか？」デイモンがたずねた。「ワインがよろしいですか？　それとも気付け薬でも？」

話しかけられていると気づいてレディ・ベルドンは体をこわばらせ、顔をしかめた。まるでデイモンの前で弱々しい姿をさらけだしたことを恥じているようだ。

深くふるえる息を吸い込んでから、レディ・ベルドンはデイモンに傲慢な視線を向けた。「何もしなくてけっこうよ、レクサム。あなたにはうんざりだわ。また姪につらい思いをさせて」

デイモンは冷静な視線を返した。「なぜ私が姪御さんにつらい思いをさせたとおっしゃるのですか、レディ・ベルドン？」

「浮気に決まっているでしょう。あなたがまだ愛人とつき合っていると知ってエレノアはひどく心を痛めていたわ」

デイモンの背すじが凍りついた。屋敷に戻ったラザーラがエレノアに告げたにちがいない。

デイモンの反応を見て、子爵夫人の唇がさげすむようにひきつった。「そんな不作法なまねをするにしても、せめてロンドンに戻るまで待てなかったのかしら。これからは、愛人と会うときにはもっとつつましくやってほしいものだわ」

「エレノアは今どこに？」デイモンがかすれた声でたずねた。

「寝室よ。今日の午後にでもロンドンへ戻るつもりだったようね。でも、なんとか説得してとりあえず思いとどまらせたわ。ハウス・パーティの最中にあの子がいなくなったりしたら、スキャンダルになってしまいます。それから、あなたの放蕩を大目に見るよう、あの子に言いきかせておきました。レクサム！　どこへ行くの？」

デイモンは突然立ち上がり、扉に向かった。

「今すぐエレノアに話をしなければ」彼は肩ごしに言った。

無力感に囚われたままデイモンは大またで廊下を歩き、正面玄関広間へ向かった。また裏切られたと思ったエレノアは傷ついて怒りを感じているはずだ。別れる決意をしかねない。

エレノアを失うと思うと、デイモンは胃がきりきりと痛くなってきた。絶対に出て行かせたりするものか。やっと今、自分にとってエレノアがどれほど大切な存在かわかったというのに。

デイモンの息が止まった。胸が苦しくなる。彼はエレノアを愛していた。どうしようもないほど深く。心に傷を負いたくないばかりにエレノアから距離を置こうと誓っていた。けれど心の警告を無視し、炎のような女に近づいた。火傷など負わないと自分に言いきかせて。だが、最初から自分をだましていたのだ。

エレノアのそばにいれば、彼女を愛さずにはいられないのだから。

けれど、今この気持ちをエレノアに伝えても信じてはもらえないだろう。それどころか、犯した罪を取りつくろうためにロにしたと思われるに決まっている。

デイモンは足を速め、大階段を三段飛びで駆け上がった。体中に恐怖が駆けめぐっている。たったひとつの思いが心の中を渦巻いていた。

エレノアは二度と彼を信頼しなくなる。あれほど貞節を誓ったのに彼が約束を破ったと信じていたら……。

馬車が〈イノシシの頭亭〉に到着したとき、エレノアは胃が痛くなっていた。けれども、宿屋の中に入ってレクサム子爵の所在をたずねると「もういない」という返事が宿の主人から返ってきた。

安堵と絶望と怒りが心の中でせめぎ合った。絶対、デイモンが愛人と愛を交わす現場など目にしたくなかった。けれども幸か不幸かここまで来る途中、夫の姿は見かけなかった。夫は馬車道ではなく草地に馬を走らせたのだろう。

エレノアは途方にくれ、立ちつくしていた。やがてミセス・ニューリングに会おうと決心がついた。宿屋の主人のあとから木の階段を登って二階へ向かうあいだ、さまざまな思いに心が乱れた。どう話を切り出したらいいのだろう？　脅迫？「夫に手を出さないで」と泣いて頼む？この地を去るようお金を渡して説得する？

でも、デイモンをあきらめるつもりはないと言われたらどうしよう？　エレノアは恐怖に襲われた。さらに、デイモン自身が愛人と関係を続けるつもりだったら？

そんなことを考えるだけで耐えられなかった。

まだ考えがまとまらないうちに宿の主人が扉の前で足を止めた。個室の客間だという。エレノアがうなずくと、主人は会釈して去っていった。

激しい緊張に襲われてエレノアはためらった。勇気をふりしぼらなくては。それでも、恐怖心を顔に出すのは得策ではないと考え、大きく深呼吸をして扉をノックした。

「どうぞ」と歌うようなやさしい声がして、エレノアは中に足を踏み入れた。

ミセス・ニューリングが顔を上げた。訪問者の姿を見たとたん、すぐさま誰か気づいて目を見はり、跳び上がるようにして立ち上がった。

「レ……レディ・レクサム……」思わず口ごもる。「なぜこちらに？」

間近で問題の高級娼婦の姿を目にしてエレノアは胸が苦しくなった。赤褐色の髪をしたこのすばらしい美女にデイモンが心を惹かれるのは当然だ。けれど、冷静な微笑みをむりやり顔に張りつけた。「同じことをあなたにお聞きしたいわ、ミセス・ニューリング」

「あ、あの、奥様がお考えになっているようなことじゃないんです」

「あら、どうしてわたしの考えがわかるの？」

「奥様が気づいたら、喜びはしないだろうってデイモンが……つまり……」ミセス・ニューリングが言いよどんだ。そして、慈悲を願うかのように手袋をはめた両手を差し出した。「怪しいことは何もないんです。怪しく見えるかもしれませんが。わたしはもうすぐブライトンを発ちます。ロンドン行きの乗合馬車を待っているところなんです」

このとき初めてエレノアはリディアが旅行用ドレスを着ているのに気づいた。だからといって、心の痛みも恐怖もやわらぎはしない。「でも、夫と密会したのは否定しないでしょう?」

「ええ……でも、密会ではありません。色恋とは関係ないことです」

エレノアは唇をかみしめた。「その言葉を信じるほどわたしが愚かだと思うの?」

「本当なんです。ご主人とわたしは何の関係もありません。誓ってもいいです。子爵様には今日まで二年間お会いしていませんでした。わたし、お願いしたいことがあってここまで来たんです。妹が結核にかかってしまって……。妹の命を救うにはイタリアにある子爵様の病院に入れてもらうのがいちばんなんです。でも、大変な費用がかかるので、わたしには用意してやれません。それで、ミスター・ギアリーのところへ行ったのですが、わたしたちの……過去の関係を気にされて、子爵様に取り次いでもらえませんでした。だから、自分でここに来てデイモンに……子爵様に助けを求めるよりほかなかったんです」

エレノアは高級娼婦をただ見つめていた。予想外の事実を聞かされ、驚くしかなかった。

「デイモンは妹を病院に送ってくれると約束してくれました」美女が静かに言った。「妹にいい治療を受けさせてやれることになって、わたしがどれほど感謝しているかおわかりにはならないでしょうね。たったひとりの家族なんです。何もせずに死なせたりしません。できるかぎりのことをしてやりたいんです」

「あなたの気持ちはわかるわ」長いあいだためらってからエレノアはつぶやいた。「お願いです、奥様」リディアが言った。「どうかご理解のほどを。ほかに方法があればここまで来たりしません。子爵様は親切で寛大な方です。ほかに頼れる人はいませんでした」

思いやり深い行為をしたことでデイモンを責めることはできない。エレノアはぼんやりと考えていた。むしろほめてあげたいぐらいだ。だがそれでも、真実を隠してこんなに自分を苦しめた事実を許すわけにはいかなかった。

「それほど簡単な話なら、ミセス・ニューリング、なぜ主人は人目を忍んであなたと会うことにしたのかしら？　これでは、わたしだって関係が続いていたのかと思ってしまうわ」

「わたしが来たことを奥様が誤解されるのを恐れたのでは？　わざわざ奥様を苦しめたくないと思われたのですよ。どうか信じてください。ご心配にはおよびません。わたしは、おふたりの結婚の邪魔をする気はまったくありませんので。子爵様とわたしのあいだには何もありません。二年前もそうです。おふたりが婚約を解消したときも」

「何もなかったって言うの？」エレノアは鋭い声を返した。

「ええ、全然。デイモンは……子爵様はあなたにそう思わせたかったのです。でもあのとき、もうわたしたちの関係は終わっていました。子爵様はあなたに出会ってすぐにわたしたちの関係を清算したんです」

あからさまな嘘だわ。エレノアは体をこわばらせた。ミセス・ニューリングはデイモンを弁護しようとしている。意味のないことなのに。「嘘には我慢できないわ、ミセス・ニューリング。あの日、わたしは自分の目であなたたちふたりがいっしょにいるところを見ているのよ。デイモンを問いつめたら、あなたを囲っていることを否定しなかったわ」

「ええ、でもあれはあなたから婚約を破棄させるための策略だったんです」

エレノアは目を見はった。

「神に誓って真実です、奥様」リディアが強い声で言った。「命に懸けて誓います」

「つまり……」エレノアはからからに渇いた喉につばを飲み込もうとした。「あの人はわたしと結婚しないですむように、あの場面をでっち上げたというの？」

「そうです、奥様。いわば、子爵様は結婚におじけづいたと言ったらいいでしょうか」リディアがふいに顔をしかめた。「この話を奥様にしたことを子爵様はご不満に思われるでしょう。あのとき、誰にも本当のことは言わないよう約束させられましたから」

エレノアは一歩前へ踏み出した。「もう聞いてしまったわ、ミセス・ニューリング。二年前の事件について知っていることを何もかも教えてちょうだい。ぜひうかがいたいわ」

三十分後、エレノアはローズモントへ戻る馬車に乗り込んだ。せめぎ合うさまざまな感情のせいで心臓のざわめきが止まらない。驚き。安堵。後悔。同情。喜び。いらだち。驚嘆。怒り。

デイモンを誤解していたと知って心の底からホッとしていた。夫は裏切っていなかった。

彼をどうしようもない男だと決めつけたのは反省している。もっと信じてあげるべきだった。

でも、信じられなかったそもそもの原因はデイモンにある。エレノアは挑戦的な気持ちで思い返した。二年前デイモンは彼女を苦しめてわざと婚約破棄に持ち込ませた。

理由は理解できるにしても、どうしようもなく腹が立つ。二年も無駄にしてしまったのだから。

最初からデイモンが理想の相手であるとわかっていた。たとえ――腹立たしいことに――彼が気づいていないとしても。デイモンほど頭の切れる男にしては、とんでもなく鈍感としか言いようがないわ！

それでも、デイモンのやさしさには心を打たれていた。実際エレノアはリディアのことが好きになっていたし、デイモンが彼女の妹を助ける約束をしたと知ってうれしかった。

エレノアは少し元気を取り戻した。希望のない空しい気分はかなり消えていた。それでも、安心しきっているわけではない。デイモンが貞節の誓いを破らなかったからといって、愛してくれることにはならない。

デイモンの死んだ兄の話題になったとき、リディアは毎年の命日にデイモンをなぐさめていたと告白した。

デイモンに付きそう人がいたことをエレノアはうれしく思った。だが、これ以上は許せない。

デイモンが抱えた恐怖のせいで彼の未来も、エレノアの未来も危険にさらされている。そのことをデイモンに理解させなければ。

ローズモントに戻ったらすぐ、すべてをぶちまけて彼と話をするのよ。デイモンに愛を告げよう。そして、少なくとも彼が抱えこんだ恐怖を認めさせよう。膿《う》んだ傷を自分で切開して初めて、傷が癒《い》える可能性が生まれるのだから。

そうなったときやっと、デイモンはエレノアが何より望むものをくれるだろう。彼の心を。

けれども、夫とふたりきりになるチャンスはすぐには訪れなかった。帰宅してみると、屋敷では予想外の大騒動が起こっていたからだ。

奇妙なことに、厩舎の前がごった返している。馬車から降りてすぐエレノアは気づいた。召使いたちがトランクや荷物を何台もの馬車に運び込んでいる。どうやらプリンス一行が出発の準備をしているようだ。

キツネにつままれた気分で屋敷の中に入ると、ローズモントの召使い頭があいさつした。運搬作業を監督しているらしい。

「いったいどうしたの、モレット？」エレノアはボンネットと手袋を手渡しながらたずねた。

「詳しいことはわかりかねますが、レディ・ベルドンがシニョール・ヴェッキにお帰りいただくよう求めたとうかがっています」

叔母様がシニョール・ヴェッキを追い出すですって？　エレノアは不思議に思った。

「奥様がお会いになりたいそうです」モレットが言いそえた。「よろしければ、とのことです」

「今どこにいらっしゃるのかしら？」

「寝室にいらっしゃいます。ベッドでお休みになっています。あなた様以外は誰も入れるなと申しつけられております」

エレノアは心配になって眉をひそめた。「具合が悪いのかしら？」

「私にはわかりかねます」

くるりと背を向けて、エレノアは廊下を歩きはじめた。そのとき、プリンス・ラザーラが現れた。旅行用の服に着替えている。

「ご出発ですか、殿下？」エレノアは驚いてたずねた。

プリンスは足を止め、ぎこちなく会釈した。「はい、ドンナ・エレノア。一族の名誉を傷つけることが起きて、これ以上レディ・ベルドンの歓待を受けるわけにはいかなくなりました」

「さっぱりわけがわかりませんわ」エレノアがつぶやいた。

「わが従兄弟が一連の事件の犯人だったのです」

エレノアは眉をひそめた。「シニョール・ヴェッキが黒幕だったのですか？」

「ええ、実に残念で恥ずかしいことです」

「どうしてわかりましたの？」

「レクサム子爵が証拠を発見してヴェッキに問いただしたところ、裏切りを白状しました」

ラザーラは、デイモンが発見した矢の袋と薬物の缶について手短に説明した。

「あなたを何度も危険な目にあわせて心からおわびします、ドンナ・エレノア。従兄弟のしでかした罪は許しがたいことです。直ちに彼とともに帰国します。これ以上お邪魔はいたしません」

優雅にエレノアの指にキスをすると、プリンスは燃えるようなまなざしでじっと見つめた。それから深々とお辞儀をして厩舎へ向かって去っていった。

プリンスの後ろ姿を見つめながら、エレノアはこれっぽっちも残念だと感じなかった。プリンスはデイモンの浮気疑惑を恥ずかしげもなく利用して、彼女に不倫を持ちかけたのだから。いったいどうして、あんな男が理想の愛をあたえてくれるなどと考えたのだろうか？　さらに謎なのは、そもそもなぜ彼を愛するようになりたいと願ったのだろう？　デイモンとは比べようもない。エレノアにとって男はデイモンでしかありえなかった。今ならよくわかる。

そのとき、エレノアの心臓が激しく乱れた。当の本人の姿が目に入ったのだ。廊下の向こうからデイモンがやって来る。射すくめるような目でじっとエレノアを見つめながら。

「二階の窓からきみが帰ってきたのが見えた」そう言いながら彼は近づいた。

エレノアは何も答えず、ふたりは無言のまま視線をからみ合わせた。

デイモンの表情は真剣で、心配そうですらある。まちがいなくブライトンに元愛人が来たことをエレノアに知られて不安に思っているのだろう。

エレノアもまた心配だった。もっとも理由はちがう。胸に渦巻く感情は愛と不安の入り交じったものだ。それでも、デイモンにどういう態度を示すべきか迷っていた。一方では、彼を抱きしめて愛を伝えたかった。その一方で、しばらく彼に気をもませて後悔させてやりたかった。

だから、冷静な声でこう言うにとどめた。「叔母様の具合がよくないようなの。今からそばに行ってあげなくては。でも、あとでお話ししたいことがあります」

エレノアの顔をじっとのぞき込んでから、デイモンは言い返したそうな表情を浮かべた。けれど結局うなずき、脇にのいてエレノアを通した。

激しい鼓動を感じながらエレノアは立ち去った。夫の熱い視線を背中に感じながら。


エレノアは叔母の寝室の扉を静かにノックしたが、答えは返ってこなかった。そこで、そのままそっと中に足を踏み入れた。カーテンは閉め切られているものの、薄暗い光のなかでベアトリクスがベッドの上に丸まっている姿が見えた。口もとにハンカチを押しあてている。

さらに近づいたエレノアは、涙に濡れた子爵夫人の顔に気づいて衝撃を受けた。

「叔母様」エレノアは不安な気持ちでつぶやいた。「どうなさったの？　ご気分はいかが？」

ベアトリクスがふるえる声ですすり上げたものの、首をふった。ひどく心配になったエレノアはベッドの上に腰をかけ、叔母の手をとった。「お願い、教えてちょうだい。いったいどうなさったの？」

「具合が悪いわけじゃないのよ」叔母はふるえる声で答えた。「自分が愚か者に思えて仕方がないだけ。あの悪党と結婚する夢を思い描いていたんですもの」

エレノアは叔母の苦しみに心から同情してじっと見つめた。「シニョール・ヴェッキの陰謀については事前に知りようもなかったのよ、叔母様。あの方はわたしたちみんなをだましていたんですもの」

「でも、わたしはあの男のことをいいように解釈していたのだわ」ベアトリクスの唇がふるえた。「それがいちばんくやしいのよ。私の目が節穴で、あの男の本性を見抜けなかったのだから。あんなに気品があって礼儀正しかったのに。美辞麗句でわたしをほめそやしておいて……」

声がとぎれたかと思うと、叔母は枕に顔をうずめてすすり泣いた。

エレノアは、叔母の苦しみと傷つきやすい心を我がもののように感じていた。傲慢なほど貴族的なレディ・ベルドンは、いつもなら何ものにも屈服したりしない女性だ。それが今ずたずたに心を引き裂かれていた。

泣き続けるベアトリクスの肩をエレノアはやさしくなで、なぐさめようとした。

けれどしばらくして、すすり泣きが収まった。

「とんでもないわね。こんな醜態をさらして」やがて叔母がうんざりした表情でつぶやいた。

「叔母様の気持ちはよくわかります」エレノアはつぶやいた。「男性はひどい苦痛をあたえることがあるんですもの」

「本当にそう」レディ・ベルドンが少々不作法に鼻をぬぐってうなずいた。「でも、それだけではないわ。わたしがウンベルトの魅力的な態度に心を奪われたのは、ひとつには亡くなった夫とまったくちがっていたからなの。ベルドンは本当に頭の固い野暮な人だったから。あの悪党の存在感とイタリア風の派手なふるまいにやられてしまったのね」そう言って姪の目を見つめる。「自分が美しくいきいきした存在になったように感じたのよ、エレノア。生まれて初めてのことだったわ。ただの貴族の夫人ではなくて本当の女になったという気がしたの。でも、すばらしい恋人ができると信じてだまされる人間は、わたしが初めてではないでしょうね」

叔母の目の中に浮かぶ傷ついた表情を見て、エレノアの心は痛んだ。「わたしも悲しいわ、叔母様。シニョール・ヴェッキとのロマンスを楽しむよう励ましたのはわたしですもの。叔母様が幸せになれればと思ったのだけど」

ベアトリクスがすすり上げた。「今は幸せどころではないわね。みじめそのものだわ。でも、あなたのせいではありませんよ」

エレノアにはそう思えなかった。「わたしとプリンス・ラザーラを結婚させようとしていなかったら、叔母様はここまで深入りすることはなかったはずだわ」

「たしかに。でも、叔母として、後見人として義務を果たしたまでです。あなたにはいい結婚をしてほしかったから」不思議なことに、ベアトリクスの貴族的な顔だちがエレノアを見つめるうちにやわらいだ。「あなたに負い目を感じてほしくないのよ、エレノア。あなたはわたしにとって義務以上の存在なのですから」

声がさらに小さくなった。「わたしは自分の子どもを望んだことはないの、エレノア。だから実際、突然あなたを育てることになったときは呆然としたわ。あなたは元気にあふれて手におえない子だったから。でも、いくら叱っても〝お行儀よくしなさい〟と言っても、あなたは相変わらず元気そのものだった。やがて、わたしもそんなあなたの性格が愛おしくなってきたの。あなたがわたしの人生に入り込んでくれてとても感謝していますよ、エレノア。口にしたことはないけれど、わたしにとってあなたは大切な存在だわ。これまでどれほどの喜びをもらったことか。あまり態度に表すのは得意ではないけれど、あなたをとても愛しているわ」

叔母が口にした控えめだが心からの言葉を聞いて、エレノアの目から涙がこぼれた。厳しい態度を通して、ベアトリクスは深くたしかな愛を伝えてきたのだ。「わかっているのよ、叔母様。わたしも叔母様を心から愛しているわ」

怒った表情でベアトリクスは涙に濡れた目をぬぐった。「それもあったのでしょうね。わたしがウンベルトに心をよせる気になってしまったのは。あなたが結婚したら、わたしはひとりになってしまうと思っていたの。あなたがレクサムと暮らすようになったら、とてもさびしくなるわ、エレノア」

「叔母様のことを放りっぱなしにはしないわ」

「そうね。でも、あなたはレクサムと絆を結んだの。ふたりはいっしょに暮らさなくてはいけないわ。わたしにとってどんなに腹立たしいことだとしても」ベアトリクスが顔をしかめた。「二年前レクサムがあなたにしたことを思うと本当に腹が立ったわ。スキャンダルを招いてあなたの評判を台無しにしかけたのですもの。でも、彼があなたの心を動かしているのは否定できないわ。ウンベルトがわたしの心を動かしたようにね。レクサムのそばにいると、あなたはいちだんといきいきしてくるのよ。ひときわ輝いて、いっそう美しくなるの。あなた、レクサムを愛しているのね。そうでしょう？」

「ええ、愛しています、叔母様」エレノアは正直に認めた。「心から」

叔母は納得したようにうなずいた。「レクサムを見るあなたの目を見れば、そんなことはわかります」

エレノアはこわばった微笑みを浮かべた。「それほどあからさまに顔に出ていたの？」

「残念ながらそうよ。最初からわかっていました」ベアトリクスがためらった。「正直に言うと、だから今回レクサムと結婚するよう強く薦めたの。もしもあなたが本気で彼を嫌がっていたならそんなこと薦めなかったわ。どんなに大変でもスキャンダルを切り抜けたでしょうね」

叔母の愛ある言葉を耳にして、エレノアは喉をつまらせた。

「それから――」ベアトリクスがゆっくりと言いそえた。「レクサムの愛人を無視するように言ったけれど、まちがっていたと思います。夫によそ見をさせてはいけないわ」

エレノアは息をのんだ。「そのつもりはありません」

「あなたを傷つけるようなまねは許してはいけませんよ」

「ええ、絶対に」エレノアは思いのほか強い気持ちで言った。

ベアトリクスは姪の目をしっかりとのぞき込んだ。「あなたたちのあいだに深刻な問題があるのは知っています。今すぐレクサムのところへ行って道理をわきまえさせなくてはいけないわ」

「そのつもりです。でも、このまま叔母様を放っておきたくないわ」

「あらあら、わたしなら大丈夫。少々大変なことがあっても負けたりしない人間ですよ」その言葉を証明してみせるかのようにベアトリクスは体を起こし、枕に背中を押しあてた。「前向きなことを言えば、いい人がいたら結婚してもいいと思っているの。わたしなら心配いりません、エレノア。もうしばらくは自己憐憫にひたって、己のばかさかげんを反省することにします。でも、お客様のお相手をしなくてはね。みなさんを放っておいては無礼もいいところだわ」

エレノアはかすかに微笑みを浮かべた。叔母はもうすぐ立ちなおるだろう。心の痛みを嘆くより礼儀作法を気にし始めているところを見ると。

それでも、エレノアは自分の未来について確信しきれなかった。叔母の手をふたたび握りしめ、ベッドから立ち上がる。けれど部屋を出るころには、これから戦いの場に向かうという気持ちが高まっていた。

叔母ですらエレノアとデイモンの絆の強さに気づいていた。ふたりの運命を絶対デイモンに納得させなくては。エレノアは強く決意していた。

20

結局、男性も女性とそれほど変わりはありません。どちらも望んでいるのは、大切にされ、求められ、愛されることなのです。

——匿名のレディ著『若いレディに贈る、夫を捕まえるためのアドバイス』より

それから十五分ほどデイモンはレディ・ベルドンの客たちに、プリンス・ラザーラとシニョール・ヴェッキの急な帰国は母国で重要な私的問題が起きたためだと説明して回った。

だが、デイモンはつのる不安を抑えかね、エレノアを探しに行こうと決心した。ちょうどそのとき、近侍が彼女の伝言を伝えに来た。

「レディ・レクサムからだんな様を探すように申しつかりまして」コーンビーが声をひそめた。

「南の庭園にある噴水でお会いしたいとのことです。どの噴水かはだんな様がご存じとか」

たしかにデイモンにはわかっていた。初めてキスしたときに熱くなった彼を突き落としたあの

噴水だ。

いい知らせなのか、それとも不吉な知らせなのか。腹の底に渦巻く不安を抱えたままデイモンは南の庭園へ向かった。

約束どおりエレノアは噴水で待っていた。低い段に腰を下ろし、太陽に顔を向け、目を閉じたままポセイドンの石像から噴出する軽やかな水音に耳を傾けている。明るい午後の光が、完璧な顔だちを金色に輝かせ、黒髪をつややかにきらめかせている。

いつものように、エレノアのたぐいまれな美しさにデイモンの心はわしづかみにされた。だが、今はそんな気持ちにひたるときではなかった。ふたりのあいだの深刻な対立を思えば、それどころではない。

「また私を噴水に突き落とすつもりかい？」デイモンは隣りに腰を下ろしながらたずねた。

エレノアはまぶたを開けて横目でちらりと見たが、その表情は謎めいていた。「それはこれからの展開次第ね」

「というと？」

「あなたがどう弁明するかによるということよ」

「私はきみを裏切ったりしていない、エレノア」デイモンは静かに告げた。

エレノアがいらだたしげにひらりと手をふった。「あら、わたしの意見はちがうわ。あなた、昔の愛人との密会をわたしに隠していたわね。プリンス・ラザーラがうれしそうに教えてくれたわ。わたしがどんな気持ちになったかわかる？」

辛らつな妻の口調にデイモンは顔をしかめた。「きみを傷つけたくなかったんだ。誤解させたくなかった。きみが何を考えているのかはわかっている」

エレノアは口を真一文字に結んだ。激しく言い返したい気持ちをこらえている様子だ。やがて、ひと言鋭く言葉を返した。「本当に私を傷つけたくなかったなら、なぜ彼女と会ったの？」

「第一に、彼女がここに来て騒動を起こすような状況を防ぎたかったからだ。それに、以前リディアは友人だったから、助けを求めてきたのに背を向けられないと思った」

歯をかみしめたままエレノアはじっくり時間をかけて答えた。「リディア・ニューリングに手を貸そうとするなんてとても寛大だわ、デイモン」やっと本題に切り込む。「病気の妹さんを助けようとしたことも寛大よ。でも、わたしが怒っているのはリディアのことじゃないの」

デイモンはゆっくりと息を吸い込んだ。リディアの病気の妹について知っている理由はひとつしかない。「リディアと話をしたんだな？」

「そうよ、話したわ！」エレノアはキラキラした目でデイモンをにらみつけた。「二年前ハイド・パークであなたたちを目撃したのは偶然じゃなかったのね。あなた、わざとわたしに愛人を見せつけたのよ。わたしから婚約を破棄させるために」

どうやらリディアはあの件もエレノアに話したらしい。デイモンは悟った。だが、そんなことはどうでもよかった。どうせすべて白状するつもりだったから。「そうだ。わざとリディアをきみに見せつけた」彼は素直に認めた。

「なぜなの、デイモン？」

「きみに夢中になりすぎたからだよ、エル。私は自由になりたかった。だが、男のほうから婚約を破棄するわけにはいかなかった」

「わたしと結婚するのがこわかったのね。だから、あんな卑怯な手を使ったんだわ」

容赦ない非難の言葉にデイモンは顔をしかめた。たしかに一片の真実ではある。だがあのとき、エレノアにあれ以上深入りさせたくないとも考えていた。愛を返せないのに、彼女から一方的に愛されるわけにはいかなかった。「そう言われても仕方ないだろう」

「そう言うに決まっているじゃない！」うんざりした声でエレノアが言い返した。「おまけに、今まさに同じことをしようとしているのよ、あなたは。わたしを愛するのを恐れるのは、大切な人を失う危険に耐えられないからでしょう。だから、わたしを心の中から閉め出したのよ」

答えを待たずにエレノアはすっと立ち上がり、デイモンの前を行きつ戻りつしながら大声で言った。「こんなふうにあなたが人生を無駄にしているなんて、腹立たしくて仕方ないのよ、デイモン！　お兄様とご両親に起きたことはたしかに悲劇だわ。でも、そのために自分の人生をメチャクチャにしてはだめよ！」

「わかっている」デイモンは認めた。

けれど、その言葉はエレノアの耳に届いていないようだ。「ジョシュアの死も、彼を助けられなかったこともあなたのせいじゃないのよ。あなたは神様じゃないの、デイモン。人の生き死にを決める力なんかないのよ！」

ほとんど叫び声も同然だったから、デイモンが静かに口にした「そうだ」という言葉をエレノアは当然聞いていなかった。

「もうこれ以上あなたの人生から閉め出されるのはごめんよ！」エレノアは絶叫した。

「きみを閉め出すつもりはないよ、エル」

今度の言葉はやっとエレノアの耳に届いたようだった。彼女はさっと向きなおり、けわしい表情を浮かべたまま腰に両手を当てた。

デイモンは頭を後ろにそらしてエレノアを見上げた。「それで言いたいことはすべて言ったのかい？　今度は私に話をさせてもらえるかな？」

「だめ、まだよ！　まだ言いたいことがあるもの」

明らかにまだ怒りはくすぶっていたが、エレノアは彼の隣りに腰を下ろし今度は静かな声で訴えかけるように話しかけた。「ときどきはお兄様のことを話さなくちゃ、デイモン。苦しみを心の内に隠していてはいけないわ。傷の手当てをしなければ、ひどくなるだけよ」

デイモンにはエレノアの言いたいことがわかっていた。気持ちを打ち明けなければいけない。そして、エレノアに心を開かなければ。

「何を話したらいいんだ、エル？」

「傷ついていないふりをやめて、素直に気持ちを話してほしいの。ジョシュアのことも話せるようになってほしいわ。彼のことを何もかも知りたいの。子どものころ、ジョシュアについて覚えているいちばんすてきな思い出って何?」

デイモンは顔をしかめた。兄について話すのは簡単ではなかったし、未《いま》だ心にうずく悲しみはどうしようもなかった。それでもデイモンはエレノアに話したいと思った。

「ジョシュアは親友だった」とうとうデイモンは苦しげな声で話しはじめた。「兄を失って手足をもがれたような気がした。だが、もっとつらかったのは、兄の死に方だったよ。苦しみ抜いてやつれて……最後は骸骨のようだった……。代わりに自分が死にたいと思った」

「だから、あんな苦しそうな悪夢を見るのね。お兄様の苦しみを自分で感じて、助けられなかった無力感に囚われたのでしょう」

「そうだ」

エレノアは深い同情を覚えて眉間にしわをよせた。「ミスター・ギアリーがジョシュアの看病をしていたそうね。苦しみをやわらげる方法はなかったの?」

「できることといえば、アヘンチンキを飲ませて眠らせることだけだった。それで数時間は痛みを感じないですむ」

エレノアはしばらく黙っていたが、やがて手をさしのべてデイモンの手を握った。「病気になる前、あなたとジョシュアにも楽しいときがあったでしょう」

デイモンはうなずいた。「子どもらしい子ども時代だったよ」

「お兄様の最後の日々の代わりに楽しかったころのことを思い出せば、少しは楽になるのではないかしら？」

「そうかもしれない」

「思い出の品はないの？　元気だったころのジョシュアの肖像とか」

デイモンは肩をすくめた。「私たちが十四歳のときに描かせた肖像画がオーク・ヒルのギャラリーにある」

「サフォークにあるあなたの領地のこと？　わたし、見てみたいわ」

デイモンは思わず体をこわばらせた。「あそこへ行くというのか？　必要がないかぎりあまり訪れてはいないのだが。有能な管理人がいて領地の面倒を見てくれているから、わざわざ自分で行く必要もない」

「当ててみましょうか。ジョシュアが亡くなった場所だから避けているんでしょう」

答える必要はなかった。そのとおりだったからだ。

「もしかしたら――」エレノアが言った。「しばらくあちらで過ごしたほうがいいのではないかしら。すてきな記憶をよみがえらせるいい機会になるわ」

デイモンは答えなかった。だが、内心では一理あると思っていた。

「ジョシュアはあなたに似ていたの？」エレノアがたずねた。「そっくりだったのかしら？」

「うりふたつだと言われていたよ」

「あなたみたいに手に負えない人だったの？」

デイモンはふっと笑い声をあげた。「その可能性はあった。ジョシュアは聖人とはほど遠かったから。兄は私にいろんないたずらをしかけたものだ。それも相当込み入ったやつをね」

「でもきっと、あなたも同じようないたずらをお兄様にしたんでしょうね」

デイモンの口もとがかすかにゆるんだ。やがて微笑みが消え、悲しみが浮かんだ。「兄はとても活発で生命力にあふれた少年だった」

「あなたと同じね」エレノアがつぶやいた。そのとき驚いたことに、エレノアが彼の首に腕を回してぎゅっと抱きよせた。

そのまま長いあいだデイモンは抱きしめられていた。抵抗もせず彼女の髪に顔をうずめて。エルがあたえてくれるなぐさめを受け入れ、歓迎するうちに痛みが少しずつやわらいでいく。

だがすぐにわかったことだが、彼女はデイモンをなぐさめるだけでなく変えようとしていた。「あなたは自分を許さなくちゃいけないのよ、デイモン」耳元でエレノアがささやいた。「心の傷を癒したいなら自分を自由にしなくては。きっとジョシュアだってそう願っているはずよ。あなたがずっと自分を罰することをお兄様が願っていたと本気で思っているの？」

すでに答えは知っていた。デイモンは気づいた。忘れていた記憶がよみがえる。命が消えたあの日、彼は顔を近づけ、ジョシュアの最後の言葉を聞いた。

「生きて……くれ……ぼくの代わりに」兄はひび割れた唇を開いてかすれた声でそう言った。

デイモンはこみ上げる思いをかみしめた。あのつらい記憶をほかのすべての感情とともに心の奥底へ隠していたのだ。

「いいや」デイモンはかすれた声で答えた。「兄は私が自分を罰することなど望まないだろう。充実した人生を生きることを望んだはずだ」

「もちろんそうよ」エレノアが確信のこもった声で言った。「でも、あなたを許せるのはあなただけなの、デイモン。それをしないうちは、本当の幸せも、わたしのことも受け入れられないのよ。だから、わたし、あなたの首を絞めてやりたくなるの」エレノアは彼を抱きしめたままきっぱりとささやいた。

デイモンはそっと彼女の腕をつかんで体を離した。「いつでも首を絞めていいよ、エル。だが、その前に少し時間をくれないか。きみに言いたいことがあるんだ。告白と言ってもいいが」

警戒するようなエレノアの目をデイモンはしっかりと見つめ返した。「さっきリディアと会ったことをなぜ隠していたかとたずねたね。あれは、二度ときみを離したくなかったからだ。二年前の愚かな行動をくり返したくなかった」

「愚かな行動ですって？」エレノアがゆっくりと言った。「わたしに婚約を破棄させたことを愚かだって考えているの？」

デイモンは皮肉っぽい微笑みを浮かべて答えた。「愚かで、まぬけで、ばかで、能なしもいいところさ。そうだ、卑怯でもあるな。口では言えないほど後悔している」

エレノアはふるえる息をついた。「あなたがリディアの元に戻ってしまったのではないかと思ってものすごくこわかったわ、デイモン」

「すまない、スイートハート」エレノアの目に浮かぶ痛みと傷つきやすさを見て、デイモンは自分を呪わずにはいられなかった。大切に思っているのに、二度も傷つけてしまった。償いをしなくては。彼はひそかに誓った。

見つめるエレノアの手を強く握りしめ、指をからめ合う。「きみにはすっかり心を見抜かれてしまったよ、エル。私は二度と誰にも心を許したくなかった。あんなふうに傷つきたくなかったんだ。だから、婚約中きみへの思いが予想外に強くなったと気づいたとき、恐怖からあんな行動をとってしまった。だが、あの二週間はすばらしい日々だった。きみのいない人生は、きみを失う危険よりはるかにつらい」

今度はエレノアが息をのむ番だった。「デイモン、苦痛も後悔も不幸もない人生なんてありえないわ」

「わかっている。きみといれば、幸せになれる可能性がずっと大きくなる。きみは私の幸せそのものだよ。愛している、エル」

エレノアは唇をかみしめてデイモンの顔を見つめた。信じていいのか計りかねているかのように。「わたしを愛しているの？　本当に？」

デイモンが手をのばして彼女の頬をなでた。「まちがいなく本当だ。それなのに、私は自分で認めようとしなかった。イタリアにいるあいだ、ずっときみを心の外へ追いやろうとした。きみのことを何もかも忘れようとした。でも、だめだった。帰国してきみがあの女たらしに求愛されているところを目にして……やっと結婚させるわけにはいかなかったんだ。私の人生から永遠にきみが消えるなんて許せなかった。愛したいと思った女はきみひとりだったから、失うわけにはいかなかった」

エレノアの目から涙があふれた。「夢を見ているみたい。あなた、本当にわたしを愛してる？」

デイモンは微笑んだ。「自分ではどうしようもなかったのだよ、エル。きみのおかげで、否応《いやおう》なく私は感情を取り戻した。喜び、希望、情熱、愛を……」

そう思った瞬間、デイモンの体に燃えるような力がこみ上げた。感情を押し殺した長い年月。今やっと心を開くことができた。エレノアのおかげで満ち足りた心が戻ってきた。

「きみは心の空しさを満たしてくれる」デイモンは静かに言った。「今ならわかるんだ。きみなしでは、エル、私はただ生きているだけにすぎない。そんな空虚な人生は生きたくないんだ」

「ああ、デイモン……」エレノアはため息をついた。

デイモンは彼女の頬に手をあてた。「きみに対する気持ちに気づくのにこれほど時間がかかってすまないと思う。きみを裏切ったと思わせたことも悪かった。きみの信頼を失ったとき、私は大切なものを失ってしまった。だが、いつかきっと信頼を取り戻してみせる」

エレノアの唇がふるえた。「あなたがまたリディアを愛人にしたいのだと思って恐ろしかったわ」

「リディアをほしいとは思っていないよ、エル。それは絶対にない。彼女はきみのように私の心をふるわせたりしない。一日一日を新鮮に思わせてもくれないし、私の心を刺激して挑戦することもない。彼女がほかの男を見ても、私は嫉妬に狂ったりしない。私の興味をそそることもなければ、次に何を言ったりやったりするのか私の頭を悩ませることもない。彼女は、きみのように私の心を奪ったりしないのだよ、いとしいエレノア」

美しい顔に浮かんだ安堵の表情を見て、デイモンは申し訳ない気持ちでいっぱいになった。

「きみはあらゆる男の夢だ」デイモンがつぶやいた。「きみは私の夢そのものだ。きみに噴水に突き落とされた瞬間からずっとそうだった。きみを愛さずにはいられなかった」

エレノアは微笑んだ。心からの微笑みだった。デイモンは心を奪われた。エレノアが問いかけたとき、その声にはいつもの活気が戻りかけていた。「わたしが何もせずにあなたをリディアに渡すとでも思ったの、デイモン？　警告しておくわ。わたしの目の黒いうちは絶対に愛人をつくらせませんからね」

「その点は心配いらないよ。二度とほかの女に目を移したりしない。きみを失うのがこわくて、そんなことはできないさ」

エレノアはうやうやしい表情で彼を見つめた。「わたしを失うことなんか絶対にないのよ、デイモン。だって、わたし、あなたをものすごく愛しているから。あなたに出会った瞬間からずっとそう。叔母様ですら気づいていたのよ。何て言われたか知ってる？　あなたといると、わたしは輝いているんですって」

たしかに輝いている。美しい顔を見つめながらデイモンは思った。思いがあふれそうになり、胸が苦しくなる。

だが、デイモンが口を開こうとしたとき、エレノアが彼の唇にそっと手を押しあてた。「でもね、デイモン……本当の結婚をするためには、わたしに秘密をつくったり気持ちを隠したりしてはだめよ。わたしを信じて悩みを打ち明けてくれなければ」

「そうするよ」

「悪夢が襲ってきても、わたしはいつでもあなたのそばにいるわ」

「ありがたい」

エレノアの表情が曇った。「あなたの心の中で誰もお兄様の代わりにはなれないわ。でも、わたし、あなたの妻というだけでなく親友にもなりたいの」

「もうそうだよ、エル」

「よかった」

「では、許してくれるかい？」デイモンが静かにたずねた。

次の瞬間、エレノアの唇にじらすような微笑みがこぼれた。「まず、じゅうぶん謝ってくれたかどうか考えてみないとね」

デイモンはいたずらっぽく唇の端を上げた。「そう簡単には許してくれないのだな」

「もちろんよ。二年も鬱憤がたまっていたんですもの。たっぷり罪滅ぼししていただかないと、だんな様」

「驚くべきことだが、そう思うと楽しみになるね。きみの気がすむなら、この噴水に自分から飛び込んでみせるよ」

エレノアの唇から笑い声がもれたとたん、デイモンはキスしたくてたまらなくなった。いきいきとした笑い声を毎日聞きたかった。デイモンの心はうずいた。エレノアの微笑みが見たい。体に触れて抱きしめたい。彼女のかたわらで目覚めたい。これからずっと彼女を愛したい。ぬくもりと笑い声そのものである女。そして今、エレノアは彼のものだった。デイモンは自分の幸運が信じられなかった。

やさしさに満ちた表情を浮かべてデイモンは立ち上がり、手を差し出した。「いっしょに来てくれるかな、エル」

エレノアはためらうことなく立ち上がった。いったい何をするつもりなのかしら。

「どこへ行くの?」エレノアはたずねた。先に立つデイモンは砂利敷きの小道をローズモントの美しい庭園の南端へ向かって歩いていく。

「結婚の贈り物を見てほしい」

「何かしら?」

「今にわかるさ」

それ以上何も教えようとしないデイモンの様子にエレノアは押しだまった。しばらくして、ローズ・ガーデンに近づいていることに気づいた。十歳のとき、さびしくないようにと兄がつくってくれたあのバラの庭だ。

なぜデイモンはここに連れてきたのだろう? やがてふたりはローズ・ガーデンに着いた。ふと見るとその隣りには新たに耕された一画があり、同じようにらせんを描く小道が一本通っている。そして、らせんの中央にはバラの茂みがひとつ植えられ、赤い花を咲き誇らせていた。

エレノアはハッと胸を突かれ、足を止めた。「結婚式の贈り物にバラを植えてくれたの?」デイモンにたずねる。

「そうだ。ふたりの人生が始まったしるしとして。これから毎年、結婚記念日にひとつずつ植えよう」

エレノアの目が涙でいっぱいになった。デイモンはローズ・ガーデンがどれほど大切なものか覚えていてくれたのだ。心にあたたかいものが満ちた。

「わたしを愛してくれているのね」エレノアは深いまなざしでデイモンを見上げた。

「もちろん愛しているよ。そう言っただろう、エル」

エレノアは見事に咲いたバラを一輪手折り、かぐわしい香りを吸い込んだ。「ルビーやダイアモンドよりすてきな贈り物だわ、デイモン」

彼は手をさしのべ、人差し指でそっとエレノアの涙をぬぐった。「ルビーやダイアモンドも贈ろうと思っているよ。レクサム家伝来の宝石をロンドンの銀行の金庫に収めてあるからね。だが、まずは私たちの結婚が便宜的なものではないと納得してもらうことにした」

「ありがとう、デイモン」エレノアは喜びに満ちた微笑みを浮かべてささやいた。

彼はエレノアの手からバラをとり、彼女の耳の後ろに差した。「もうひとつ誓うことがある、エル。これから一日たりともきみへの愛が消えることはない」

「信じているわ」エレノアが静かに言葉を返した。

ずっと愛を求めてきた。愛する夫とともに年をとり、子どもを産んで育てる人生を。その望みをデイモンがかなえてくれるのだ。エレノアは、見つめる彼の目が官能的な輝きを放っているのに気づいた。

新しいローズ・ガーデンに視線を向けると、エレノアは夢見るようにため息をつき、デイモンの肩に頭をあずけた。「わたしたちが仲なおりして叔母様はホッとするでしょうね」エレノアはつぶやいた。「叔母様はわたしの幸せにとって、あなたが欠かせない存在だと思っているの。ただ残念なのは、叔母様自身が幸せになる機会を失ってしまったことね。プリンス・ラザーラを脅かしていた犯人がシニョール・ヴェッキだと知って、叔母様はとても傷ついているわ。でも、早いうちに彼の正体がわかってよかったと思うの。これ以上痛手を負わせないですんだわ」

「たしかに。ヴェッキがきみとラザーラの結婚を阻止するためにあれほど手間をかけたとは驚きだったね。だが、やつのたくらみが成功したことは私としては残念でも何でもない」

「あの人を犯人だと見抜いたのはすばらしかったわ」

「ひとりではなかったからね。ボウ・ストリートの捕り手たちとハヴィランドが助けてくれた。ハヴィランドは見かけによらずすごい男だよ」

エレノアはクスッと笑った。「そうでしょうね。女の勘でわかったわ」

「そうなのか？」エレノアのあごに指をそえ、デイモンは彼女を自分のほうに向かせた。「ハヴィランドが好きなのか？」

「もちろん、そんなことないわ」

「いいだろう。もう二度ときみがあいつといちゃつくところを見たくないね、奥様」

「大丈夫よ。あのときはあなたを妬《や》かせたくてそうしただけ」

「きみの思惑どおりになったよ。もっとも、ラザーラのほうにずっと嫉妬していたがね。正直に言って、やつがいなくなってせいせいした」

「わたしもよ。ついさっき愛人になれって言われたんですもの」

「そんなことを言ったのか」デイモンの目が危険なほどギラリと光った。彼の所有欲の強さにエレノアはうれしくなった。「私に知られる前にここを出て行けたのはラザーラにとって幸運だったな」

「あの人、あなたが愛人と密会していると思ったのよ。だから、わたしが自由に愛人をつくれると考えたみたい」

「きみを自由になんかしないさ。私は一生きみの夫だからね」

エレノアは幸せそうに微笑んだ。「ファニーは喜ぶでしょうね。アドバイスがうまくいったと知って」

「ファニー？」

思わず口をすべらせたことに気づいて、エレノアはためらった。どこまで話していいだろうか。けれども、今後もファニーとつき合いたかったのでエレノアはふたりの友情についてデイモンに知ってほしかった。それに、デイモンならファニーの秘密を守ってくれるだろう。

「実はファニー・アーウィンが例の本の作者なの。それに、どうしたらあなたの心をつかめるか、個人的に相談にのってくれたのよ」

デイモンの眉がつり上がった。「悪名高い高級娼婦があの匿名のレディだったのか」

「そうなの。当然だけど、ファニーは実名で出版したくなかったのよ。でも、有名な専門家の彼女以上に、男性の扱い方をアドバイスできる人はいないでしょう？　それに、わたしが今読んでいる原稿の著者もファニーなのよ。もっと世間体のいい仕事に就くためにファニーは努力している最中なの。結婚したい紳士のお相手がいるのよ。だから、小説家として生活の糧を得ようとしているの」エレノアはやさしい表情を浮かべてため息をついた。「ファニーには本当に感謝してているのよ。だって、理想の夫を捕まえる手助けをしてくれたんですもの」

「私はそれほど感謝していないよ」ディモンが言った。「なにしろ彼女の本のせいで、きみはあやうくラザーラを捕まえそうになったのだからね」

エレノアは首をふった。「そんな危険は全然なかったわ。プリンス・ラザーラを愛することなんてできなかったんですもの。わたしの心はすでにあなたのものだったから」エレノアはディモンの手をとって頬に当てた。「愛してるわ、ディモン。恐ろしいほどあなたを愛している」

「ならば、私たちは理想的な関係ということだ」

ディモンの瞳の中に彼女の愛が映っていた。そして、ささやきかけるディモンの声の中にも彼女への愛が響いていた。「ジョシュアもきっと私たちのことを喜んでくれるだろう」

エレノアは瞳をうるませて微笑んだ。ディモンはさらに心を開いてくれたのだ。「わたしも心からそう思うわ」そこで言葉を切る。「マーカスも絶対に喜んでくれるはずよ」

「そう思うよ」ディモンはそう言うと、皮肉っぽい口調で続けた。「腹を切り裂いてやると脅迫されていたが、もうその可能性はなさそうだ」

「マーカスがあなたを脅迫していたの？」

「そうだ。だが、妹のきみを守ろうと保護欲丸出しになるのは、彼の美点のひとつだからね」

気がつくと、エレノアはディモンの腕の中にいた。「話はもう終わりだ、奥様。キスをしよう。言葉ではなく行動で愛を見せてくれ」

「庭師に見られてしまうでしょう」エレノアが楽しげな声で言った。

デイモンの微笑みがエレノアの心を貫いた。「やめてほしいのかい？」

「いいえ」

デイモンは笑いに満ちたまなざしでエレノアの目をのぞき込んだ。やがて唇が近づき、彼女の唇をとらえた。ふたりのあいだに情熱がほとばしった。

デイモンのキスはやさしく熱気に満ちていた。けれど、今までとはどこかちがっている。愛があるからこそ、キスはさらに深く心地よく感じられた。

何もかもこれから始まるのだわ。エレノアはデイモンに腕を回し、完全に身をゆだねながら思った。ふたりで力を合わせ、恐怖や疑いや痛みを克服していこう。そして、信頼と愛と献身によって絆を深め、一生をともにしていくのだ。

エピローグ

真実の愛を手にしたあなたは幸運と言えるでしょう。愛を分かち合える相手を見つけることは、非常にまれだからです。

——匿名のレディ著『若いレディに贈る、夫を捕まえるためのアドバイス』より

一八一七年十月、サフォーク州オーク・ヒルにて

デイモンは夢の余韻に包まれてゆっくりと目覚めた。隣りにエルが眠っている。寝室に差し込む早朝の光は、夢と同じようにあたたかかった。

なつかしい子ども時代の夢だった。彼とジョシュアは子馬が生まれるところを見ていた。この世界に新たな命が登場する瞬間に心を奪われ、ふたりは笑い合っていた。きゃしゃな脚をした子馬はよろよろと立ち上がり、母馬の乳にむしゃぶりついていた。

エレノアの言うとおりだ。デイモンはまださめやらぬ意識の中で考えた。オーク・ヒルに戻ってきたおかげで、長年の悲しみをやっと葬ることができた。到着してからすでに二週間がたった今、心の痛みはほろ苦いうずき程度に弱まり、罪悪感も小さくなっていた。そして、もはや悪夢に悩まされることはなかった。

心の平穏を得られたのは、エレノアがいたからだ。ずっと彼をやさしく抱きしめて、愛で心を癒してくれた。

エレノアは彼の心を求め、自由に解き放ってくれた。

彼女の心地よい体の感触を味わいながらデイモンは横たわり、満足感に包まれていた。さまざまな思いが夢の記憶と混じり合い、ゆらゆらと漂っている。

テスの言葉も当たっていた。限られた人生を存分に生きるには、一瞬一瞬を大切にしなければならないのだ。運命は気まぐれなものだから、自分ではどうしようもないこともある。兄や両親を失ったようにエレノアを失うかもしれない。それでも、彼女とともに生きるチャンスをあきらめるわけにはいかなかった。

それに、悲しみを知っているからこそ、エレノアがあたえてくれる喜びの大切さをいっそう実感できるのだ。

デイモンは体を横向きにして、ぬくもりを確かめるようにエレノアの体に腕を差し入れた。

自分の妻……。そう思うと幸せが体の奥からこみ上げてくる。

エルの愛は激しく強く、そして癒しの力に満ちていた。彼女の愛し方もそうだった。彼に負けないほどのあふれる喜びで、デイモンの情熱を受けとめてくれる。

そんなことを思いながらも次の瞬間、デイモンは妻のむき出しの肩にそっとキスをして、上掛けでその体を包み込んだ。そしてベッドからするりと抜け出すと、裸の体にガウンをまとい、静かに両開きの扉を開けてバルコニーに出た。

ひんやりとした外の空気に包まれて、デイモンは露に濡れた朝の世界を見わたし、消えゆく朝焼けに目を奪われた。ここに来てから何度もこんなふうに朝を迎えていた。彼とエレノアはあれから一週間、ハウス・パーティが終わるまでローズモントで過ごした。エレノアが傷心の叔母を残して旅立とうとしなかったからだ。けれども、デイモンと領地に到着するやいなや、エレノアは彼の心に残る闇を消し去ることに専念した。

デイモンの人生で兄がどれだけ重要な存在であるかを理解していたから、エレノアは彼とともに長い時間をかけてレクサム家の領地を歩きまわり、あるいは馬で駆けめぐった。そうかと思えば、少年時代、彼とジョシュアが遊んだ隠れ場所を探検し、水泳や釣りを楽しみ、ふざけ合った。驚くべきことではなかったが、デイモンはエレノアに対して兄に感じたような仲間意識を感じるようになっていた。

いちばんつらい瞬間は、村の墓地にある一族の墓を訪れたときだった。けれども、エレノアの助けによってデイモンはやっと家族に別れを告げることができた。

また、デイモンが小作人を訪問してあいさつ回りをしたときにもエレノアは同行した。長いこと不在地主であった彼を小作人たちは快く許してくれた。なぜなら、彼らの家も土地も常によく手入れされていたため、ほとんど不満がなかったからだ。けれどもデイモンはオーク・ヒルの管理にもっと力を入れようと強く決意していた。

さらにデイモンは、エレノアにあたえた苦しみに対して償いをしようとできるかぎり努力した。毎晩ふたりは体をからませながら長い夜を過ごし、睦言《むつごと》をささやき合い、恋人の秘密を分かち合った。ふたりの体の相性は完璧で、まるでひとつの肉体のようだった。自分にとって最大の悦びはエレノアを悦ばすことだ。デイモンは思った。エレノアの体は感じやすくて――。

そのとき背後から忍びよったエルに腰を抱きよせられたが、デイモンは驚かなかった。妻の体の感触はよく知っていた。

やがて彼女が体を離したとき、デイモンはくるりと向きなおり、愛らしい姿をじっくりとながめわたした。エレノアはそのままじっと彼の背に頬を押しあてている。

肢体は薄い綿のネグリジェでかろうじて覆われている。カールした黒髪は乱れ、いきいきとした青い目は眠たげな気配を漂わせ、官能的な魅惑的なぬくもりをたたえたエレノアの微笑みに、彼の心はとろけそうになる。突然、いたずらっぽい光を目に宿すと、彼女は手をさしのべて何かを彼の頭からかけた。

「堂々と勲章を身につけるべきよ、だんな様」エレノアが笑いそうな声で言った。

デイモンはくすくすと笑い声をあげ、首にかけた赤いサテンのリボンの先にぶら下がる金のメダルを触った。王家に対する際立った貢献に対してプリンス・ラザーラから贈られたものだ。同時に、オレンジの箱と極上のマサラ・ワインの樽がいくつも感謝のしるしとして送られていた。

来週、イタリアへ新婚旅行に行くふたりに、サナトリウムの訪問を終えてからぜひ公国を訪問するよう殿下から招待されていた。しかし、ふたりは殿下のお相手をするのはもうこりごりだという点で意見の一致を見ていた。

シニョール・ヴェッキはインドに左遷されていた。けれど、うわさによればラザーラはヴェッキの美しい娘イザベラに興味を示しているという。ヴェッキの策略の原因を思うと皮肉と言わざるを得ないだろう。

デイモンは首をふって勲章を外し、ポケットに収めた。「わかっていると思うが、ダーリン、恋敵にかかわるものなど身につけたくないね。これから美しい妻と愛を交わそうと思っているというのに」

エレノアは小首をかしげ、じらすような声で言った。「わたしと愛を交わすつもりなの?」

答えはちゃんとわかっているだろう。デイモンは思った。すっかり夫になじんでいたから、エレノアには彼の感情も考えも欲望も敏感に感じとることができた。

それでもデイモンは答えた。「もちろんさ」

エルが返した微笑みはとても純粋だった。官能的で女らしく美しい微笑み。デイモンは胸がいっぱいになった。体の中に太陽の熱を感じているような気がする。そして、彼女がせつなげな顔を向けて唇を重ねたとき、デイモンの欲望が激しく突き上げた。

エレノアにキスすると、長旅から家に帰りついたような気がする……。このうえなく幸せな気持ちだった。だが、これだけでは満足できない。デイモンの欲望はつのった。

そして、ふるえながら体を離したところを見ると、エレノアもまた同じ思いのようだ。「急いで考えていることを実行してほしいわ、デイモン」エレノアは楽しげな声でせがんだ。「でも、バルコニーで立ったままは嫌よ。周囲から丸見えですもの。それに寒いし、これ以上召使いたちをあきれさせるべきじゃないわ。ここ二週間ずっとこの調子だったでしょう」

「きみの意見はしっかり拝聴したよ、奥様」そう言って、デイモンは妻をさっと抱き上げるとそのまま部屋の中に入り、扉をけとばして閉めた。

首にすがりつきながらエレノアは見つめ返した。笑っているデイモンの目はやさしく、強い感情がこもっている。愛だ。

その愛の深さを信じられる気がする。ベッドに下ろされてネグリジェを脱がされながらエレノアは思った。そして、同じ感情が自分の目の中にも浮かんでいることを知っていた。デイモンがガウンをさっと脱いだ。

広い胸板と腹筋が朝日を浴びてくっきりと浮き立っている。たくましく生命力にあふれたデイモンの肉体は、あらゆる女性にとって夢の恋人そのものだ。水泳で長い時間を過ごしたおかげで、肌はエレノアと同じように日焼けしてきらめいている。

じっと見つめるデイモンのまなざしにエレノアの体がほてった。大胆で誘惑に満ちた視線を受けると、まるで愛撫されたように熱く感じられる。それでも、デイモンに抱きしめてほしい。肌と肌を重ねて、じかに熱さを感じたい。

やっとデイモンが愛を交わす約束を果たそうとベッドに横たわったとき、エレノアは悦びのため息をついた。

やさしいけれど、どこかもどかしげな手がエレノアの体をまさぐっている。デイモンの唇があごをとらえたかと思うと、やがて下へ向かった。のびかけた髭が敏感な肌をくすぐり、指が女らしい曲線をたどっていく。デイモンは喉と乳房をやさしく愛撫しては官能的なキスで攻め立てる一方で、手を太もものあいだの秘所に忍ばせた。エレノアがどうしようもなく体をふるわせると彼は上にのしかかり、両手でエレノアの腰をつかんで自分の腰に引きよせた。男性自身がゆっくりとエレノアを貫いていく。

すでにせがむように濡れていた肉の中へ、彼のものがなめらかにすべり込んだ。彼は動きを止め、所有欲にあふれたまなざしでじっとエレノアを見下ろしている。

けれども、包み込む肉にきゅっと締めつけられると身ぶるいし、熱く濡れた唇でエレノアの唇をとらえた。

デイモンは舌を口の中に深く差し込み、同時に男のものを彼女の体に突き入れた。キスと愛撫を続けながら唇と手と男性自身をふたりのリズムに合わせてコントロールする。やがてエレノアが呼吸を乱し、すすり泣くような声をあげたかと思うと、やるせないうめき声をもらした。

これ以上は耐えられそうにない彼女の様子を見たデイモンは、キスを終えて顔を上げた。エレノアの頂点を見守ろうとして。

「エル……」かすれた声で呼ぶ。やさしいけれど情熱にあふれた声だ。彼の目には愛がもたらす激しさと傷つきやすさが浮かんでいる。

エレノアは焼けつくような彼のまなざしに惹きつけられていた。深さをたたえた黒く美しい瞳に溺れてしまいそうだ。そのとき、デイモンが激しく男性自身を突き入れ、ふたりの体はともに燃えさかる炎に包まれた。

「エル……」しぼり出すような声だ。誓い。祈り。懇願。そのすべてであるたったひとつの言葉。それに応じるかのように、エレノアは彼の名を叫んだ。

ふたりの体が同時に砕け散り、あざやかにきらめく至福の火花が飛び散った。

余韻に包まれたまま、デイモンはエレノアの中から己を引き抜こうとはしなかった。ふたりはただ抱き合っていた。体中から力が抜け、満足感に満ちている。

エレノアは目を閉じ、信じられないような幸せをかみしめた。幸運としか言いようがない。最初からふたりは互いに理想的な相手だった。なのに、運命に導かれて真の愛を手にするまで長い別離を経験し、恐怖と悲しみを克服しなければならなかった。エレノアはデイモンの心に巣くう空虚感を消す手助けをし、デイモンはエレノアが長年抱えていた孤独を癒した。

これ以上何を望めばいいのだろう。

エレノアが彼の肩にうやうやしく口づけすると、ディモンは身じろぎして体をずらし、彼女を抱きよせた。エレノアはまぶたが重くなるのを感じ、そのまま彼の腕の中で眠りに落ちた。

目覚めると、すでに二時間がたっていた。かたわらにディモンがひじをついて横たわっている。眠っているわたしをながめていたのだわ。エレノアは気づいた。

あくびをこらえて、おずおずと彼を見る。「こんなにだらだらとベッドの上で過ごしてはいけないんじゃなくて」エレノアはつぶやいた。「コーンビーはきっと近侍の仕事を始めたくてうずうずしているわ」

「コーンビーは、きみが私を怠惰にしたことを許してくれるさ」ディモンが言った。「彼は私と同じぐらいきみが大好きだからね。だが、少々きみの味方をしすぎる点が問題だ」

エレノアは微笑んだ。機会さえあれば年老いた召使いは、ディモンの苦しみをやわらげる活動へといつも彼女をけしかけた。「コーンビーはあなたを心配しているだけよ」

「いいや、それだけじゃないね。きみを高く評価しているのさ。わかっているだろう」ディモンの唇の端が皮肉っぽく上がった。「きみの叔母上が私を高く評価しているとは思えないな。もっとも、最近はやっといやいやながらも認めてくれてはいるようだが」

「叔母様はいずれあなたのことが好きになると思うわ」エレノアは確信ありげに予言した。

「ヴェッキのことがあったから、叔母上は寛大になったということだろうか」

「それもあるけど、来年あたり大叔母になれることを期待しているのかも。先日の手紙を読んだでしょう。マーカスとアラベラに子どもができたと知って、叔母様は興奮しているのよ。マーカスも父親になれるって大喜びしてるそうだし」

「友人のハヴィランド伯爵未亡人の件については叔母上は不満のようだな」

「ええ。お孫さんの花嫁選びにレディ・ハヴィランドは激怒しているそうよ。アラベラと妹さんたちはハヴィランド伯爵の花嫁探しに協力していたのだけど、伯爵は突然花嫁を選んで、みんなをびっくりさせたとか。しかも、お祖母様がまったく認めない女性だそうよ」

デイモンはエレノアのこめかみにかかる髪をやさしく払いのけた。「きみは仲人活動にかかわったりするつもりはないのだろうね、スイートハート」

「国内にいられないのにそんなことをする機会なんかないわ」エレノアは言葉を切った。「わたしたちが新婚旅行に出かけるのと同じタイミングで、ロズリンとリリーが新婚旅行から戻ってくるなんて残念だわ。でも、ミスター・ギアリーがわたしたちの旅に同行してくれるのはうれしいのよ。すばらしいことだわ。まだ彼は一回しかサナトリウムを訪れていないのでしょう。それも建設が始まった当初だとか」

「そうだ。彼は計画実現の殊勲者だから認められてしかるべきさ」

「リディア・ニューリングの妹さんも容態がよくなってきたそうね」エレノアは満足そうにため息をついた。「あとは、ファニー・アーウィンに幸せを見つけてもらわなくちゃ。作家として独り立ちしてじゅうぶんな収入を稼げるようになるといいのだけど。そうすれば、ファニーは幼なじみの恋人と結婚できるのよ」

「かなり見込みはあると思う」デイモンが言った。「例の小説だが、たっぷり楽しませてもらったよ」

エレノアは納得の表情でうなずいた。デイモンが同じような感想を抱いたことがうれしかった。ファニーのゴシック小説はきっと成功するだろう。

「それに、夫を捕まえるアドバイスの本だけど」エレノアが言いそえた。「今も売れ行き好調だそうよ。叔母様ですら読んでいるの。わたしの本がもういらなくなったから。〝男性をしっかりつなぎとめておきましょう。ただし少々ゆるめに〟」エレノアはファニーの本の一節を口にした。

デイモンがいとしげに見つめ返した。「きみにならどんなに強くつなぎとめられてもかまわないさ」

エレノアは両腕を彼の首に回した。「もうしばらくコーンビーを失望させておこうかしら、だんな様。ご意見は？」

エレノアの期待どおりデイモンは静かに笑って、心をうずかせるようなキスをした。

キスのあとどんなに激しい情熱が燃え上がるか、エレノアは知っていた。

訳者あとがき

読者の皆様、お待たせしました。『グレイの瞳に花束を』『シャンパンゴールドの妖精』『小悪魔に愛のキスを』に続くニコール・ジョーダンの「恋愛戦争」シリーズ待望の第四弾『ローズ・ガーデンをきみに』の登場です。おかげさまで本シリーズはホットで楽しく、それでいて切ないヒストリカル・ロマンスとして好評を博しています。

これまでの三部作はローリング三姉妹をヒロインとした作品でしたが、今作では一作目のヒーローであるダンヴァーズ伯爵マーカス・ピアースの妹エレノアがヒロインとして登場します。気になるお相手は、シリーズ初登場となるレクサム子爵デイモン・スタッフォード。エレノアの元婚約者です。今作でシリーズは大きな変化を迎え、新たな物語として広がりを見せていますので、独自の作品としてもお楽しみいただけるでしょう。

一八一七年九月、ロンドン。エレノアはイタリアの小さな公国の元首である大公《プリンス》ラザーラから求愛を受けています。愛ある結婚を夢見るエレノアは、とまどいながらもプリンスとのあいだに愛をはぐくめないかと考えています。ところが、ふたりの行く先々に元婚約者のデイモンが現れて、何かと邪魔だてします。かつてエレノアとデイモンは出会った瞬間に激しく惹かれ合って婚約した仲。ところが、デイモンが別れたはずの愛人と公の場に堂々と姿を現したことに激怒したエレノアは、一方的に婚約を破棄したのでした。あれから二年。デイモンは英国を離れてヨーロッパ大陸を旅していたはずなのに、なぜ急に姿を現したのでしょうか？　そもそも、二年前なぜ婚約破棄に至るような行動をとったのでしょう？　やがて、いまだ心の傷の癒えないエレノアに向かってデイモンが告げた言葉は――。

「きみは私と結婚すべきだと思う。あのプリンスではなく」

いったい、何様のつもり？　と、エレノアならずともつぶやかずにはいられないはずです。

本書の魅力は、まずデイモンの人物造形にあると言えましょう。暗い過去を背負い、トラウマに苦しみながらも、運命に抗って新たな道を切り開こうともがくヒーロー。けれど、エレノアにはそんなそぶりも見せず、心の内を明かそうとしません。そのくせ、彼女に惹かれる心を抑えきれず、嫉妬に悶々とする始末。ヒーローの屈折したあがきっぷりをぜひお楽しみください。

一方、ヒロインのエレノアは前向きかつ明るい性格の持ち主で、少々のことではめげたりしません。新たに友人となった高級娼婦ファニー・アーウィンの助言を受けながら、勇敢に真実の愛を求めていきます。

今回も個性的な脇役たちが登場します。まず、エレノアの母代わりとも言うべき存在であるベアトリクス叔母。貴族然とした性格ながらも愛情の深さをかいま見せます。高級娼婦ファニー・アーウィンは小説家への転身を画策中。デイモンの年老いた召使いコーンビーが見せる主人に対するウィットに富んだ思いやりには、ホロリとさせられるでしょう。また、ローリング三姉妹の親友としておなじみのテス・ブランチャードがデイモンの遠い従姉妹として登場し、しみじみとした味わいをそえています。そして忘れてならないのは、第二作でいい味を出していたハヴィランド伯爵。かつて諜報機関のスパイとして活躍した片鱗を見せています。ハヴィランド伯爵のファン（訳者もそのひとりです）の皆様にはうれしいところではないでしょうか。

もちろん今回も、ニコール・ジョーダンお得意の情感あふれるホットなラブシーンがたっぷりお楽しみいただけます。心のふるえが伝わるようなエロティックな描写もさることながら、屈折の深いヒーローであるだけに、しっとりとしたやさしさに満ちたラブシーンが印象的です。

作者ニコール・ジョーダンについて改めてご紹介しましょう。

官能的ヒストリカル・ロマンスの世界で累計五〇〇万部を越える発行部数を誇る人気作家である彼女は、これまでさまざまなヒストリカル作品を二十八作、手がけています。本作を含む「恋愛戦争」シリーズだけでなく、数々の作品がニューヨークタイムズのベストセラーリストに登場しています。ロマンス小説界での評価も高く、ＲＩＴＡ賞のファイナリスト、米国ロマンス作家協会（ＲＷＡ）の年間人気作品賞（Favorite Book of the Year）、百人以上からなるロマンス小説評論家集団より贈られるドロシー・パーカー優秀賞（Dorothy Parker Award of Excellence）などのほか、二〇〇七年にはロマンティック・タイムズのヒストリカル・ロマンス部門功労賞（Romantic Times Career Achievement Award for Historical Romance）を受け、二〇〇八年にはロマンティック・タイムズ賞で本シリーズの第一作『グレイの瞳に花束を』と第三作『小悪魔に愛のキスを』がノミネートされています。

当初三部作の予定だった「恋愛戦争」シリーズですが、好評を博したおかげで六作まで続編が決まり、第四作である本書は今年三月に発表されたばかりの作品です。次の第五作では、待望のハヴィランド伯爵がヒーローとなり、恩人であるスパイ仲間のさえない娘と便宜結婚することに。作者によると、ローリング三姉妹の助けを借りて新妻が美しく変身し、伯爵を誘惑するという刺激的な物語とのことで、今から楽しみです。原著は来年一月に発表される予定です。さらには、テスが主人公となる第六作にも期待を抱かずにはいられません。

では、本書とともに夢のひとときをお楽しみください。

二〇〇九年十月

森野そら

Lavender Books
13
ローズ・ガーデンをきみに

2009年11月25日 初版発行

著者
ニコール・ジョーダン

訳者
森野そら

発行人
石原正康

編集人
菊地朱雅子

発行所
株式会社 幻冬舎
〒151-0051 東京都渋谷区千駄ヶ谷4-9-7
電話 03-5411-6211(編集) 03-5411-6222(営業)
振替 00120-8-767643
幻冬舎ホームページアドレス http://www.gentosha.co.jp/

印刷・製本所
株式会社 光邦

ブックデザイン
鈴木成一デザイン室

検印廃止

Printed in Japan　ISBN978-4-344-41391-7 C0193　L-3-4

この本に関するご意見・ご感想をメールでお寄せいただく場合は、
lavender@gentosha.co.jpまで。